LES BLESSURES INVISIBLES

DU MÊME AUTEUR
CHEZ POCKET

L'HOMME QUI MURMURAIT À L'OREILLE DES CHEVAUX
LE CERCLE DES LOUPS
LA LIGNE DE PARTAGE
LES BLESSURES INVISIBLES

NICHOLAS EVANS

LES BLESSURES INVISIBLES

Traduit de l'anglais
par Nathalie Cunnington

ALBIN MICHEL

Édition originale anglaise :
THE BRAVE

MIXTE
Papier issu de
sources responsables
FSC® C003309
FSC
www.fsc.org

Pocket, une marque d'Univers Poche,
est un éditeur qui s'engage pour la préservation
de son environnement et qui utilise du papier fabriqué
à partir de bois provenant de forêts gérées
de manière responsable.

ISBN : 978-2-266-22949-4

À ma sœur, Susan Britton

Les hommes libres ont perdu l'essentiel,
Les braves sont couchés.
Leurs chapeaux blancs désormais maculés
Du sang des morts pour rien.

Tous nos héros, nous les avons chassés.
Bannis de nos cités,
Ces hommes valeureux disparaissant
Dans le soleil couchant.

SHANE VAN CLOIS,
Les Hommes aux chapeaux blancs

Nicholas Evans

Nicholas Evans est né en 1950 en Grande-Bretagne. Il se passionne dès l'enfance pour l'équitation, les westerns et les livres de Jack London. Il commence des études de droit à l'université d'Oxford et découvre le théâtre. Il s'oriente ensuite vers le journalisme, et fait ses premières armes dans un journal de Newcastle, avant de devenir grand reporter à Londres, où il se spécialise dans les sujets concernant l'Amérique et le Moyen-Orient. Au début des années 1980, il se tourne vers la production, entre à la télévision britannique et reçoit de nombreux prix pour ses films, téléfilms et séries. C'est lors d'un séjour dans le sud-ouest de l'Angleterre qu'un maréchal-ferrant lui raconte l'histoire des *horse whisperers* – ces hommes qui parlent à l'oreille des chevaux pour les calmer – et que tout commence : Nicholas Evans conçoit un projet de film qui n'aboutit pas et décide alors d'en faire un roman. C'est ainsi qu'il écrit, en 1994, *L'homme qui murmurait à l'oreille des chevaux*, dont le manuscrit est acheté par des éditeurs anglais et américains avant même qu'il ne soit achevé. Le succès est immédiat dès sa parution en 1995, et s'étend au monde entier. L'adaptation cinématographique, avec Robert Redford à la réalisation et dans le rôle principal, connaîtra le même engouement. Il a, depuis, publié plusieurs romans, notamment *Le Cercle des loups* (Albin Michel, 1999) et *Les Blessures invisibles* (Albin Michel, 2012). Nicholas Evans vit actuellement dans le Devon.

Retrouvez toute l'actualité de Nicholas Evans sur :
www.nicholasevans.com

Semper fortis

Le garçon s'avança dans le couloir, les yeux fixés devant lui sur la croupe large qui, en ondulant, faisait bouger la ceinture à laquelle étaient accrochés des menottes, une matraque et un trousseau de clés cliquetant au rythme des pas du gardien. Il y avait des taches de sueur au dos de la chemise bleue de l'homme qui se frottait sans cesse le cou avec sa main. C'était la première fois que le garçon était autorisé à pénétrer dans cette partie de la prison. Les murs étaient nus, passés à la chaux, dépourvus de fenêtres. Seules des boîtes fluorescentes accrochées au plafond et mouchetées d'insectes morts éclairaient l'endroit. L'air était lourd, chaud, saturé de l'odeur de vieux chou. Au loin, on entendait des voix, des cris, des rires, l'écho du bruit métallique des portes. Quelque part, une radio diffusait le dernier tube des Beatles, « A Hard Day's Night ».

D'habitude, les visites hebdomadaires du garçon se déroulaient dans le long couloir jouxtant la salle d'attente. Il était généralement le seul enfant, et les gardes, qui commençaient à le connaître, se montraient gentils et bavardaient avec lui quand ils l'emmenaient jusqu'à l'une des cabines de parloir. Il devait alors s'asseoir devant la séparation vitrée et attendre qu'ils ouvrent la porte métallique du fond et fassent entrer sa mère. Il y avait toujours deux gardes armés. Jamais il n'oublierait le choc qu'il avait eu la première fois qu'elle était apparue, menottée et entravée, dans cette affreuse robe marron, les cheveux coupés court comme ceux d'un garçon. Il avait ressenti une douleur dans la poitrine, comme si on voulait lui arracher le cœur.

En entrant, elle parcourait du regard la rangée de cabines et souriait en le voyant. Le garde la faisait avancer, l'installait sur la chaise en face de lui et lui ôtait ses menottes. Alors, elle embrassait la paume de sa main, l'appuyait contre la paroi vitrée, et il faisait de même.

Mais aujourd'hui, c'était différent. Ils allaient se retrouver dans une pièce seuls tous les deux, sans vitre pour les séparer. Ils pourraient se toucher. Pour la première fois depuis pratiquement un an. La première et la dernière fois.

Suivant le garde, il se retrouva au cœur de la prison, dans un labyrinthe de couloirs en ciment jalonnés d'une bonne dizaine de portes fermées par des barres et des doubles verrous. Celle devant laquelle ils se tenaient à présent était en acier, avec une petite fenêtre en verre armé. Le garde appuya sur un bouton. Apparut alors derrière la fenêtre le visage d'un de ses collègues, une femme cette fois-ci. La porte s'ouvrit dans un bourdonnement. La femme avait de grosses joues luisantes de sueur.

« Alors comme ça, c'est toi, Tommy ? » lui dit-elle en souriant.

Il fit signe que oui.

« Suis-moi. C'est juste à côté. »

Elle passa devant lui.

« Ta mère nous a beaucoup parlé de toi. On peut dire qu'elle est fière. Tu viens d'avoir treize ans, c'est ça ?

— Oui.

— Un ado, quoi. Eh ben. Moi aussi j'ai un garçon de treize ans. Et c'est pas toujours facile avec lui.

— C'est ici, le couloir de la mort ? »

Elle sourit.

« Non, Tommy.

— Alors c'est où ?

— Ne pense pas à ça. »

L'un des murs du couloir était ponctué de portes en métal surmontées de lumières rouges et vertes. La femme s'arrêta devant la dernière. Elle regarda par le petit judas, puis ouvrit et s'effaça pour le laisser entrer.

« C'est là. »

Dans la pièce aux murs blancs se trouvaient une table et deux chaises métalliques. En passant par l'unique fenêtre, les rayons du soleil dessinaient sur le sol en ciment un carré avec une croix. Debout au milieu de ce carré, une main protégeant ses yeux de la lumière, sa mère lui souriait. Elle portait une chemise blanche et un pantalon, au lieu de l'uniforme de la prison. Elle n'avait pas de menottes, pas de chaînes aux pieds. Elle ressemblait à un ange. Comme si elle était déjà au ciel.

Elle ouvrit les bras et le serra tout contre sa poitrine. Pendant longtemps ils furent incapables de parler. Il s'était juré de ne pas pleurer. Enfin, elle recula légèrement pour le regarder, sourit et lui ébouriffa les cheveux.

« Tu aurais besoin d'une bonne coupe, jeune homme.

— Tout le monde porte les cheveux longs aujourd'hui. »

Elle éclata de rire.

« Allez, viens t'asseoir. On n'a pas beaucoup de temps. »

Ils s'installèrent de part et d'autre de la table. Elle lui posa les questions habituelles – le collège, le contrôle de maths de la semaine précédente, la nourriture à la cantine. Il s'efforça de développer ses réponses, de lui donner l'impression que tout allait bien. Il ne lui racontait jamais comment ça se passait réellement, ne lui parlait jamais des bagarres dans les vestiaires, des autres qui se moquaient de lui parce que sa mère était une meurtrière.

Quand elle se retrouva à court de questions, elle resta assise là, à le fixer. Puis elle se pencha, prit ses mains dans les siennes et les regarda longuement. Il parcourut la pièce des yeux. Elle n'était pas aussi impressionnante qu'il l'aurait imaginé. Il se demanda où se trouvaient les tuyaux amenant le gaz.

« Alors c'est ici ?

— Quoi donc, mon cœur ?

— C'est ici que ça se passe ? »

Elle sourit, secoua la tête.

« Non.

— Alors ils font ça où ?

— Je ne sais pas. Quelque part là-bas.

— Ah.

— Tommy, il y a tellement de choses que je voudrais te dire… J'avais préparé un petit discours. »

Elle eut un petit rire forcé, renversa la tête en arrière, incapable visiblement de continuer. Sans qu'il sache pourquoi, cela l'énerva.

« Hélas j'ai… j'ai tout oublié », poursuivit-elle.

Elle essuya les larmes sur ses joues, renifla, puis lui prit de nouveau la main.

« C'est drôle, non ?

— Je suppose que tu allais me dire de bien me comporter dans la vie. D'être gentil, d'agir comme il faut, de toujours dire la vérité. »

Il libéra sa main.

« Tommy, je t'en prie…

— Franchement, t'es mal placée pour me donner ce genre de conseil. »

Elle se mordit la lèvre, baissa les yeux.

« Tu aurais dû leur dire la vérité dès le début. »

Elle hocha la tête, lutta pour retrouver son calme.

« Peut-être, en effet.

— Tu aurais dû.

— Je sais. Tu as raison. Je suis désolée. »

Ils restèrent silencieux un long moment. Le rayon lumineux s'était incliné jusqu'au fond de la pièce. Des particules dorées de poussière y flottaient.

« Tu seras heureux dans la vie. »

Il partit d'un rire amer.

« Je t'assure, Tommy. Tu seras entouré de gens qui t'aiment et s'occuperont de toi…

— C'est pas la peine.

— Pas la peine ?

— Pas la peine de me faire croire que tout ira bien !

— Pardonne-moi. »

Plus tard, il regretterait de n'avoir pas été plus gentil avec elle ce jour-là, espérerait qu'elle avait compris. Compris que sa colère était dirigée plus contre lui-même que contre elle. Parce qu'il était impuissant.

Parce qu'il allait la perdre et ne pouvait pas mourir avec elle. C'était injuste.

Combien de temps restèrent-ils assis comme ça ? Impossible de le dire. Suffisamment longtemps pour que le soleil sorte du cadre de la fenêtre et que la pièce s'obscurcisse. Enfin, la porte s'ouvrit. La gardienne au visage poupin se tenait sur le seuil, avec un sourire triste et embarrassé.

Sa mère pressa ses paumes de main l'une contre l'autre.

« Bon, dit-elle d'une voix enjouée, c'est l'heure. »

Ils se levèrent tous les deux. Elle le serra si fort qu'il manqua d'étouffer. Il la sentit trembler de tout son corps. Elle prit son visage entre ses mains et l'embrassa sur le front. Impossible de la regarder dans les yeux. Elle relâcha son étreinte. Il se dirigea vers la porte.

« Tommy ? »

Il se retourna.

« Je t'aime. »

Il hocha la tête, fit demi-tour et sortit.

1

À l'aube, ils découvrirent les traces dans le sable humide au bord de la rivière, à pratiquement deux kilomètres en aval de l'endroit où les chariots avaient formé leur cercle pour la nuit. Flint descendit de son cheval, celui qui avait une drôle de robe, noire à l'avant et blanche à l'arrière, comme si quelqu'un avait commencé à le peindre puis changé d'avis. Il s'agenouilla pour examiner les traces de près. Bill Hawks, resté en selle, l'observa tout en jetant des coups d'œil nerveux à la colline dont les flancs broussailleux se dressaient derrière eux. De toute évidence, il était convaincu que les Indiens qui avaient kidnappé la petite fille les espionnaient. Il sortit son arme, vérifia qu'elle était bien chargée, puis la remit dans son étui.

« Alors, tes conclusions ? »

Flint ne répondit pas. Pour les autres, y compris Bill Hawks, les traces ressemblaient à des trous dans la boue. Mais pour Flint McCullough, elles racontaient toute une histoire.

« Ils ont dû descendre la rivière avec leurs chevaux pour ne pas laisser de traces autour du campement, dit Bill. On voit bien que c'est ici qu'ils sont sortis de l'eau.

— Mouais, répondit Flint sans le regarder. Du moins, c'est ce qu'ils veulent nous faire croire. »

Il se remit en selle et fit entrer son cheval dans la rivière.

« Qu'est-ce que tu veux dire par là ? »

Flint ne répondit pas. Empruntant le gué, il atteignit l'autre rive, puis longea la rivière sur une cinquantaine de mètres vers l'aval, examinant la moindre pierre ou touffe d'herbe. Jusqu'à ce qu'il trouve ce qu'il cherchait.

« Flint ? Tu pourrais au moins me dire ce qui se passe, non ?

— Viens voir toi-même. »

Bill le rejoignit de l'autre côté de la rivière. Flint était de nouveau descendu de cheval et, accroupi, inspectait le sol.

« Bon sang, Flint, tu veux bien m'expliquer ce que tu fabriques ? Qu'est-ce qu'on attend pour partir à leur poursuite ?

— Regarde là, entre les rochers. D'autres traces de sabots. Bien marquées, celles-ci. Alors que, de l'autre côté, elles sont moins profondes – parce qu'il n'y a pas de cavaliers. Une vieille ruse shoshone. Ils lâchent quelques chevaux puis prennent la direction opposée pour te lancer sur une fausse piste. C'est par là qu'ils sont allés. »

Bill Hawks secoua la tête, impressionné et quelque peu agacé, comme beaucoup de gens, par les talents de Flint.

« Ils ont combien d'avance sur nous ? »

Flint regarda le soleil en plissant les yeux.

« Trois heures, trois heures et demie.

— Ils sont combien ?

— Trois chevaux, six ou sept hommes. Plus la petite fille.

— Allons-y. »

Flint remonta à cheval et les deux hommes s'éloignèrent en longeant la rivière.

« Tommy ! Au lit ! C'est l'heure ! »

C'était sa mère qui l'appelait depuis la cuisine – au mauvais moment comme d'habitude. Il fit semblant de ne pas avoir entendu.

« Tommy ? »

Elle apparut sur le seuil, s'essuyant les mains sur son tablier.

« Allez. Il est huit heures et demie. Tu montes, maintenant.

— Mais maman, c'est *La Grande Caravane*. Ça dure une heure. »

Elle parut se troubler. L'odeur familière du gin et du tabac était entrée avec elle dans le salon. Tommy lui adressa son sourire le plus angélique.

« C'est mon feuilleton préféré. S'il te plaît.

— Bon, d'accord, regarde-le, petit filou. Je t'apporte ton lait.

— Merci, maman. »

Quelques jours plus tôt, Flint avait découvert la petite fille blanche errant toute seule dans le désert, la robe déchirée, tachée de sang, les yeux écarquillés par la peur. Il l'avait questionnée avec tact sur ce qui s'était passé, mais elle semblait avoir perdu la voix. Il en avait conclu qu'elle devait faire partie d'une autre caravane de chariots victime d'un raid shoshone auquel elle avait miraculeusement réussi à échapper.

Hélas, la veille, les Indiens s'étaient introduits dans le campement et l'avaient enlevée pendant son sommeil.

Par chance, Flint McCullough, incontestablement le plus brave et le plus intelligent de tous les éclaireurs, allait la retrouver, tuer les Indiens et la ramener saine et sauve.

Dans l'épisode de ce soir, Flint était vêtu de sa veste en daim avec des franges aux épaules. Bien sûr, Tommy portait la même. Enfin presque. Sa mère l'avait taillée dans les chutes du tissu beige utilisé pour les nouveaux rideaux de sa chambre. Elle était trop grande, si bien qu'il flottait dedans. Et franchement, le velours synthétique, ça n'avait rien à voir avec le daim. Mais c'était mieux que rien. Et puis, son chapeau et son ceinturon, avec le lacet en vrai cuir plaquant l'étui de son revolver sur sa cuisse, ressemblaient un peu à ceux de Flint. Quant au six-coups noir de marque Peacemaker que sa sœur Diane lui avait offert pour son anniversaire, il faisait tellement vrai avec sa crosse blanche que Tommy était sûr de pouvoir dévaliser une banque avec. Pour l'aventure de ce soir, il l'avait chargé de nouvelles amorces, des bleues claires dont le « Pan ! » était bien plus convaincant que celui des rouges qui valaient moins cher chez Woolworth.

En ce début septembre, les journées raccourcissaient. L'air s'engouffrant par bouffées dans l'ouverture de la grande baie vitrée était frais et sentait la poussière mouillée et les pommes pourrissant sur la pelouse. Un merle chantait à tue-tête dans le vieux cerisier. Tout là-bas, dans la prairie qui commençait au bout du jardin, une vache appelait son veau. Tommy était installé dans un coin de l'énorme canapé tout neuf dont les motifs de fleurs rouges et vertes vous donnaient le tournis si vous les regardiez trop longtemps. Avec ses deux fauteuils assortis, il prenait tellement de place qu'il fallait rentrer le ventre pour atteindre l'imposant meuble télé en acajou verni installé dans un angle de la pièce.

La maison était une ancienne métairie à laquelle les parents de Tommy avaient accolé une extension hideuse. Malgré la couche de chaux qui l'unifiait, elle était disharmonieuse. Elle se situait au milieu d'un jardin d'un demi-hectare sur une colline boisée d'où l'on pouvait voir la ville gagner régulièrement du terrain à mesure que, les uns après les autres, les fermiers vendaient leurs champs aux promoteurs. Les travaux de construction d'une énorme autoroute à quatre voies joignant Birmingham et Bristol avaient déjà commencé. Le père de Tommy se plaignait souvent de ce que la région n'avait plus grand-chose de rural désormais.

Pourtant, Tommy adorait cet endroit. Il y avait vécu toute sa vie. Il n'aimait pas trop le jardin de devant, trop petit, trop soigné, trop civilisé. Mais derrière, tout au bout du chemin de briques rouges complètement défoncé, après la vieille serre et les framboisiers laissés à l'abandon, commençait un monde beaucoup plus sauvage. C'était là, au milieu des herbes folles, des orties et des ronces enchevêtrées, dans ce lieu où lui seul s'aventurait, que Tommy passait le plus clair de son temps. Il y avait trouvé son Far West à lui, son territoire indien.

Il s'était fait quelques amis dans la petite école du coin qu'il fréquentait depuis trois ans et allait parfois jouer chez eux. Mais sa mère l'autorisait rarement à les inviter. Cela ne le dérangeait pas vraiment. Tommy savait que les autres garçons le trouvaient un peu bizarre et trop obsédé par les westerns. Généralement, ils préféraient jouer à la guerre ou aux policiers et aux voleurs, et si jamais il réussissait à les convaincre de jouer à *La Grande Caravane*, ils se battaient systématiquement pour savoir qui serait Flint McCullough. En fait, Tommy aimait mieux s'amuser seul. De toute façon, les vrais cow-boys étaient tous des solitaires.

Il imitait à la perfection la démarche de Flint, sa façon de lever le menton et d'arquer un sourcil quand il réfléchissait, de s'accroupir pour étudier une piste ou agiter les braises d'un feu afin de deviner à combien d'heures il remontait. Dans la partie sauvage du jardin, au milieu de la petite clairière qu'il avait taillée parmi les ronces, Tommy avait même son propre cheval : une grosse branche de sycomore avec des ramifications idéalement placées pour servir d'étriers, et une ficelle faisant office de rênes. Il se mettait en selle exactement comme Flint, nonchalamment ou avec détermination selon le scénario qu'il se racontait.

Il y avait d'autres choses à imiter, des choses plus profondes et plus difficiles à saisir pour un garçon de huit ans – ce qui se passait à l'intérieur. Flint savait lire les sentiments des hommes aussi bien qu'il interprétait les traces de sabots dans la poussière. Il gardait ses réflexions pour lui, souriait rarement et ne parlait que lorsqu'il avait quelque chose d'essentiel à dire. Dans ses aventures solitaires, Tommy adoptait ce comportement viril, chantonnait le thème du feuilleton ou la musique aux accents dramatiques qui signalait l'apparition des Indiens. Et quand l'intrigue l'exigeait, il parlait (à voix basse, toutefois, pour ne pas être entendu au cas où quelqu'un emprunterait le sentier derrière la haie) avec l'accent traînant de Flint.

Il ne jouait pas qu'à *La Grande Caravane*. Il aimait aussi faire Red McGraw, le héros de *Sliprock*, le tireur le plus rapide de tous. Debout devant le miroir de sa chambre, la main à quelques centimètres de son revolver, tel Red, il récitait alors les phrases qui ouvraient chaque épisode :

Dans la petite ville de Sliprock, au cœur du Far West, il n'y a pas de loi. Toute la population vit dans la terreur de quelques bandits. Mais un homme se dresse, seul, contre l'injustice. Son nom : Red McGraw.

Parfois, pour changer, il se glissait dans la peau de Rowdy Yates, de *Rawhide*, de Cheyenne Bodie ou de Matt Dillon. Maverick était chouette aussi, à part qu'il passait beaucoup trop de temps dans les saloons et portait des vêtements de ville bizarres. Tommy préférait les héros en veste de daim qui parcouraient la vaste prairie, se battaient contre les Indiens et attrapaient les voleurs de bétail et les hors-la-loi. Pour rien au monde il n'aurait fait l'un de ces cow-boys efféminés, Hopalong Cassidy ou The Lone Ranger, le justicier texan, par exemple, avec leurs revolvers argentés tout brillants, sans même une courroie en cuir pour attacher l'étui à la cuisse. Comme si on pouvait être un bon tireur sans ça ! Les pires, c'étaient les cow-boys qui chantaient, genre Gene Autry ou Roy Rogers, le comble du ridicule.

Sa mère était revenue, un verre de lait dans une main, une assiette avec une part de tarte aux pommes dans l'autre, et une cigarette aux lèvres. Sans décoller les yeux de l'écran, Tommy prit le lait et la tarte.

Flint et Bill Hawks étaient maintenant cachés derrière des rochers d'où ils surveillaient le campement shoshone. La nuit était tombée et les Indiens dormaient tous autour du feu, sauf celui qui surveillait la petite fille – et encore, il semblait près de piquer du nez. La fillette était attachée à un tronc, l'air très malheureux.

« Fais gaffe de ne rien renverser. »

Elle tira sur sa cigarette, souffla la fumée en direction du plafond et resta là, les bras croisés, à regarder l'écran.

« Oh, mais c'est celui que j'aime bien, non ? Comment il s'appelle ?

— Flint McCullough.

— Non, je veux dire, l'acteur.

— Je sais pas.

— Robert Quelquechose. Qu'est-ce qu'il est beau !

— Maman, chuuut ! »

La coupure publicitaire arriva juste au moment où Flint et Bill allaient passer à l'action. La mère de Tommy quitta la pièce en grognant. Elle et son mari trouvaient les réclames vulgaires. Les familles respectables ne regardaient que la BBC, qui avait le bon goût de ne pas en diffuser. Tommy, lui, ne comprenait pas le problème. En fait, il trouvait les publicités souvent bien meilleures que ce qui se passait avant ou après. Il les connaissait presque toutes par cœur. Comme Diane, il avait des dons d'imitateur et parfois, lorsque ses parents avaient des invités, sa mère lui demandait de faire l'homme de la publicité pour les cigarettes Strand. Tout en protestant et en affichant plus de réticences qu'il n'en avait en réalité, Tommy sortait de la pièce, puis revenait quelques minutes plus tard d'un pas nonchalant, avec le vieux chapeau mou de son père et son imperméable dont il avait relevé le col, en tirant d'un air blasé sur une cigarette prise dans la boîte en argent sur la table basse. *On n'est jamais seul avec une Strand*, déclamait-il. Cela faisait toujours beaucoup rire. Parfois même, on l'applaudissait. En guise de bis, sa mère lui demandait, tant qu'il avait encore la tenue, d'imiter le sergent Joe Friday, de la série *Badge 714*.

Oh non, maman, protestait-il avec une timidité feinte. Et tous, naturellement, de s'écrier d'un ton suppliant : « *Oh, Tommy, s'il te plaît !* » Alors il prenait son expression la plus sérieuse et la plus virile et, sur le ton froid et monocorde du sergent Friday, annonçait que l'histoire qu'ils allaient voir était véridique et que seuls les noms avaient été modifiés pour protéger les victimes. *Les faits, madame, rien que les faits*.

Quand il eut fini sa tarte aux pommes, Flint et Bill avaient tout arrangé. Ils avaient tué ou fait fuir les Indiens, sauvé la petite fille, et quand ils rejoignirent la caravane de chariots, son papa était là, sain et sauf mis à part sa tête bandée. En larmes, père et fille se jetèrent dans les bras l'un de l'autre, puis s'assirent autour du feu pour partager avec les autres le repas du soir – du bacon et des haricots, le seul plat que Charlie, le cuisinier, semblait capable de préparer.

Comme Flint l'avait deviné avec tant de perspicacité, il s'avéra que l'autre caravane avait été attaquée par des guerriers shoshones qui voulaient que la petite fille devienne la squaw de l'un des leurs. Tommy n'était pas sûr de bien comprendre ce que cela impliquait. Toujours est-il que la fillette retrouva sa voix et que, en gros, tout se termina bien, comme à chaque épisode ou presque.

Tommy ôta son chapeau de cow-boy et, les yeux rivés sur l'écran, resta assis sur le canapé à le tripoter jusqu'à la fin du thème musical et du générique.

« Allez, Tommy, dit sa mère depuis la cuisine, monte dans ta chambre. Ton père va rentrer d'une minute à l'autre.

— Bon, bon. »

Il rapporta son verre et son assiette vides dans la cuisine, modernisée depuis peu. À présent, tout était recouvert de Formica bleu pâle. Sa mère, debout près de la cuisinière, remuait sans grand enthousiasme quelque chose dans une casserole pendant que le présentateur du journal radio de la BBC expliquait que les Russes avaient l'intention de lancer un vol non habité vers la lune.

Le vrai nom de sa mère, c'était Daphne, mais comme elle le détestait, tout le monde l'appelait Joan. Elle était petite, un peu ronde, avait des bras dodus et son teint pâle s'empourprait quand elle était fâchée, ce qui arrivait assez souvent. En fait, avec ses cheveux bruns aux reflets roux, elle avait toujours l'air en colère, surtout le vendredi, jour où elle se faisait faire sa couleur et sortait de chez le coiffeur avec un casque de petites boucles rêches.

Tommy lava son verre et son assiette dans l'évier, puis les posa sur l'égouttoir, près du cendrier où fumait la cigarette de sa mère. À côté, il y avait un verre de gin tonic, le troisième certainement puisqu'elle se versait le premier au moment où la radio diffusait les six coups de Big Ben.

« Diane arrive à quelle heure ?

— Tard dans la soirée. Elle prend le dernier train.

— Je peux l'attendre ?

— Hors de question ! Tu la verras demain matin. Allez zou ! Au lit ! »

Diane avait vingt-quatre ans et vivait à Londres, près

de la gare de Paddington, dans une grande et vieille maison dont elle partageait le dernier étage avec trois autres filles. Tommy n'y était jamais allé, sauf le jour où sa mère l'avait emmené à Londres pour voir un médecin d'Harley Street. Diane rentrait presque chaque week-end, et dès qu'elle arrivait, la maison s'emplissait de lumière et de rires. Elle lui rapportait toujours un petit cadeau, quelque chose de drôle, d'insolite et souvent, dc l'avis de sa mère, pas du tout adapté à un garçon de son âge. Par exemple, les disques sur lesquels tout le monde dansait à Londres, ou bien la bande originale d'une comédie musicale qu'elle avait vue. Lors de sa dernière visite, elle avait apporté la musique de *West Side Story* qu'ils avaient écoutée et réécoutée sur l'électrophone jusqu'à en connaître toutes les chansons par cœur. Depuis, Tommy ne cessait de fredonner *I like to be in America*.

Diane était la personne la plus drôle qu'il connaissait. Elle passait son temps à faire des blagues, même à des inconnus. Par exemple, elle téléphonait en se faisant passer pour quelqu'un d'autre, ou bien faisait le genre de bêtises que les adultes n'étaient pas censés faire – genre, remplacer le sel par du sucre et vice versa, placer un bol rempli d'eau au-dessus de la porte de la salle de bains pour que la personne qui y entrait se fasse arroser. Résultat : leur mère explosait (exactement l'effet recherché par Diane) tandis que leur père, posant son journal, disait en soupirant, *Allons, Diane. Tu crois que c'est un bon exemple pour le petit ? Et si tu te montrais un peu plus raisonnable ?* À quoi Diane répondait, *Oui, papa, désolée, papa.* Mais derrière son dos, elle grimaçait, l'imitait, ou bien, la langue tirée, se mettait à loucher en faisant la nique si bien que

Tommy, malgré tous ses efforts, ne pouvait réprimer un fou rire.

Diane était actrice. Elle n'était pas encore vraiment connue, mais tout le monde s'accordait à dire que cela ne tarderait pas. Comme il y avait déjà une autre actrice qui s'appelait Diane Bedford, elle avait adopté le nom de jeune fille de leur mère, Reed. Diane Reed. Tommy était très fier d'elle. Il accrochait ses photos, les articles qui parlaient d'elle et les affiches de ses pièces sur le mur de sa chambre, à côté des posters de ses cow-boys.

Sa photo préférée provenait d'un magazine. Diane y portait une robe de soirée en satin noir, d'énormes boucles d'oreilles scintillantes et une étole en fourrure autour des épaules. Le cliché avait été pris un soir devant le Café Royal, un célèbre restaurant de Londres fréquenté par les stars. Diane renversait la tête en arrière en riant, comme si quelqu'un venait de dire quelque chose de drôle. Jamais Tommy n'avait vu une femme aussi belle. UNE ÉTOILE MONTANTE, disait la légende, avec en dessous : *Diane Reed – le visage des années soixante*. La mère de Tommy, toujours prête à faire le rabat-joie, avait souligné qu'une telle affirmation était peut-être prématurée en 1959.

Allongé dans la baignoire, Tommy fut de nouveau envahi par cette sensation dans le ventre, cette boule de terreur qui grossissait peu à peu, comme la pile de vêtements neufs et étrangers sur le lit de la chambre d'amis. Deux shorts en flanelle grise ; deux pulls gris ; quatre chemises grises ; six paires de chaussettes grises montant jusqu'aux genoux ; quatre slips et tricots de corps ; deux tenues de sport (une verte et une blanche) ; une dizaine de mouchoirs en coton blanc ; une cravate à rayures vertes et jaunes ; et enfin, la veste et la casquette vert foncé, avec l'insigne jaune représentant deux épées croisées et l'écusson sur lequel était écrite la devise de l'école : *Semper fortis*. D'après son père, cela voulait dire qu'il fallait toujours faire preuve de courage, dans une langue qu'on appelait le latin et que Tommy apprendrait bientôt, même si elle était « morte » et que plus personne ne la parlait.

Sur chaque vêtement, sa mère avait cousu une petite étiquette avec son nom, BEDFORD T. Tommy ne l'avait jamais vu écrit de cette manière. C'était ainsi qu'il figurait également sur la grosse malle noire et sur la boîte à provisions en bois posées par terre près du lit et qui se remplissaient peu à peu. Ça lui faisait tout drôle de penser qu'il allait vivre dans un endroit où personne ne se souciait de connaître son prénom. Pourtant, dans deux jours à peine, il y serait.

Il ne comprenait toujours pas les raisons exactes pour lesquelles ses parents l'envoyaient au pensionnat. Quand ils lui avaient annoncé la nouvelle, il s'était dit qu'il avait dû faire quelque chose de mal et qu'ils voulaient se débarrasser de lui. Il savait que Diane s'y opposait. Il l'avait entendue se disputer avec leurs parents à ce sujet cet hiver, un soir, alors qu'il était au lit. Elle-même avait été envoyée à l'âge de onze ans dans un pensionnat, un endroit lugubre qui s'appelait Elmshurst, dans la région des Malvern Hills, d'où elle s'était enfuie trois fois tellement elle le détestait. La dernière fois, à peu près un an avant la naissance de Tommy, c'était en voiture de police qu'elle avait été ramenée à la maison. Pourquoi ses parents voulaient-ils donc lui faire subir à lui la même chose alors qu'ils savaient à quel point c'était horrible ?

Diane ne faisait preuve d'aucune retenue quand elle se disputait avec les parents, et généralement elle se mettait très vite à crier. Alors sa mère sortait de la pièce furieuse en claquant la porte, tandis que son père calait sa pipe entre ses lèvres et se réfugiait derrière son journal en faisant semblant de ne rien entendre, moyen le plus sûr d'attiser la colère de Diane. Ce soir-là, Tommy avait entendu son père grommeler, en réponse aux attaques de sa sœur, des phrases telles que *faire du bien au petit, l'endurcir, en faire un homme.* Depuis sa plus tendre enfance, Tommy avait hâte de grandir, mais tout de même, huit ans, c'était un peu jeune pour devenir un homme, non ?

Il n'avait jamais osé demander à son père ce qu'il voulait dire exactement, mais sa mère l'avait assuré qu'aller en pensionnat, c'était ce que tous les garçons des familles convenables faisaient. En outre, il devait s'estimer heureux parce que certains enfants y étaient envoyés dès l'âge de six ans. Tommy l'avait aussi surprise en train d'expliquer à tante Vera (et pour le bénéfice des oreilles qui traînaient) qu'Ashlawn était considéré comme l'un des meilleurs établissements du Worcestershire. Le collège comptait parmi ses anciens élèves quelqu'un qui avait joué dans l'équipe de rugby d'Angleterre, un autre qui avait aidé à la conception de la Mini Cooper, et un major de l'armée britannique qui avait gagné la Victoria Cross en combattant les Japonais.

« Il a fait quoi exactement ?

— J'ai oublié, mais ce que je sais, c'est qu'il était très courageux.

— Plus que papa ?

— Bien sûr. Ton père, il s'est contenté de se faire tirer dessus à la guerre. »

Son père s'était battu contre les Allemands et avait conservé d'une blessure à la jambe une légère boiterie. Il avait même été prisonnier quelque temps mais, à la grande déception de Tommy, ne s'était pas échappé comme cela se faisait dans les films. Pour Tommy, la bravoure et la virilité étaient aussi admirables l'une que l'autre. Les deux allaient ensemble. Il n'avait pas passé toutes ces heures à regarder des westerns pour rien. Ces temps-ci, il se demandait souvent comment Flint McCullough réagirait si on l'envoyait dans un pensionnat. Sans la moindre larme, pour sûr. Avec peut-être un léger mouvement du menton, un hochement de tête. Hélas Tommy, malgré tous ses efforts, ne parvenait pas à se débarrasser de cette boule de terreur au creux de son ventre.

La raison profonde de cette angoisse, c'était le problème que tout le monde – c'est-à-dire ses parents et une cohorte de médecins – tentait de résoudre depuis qu'il était tout petit. La honte infinie qui leur gâchait la vie et expliquait probablement pourquoi ils ne voulaient plus qu'il vive avec eux à la maison.

La chose ne se produisait pas tout le temps. Il lui arrivait de passer deux, voire trois nuits de suite sans incident, à la grande joie de sa mère, qui claironnait, « Bravo, Tommy ! Tu as réussi ! Félicitations ! »

Mais la nuit suivante, comme si quelque lutin malveillant logé dans son corps s'amusait à leur jouer des tours, la chose recommençait et il se réveillait au petit matin dans la maison silencieuse avec entre les cuisses une humidité chaude et familière. Alors, allongé dans son lit, furieux contre lui-même, il étouffait ses sanglots de rage.

Visiblement, personne ne comprenait pourquoi il mouillait son lit. Sa mère affirmait que c'était dû au fait qu'il avait eu une forme sévère d'oreillons à l'âge de trois ans. Qui avait fragilisé, assurait-elle, sa tuyauterie. Un médecin – celui-là, Diane l'avait surnommé le Psy – avait expliqué que Tommy le faisait exprès, simplement pour qu'on s'intéresse à lui. Il avait conseillé d'établir un système de récompenses et de punitions. La famille avait essayé pendant un mois environ. Une nuit sans pipi, et Tommy était autorisé à rester debout une demi-heure de plus. Une nuit avec, et il se voyait privé de télévision, ou de glace, ou de chocolats. Les Bedford comprirent très rapidement que le seul effet de ce système, c'était de rendre tout le monde malheureux et hargneux, si bien que, à l'instar de tous les autres remèdes, celui-ci fut abandonné. Et ils reprirent leur tournée des médecins.

Celui qu'ils allèrent voir à Harley Street leur donna une alèze spéciale en caoutchouc. Ce modèle qui, leur expliqua-t-il, avait déjà fait la preuve de son efficacité en Amérique, était équipé de détecteurs électriques reliés à un câble en caoutchouc noir que l'on branchait. Au moindre signe d'humidité, ne serait-ce qu'une goutte, l'appareil administrait une décharge électrique – légère, dit le médecin d'un ton rassurant, juste assez pour réveiller le petit – et se mettait à sonner. Tommy n'en connaissait pas le prix, mais à voir l'expression de sa mère quand elle découvrit la facture, il était très élevé.

La première nuit où ils essayèrent l'appareil, il y eut un éclair bleu, un bruit de tonnerre, et Tommy se retrouva projeté en l'air comme une fusée. Il atterrit brutalement par terre avec au derrière une brûlure qui mit deux semaines à guérir.

Ces derniers mois, à mesure qu'approchait la date de son départ pour l'univers viril et héroïque d'Ashlawn Preparatory School, la recherche d'un remède avait pris des allures désespérées. Et plus ils en parlaient, moins Tommy semblait capable de contrôler sa vessie.

Tout l'été, il avait pris des petites pilules jaunes censées favoriser un sommeil si léger qu'il se réveillerait quand il aurait envie de faire pipi. Elles se révélèrent inefficaces sur ce plan-là, mais le transformèrent en une véritable pile électrique dotée d'une énergie qu'il n'avait jamais eue auparavant. Devenu incapable de rester assis ne serait-ce qu'une minute, il se montra si bruyant et agité que, n'en pouvant plus, sa mère jeta le reste de pilules dans les toilettes. Ça, c'était il y a quelques jours.

La tentative la plus récente – et sans doute la dernière – pour l'empêcher de mouiller ses draps consistait à surélever le pied de son lit en plaçant dessous deux grosses cales. Sa mère avait trouvé ça dans un magazine. L'idée, avait-elle expliqué, était de soulager la pression subie par sa vessie en jouant sur la gravité. Pour cela, Tommy devait dormir avec les pieds qui faisaient un angle de trente degrés environ par rapport au sol. Jusqu'à présent, il avait fait pipi au lit toutes les nuits et s'était réveillé à chaque fois complètement ratatiné contre le mur avec un torticolis.

Lorsque son père rentra du travail, Tommy, couché, s'efforçait de chasser le pensionnat de son esprit en lisant l'un des volumes de sa collection de classiques illustrés, *Le Dernier Combat du général Custer*. Custer était l'un de ses héros authentiques préférés. Le livre contenait une image de lui en veste et pantalon de daim, entièrement encerclé de sauvages sanguinaires, un pistolet fumant dans chaque main et les cheveux blonds volant au vent.

Arthur Bedford était comptable dans une entreprise de Birmingham qui fabriquait des pièces pour les moteurs de voitures. Tommy ne savait pas trop en quoi son travail consistait exactement, sauf qu'il fallait s'occuper d'argent et être très bon en mathématiques, de loin la matière la plus terrifiante au monde. Le simple mot de division faisait frémir Tommy. Il lui semblait donc naturel que son père ait l'air si las et malheureux quand il rentrait. Cela dit, il avait toujours cet air-là. Probablement parce qu'il se faisait tout le temps critiquer ou harceler par la mère de Tommy. Quoi qu'il fasse ou ne fasse pas, le pauvre suscitait irritation et agacement.

Les seuls moments où son père semblait heureux, c'était dans la serre quand il s'occupait de ses tomates, ou bien dans son petit atelier au fond du garage, où il pouvait rester des heures durant, équipé d'une loupe et d'une petite lampe accrochée au front, à recoller des morceaux de porcelaine. Les gens lui apportaient leurs vases, leurs assiettes, leurs tasses et leurs soucoupes brisées pour qu'il les répare. Il avait beaucoup de talent pour ça. Après, jamais on n'aurait pu deviner que les objets avaient été cassés.

Le détail le plus intéressant – et peut-être le plus intrigant – chez lui, c'était son appartenance à un club tellement secret qu'on n'avait même pas le droit de lui poser la moindre question dessus, ni même de dire qu'on connaissait son existence. Ses membres s'appelaient les francs-maçons et se réunissaient en secret une fois par mois, le jeudi soir, dans un endroit qu'ils appelaient la Loge. Ils avaient une manière spéciale et secrète de se serrer la main qui leur permettait immédiatement de savoir s'ils avaient affaire à un véritable membre du club ou à un espion qui essayait de les infiltrer. Le père de Tommy conservait son équipement maçonnique dans une valise marron plate cachée en haut de l'armoire dans sa chambre. Un jour, Tommy y avait en douce jeté un coup d'œil, certain d'y découvrir une arme mortelle, un pistolet laser, par exemple. Mais tout ce qu'il avait trouvé, c'était un petit tablier en satin bleu et blanc, des drôles de médailles et de badges et un magazine qui s'appelait *Forme et Santé*, avec des photos de filles à poil. Il n'avait rien dit à personne, pas même à Diane. Visiblement, elle n'en savait pas plus que lui sur les francs-maçons, si ce n'est que, lors de leurs réunions à la Loge, ils devaient retrousser les jambes de leurs pantalons et se mettre une corde de pendu autour du cou. D'après elle, cela avait certainement quelque chose à voir avec le golf, beaucoup des messieurs du club de golf de leur père étant également francs-maçons.

Tommy entendit les pneus de la voiture de son père crisser en remontant l'allée jusqu'au garage. La nouvelle Rover 105S avait une carrosserie vert clair et vert foncé, des sièges en cuir beige et un tableau de bord en noyer. Son père en prenait soin comme si Dieu lui-même l'avait créée spécialement pour lui. Tommy entendit le clic de la portière et imagina son père en train de faire lentement le tour du véhicule, à l'affût de la moindre éraflure sur la peinture. Il agissait toujours ainsi après chaque trajet, aussi court soit-il. Puis, avec un chiffon doux imbibé d'alcool à brûler, il enlevait les insectes écrasés sur les phares et la calandre.

Arthur Bedford réagissait au problème nocturne de son fils comme il réagissait en général à ce que Tommy faisait – avec une froideur lasse. Nettoyer, changer les draps, s'occuper du linge, c'était, à l'instar de pratiquement tout ce qui touchait de près ou de loin aux enfants, un travail féminin. Et Tommy avait bien compris, en surprenant quelques soupirs ou remarques, qu'aux yeux de son père le problème participait d'une faiblesse féminine générale.

Tommy ne s'était rendu compte que tout récemment que ses parents étaient bien plus âgés que ceux des enfants de son âge. Sa mère avait presque cinquante ans et son père soixante. Les gens les prenaient souvent pour ses grands-parents. Un jour, sa mère lui avait expliqué qu'elle avait essayé pendant plusieurs années de donner un petit frère ou une petite sœur à Diane, mais que Dieu ne l'avait pas voulu. Et Tommy était enfin arrivé, comme un cadeau du ciel, avait-elle ajouté. Tommy se demandait pourquoi Dieu avait changé d'avis. En outre, il n'était pas vraiment convaincu par cette histoire de cadeau, ayant un jour surpris tante Vera disant qu'il était un accident. Mais peut-être pouvait-on être les deux en même temps.

« Bonté divine ! Tu dors toujours pas ? »

Son père se tenait sur le palier, devant la porte de sa chambre, sa pipe éteinte calée au coin de sa bouche comme celle de Popeye. Cela l'obligeait à parler tout en serrant les dents, ce qui lui donnait une voix de ventriloque. Grand, maigre, osseux, il était l'opposé de Tommy par bien des aspects. On avait toujours l'impression que ses vêtements auraient pu en loger deux comme lui. Il avait une masse de cheveux qui lui retombaient sur le front, blancs avec des reflets argentés sauf sur le devant où ils étaient jaunis par la fumée de sa pipe.

« Je regardais *La Grande Caravane*, expliqua Tommy.

— Ah. »

Son père resta là, à se balancer légèrement devant la porte de sa chambre, comme s'il ne pouvait se décider à venir lui dire bonne nuit. Il eut un petit mouvement du menton.

« Ton vieux copain va se sentir tout seul sans toi. »

Tommy ne comprit pas ce qu'il entendait par là. Il posa son livre et regarda son père enjamber prudemment les cow-boys et les Indiens qui se livraient une guerre incessante sur le tapis de sa chambre. Il avait visiblement l'intention de s'asseoir auprès de lui, mais décida en voyant le lit incliné par des cales sous les pieds qu'il serait moins dangereux de rester debout. La lumière de la lampe de chevet faisait ressortir son pantalon en serge, laissant le haut de son corps dans la pénombre. Il prit l'ours en peluche posé sur l'oreiller. Tommy comprit alors que c'était lui, le « vieux copain » en question.

« Hum, le pauvre, il est bien abîmé. »

C'était vrai. Nounours avait perdu ses poils par plaques entières et ses nombreuses cicatrices témoignaient des réparations qu'il avait subies. Il avait appartenu à Diane et vécu d'innombrables et incroyables mésaventures. Il avait été torturé, pendu, brûlé sur le bûcher, jeté depuis la fenêtre et soumis à des opérations de chirurgie très invasives.

« Je ne peux pas l'emporter avec moi ? »

Son père éclata de rire.

« Emmener ton nounours au pensionnat ! Tu n'y penses pas ! Que diraient les autres ?

— Qui ça, les autres ?

— Les professeurs, les élèves, tout le monde.

— Et eux, ils n'ont pas de nounours ?

— Seulement quand ils sont petits. »

Il ébouriffa les cheveux de Tommy.

« Bon, je ferais bien d'aller voir ce que ma tendre épouse a fait de mon dîner. Allez ! Extinction des feux ! »

Il se pencha, et Tommy crut l'espace d'une seconde qu'il allait l'embrasser, chose qu'il n'avait pas faite depuis des années. Mais il cherchait uniquement l'interrupteur. Sa veste en tweed était imprégnée de l'odeur de tabac et de celle du whisky qu'il avait bu au club-house.

« On a bien fait la vidange ?

— Oui.

— Voyons si on peut passer une nuit au sec, d'accord ?

— Je vais essayer.

— C'est ça qu'il faut se dire. Bonne nuit, mon vieux.

— Bonne nuit. »

Allongé sur le dos, les yeux fixés sur le trait de lumière jaune qui traversait le plafond depuis le palier, Tommy effectua son petit rituel nocturne – *Je ne mouillerai pas mon lit, Je ne mouillerai pas mon lit*, répété cent fois à voix basse.

En bas, dans le salon, ses parents regardaient le journal télévisé. Un homme annonçait que le président Eisenhower revenait à Londres après un voyage en

Écosse où il avait rencontré la reine. Il se prénommait Dwight, mais tout le monde l'appelait Ike. Il avait l'air d'un vieux monsieur gentil. Tommy avait une photo de lui serrant la main de John Wayne.

Ses pensées revinrent à Flint et à l'intelligence dont il avait fait preuve en interprétant les traces de sabots près de la rivière. Tommy se demanda ce qui serait arrivé à la petite fille si elle n'avait pas été arrachée aux griffes des Indiens. Quelque chose de pire encore que le pensionnat, assurément. Plus que deux jours à la maison, et il y serait. Quand il était allé le visiter avec sa mère au printemps, l'endroit lui avait paru relativement agréable avec ses immenses pelouses et tous ses arbres. Ses terrains de foot. Son gymnase avec des cordes pour grimper. Finalement, peut-être que ça ne serait pas si terrible que ça.

Emporté par ses pensées, Tommy avait dû s'endormir puisqu'il se rendit compte brusquement que la maison était plongée dans le silence et que quelqu'un avait éteint la lumière du palier. Il sentit une main lui caresser le front.

« Diane, c'est toi ?

— Bonjour mon cœur », murmura-t-elle.

Elle était agenouillée à côté de son lit. Il eut l'impression qu'elle était là depuis un certain temps. Elle se pencha sur lui et l'embrassa sur la joue. Elle portait encore son imperméable. Ses cheveux avaient une odeur de fleurs.

« Tu viens d'arriver ?

— Oui. »

Elle lui caressait le front. Sa main était douce et fraîche. Dans le noir, il ne pouvait pas bien voir son visage mais il devina à son sourire triste qu'elle avait pleuré.

« Qu'est-ce qui ne va pas ? »

Elle posa son doigt sur ses lèvres.

« Chut. Tu vas les réveiller. Tout va bien. Je suis contente de te voir, c'est tout. »

À présent, c'étaient ses yeux à lui qui s'emplissaient de larmes.

« Diane…

— Quoi, mon cœur ? Qu'est-ce qu'il y a ?

— J'veux pas aller au pensionnat ! »

Il fondit en larmes, ce qui la fit pleurer à nouveau. Elle le prit dans ses bras et il enfouit le visage dans la douceur chaude et parfumée de son cou. Accrochés l'un à l'autre, ils sanglotèrent.

2

Ashlawn, école préparatoire pour garçons, était un édifice imposant en briques rouges, du plus pur style gothique, avec des remparts, des tourelles ornementées et une cohorte de fantômes célèbres. L'établissement se situait au sommet d'une petite colline, au cœur d'un vaste parc de deux hectares planté de chênes et de cèdres et ceint d'un mur de deux mètres surmonté d'inquiétants fils de fer barbelé. L'école avait été construite par un industriel victorien né dans les taudis de Birmingham qui avait fait fortune dans les colonies, une fortune rapidement perdue, si bien que le bâtiment, conçu à l'origine pour célébrer son ascension sociale, était devenu pendant soixante-dix ans un asile de fous.

Pendant la Première Guerre mondiale, il avait également hébergé des soldats traumatisés par les horreurs des combats, et ce n'est qu'à la disparition du dernier, mort ou tout simplement parti, que l'ensemble, avec ses couloirs et ses dortoirs délabrés, avait été restauré et transformé en école. Il existait dans la région des établissements plus chics et plus onéreux dans lesquels étaient expédiés les fils des classes supérieures. Ashlawn était pour les familles en situation transitoire

– ascendante ou déclinante – dont les aspirations ou les prétentions sociales dépassaient largement les moyens.

Pour le bénéfice du monde extérieur et des parents qui payaient, l'impressionnant portail en fer forgé, décoré des armoiries de l'école et de sa devise, *Semper fortis*, était régulièrement repeint et l'allée, longue de cinq cents mètres, désherbée. Par contre, dans les sombres recoins du bâtiment, où les parents ne risquaient guère de s'aventurer, peu de choses avaient changé depuis un demi-siècle. Les murs, peints dans un marron et un vert pâle sinistres, s'écaillaient ; les tuyaux, d'origine, craquaient sous les parquets troués par les vers ; les lits métalliques, dont la peinture noire partait, avaient des fentes permettant de faire passer les sangles qui autrefois contenaient les malades agités ; et sur les bancs en bois des vestiaires à l'atmosphère humide et fétide, on voyait encore les initiales gravées par les malheureux déments.

Pour les nouveaux venus – les *bizuts*, comme on les appelait de manière guère bienveillante – qui débarquaient le visage innocent, perdus dans leurs uniformes trop grands, les vestiaires étaient l'un des endroits les plus redoutables d'Ashlawn. C'était là, comme ils ne tardaient pas à le découvrir, que les élèves étaient convoqués après l'extinction des feux pour subir, des mains des professeurs, les corrections officielles, là qu'ils enduraient, à peu près n'importe quand, des corrections moins officielles mais bien plus inventives infligées par les nombreux petits caïds de l'école. Le long du mur au-dessus des bancs, s'alignaient des patères clairement étiquetées et des casiers grillagés dans lesquels les garçons laissaient leur équipement sportif. L'air était saturé par l'odeur de chaussettes humides en putréfaction. Mis à part une lucarne crasseuse dans les douches voisines, la seule lumière provenait d'une ampoule nue pendouillant au bout d'un cordon effiloché.

C'était là que Tommy Bedford, après trois jours et trois nuits miraculeusement sèches, essayait, vêtu de son short de rugby qui lui arrivait aux genoux et de sa chemise blanche immaculée, de défaire les lacets de ses chaussures dc sport. Quelqu'un les avait attachés à son casier et ses ongles étaient tellement rongés qu'il n'arrivait pas à défaire le nœud, très serré et très compliqué. Le groupe dont il faisait partie pour le sport était placé sous la surveillance du *maître d'internat*, M. Brent, dont Tommy savait déjà que c'était le plus strict et le plus cruel de tous les adultes de l'établissement. Les autres élèves se dirigeaient vers le terrain et, à mesure que l'écho de leurs voix diminuait, Tommy se sentit gagné par la panique.

« Alors, le bizut, c'est pas bien, ça. Tu vas être en retard pour le sport. »

Tommy ne connaissait pas beaucoup d'élèves plus grands que lui, mais celui-ci, il savait qui c'était. Tout le monde avait appris à éviter de se frotter à Critchley. Et à son homme de main, Judd, qui l'accompagnait. Les deux garçons devaient avoir onze ans et étaient en section B, celle qu'on appelait aussi la classe neuneu, parce que c'était là qu'on vous mettait quand vous étiez stupide ou paresseux, ou les deux à la fois.

« Oh, mon pauvre ! Tes lacets sont tout emmêlés ! dit Judd.

— Ben oui.

— C'est quoi, ton nom, bizut ?

— Bedford.

— Ah, c'est toi, *le Bancal* ? » dit Critchley.

Il était grand, nerveux, avec des cheveux blond filasse qui retombaient en mèches sur son front. Quant à Judd, il était petit, épais, avec le visage gras d'un fils de boucher. Tommy se concentra sur ses lacets en faisant mine de ne pas avoir entendu. Surtout ne pas les regarder. Ne pas être surpris en train de fixer les grands – c'était l'une des premières choses que les bizuts apprenaient. Sinon, ils vous ordonnaient de baisser les yeux, voire vous filaient un coup de poing ou vous étranglaient. Du coin de l'œil, Tommy vit les deux autres s'approcher.

« Non seulement t'es con, mais en plus t'es sourd ?

— Non, monsieur – je veux dire, non, Critchley.

— J'ai dit, "C'est toi, *le Bancal.*"

— Elles servent à quoi ? demanda Judd.

— Qu'est-ce qui sert à quoi ? fit Tommy d'une voix qui lui parut toute petite, à moitié étouffée par la peur.

— Les cales, petit merdeux. »

L'infirmière avait été informée du problème nocturne de Tommy, mais jusqu'à présent, personne d'autre ne savait. On s'était déjà moqué de lui à cause des cales et, sur les conseils de Diane, il avait raconté qu'il avait une mauvaise circulation et que le fait de dormir incliné le soulageait. Il commença à expliquer la même chose, mais fut rapidement interrompu. Critchley lui avait saisi l'oreille et commençait à la tordre.

« Lâche-moi ! »

Se débattant, il se libéra d'un coup de poing. Ses genoux tremblaient, et il sentit sa vessie se relâcher.

« Ouh là là ! dit Critchley d'un ton dédaigneux. C'est qu'il est colérique, notre *Bancal.* »

Le cœur cognant contre sa poitrine, Tommy les fusilla du regard.

« Baisse les yeux ! » hurla Critchley.

Tommy baissa le regard et, au même instant, Judd se plaça derrière lui et lui coinça les bras dans le dos. Critchley attrapa ses deux oreilles et les tordit au point que Tommy crut qu'il les lui arrachait. Il sentit les larmes monter et, pire encore, un filet de liquide tiède couler le long de sa cuisse. Probablement alerté par l'odeur, Critchley lâcha les oreilles de Tommy et recula pour voir ce qui se passait.

« Bonté divine, qu'est-ce que c'est que ça ? »

Malgré ses grandes chaussettes en laine verte qui absorbaient une partie du liquide, Tommy se retrouva vite au beau milieu d'une petite flaque qui s'étalait. Judd le lâcha et se plaça à côté de Critchley. Leurs visages se tordirent de rire et de dégoût.

« Beurk !

— Vraiment répugnant. *Le Bancal*, tu es *répugnant*. Répète, tu es quoi ? »

Tommy ne répondit pas. Judd l'attrapa par une oreille.

« Tu es quoi ?

— Répugnant, dit Tommy à voix basse, en s'efforçant de ne pas gémir.

— Exact. Vraiment répugnant. »

Des bruits de pas retentirent dans le couloir. Les pas de quelqu'un qui avait des fers aux talons, donc l'un des professeurs.

« Si tu lui dis qu'on est là, *le Bancal*, t'es un homme mort. Pigé ? »

Tommy fit oui de la tête. Les deux autres filèrent se cacher dans la salle de douches jouxtant le vestiaire.

Tommy resta là, les oreilles brûlantes, pendant que les bruits de pas se rapprochaient, puis s'arrêtaient. Le visage aimable et rougeaud de M. Lawrence, qui enseignait l'anglais et le latin, apparut dans l'embrasure de la porte.

« Bonjour, qui est là ?

— Bedford, monsieur.

— Bedford.

— Oui, monsieur. »

M. Lawrence jeta un coup d'œil à la flaque s'étalant aux pieds de Tommy.

« Ah, pas de chance, mon vieux. On va nettoyer ça, d'accord ? »

Un quart d'heure plus tard, M. Lawrence amena Tommy, flottant dans un short emprunté, sur le terrain boueux. Il commençait à pleuvoir. M. Lawrence échangea discrètement quelques mots avec M. Brent, qui hocha la tête, ordonna sèchement à Tommy de ne plus jamais être en retard, puis se mit à hurler sur un autre garçon dont la chemise n'était pas bien rentrée dans le short. Tommy devait avoir l'air terrorisé, car M. Lawrence, juste avant de s'éloigner, posa la main sur son épaule et lui fit un clin d'œil.

« *Semper fortis*, Bedford, dit-il à voix basse. *Semper fortis*.

— Oui, monsieur. »

M. Brent donna un coup de sifflet et, les genoux fouettés par la pluie glaciale de l'automne, Tommy et la vingtaine de malheureux garçons de huit ans qui étaient avec lui passèrent une heure et demie à courir dans la boue, à se faire mutuellement mal, sous le harcèlement constant de M. Brent.

Il sembla à Tommy que trois ans, et non pas trois

jours, s'étaient écoulés depuis le moment où il avait dit au revoir à ses parents et à Diane sur les graviers de la cour. Il revoyait le visage bouleversé de sa sœur tourné vers lui à travers la lunette arrière de la Rover qui s'éloignait. Elle avait été émue plus qu'eux tous, plus que Tommy même. Les nouveaux avaient reçu instruction de se présenter à l'école une heure avant les anciens. Tommy avait aidé son père et Diane à porter sa malle et sa boîte à provisions dans le hall, où le directeur, M. Rawlston, et sa femme papotaient avec d'autres nouveaux parents. Quand leur tour vint, le père de Tommy serra la main de M. Rawlston avec fermeté, comme à son habitude (peut-être même à la manière maçonnique), et Tommy remarqua le léger recul de Mme Rawlston. Diane pleurait trop pour pouvoir saluer.

« OK, Tommy, on y va », dit alors son père.

Tommy se prépara à la virile poignée de main. « Bonne chance, mon vieux. »

Les yeux de sa mère étaient eux aussi remplis de larmes. C'était la première fois qu'il la voyait pleurer. Elle l'embrassa sur la joue. Tommy se mordit la lèvre. Son père lui avait dit à maintes reprises qu'il valait mieux ne pas être surpris en train de pleurnicher.

« J'ai donné les cales à l'infirmière, murmura sa mère. Rappelle-lui de les mettre.

— J'y penserai. »

Ce fut la façon dont Diane le serra dans les bras qui lui fit perdre le contrôle de ses émotions et pleurer. Elle sanglotait, le visage sali par les traînées noires de son rimmel.

« Allons, mon vieux, dit son père regardant furtivement autour de lui, pas de ça, s'il te plaît. »

Quand les parents furent tous partis, le troupeau de petits nouveaux fut emmené au réfectoire pour dîner avec l'infirmière. Ils étaient environ une vingtaine, certains reniflant, d'autres écarquillant les yeux de terreur. On leur expliqua qu'ils devaient se placer autour d'une longue table où s'empilaient des sandwiches et des tranches jaune vif de cake aux fruits. Miss Davies, l'infirmière, était petite, grosse, et portait un uniforme bleu et des lunettes rondes dont les verres très épais lui faisaient d'énormes yeux féroces, ce qui, ajouté aux ailes blanches amidonnées de sa coiffe, lui donnait l'aspect d'une chouette obèse s'apprêtant à fondre sur sa proie. Elle s'installa au bout de la table, inclina la tête et joignit les mains. Tommy remarqua les longs poils sur son menton.

« Rendons grâces au Seigneur… », dit-elle avec un accent gallois à couper au couteau. « Amen. »

Un ou deux élèves marmonnèrent *amen*. Ce qui ne suffisait clairement pas aux yeux de Miss Davies.

« Répétez tous ! Et avec conviction ! »

Ils s'exécutèrent. Alors seulement elle les autorisa à s'asseoir.

« Maintenant, vous pouvez attaquer, les garçons. »

Il y avait de l'eau, du lait ou du thé dans une immense théière métallique. Tommy choisit le lait.

Pendant cinq minutes, personne, pas même l'infirmière, ne prononça un mot. Miss Davies vérifiait sans cesse l'heure sur la petite montre en acier inoxydable accrochée sur sa poitrine. On entendait les voix des autres élèves arrivant dans le couloir. Ils paraissaient heureux de revenir, ce que Tommy trouva intrigant, mais tout de même encourageant. Il étudia les autres petits nouveaux. Aucun ne semblait avoir faim. La plupart restaient là, à contempler leur assiette. Il n'y en avait plus qu'un qui pleurait, celui assis à côté de lui. Il avait un visage rose grassouillet, des cheveux noirs bouclés et des lunettes à monture rose dont le verre gauche était dépoli, si bien qu'on ne voyait pas son œil. Sur l'étiquette de son mouchoir, Tommy lut son nom : WADLOW P. Il pleurait si fort qu'il attira l'attention de toute la table.

« Chut, mon garçon, le gronda l'infirmière, ça suffit. Mange ton sandwich. »

Obéissant, Wadlow se mit à pleurer en silence. Tommy remarqua que l'élève en face de lui souriait. Il avait des taches de rousseur, une masse de cheveux roux, et semblait le seul à bien s'amuser. Il en était maintenant à son quatrième sandwich. Il adressa un clin d'œil à Tommy qui, bien incapable d'en faire autant, lui répondit d'un petit sourire forcé. Il était en train de se dire qu'il s'était peut-être trouvé un ami quand Wadlow se mit à faire un bruit étrange, se pencha en avant et vomit tout son repas sur la table. Une dizaine d'autres petits nouveaux fondirent immédiatement en larmes.

Le rouquin s'appelait Dickie Jessop. Tommy constata avec grand plaisir qu'ils étaient dans le même dortoir et la même classe. Tous deux devinrent vite amis. Les parents de Dickie vivaient à Hong Kong et il ne les voyait qu'une fois par an, quand il allait les rejoindre en avion pour les vacances. Depuis l'âge de cinq ans, il avait connu plusieurs internats et dès le deuxième jour, déclara à Tommy qu'il avait vu mille fois pire qu'Ashlawn. Il était drôle, passait son temps à faire des plaisanteries et paraissait ne craindre rien ni personne. Il se montrait impertinent avec certains des professeurs et des grands, mais le faisait d'une façon si charmeuse qu'ils ne lui en voulaient visiblement pas. Surtout, il adorait les westerns et en savait sur le sujet pratiquement autant que Tommy. Tommy lui demanda qui était son cow-boy préféré et il répondit sans une hésitation : Flint McCullough, dans *La Grande Caravane*. Ils topèrent.

Le troisième jour, à l'heure du dîner, après le rugby, Tommy raconta à son ami la rencontre avec Critchley et Judd dans les vestiaires, en lui cachant toutefois le fait qu'il s'était fait pipi dessus et en lui faisant croire qu'il s'était comporté un peu plus courageusement qu'en réalité.

Dickie écouta son récit, puis hocha gravement la tête.

« On va leur régler leur compte, dit-il.

— Moi, je ne m'y risquerais pas.

— Ne t'en fais pas. Rien ne t'y oblige. Je m'en charge. »

Cette nuit-là, Tommy ne mouilla pas son lit. C'était la quatrième nuit d'affilée. Jamais cela ne lui était arrivé, et il se réjouit prudemment. À présent, il répétait la formule magique, *Je ne mouillerai pas mon lit*, deux cents fois et visiblement ça marchait. Après le petit-déjeuner, quand il alla voir l'infirmière pour qu'elle lui donne sa dose quotidienne d'huile de foie de morue, elle esquissa un sourire.

« C'est bien, mon garçon, continue. »

Une semaine. S'il pouvait tenir une semaine, alors il aurait gagné pour de bon. Mais il fallait se concentrer sur la nuit prochaine, se dit-il.

Certains des élèves de son dortoir faisaient des remarques sur les cales qui surélevaient son lit. Un jour, dans la salle de bains, un garçon qui s'appelait Pettifer et paraissait jaloux de l'amitié entre Tommy et Dickie l'appela *le Bancal*. Dickie le saisit à la gorge, le plaqua contre le mur et le menaça des tortures les plus atroces s'il répétait le mot ne serait-ce qu'une fois.

Leur dortoir, long et étroit, contenait seize lits métalliques, huit de chaque côté, tous avec la même couverture en laine rouge. Chacun des garçons avait unc patère pour sa robe de chambre et une chaise métallique sur laquelle poser ses vêtements soigneusement pliés. Tommy dormait sur le lit le plus proche de la porte, si bien que lui incombait la tâche de *caver* (du latin *cave*, qui voulait dire faire attention) et de donner l'alerte quand les pas de l'infirmière ou de Brent, dit la Fouine, se faisaient entendre dans le couloir.

Les adultes avaient tous des surnoms : M. Rawlston, le directeur, avait été baptisé « Charlie Limace », parce qu'il avait un côté huileux ; l'infirmière était « le Dragon », à cause de ses origines galloises et de sa férocité ; et M. Lawrence « Donald Duck » ou bien « Ducky » pour des raisons que Tommy n'avait pas encore découvertes. Quant au surnom de M. Brent, la Fouine, tout le monde savait à quoi il se référait – à la fois à son visage pointu et à sa réputation d'infliger les châtiments corporels les plus cruels. Son instrument de prédilection était une pantoufle en cuir rouge avec un talon bien rigide, qui laissait, disait-on, des marques pendant deux semaines. Tous les soirs, à huit heures, en venant éteindre les lumières, il remontait en catimini le couloir dans l'espoir de surprendre ceux qui se rendaient coupables de délits passibles d'un châtiment corporel, par exemple une bataille de polochons, la lecture de BD ou de livres jugés inconvenants.

Le cinquième soir, Tommy comprit l'étendue de ses responsabilités de guetteur du dortoir.

Les élèves étaient tous rentrés après une bonne douche revigorante et Dickie Jessop était entouré de sa petite cour. Il avait un répertoire inépuisable de blagues et de poèmes cochons. Son auditoire, qui sans doute ne comprenait aucune des références sexuelles, riait à gorge déployée pour faire croire qu'il était au fait. Montrer son ignorance dans ce domaine précis pouvait en un éclair faire de vous la cible des moqueries.

À part Wadlow et quelques autres, trop timides ou différents de leurs camarades – et donc exclus du groupe et livrés aux griffes de caïds type Critchley et Judd –, tous étaient regroupés autour du lit de Dickie et écoutaient son florilège de poèmes cochons.

« Tenez, en voici un autre, fit Dickie :

Il était une fois une grue à Khartoum
Qui avait, malheureuse, le feu au loukoum.
Sans tambour ni trompette, elle fit quérir l'eunuque
Dans l'espoir affolé qu'il soulage son truc. »

Celui-là, Tommy ne le comprit pas du tout, ce qui ne l'empêcha pas de rire avec les autres. Personne ne semblait avoir remarqué qu'il était presque huit heures. Assis près de Dickie, Tommy baignait dans la chaleur de sa popularité. De l'avis général, ils étaient maintenant meilleurs copains. Tous deux tournaient le dos à la porte.

« OK, dit Dickie en levant la main pour obtenir le silence. Celui-là, il est de mon invention :

Il était une fois M. Brent, dit la Fouine,
Qui avait une bite tordue et velue... »

À ce moment-là, Tommy remarqua que les sourires s'évanouissaient des visages de ceux qui, assis en face de lui, avaient vue sur la porte. Il se retourna. Debout dans l'embrasure, appuyé contre le mur, se tenait M. Brent. Il avait les bras croisés et arborait un sourire étrange. À présent, tout le monde l'avait vu. Sauf Dickie. Trop emporté par sa propre verve pour remarquer l'inquiétant changement d'atmosphère, il poursuivit :

« ... Il voulut de sa femme chatouiller le cul,
Elle lui dit, point de ça, M. Brent, je suis gouine ! »

Tout fier, il éclata de rire et se laissa tomber en arrière sur son lit. À ce moment-là seulement, il s'aperçut que visiblement ce poème ne plaisait pas trop. Suivant les regards de ses camarades, il se retourna.

M. Brent décroisa les bras et, lentement, applaudit trois fois.

« Bravo, Jessop. Vous êtes un vrai poète à ce que je vois. »

Il y eut une vague de rires nerveux, qui fit croire à Tommy que rien de tout cela ne porterait à conséquence. M. Brent arborait toujours cet étrange petit sourire. Brusquement, ses lèvres se pincèrent.

« Bon, déclara-t-il d'un ton sec, au lit tout le monde ! »

Il regarda les garçons qui regagnaient leur place tels des lapins se réfugiant dans leur terrier et, une fois le calme revenu, ajouta tranquillement, le doigt sur l'interrupteur :

« Vous viendrez me voir tout à l'heure, Jessop. Et maintenant, extinction des feux ! Plus un mot ! »

Il éteignit la lumière et ils restèrent tous figés de peur à écouter le bruit de ses pas décroître dans le couloir.

« Tu étais censé *caver*, Bedford, chuchota Pettifer depuis l'autre bout du dortoir.

— Je sais, dit Tommy. Désolé, Jessop. »

Dickie ne répondit pas. Une demi-heure plus tard, M. Brent réapparut dans l'embrasure de la porte et lui dit tranquillement de mettre sa robe de chambre et ses pantoufles et de venir le voir en bas dans les vestiaires.

« Bonne chance, Dickie », murmura Tommy au moment où Jessop passait près de son lit en traînant les pieds. Là encore, pas de réponse. Personne n'osa parler pendant un bon moment. Comme Tommy, tous devaient imaginer la scène. Ils connaissaient le rituel, grâce aux grands qui prenaient un malin plaisir à effrayer les bizuts. Dickie allait devoir retirer sa robe de chambre et se pencher au-dessus du banc en bois de sorte que son nez touche le grillage de l'un des casiers. Alors M. Brent, en bras de chemise, ferait tout d'abord claquer le talon de la pantoufle rouge contre la paume de sa main pour lui laisser imaginer ce qui allait lui tomber dessus. Vous ne saviez qu'au dernier moment combien de coups vous alliez recevoir. D'habitude trois, quatre ou six, selon la gravité de votre faute.

Le silence régnant au premier étage de l'école vibrait du frisson de la peur et de la fascination. Dans chaque dortoir, tout le monde avait l'oreille aux aguets. Tout le monde entendit le claquement sourd de la porte du vestiaire qu'on fermait. Tommy retint son souffle. Il y eut un long silence. Puis le premier coup étouffé. Et, allongés dans la sécurité de leur lit, les élèves se mirent à compter en tressaillant.

Un, deux…

Parfois, si la victime était jeune ou pas assez courageuse, on entendait crier. Mais pas ce soir-là.

Trois, quatre…

Tommy ignorait s'il y avait un Dieu, mais il se mit à prier, au cas où Il existerait. Pas seulement pour Dickie, pour l'aider à supporter la douleur, mais aussi pour qu'il lui pardonne et reste son ami.

Cinq, six…

Silence. Les élèves reprirent leur souffle.

À présent, Dickie allait remettre sa robe de chambre et endurer l'ultime humiliation – la poignée de main qu'il devait échanger avec la Fouine. Pour l'absoudre, pour le remercier de s'être donné tout ce mal.

Dickie revint dans le dortoir sans un mot. Quelques-uns lui murmurèrent *Pas de bol*, ou *Bravo* et un idiot lui demanda même l'effet que ça lui avait fait. Dickie ne répondit pas. Il se remit au lit, se tourna sur le côté et ramena le drap et la couverture jusqu'à ses oreilles. Tommy se demanda s'il pleurait. Pendant un bon moment, personne ne dit rien. Puis, montant de la pénombre à l'autre bout du dortoir, Tommy entendit la voix venimeuse de Pettifer murmurer :

« Ça aurait dû être toi dans les vestiaires, *le Bancal*. »

Cette nuit-là, Tommy fit pipi au lit. La chose se passa juste après trois heures du matin. Allongé dans la chaleur humide des draps, il sanglota en se demandant quoi faire. Aussi discrètement que possible, il retira le drap de dessous et, sur la pointe des pieds, alla dans la salle de bains en grimaçant à chaque craquement du parquet. Dans le noir – il n'osait pas allumer –, il rinça le drap dans l'une des grandes baignoires en fonte et fit de même pour son bas de pyjama. Puis il les essora de son mieux. Enfin, il retourna, toujours sur la pointe des pieds, dans le dortoir et refit son lit, s'immobilisant et retenant son souffle dès que l'un des dormeurs bougeait dans son sommeil. Il se recoucha et, la peur au ventre, passa le reste de la nuit à trembler de froid. Avec un peu de chance, peut-être que personne n'aurait remarqué.

L'usage voulait que les élèves défassent leur lit entièrement pour le laisser s'aérer pendant le petit-déjeuner. La tache jaune et humide sur le matelas de Tommy était aussi visible et fascinante pour les autres que le sang séché sur le pantalon de pyjama de Jessop. La tache de Dickie signalait son courage, celle de Tommy son incommensurable lâcheté. Pettifer fut le premier à remarquer. Il passa devant Tommy en se pinçant le nez.

« Bon sang, *le Bancal*, qu'est-ce que ça pue ! Dégueulasse ! »

Tommy mouilla de nouveau son lit la nuit suivante et pendant une semaine. Et si plus personne ne l'appelait désormais *le Bancal*, ce n'était pas par peur de se faire corriger par Dickie Jessop, qui à présent l'ignorait presque totalement, mais tout simplement parce qu'on lui avait trouvé un meilleur surnom, celui qui s'imposait. Tommy le découvrit un matin sur sa boîte à provisions, déformation cruelle de son propre nom.

À compter de ce jour, pour tous les élèves d'Ashlawn, il ne s'appellerait plus Bedford, mais *Beurkford*.

3

À peine arrivé, Tom regretta d'être venu. Ce type, il ne l'avait jamais vraiment aimé, et il goûtait encore moins cette pointe de jalousie que sa simple vue éveillait en lui. Certaines personnes ont le don de faire ressortir le pire chez vous. Installé à une petite table à l'autre bout de la salle, Truscott Hooper, que ses amis, mais aussi ses courtisans – les deux catégories étant représentées ce soir-là – appelaient Troop, signait des exemplaires de son livre. Devant lui s'étirait la longue file de ses adorateurs, parmi lesquels des gens que Tom connaissait, et qui auraient quand même pu avoir meilleur goût.

Troop faisait la promotion de son nouveau best-seller, un polar situé en Irak après l'invasion américaine. Il était en couverture du *People* de cette semaine et Tom l'avait vu à la télévision. Une adaptation filmée était déjà en préparation. On y retrouverait le même personnage principal que dans les trois derniers livres de Troop, taillés sur mesure pour coller à l'esprit du temps (le héros : Brad Bannerman, ancien agent des Forces spéciales, homme dangereux mais poète dans l'âme, déshonoré à la suite d'un acte de bravoure mal compris, et ainsi de suite). Tom n'en avait lu aucun. Cela lui faisait déjà assez mal de les voir caracoler en tête des ventes. Il n'allait tout de même pas prendre le risque de découvrir que c'étaient des bouquins plutôt bons. De toute manière, les critiques se chargeaient de le dire. Quoi de plus énervant qu'un collègue qui se débrouillait pour vendre des millions de livres et avoir de bonnes critiques par-dessus le marché ? Après ça, allez trouver une bonne raison de le mépriser.

Aucun éditeur new-yorkais sain d'esprit n'enverrait un auteur aussi important que Troop faire la promotion de son bouquin dans le Montana. L'État compte moins d'un million d'habitants, qui pour la plupart avaient mieux à faire que lire. Non, la présence de Troop ici ce soir, le retour du célèbre écrivain vers son *alma mater*, l'université de sa jeunesse, à Missoula (vu l'état euphorique du bibliothécaire, Troop avait dû faire une donation fort généreuse) n'avait pas pour but de faire vendre. Il s'agissait – il ne pouvait s'agir que de satisfaire sa vanité condescendante.

De tous les romanciers sortis des ateliers d'écriture de l'université du Montana, Troop était, de loin, celui qui avait le plus de succès. Lorsque Tom s'était inscrit aux cours au milieu des années soixante-dix, Troop, alors en troisième année, était déjà une star. Il avait vendu trois nouvelles au *New Yorker* et allait bientôt publier son premier roman. Avec ses deux mètres, il dépassait tout le monde d'une bonne tête – au sens propre comme au figuré. Aujourd'hui, il était comme toujours habillé entièrement en noir – son signe distinctif en quelque sorte. Sa barbe et ses longs cheveux noirs, pourtant grisonnants, ne faisaient – Tom devait en convenir – que donner encore plus de gravité à son personnage. Ils avaient tous les deux cinquante-cinq ans environ, mais seul Tom faisait son âge.

Le beau visage de Troop s'étalait sur tous les murs de la ville depuis plusieurs semaines et, ce soir, l'amphithéâtre le plus grand de l'université était bondé. Des gens avaient même dû rester debout au fond. Troop avait fait un petit discours atrocement spirituel, modeste et intéressant, salué par des applaudissements à faire trembler les vitres. En revanche, pour pouvoir assister à la réception qui suivait et boire du champagne, il fallait un ticket.

Pile au moment où Tom cherchait un endroit où poser son verre avant de partir, il prit conscience de la présence d'une jeune femme à côté de lui. Elle souriait timidement et avait visiblement tenté d'attirer son attention pendant qu'il fusillait Troop du regard.

« Vous ne seriez pas Thomas Bedford, par hasard ?

— Si, c'est moi. Je m'excuse mais... »

Elle tendit la main et il la serra, un peu trop fort. Comme le documentaire qu'il avait fait cinq ans auparavant sur l'histoire et la culture des Indiens blackfoot avait été récemment diffusé sur PBS, il se dit qu'elle l'avait reconnu à cause de cela. Ou peut-être avait-elle assisté à l'une des conférences qu'il donnait de temps en temps à l'université. La jeune femme était d'une beauté discrète. Elle devait avoir une trentaine d'années au plus, avait la peau pâle, des taches de rousseur, une épaisse chevelure rousse enserrée dans un foulard vert en soie. Tom rentra le ventre et sourit.

« Je me présente : Karen O'Keefe. Nous avons le même dentiste. Je vous ai vu chez lui il y a deux ou trois semaines.

— Ah !

— Vous avez aimé le discours ?
— Oh, vous savez, Troop sait y faire, répondit-il.
— Vous vous connaissez bien ?
— Pas vraiment. On a tous les deux suivi les ateliers d'écriture ici. Il était en troisième année quand j'ai commencé.
— J'avais vraiment envie de lui botter le derrière. »
Voilà qui devenait intéressant. Tom éclata de rire.
« Allons donc. Pourquoi ?
— Oh… je ne sais pas… cette fausse modestie, alors que son ego surdimensionné se voit à mille lieues à la ronde. S'il était foutu d'écrire une phrase correcte, je serais peut-être plus charitable. »
Tom sourit en s'efforçant de ne pas se réjouir trop ouvertement.
« Et vous, vous écrivez ? demanda-t-il.
— Je fais des films. Comme vous. Sauf que vous êtes réalisateur et écrivain. Entendons-nous : je suis loin d'être dans la même catégorie que vous. À propos, j'ai beaucoup aimé revoir votre série sur les Blackfoot. Et j'ai adoré le bouquin. Un grand livre. Une véritable somme. J'ai dû l'offrir à une bonne dizaine de personnes.
— Merci. Ça veut dire que vous m'avez fait réaliser au moins la moitié de mes ventes. »
Une fan ! Tom n'était pas habitué à cela. De temps en temps, il recevait une lettre, mais il n'avait pas fait ce genre de rencontre depuis des années. Il en resta presque sans voix.
« Comment se fait-il qu'un Anglais éprouve une telle passion pour l'Ouest américain ? demanda-t-elle.
— Oh, c'est une longue histoire. »
Ce qui ne l'empêcha pas de la raconter. Elle était

bien rodée : l'histoire d'un petit garçon obsédé par les cow-boys, qui grandit dans un « petit » pays, découvre les États-Unis et ses grands espaces aux dimensions stupéfiantes et se rend compte avec fascination que, derrière le mythe et la légende, se cache une vérité brutale.

« Vous voulez dire que vous avez appris la véritable histoire de la conquête de l'Ouest.

— Oui, je me souviens la première fois que je suis allé à Little Bighorn…

— Tiens ! Tommy ! »

Une main s'abattit sur son épaule. Se retournant, il se retrouva pris dans les bras vigoureux de Troop et le nez écrasé contre sa poitrine. Heureusement que Tom avait fini son verre, parce que sinon, ils auraient tous les deux fini trempés. S'entendre appeler Tommy lui avait fait un choc. Ce prénom, il pensait l'avoir laissé pour toujours derrière lui, au pensionnat – en même temps que son innocence et à peu près tout le reste d'ailleurs.

« Salut, Troop, dit-il. Ça va ?

— Ça va. Encore mieux depuis que je t'ai retrouvé. »

Troop recula légèrement, tout en serrant de ses énormes mains velues les bras de Tom, et l'inspecta.

« Tu as l'air de bien te porter, mon vieux. Tu fais du sport ?

— Non. Je n'ai jamais été sportif et ne le serai jamais.

— Comment va ta splendide épouse… Jan, c'est ça ?

— Gina. Ça fait quinze ans qu'on est séparés.

— Zut. Je m'excuse. Tu avais une fille, c'est ça ?

— Un fils. Daniel.

— Ah oui, Daniel. Comment va-t-il ?

— Bien, je suppose. Je ne le vois pas trop. Il est en Irak en ce moment.

— Ah zut ! Il est journaliste ?

— Non, il est dans les marines.

— Officier ?

— Non, caporal.

— Putain de merde !

— Tu l'as dit. »

Tom se tourna vers Karen O'Keefe qui les observait avec un petit sourire en coin. Il fit les présentations et remarqua la façon dont Troop fixait de ses yeux bruns la jeune femme et, en lui serrant la main, lui tint le bras un peu plus longtemps que nécessaire. Tom avait très souvent vu Bill Clinton procéder de même à la télévision.

« Karen est l'une de tes plus grandes fans, dit-il.

— Les goûts et les couleurs, ça ne se discute pas, répondit Troop.

— En fait, je n'ai jamais rien lu de vous », déclara Karen O'Keefe.

Décidément, elle était pas mal, cette fille.

« Eh ben, ça non plus, ça ne se discute pas.

— Trop de testostérone à mon avis.

— Comment pouvez-vous dire ça alors que vous n'avez jamais rien lu de moi ?

— L'intuition féminine ? »

Troop sourit, mais son regard se durcit.

« Vraiment ? »

Il se tourna vers Tom.

« Tu vis toujours à Missoula ?

— Il semblerait que j'aie pris racine.

— C'est un endroit super. Je viens d'acheter une maison dans la région des Bitterroots.

— Génial.

— C'est un petit chalet, en réalité. Mais je compte passer un peu plus de temps dans le coin. Vivre à L.A., c'est parfois stressant. Bon, c'est pas tout, il faut que je fasse le tour des popotes, comme on dit. On se revoit plus tard, Tom ?

— OK. »

Troop salua Karen O'Keefe et elle lui répondit d'un sourire tout à la fois courtois et insolent.

« Quel con ! dit-elle dès qu'il fut trop loin pour l'entendre.

— Je n'aimerais pas vous avoir pour ennemie. »

Elle éclata de rire, posa la main sur son bras et l'y laissa un bon moment.

Ils échangèrent leurs coordonnées avant de se séparer. En partant, Tom la vit en train de discuter avec un type du même âge qu'elle et d'une beauté odieuse. Cela faisait longtemps qu'il ne s'était pas autorisé à ressentir une certaine attirance pour une femme. Mais à quoi bon l'appeler ? Depuis que Gina était partie, il avait eu deux ou trois petites aventures, mais rien de durable. Il vivait seul avec son chien et ça lui suffisait. Il lui arrivait de se sentir seul et de regretter le manque de compagnie et d'intimité physique, même si vers la fin, tout cela avait pour ainsi dire disparu entre Gina et lui.

La maison qu'ils avaient construite ensemble se trouvait dans la boucle d'une petite rivière à près de deux kilomètres à l'est de la ville. Juste après le dernier virage, il découvrit dans la lumière de ses phares une petite harde de biches tenant salon au beau milieu de la route. Il ralentit, s'arrêta et les observa jusqu'à ce qu'elles se fondent au milieu des arbres. C'était une nuit sans lune. Le printemps commençait. Il sortit de la voiture et resta un long moment devant sa maison à regarder les étoiles et à écouter la course du ruisseau.

Comme d'habitude, Makwi lui fit la fête quand il entra. La chienne était un mélange de plusieurs races – lévrier, colley et limier. Elle avait le poil rêche et moucheté et un cœur gros comme ça. Il s'agenouilla et la laissa se frotter le museau contre son visage. Tout en lui caressant le cou et les oreilles, il lui dit qu'il allait la promener dans deux secondes. Elle le suivit dans la cuisine et l'observa tandis qu'il se versait un verre de lait. Le répondeur clignotait. Il avait quatre messages. Il appuya sur le bouton et, tout en attendant que la cassette se rembobine, sortit son téléphone portable, qu'il avait éteint pendant le discours de Troop et oublié de rallumer. Deux messages vocaux.

Les six venaient de Gina. Elle et lui ne s'étaient pas parlé depuis plus d'un an. Elle paraissait tendue, catastrophée de ne pas parvenir à le contacter. Elle n'expliquait pas pourquoi elle était si pressée de lui parler, mais c'était inutile. Il savait qu'il ne pouvait y avoir qu'une seule raison. Danny. Quelque chose était arrivé à Danny.

4

Les acteurs étaient alignés, les mains toujours jointes, le rideau de velours cramoisi masquant un moment la lumière crue des projecteurs. Leur quatrième rappel, et chaque fois les applaudissements redoublaient. La poitrine de Diane se souleva sous l'effet de l'exaltation. Elle sentit l'adrénaline courir dans ses veines et sa tête tourner. C'était comme si son corps rayonnait. Elle jeta un coup d'œil vers Gerald à sa droite. Il lui sourit, lui pressa la main, et à cet instant précis, le rideau se leva à nouveau et elle se tourna pour faire face aux feux de la rampe et au public dont elle sentait vaguement la présence.

Les « bravo ! » fusaient. À travers la lumière aveuglante, elle vit que les spectateurs installés à l'orchestre et au balcon se levaient et applaudissaient à tout rompre. Elle attendit que Gerald, en quelque sorte le meneur de la troupe, s'avance. Mais cette fois-ci, il lâcha sa main et se mit à applaudir, imité par tous les autres acteurs. Diane se rendit alors compte que c'était elle qu'ils applaudissaient, que ce rappel était le sien. Pour la première fois. Elle s'avança d'un pas hésitant et resta là quelques secondes, les bras ballants, radieuse, au bord des larmes. Puis, inclinant la tête, elle fit la révérence sous les rugissements enthousiastes du public.

Le Jouet du hasard n'était à l'affiche que depuis deux semaines et elle restait incrédule devant l'accueil qui lui était fait. Comme tout le monde d'ailleurs, y compris Gerald, qui avait joué dans une flopée de pièces à succès à Londres et était attendu tous les soirs par une foule de fans s'arrachant ses autographes. Toutes les représentations affichaient complet et les critiques étaient plus qu'élogieuses. Même ce vieux grincheux d'Harold Hobson aimait la pièce. Mais c'était surtout Diane qu'on adorait. « Dans son premier rôle principal sur une scène londonienne, avait écrit Kenneth Tynan dans *The Observer*, Diane Reed a une présence presque électrique… si lumineuse qu'elle en ferait oublier ses camarades, tous excellents. »

John, l'auteur de la pièce, incarnation ambulante de la misanthropie qui, pendant toutes les répétitions, n'avait pas adressé à Diane le moindre sourire ni le moindre mot, lui avait envoyé le plus énorme bouquet de roses qu'elle avait jamais vu, accompagné d'un petit mot légèrement inquiétant dans lequel il disait travailler déjà sur une nouvelle pièce qu'elle lui avait inspirée, avec un rôle spécialement pour elle.

Gerald, privé par Diane de la position de vedette censée lui revenir, avait réagi avec une admirable bonne grâce et redoublé d'ardeur dans la campagne qu'il menait depuis un mois pour gagner ses faveurs. Peut-être jugeait-il qu'elle lui devait bien ça.

C'était devenu un rituel pour lui de venir dans sa loge après chaque représentation avec une demi-bouteille de champagne frappé et deux flûtes. Il était donc là, pas encore démaquillé, son large dos appuyé contre le bord de sa coiffeuse tandis qu'elle se nettoyait le visage. Ils avaient tous les deux ôté leurs costumes de scène et étaient en robe de chambre, celle de Gerald étant de loin la plus somptueuse – en satin rouge bordeaux passepoilé de noir, faite sur mesure pour un prix exorbitant dans une boutique à Jermyn Street.

La loge de Diane, minuscule, était encombrée de fleurs, ce qui, ajouté à la lumière des ampoules autour du miroir et aux nombreuses cartes d'amis et d'admirateurs punaisées sur les murs, parvenait à dissimuler le fait que l'endroit n'avait pas été repeint depuis vingt ans. La pièce était enfumée, parce que Gerald, dans son souci de ressembler à Noel Coward, fumait l'une de ses affreuses cigarettes turques avec un fume-cigarette en écaille et argent.

« Tu étais extraordinaire ce soir, dit-il.

— Vraiment ?

— Tu en es parfaitement consciente. »

Il parlait avec cette voix profonde et un peu rauque, comme un murmure bourru, qu'il trouvait visiblement séduisante. Mais que ce soit sur scène ou à la ville, son seul effet sur Diane était de lui donner envie de pouffer de rire. Il but une gorgée de champagne et, venant se placer derrière elle, posa la tête sur son épaule afin d'admirer le reflet de leurs deux visages dans la glace.

« Dieu, quelle beauté ! »

Elle n'était pas sûre de bien savoir de qui il parlait.

« Ne sois pas bête.

— J'ai réservé une table chez Luigi », dit-il en humant ses cheveux.

Il n'allait pas tarder à se frotter contre son cou. Il était temps de se débarrasser de lui.

« Cher ami, je te l'ai dit, je ne peux pas. Je dois dîner avec ces types de Hollywood. Ils sont venus exprès pour ça.

— Alors, dînons tous ensemble. »

Diane se leva et l'embrassa innocemment sur la joue.

« Non. »

Il posa les mains sur ses hanches et s'approcha pour un baiser d'un tout autre genre. Diane le maintint à distance du bout des bras.

« Il faut que je me dépêche. Ils doivent déjà m'attendre en bas.

— Tu me rends fou.

— Alors, on n'aura plus qu'à t'enfermer. »

Quelqu'un frappa à la porte – à point nommé. C'était Wilfred, le vieux cerbère du théâtre, qui venait lui annoncer que son agent l'attendait en bas en compagnie de « deux messieurs américains ». Diane lui répondit qu'elle descendrait dans une minute. Gerald ne manifestait pas la moindre intention de lever l'ancre. De toute évidence, il espérait qu'elle se déshabillerait devant lui. Alors, elle ouvrit la porte et lui fit gentiment signe de sortir. Il s'en alla de mauvais gré, avec les yeux tristes d'un cocker amoureux.

Elle n'avait jamais vu les hommes que Julian Baverstock, son agent, avait amenés voir la représentation de ce soir. Mais qui n'avait pas entendu parler d'eux ? Herb Kanter était l'un des producteurs les plus puissants de Hollywood, dont les films étaient des réussites à la fois sur le plan critique et commercial. Quant à Terence Redfield, il faisait partie de cette nouvelle génération de réalisateurs dont tout le monde parlait.

À trente ans à peine, il avait déjà fait tourner Cary Grant, Marilyn Monroe et Marlon Brando. Kanter et Redfield cherchaient quelqu'un pour jouer avec Gary Cooper dans un film de la Paramount intitulé *Sans remords*. Le tournage devait commencer cet automne. Les mains de Diane tremblaient tellement elle était nerveuse, et elle eut toutes les peines du monde à boutonner sa robe.

Elle l'avait empruntée pour l'occasion à une amie mannequin à laquelle certaines des grandes maisons parisiennes de haute couture donnaient des vêtements. La robe, en soie vert foncé, avait un décolleté dangereusement profond, et lui allait comme si on la lui avait cousue à même le corps. Diane s'était également fait prêter un collier, une simple rangée de perles fines. Une fois habillée, maquillée et coiffée, elle virevolta devant son miroir pour juger de l'effet. Désastreux – décréta-t-elle. Jamais ils ne lui proposeraient le rôle. Jamais.

Pourtant, dès qu'elle vit leurs visages tournés vers elle alors qu'elle descendait l'escalier miteux, son manteau de fourrure sur le bras, elle comprit qu'elle avait été trop sévère avec elle-même. Herb Kanter était bouche bée. Avec son corps ramassé et souple, il lui fit penser à un phoque du zoo de Londres, exception faite de ses lunettes à montures noires épaisses qui s'embuèrent légèrement lorsqu'il lui serra la main. Et à moins que Terence Redfield, un homme grand et maigre qui arborait des moustaches rousses en forme de guidon de vélo, n'adressât ce genre de regard à toutes les femmes qu'il rencontrait (ce qui, bien sûr, était loin d'être exclu), Diane se dit qu'elle avait une petite chance.

Visiblement satisfait de lui-même, Julian fit les présentations. Pile au moment où ils se dirigeaient tous vers le taxi qui les attendait, Gerald apparut. Il espérait sans doute encore pouvoir se joindre à eux pour le dîner. Avec l'air du propriétaire, il passa le bras autour des épaules de Diane. Son assurance fléchit quelque peu quand M. Kanter se trompa sur son nom et l'appela Jeremy. L'incident fournit à Julian l'occasion de dire discrètement à Diane qu'elle pouvait compter sur le rôle.

« C'est dans la poche, murmura-t-il. Ils sont complètement sous le charme. »

Rien n'était plus vrai. Ils abandonnèrent le pauvre Gerald à son triste sort et allèrent dîner au Mirabelle, dans Curzon Street, où on les installa à la meilleure table. Là, Diane se lança dans son deuxième morceau de bravoure de la soirée – ce que ses amis appelaient son numéro à la Audrey Hepburn. Cela impliquait de paraître sûre d'elle tout en se dénigrant, intelligente tout en faisant la charmante écervelée, éthérée mais aussi audacieusement matérialiste, attentive aux autres sans trop faire la coquette, si ce n'est de temps en temps une main posée sur le bras de l'interlocuteur et un éclat de rire quand il faisait une remarque spirituelle. Elle savait que tous les hommes, sans exception, adoraient le contact physique. Surtout, hors de question de paraître guindée et hautaine, bref, anglaise. Il fallait être moderne. Et donner l'impression d'être certes flattée par l'intérêt qu'ils lui portaient, mais pas intimidée.

Trois heures plus tard, assise en tailleur sur son lit dans la maison de Paddington, elle racontait le dîner à ses colocataires, Helen, Molly et Sylvia, lesquelles, vêtues de leurs chemises de nuit en pilou, l'écoutaient, émerveillées.

« Gary Cooper ! s'exclama Helen. Alors, c'est un western ?

— Non, c'est un polar psychologique.

— Cooper ? Il a cent trois ans bien sonnés, dit Molly.

— Au moins. J'ai lu dans un magazine qu'il s'était fait faire une opération de chirurgie esthétique et qu'il ne ressemblait plus du tout à Gary Cooper.

— Je m'en fous de savoir à quoi il ressemble, décréta Diane.

— Je n'arrive pas à y croire ! dit Sylvia. Toi, une vraie star du cinéma !

— Eh oui !

— Tu l'as dit à Tommy ?

— Une minute ! Il est deux heures du matin. Je lui écrirai demain.

— Il va être fou de joie ! »

C'était là l'une des choses, de loin la plus importante, auxquelles Diane n'avait pas encore pensé : la manière dont Tommy réagirait en apprenant qu'elle allait peut-être partir pour Hollywood. Elle était bien trop agitée pour trouver le sommeil et, tandis que ses amies dormaient à poings fermés, elle resta allongée, à penser à lui, comme elle le faisait si souvent.

Les premières lettres que Tommy lui avait envoyées d'Ashlawn ne révélaient pratiquement rien de la façon dont il se faisait à sa nouvelle vie. Diane se souvint que quand elle-même était au pensionnat, les lettres des nouvelles élèves étaient contrôlées pour que les parents ne paniquent pas. Vous n'aviez pas le droit de dire que vous étiez malheureuse, que la nourriture était mauvaise, les professeurs méchants et les autres élèves cruelles. Les premières lettres de Tommy avaient exactement les mêmes relents de censure :

Chère Diane,

J'espère que tu vas bien. Tout se passe bien pour moi. Aujourd'hui, nous avons joué au rugby. Nous nous sommes bien amusés. La nourriture est pas trop mauvaise (ces derniers mots, barrés, avaient été remplacés, sans doute sous la contrainte, par « assez bonne »). S'il te plaît, demande à maman de m'envoyer des rouleaux de réglisse et des tubes de Smarties avec des couvercles de différentes couleurs parce qu'on fait la collection. Les meilleurs, c'est les bleus. J'espère que tes répétitions se passent bien.

Bisous,

Tommy

En revanche, la lettre qui était arrivée deux jours plus tard avait un ton complètement différent. Écrite à la va-vite, à la sauvette même, elle était d'une brièveté inquiétante.

Chère Diane,

S'IL TE PLAÎT, *par pitié, dis à papa et maman de venir me chercher. Je peux plus supporté* (sic). *Ils sont méchants avec moi.* JE T'EN SUPPLIE.

Bisous,

Tommy

Elle devina qu'il s'était débrouillé pour envoyer cette lettre en cachette. Elle se rappela le jour où elle avait embrassé l'un des jardiniers de l'école pour obtenir la même faveur. Lorsque la lettre de Tommy arriva, elle téléphona immédiatement à sa mère. Comme très souvent désormais, la conversation tourna rapidement au duel pour savoir laquelle crierait le plus fort.

« Comme toujours, tu dramatises. Est-ce que tu as idée de combien ça lui coûte, à ton père, le pensionnat de Tommy ?

— Je sais exactement combien ça lui coûte. Tu me l'as dit au moins cent fois.

— C'est toujours pareil. Ton père et moi, on essaie de faire au mieux, de nous occuper de lui, de payer les factures, et toi, tu critiques tout. Mademoiselle prend ses grands airs parce qu'elle fréquente du beau monde à Londres, et en plus elle se permet de donner des leçons aux autres. Franchement, j'en ai assez !

— Moi aussi ! » hurla Diane.

Et elle raccrocha.

Normalement, elle aurait attendu une heure, puis rappelé pour s'excuser. Pas cette fois. Si les Américains lui proposaient le rôle, ce qui était pratiquement certain, elle irait à Hollywood. Et si tout se passait bien et que sa carrière décollait, alors elle aurait sans doute envie d'y rester. Du moins quelque temps. Cela faisait plusieurs mois qu'elle cherchait le courage de faire quelque chose pour Tommy. Elle n'avait pas encore décidé quoi, mais sentait que le moment approchait.

5

Maintenant, ils le laissaient plus ou moins tranquille, et c'était mieux ainsi. Il était encore la cible de brimades quotidiennes – un coup de poing sournois dans les côtes, une jambe tendue pour le faire trébucher dans la cour, un chewing-gum collé sur sa chaise, un papier accroché sur son dos avec *Tapez-moi* écrit dessus. Mais Tommy avait compris que s'il ne disait rien, s'il faisait comme si ça ne le dérangeait pas, s'il évitait les coins obscurs où se tapissaient les pires des prédateurs, alors la vie devenait à peu près supportable. En effet, persécuter quelqu'un qui avait l'air indifférent, c'était beaucoup moins drôle.

Cette précieuse leçon de survie, Tommy la devait au malheureux Piggy Wadlow, lequel était une source de divertissements infinie. En effet, chaque fois qu'un petit caïd lui chipait ses lunettes, lui pinçait le gras du bide dans les douches, ou bien lui lançait une bombe à eau par-dessus la porte des toilettes quand il était assis sur le trône, Piggy se dressait, telle une furie rose et grassouillette, et le poursuivait, le short ou le slip à mi-cuisse, en fendant l'air de ses bras tout en criant vengeance. Ce qui, naturellement, rendait la chose encore plus comique.

Au bout de deux trimestres à Ashlawn, Tommy avait pris certaines habitudes pour se protéger. Par exemple, il regardait toujours dans son lit avant de s'y glisser et ne mettait jamais une chaussure ou une pantoufle sans vérifier qu'elle était vide. Cela avait évité à ses orteils certaines rencontres déplaisantes avec des fruits pourris, des crottes de chien séchées et même une fois une souris morte. À table, il ne quittait jamais son assiette des yeux quand elle passait de main en main, au cas où l'un des autres élèves se mettrait en tête de cracher dedans ou d'y ajouter du sel, voire pire. Il surveillait avec obsession tout ce qui lui appartenait et décelait d'un coup d'œil la moindre anomalie. Et il n'oubliait jamais de fermer à clé sa boîte à provisions, sur laquelle son surnom, nettoyé à la térébenthine, avait laissé une traînée blanchâtre tout aussi éloquente.

Le fait qu'il mouillait moins fréquemment son lit et que les cales avaient été retirées depuis longtemps ne semblait pas faire la moindre différence. Son surnom et sa réputation étaient devenus légendaires. Ceux qui le persécutaient le plus, c'était Critchley et Judd, avec Pettifer, leur apprenti, en troisième position. Au moins, avec eux, Tommy savait à quoi s'attendre et pouvait se préparer quand il tombait sur eux. Il trouvait, par contre, bien plus déstabilisantes ces nombreuses petites insultes et brimades de la part de garçons qui n'étaient pas, loin s'en faut, des caïds, qui même se montraient souvent plutôt sympas en tête à tête, mais qui, en public, se sentaient visiblement obligés d'être cruels.

Tommy savait, autant par instinct que par expérience, que le fait de rechercher la protection et l'intervention des professeurs, même les sympas comme Ducky Lawrence, était contre-productif. Les garçons que vous dénonciez finissaient toujours par se venger, généralement après l'extinction des feux ou lors de la récréation du matin, dans les toilettes. Cela, il l'avait constaté avec Piggy, qui à chaque incident se précipitait en pleurs vers le premier professeur qu'il voyait. Au fil des semaines et des mois, ces derniers ne l'avaient plus écouté de la même manière. Leur bienveillance et leur compassion sincères s'étaient transformées en lassitude méprisante. Pas plus tard que la veille, après avoir été bousculé dans la cour, Piggy, braillant, était allé voir Charlie Limace, lequel lui avait dit, tranquillement mais fermement, de cesser de rapporter et de faire la chochotte.

Au cours de ces neuf mois passés à Ashlawn sans véritable copain, Tommy avait de plus en plus cherché le réconfort auprès de son ami fictif. Privé de sa dose hebdomadaire de *La Grande Caravane* (la télévision étant bien sûr interdite à Ashlawn, à l'instar de toutes ces inventions qui auraient risqué de rendre la vie agréable), il devait maintenant se contenter de la photographie de Flint McCullough qu'il avait collée à l'intérieur du couvercle de sa boîte à provisions, à côté de celles de ses parents et de Diane – en l'occurrence, sa préférée, celle prise devant le Café Royal. Mais c'était Flint qui occupait la place d'honneur.

Les boîtes à provisions étaient rangées sur des étagères en lattes de bois dans un couloir auquel les garçons n'avaient accès qu'après les repas. Dans ces moments-là, l'endroit grouillait d'une foule bruyante, si bien que Tommy avait pris l'habitude d'y venir en cachette à des heures où il avait de grandes chances d'être tout seul. Comme la plupart des transgressions mineures, celle-ci était passible d'une bonne correction, mais grâce à son extrême prudence, il ne s'était jamais fait prendre. Les semelles en caoutchouc de ses chaussures noires à lacets lui permettaient de se déplacer silencieusement sur le carrelage et, au moindre bruit, il se figeait sur place et attendait dans l'ombre que le danger soit passé. Alors, il prenait la boîte et l'ouvrait avec la clé qu'il avait attachée avec un cordon à la ceinture de son short. Il soulevait délicatement le couvercle et là, lui étaient peu à peu révélés le visage de Flint et son petit sourire légèrement triste et pourtant réconfortant, qui lui donnaient l'impression que son héros l'attendait.

Tommy sentait bien que le fait de traiter sa boîte à provisions comme un autel sacré et de faire ses dévotions à un cow-boy de série télé confinait à la folie. En fait, il se demandait même parfois s'il tournait rond. Certes, il ne parlait jamais à la photo à haute voix et aurait pris ses jambes à son cou si le célèbre visage avait ne serait-ce que tressailli. Mais la voix de Flint résonnait dans sa tête, aussi distincte que si le cow-boy avait été là en chair et en os.

« Alors, comment ça s'est passé, cette nuit ?

— La cata : j'ai mouillé mon lit. Presque trois semaines que ça m'était pas arrivé !

— Pas de bol, fiston. Mais tu es sur la bonne voie. Tu dis combien de *Je ne mouillerai pas mon lit* avant de te coucher ?

— Trois cents.

— Et si on essayait quatre cents ?

— OK.

— À propos de ce que Pettifer t'a dit après le petit-déj. Tu sais, que ta mère a des nichons tout plats. Ne te laisse pas toucher par ça. Pettifer, c'est un idiot, voilà tout.

— Je sais.

— Je parie que c'est sa mère qui a les nichons comme ça.

— Sûr, et même qu'ils sont tout flasques.

— Et qu'ils pendouillent.

— Merci, Flint.

— Pas de quoi, Tommy.

— Bon, faut que j'y aille. À plus.

— À plus. Prends soin de toi.

— Toi aussi. Salut. »

La seule vraie personne qu'il aurait pu considérer comme un mentor, c'était Ducky. M. Lawrence était âgé – c'est-à-dire qu'il devait avoir le même âge que le père de Tommy – et portait des vestes en tweed avec des pièces en cuir aux coudes. Il avait des petites touffes de poils sur le cou qui échappaient à son rasoir et une bonne vieille odeur de pipe, comme le père de Tommy. Certains des grands affirmaient qu'il était homo parce que, premièrement, il n'était pas marié et, deuxièmement, il avait un prénom de fille, Evelyn. Mais pour Tommy, peu importait. M. Lawrence était gentil, drôle, et racontait toujours des histoires fascinantes. C'était le professeur principal de la classe de Tommy, la 2B, et à chaque début de cours, il disait, *Ah, Two-Bee, To be or not to be*, déclenchant un concert de grognements. Surtout, sa passion pour les bouquins était contagieuse.

Lorsqu'il s'aperçut que Tommy adorait les westerns, il lui donna un exemplaire des *Cavaliers de la mort*, de Zane Grey, puis un recueil de nouvelles de Jack London. Tommy devint tout de suite accro et se mit à lire presque tout ce qui lui tombait sous la main. La bibliothèque de l'école était petite et plutôt pauvre. Aussi le mercredi après le thé, Ducky escortait-il en ville les élèves qui désiraient aller à la bibliothèque publique où ils pouvaient emprunter trois livres. Tommy ne vivait que pour ce jour-là.

Pour aller en ville, il fallait descendre une route sinueuse sur environ un kilomètre. À peine le portail franchi, les élèves se sentaient gagnés par un fantastique sentiment de liberté, que même une pluie battante ne pouvait entamer. Être surpris en train de parler un peu trop longtemps à un professeur n'était pas recommandé, car vous pouviez vous faire traiter de fayot, ou même, si le professeur en question était Ducky, d'homo. Pourtant, Tommy se débrouillait toujours, à l'aller ou au retour, pour papoter avec lui. Ducky avait toujours un nouveau livre ou un nouvel auteur à conseiller.

« J'ai pensé à vous, Bedford.

— À moi, monsieur ?

— Vous avez lu Fenimore Cooper ?

— Non, monsieur. Je n'ai jamais entendu parler de lui.

— *Le Dernier des Mohicans*, ça ne vous dit rien ?

— Ah, vous voulez dire, Œil-de-Faucon ? Je l'ai vu à la télé. C'est super.

— Le livre est encore mieux. Je vais essayer de vous le dégoter. »

Tommy avait fini par lire tous les romans de type western dont la bibliothèque disposait. La gentille vieille dame à l'accueil n'oubliait jamais de lui signaler l'arrivée d'un nouveau livre et en faisait même venir des autres bibliothèques. En attendant, Tommy, sur les conseils de Ducky, essayait d'autres auteurs, comme Agatha Christie, P.G. Wodehouse et M.R. James, qui écrivait les histoires de fantômes les plus effrayantes qu'il ait jamais lues. Mais la meilleure suggestion de Ducky fut, de loin, Rudyard Kipling. Tommy se retrouva alors transporté dans des mondes tout à la fois excitants, exotiques et étrangement ordonnés et rassurants. Des mondes où le danger et même la méchanceté existaient, mais où la vérité et l'honnêteté triomphaient.

Ce fut après l'une de ces sorties, un mercredi soir, par un mois de juin humide et maussade, que Tommy vit avec une surprise et une joie prudentes se renouer ses liens avec Dickie Jessop. Dickie, qui préférait aux livres les bandes dessinées et les magazines interdits, se joignait rarement aux sorties bibliothèque. Ce soir-là, le groupe de lecteurs venait de franchir le portail et Tommy traînait à l'arrière, par précaution mais aussi parce qu'il avait le nez plongé dans le roman de Zane Grey qu'il venait d'emprunter. Il était tellement absorbé qu'il ne remarqua pas que Dickie avait ralenti l'allure et marchait à côté de lui.

« Tu as pris quoi ? »

Tommy lui montra la couverture.

« Zane Grey ? Je croyais qu'il était mort.

— Il est mort, mais comme il a écrit beaucoup de livres, il y en a toujours qui sortent.

— Je connais personne qui lise autant que toi.

— J'aime ça, c'est tout, répondit Tommy en haussant les épaules.

— C'est vrai que ta sœur va faire un film avec Gary Cooper ? »

Si la question lui avait été posée par quelqu'un d'autre, Tommy aurait répondu « non » par crainte de tomber dans un piège. La moindre information d'ordre personnel finissait généralement par être déformée et utilisée contre vous. Ainsi, Tommy risquait d'être accusé de mentir ou de crâner, ou bien les autres diraient que Diane était une pute et feraient des commentaires insultants sur son physique. Mais Dickie n'était pas comme eux.

« Oui », répondit donc Tommy.

L'autre hocha la tête, l'air pensif. Comme il restait silencieux, Tommy ne sut dire s'il était impressionné ou pas. Il reprit donc la parole, en adoptant un ton anodin :

« Elle est à Hollywood en ce moment. »

Toujours muet, Dickie se contenta de hocher à nouveau la tête, le regard dirigé vers les terrains de sport transformés en océan de boue par des semaines de pluie incessante. L'espace d'un instant, le soleil fit timidement luire les flaques de l'allée.

« Comment t'as su, pour le film avec Gary Cooper ? »

D'un coup de pied, Dickie envoya une pierre dans une flaque.

« J'me souviens plus. C'est quelqu'un qui l'a vu dans un magazine, je crois. »

Tommy devina que la seule raison pour laquelle Dickie l'avait rejoint, c'était le désir d'avoir confirmation de cette histoire. Pourtant, maintenant qu'il l'avait obtenue, il ne semblait pas pressé de le quitter. Plus que surprenant, son silence était troublant. Le Dickie Jessop avec lequel Tommy était devenu copain les premiers jours était devenu méconnaissable. Il n'avait pas rejoint la bande des bourreaux de Tommy, il ne l'appelait pas *Beurkford*. Simplement, il l'ignorait. Pas seulement lui, mais pratiquement tout le monde, si bien que Tommy ne s'était pas senti personnellement visé. Dickie était devenu aussi solitaire que lui, et d'une manière encore plus frappante. Son impertinence, sa vivacité d'esprit et son espièglerie des premiers jours s'étaient éteintes, littéralement anéanties par les coups.

La Fouine en avait fait sa mission personnelle. Certaines semaines, il convoquait Dickie dans les vestiaires tous les soirs. Dickie semblait y voir un défi et enfreignait les règles exprès sous le long nez pointu de la Fouine. À la douche, les autres découvraient avec horreur ses bleus. Sur ses fesses s'étalait un tableau abstrait composé de marques noires, bleues, violettes, jaunes, une œuvre évolutive qui n'avait jamais le temps de guérir. Pourtant, personne n'avait surpris Dickie en train de pleurer. Simplement, après chaque correction il devenait plus silencieux, plus grave, se renfermait un peu plus sur lui-même. Comme une lumière qui peu à peu s'éteint.

Tommy et Dickie étaient arrivés presque au bout de l'allée quand il se remit à pleuvoir. Alors que les bâtiments d'Ashlawn se dressaient devant eux, menaçants, Tommy sentit, dans un élan désespéré, qu'il allait perdre cette seconde chance de devenir l'ami de Dickie.

« Tu veux que je te montre quelque chose ? demanda-t-il.

— Quoi ?

— D'abord, promets de le dire à personne.

— Si tu veux, fit Dickie en haussant les épaules.

— Non, dis *Je promets*.

— *Je promets*. »

Quelques minutes plus tard, sur la pointe des pieds, ils longeaient le couloir jusqu'à la boîte à provisions de

Tommy. À cette heure-là, ils n'avaient plus le droit de se trouver là et étaient censés réviser dans leur classe pour leur examen. Malgré la pénombre, ils n'allumèrent pas la lumière. Tommy ouvrit sa boîte et souleva le couvercle.

« Elles sont chouettes, ces photos.

— Là, c'est Diane, ma sœur. »

Dickie eut une petite moue appréciative, puis jeta un coup d'œil à la photo de Flint.

« Et lui, tu sais qui c'est ?

— Bien sûr. C'est tout ce que tu voulais me montrer ? »

Tommy fit signe que non. Il plongea la main au fond de la boîte et en sortit lentement une grande enveloppe en papier kraft.

« Regarde, dit-il en désignant le cachet de la poste.

— Hollywood, Californie.

— C'est arrivé ce matin. »

Tommy jeta un coup d'œil par-dessus son épaule pour vérifier qu'ils étaient bien seuls. Puis il ouvrit l'enveloppe et en sortit délicatement une grande photo en noir et blanc.

« Tu vois cette photo ? C'est Red McGraw, de *Sliprock*, déclara-t-il, tout fier.

— C'est bon, Bedford, je sais parfaitement qui c'est.

— Oui, mais regarde ce qu'il a écrit dessus. »

Dickie se pencha sur les quelques mots élégamment tracés.

Pour Tommy Bedford,
La plus fine gâchette de toute l'Angleterre.
À plus tard, sur la piste !
Red

« Il a écrit ça spécialement pour toi ?

— Qu'est-ce que tu crois !

— Waouh !

— Et en plus, tu sais quoi ?

— Quoi ?

— Promets de garder le secret.

— Oh, ça va, Bedford !

— Dis *Croix de bois, croix de fer, si je mens...* »

Dickie s'exécuta, l'air las.

« Ils sont sortis ensemble.

— Qui ça ?

— Diane et Red – en fait, il s'appelle pas Red. Son vrai nom, c'est Ray. Ray Montane. Sortir ensemble, ça veut dire...

— Non mais, tu me prends pour qui, Bedford ? Je sais ce que ça veut dire. »

Dickie regarda longuement la photo, visiblement impressionné.

« Alors, c'est sa copine ?

— Je ne sais pas. Je pense que oui. Ce que je sais, c'est qu'ils ont dîné ensemble quelque part. Elle dit qu'il est super-sympa.

— Waouh ! »

Tout d'un coup, le couloir s'illumina.

« Eh, vous deux ! Qu'est-ce que vous fabriquez ici ? »

Charlie Limace les avait repérés depuis l'autre bout du couloir. Tommy se dépêcha de ranger la photo et l'enveloppe dans la boîte.

« Qui est là ? Répondez !

— Jessop, monsieur, dit Dickie. Et Bedford. On est juste en train de ranger les livres de la bibliothèque, monsieur.

— Vous savez que vous n'avez pas le droit d'être ici, hein ?

— Oui, monsieur, répondirent-ils en chœur.

— On réglera ça plus tard. Maintenant, en classe ! Et en vitesse ! »

Deux heures plus tard, Tommy et Dickie attendaient en robe de chambre devant les vestiaires. Tommy allait être puni pour la deuxième fois. La première, c'était lorsque la Fouine avait distribué des coups de savate à tous les garçons du dortoir parce qu'ils parlaient après le couvre-feu. Charlie Limace, lui, utilisait toujours une badine. Terrifié, Tommy sentit ses genoux se dérober sous lui. Il pria le ciel pour ne pas pleurer et surtout, surtout, pour ne pas se faire pipi dessus. Pas devant Dickie. Il s'efforça de penser à Flint, mais ça ne lui fut pas d'une grande aide.

« T'en fais pas, lui chuchota Dickie. Le premier coup fait un peu mal, mais après, on s'y fait. Tiens-toi bien au banc et serre les dents. »

Doutant de la fermeté de sa voix, Tommy se contenta de hocher la tête. La porte s'ouvrit. Le directeur se dressait sur le seuil, le regard fixé sur eux. Il avait ôté sa veste et relevé ses manches. Dans la main droite, il tenait une badine en bambou d'environ un mètre de long.

« Vous en premier, Bedford. »

Il recula pour laisser entrer Tommy, puis referma la porte derrière lui.

« Alors comme ça, Bedford, Jessop vous détourne du droit chemin ?

— Pardon, monsieur ?

— Il vous apprend certaines de ses mauvaises habitudes.

— Non, monsieur. C'est moi qui ai eu l'idée, pas lui.

— Je vois. Vous avez autre chose à dire pour vous défendre ?

— Non, monsieur.

— Fort bien. Puisque c'est votre première infraction au règlement, ce sera trois coups. »

Tommy avala sa salive et hocha la tête.

« Enlevez votre robe de chambre et penchez-vous au-dessus de ce banc. »

La lèvre inférieure de Tommy se mit à trembler. Il se la mordit, posa sa robe de chambre sur le banc et, tournant le dos à M. Rawlston, se pencha jusqu'à ce que sa tête se retrouve dans l'un des casiers grillagés. Il agrippa le bord du banc. Le silence se fit pendant quelques secondes. Alors, il entendit M. Rawlston faire un pas en avant et la badine fendre l'air dans un sifflement. La seconde suivante, un éclair blanc de douleur aveuglante traversa ses fesses. Il poussa un geignement, puis un cri en recevant le deuxième coup. Se souvenant de Dickie derrière la porte et des autres élèves qui attendaient à l'étage, l'oreille aux aguets, il serra les dents et se tint au banc. Au troisième coup, il resta silencieux, mais sans pouvoir empêcher ses larmes de couler. Il se redressa lentement et resta là un instant, face au casier, pour essayer de retrouver son sang-froid. Il se sentait humilié, infantilisé, malheureux et furieux.

« Remettez votre robe de chambre. »

Tommy obéit, sans un regard pour M. Rawlston. Il était en train de se diriger vers la porte quand il se rendit compte que le professeur lui tendait la main, en souriant même. Cette partie du rituel, Tommy l'avait oubliée. Il lui serra la main.

« L'usage est de dire "merci", Bedford.

— Merci, monsieur.

— Bien. Et maintenant, au lit !

— Oui, monsieur. »

Lorsqu'il sortit, Dickie lui sourit et murmura *Bravo*. Les fesses de Tommy étaient en feu. Tout en longeant le couloir glacial, il glissa une main timide dans son pantalon de pyjama pour évaluer les dégâts. Il sentit trois boursouflures mais constata qu'il n'y avait pas de sang sur ses doigts. Il grimpa péniblement l'escalier grinçant. Au moment où il atteignait le palier, il entendit le premier coup. Il s'immobilisa et se mit à compter. Deux, trois, quatre, cinq, six.

Au lieu de retourner directement dans son dortoir, comme il était censé le faire, Tommy décida d'attendre Dickie. Ils rentreraient ensemble. Au moment où il prenait cette décision, il sentit quelque chose changer en lui. Il ne pleurait plus. Disparus, cette honte et cet apitoiement sur lui-même. C'était comme si la chaleur de ses fesses brûlantes se répandait dans son corps, l'emplissant d'une sorte de fierté. Dickie vint le rejoindre sur le palier en arborant un large sourire.

« Six ! chuchota Tommy.

— Ouais. De la gnognote. »

Tommy sourit.

« J'ai entendu quand tu lui as dit que c'était ta faute. Merci », dit Dickie en posant la main sur son épaule. « Allez, au pieu ! »

Ils avancèrent dans le couloir. Côte à côte, comme deux frères d'armes.

6

Cela faisait presque cinq ans qu'il n'avait pas vu Gina. Il fut frappé de constater qu'elle avait si peu changé. Certes, elle avait pris quelques kilos, mais ça lui allait bien, ainsi que ces petites rides au coin des yeux. Elle avait les cheveux courts, ce qui, là encore, lui allait bien. Pour lire le menu, elle dut mettre des petites lunettes à monture noire brillante qui lui donnaient un air intello sans pour autant diminuer son sex-appeal. La vie n'était pas juste. Gina approchait des cinquante-cinq ans et était aussi belle que le jour où Tom l'avait vue pour la première fois.

C'était elle qui avait choisi le restaurant, un endroit spacieux, décoré de façon strictement minimaliste. Les serveurs étaient tous habillés en noir et les cuisiniers préparaient les plats sous les yeux des clients, les fourneaux en acier se trouvant au beau milieu de la salle. Le menu ne proposait que des plats grillés ou assaisonnés d'un filet d'huile. Tom et Gina étaient les seuls clients et on les avait placés près de la fenêtre, en vitrine en quelque sorte. Gina s'était déjà excusée deux fois, expliquant que c'était un nouveau restaurant et qu'elle ne savait pas ce qu'il valait. Ces temps-ci,

Tom ne venait à Great Falls qu'en cas d'absolue nécessité. Le versant est des montagnes était associé à trop de souvenirs et, de plus, il ne voulait pas prendre le risque d'une rencontre fortuite avec Gina. Cette façon de se faire croire qu'il s'était remis de la séparation avait quelque chose de drôle. Il observa Gina qui se mordait la lèvre en se demandant quoi prendre et sut qu'il souffrait encore, et souffrirait certainement jusqu'à sa mort.

Le serveur, qui paraissait âgé de quatorze ans au plus, leur tournait autour pour savoir ce qu'ils voulaient.

« Je vais prendre les linguine, annonça Gina. Et ensuite, le thon. Saignant.

— Très bon choix. Et monsieur ?

— C'est pêché dans le coin ?

— Vous voulez dire, le thon ?

— Non, les linguine.

— Euh…

— Je plaisante. Je prendrai la même chose. »

Gina lui adressa le sourire las qu'elle avait chaque fois qu'il tentait un mot d'esprit. Peut-être pensait-elle que ce qui était arrivé à Danny rendait toute légèreté inconvenante. Elle avait raison, bien entendu. Il s'était laissé emporter par la joie qu'il avait de la revoir.

Depuis que la nouvelle était tombée, pratiquement pas un jour ne passait sans qu'ils se téléphonent. Tom s'était stupidement laissé gagner par le plaisir d'avoir renoué avec elle, comme s'il nourrissait encore quelque espoir. Lorsque le serveur lui demanda s'ils désiraient voir la carte des vins, Tom remarqua que Gina, manifestement inquiète de savoir s'il était toujours abstinent, dressait l'oreille. Il n'avait pas bu une goutte depuis huit ans, et les doutes de Gina lui parurent quelque peu insultants. Il commanda une bouteille d'eau minérale.

Cela faisait pratiquement une semaine qu'ils avaient appris pour Danny, et ils ne savaient toujours pas précisément de quoi il était soupçonné. Selon l'armée, de source officielle donc, un incident s'était produit au cours duquel « un nombre encore indéterminé de civils avaient été tués ». On avait fait appel aux services d'investigation criminelle de l'armée afin d'établir les faits. Les hommes impliqués, dont Danny faisait partie, avaient été suspendus de leurs fonctions sur le terrain et confinés dans leur camp, une usine désaffectée à quelques kilomètres de Bagdad. Danny avait téléphoné plusieurs fois à Gina et lui avait envoyé des mails, tout en indiquant que son avocat, désigné par l'armée, lui avait conseillé de ne parler de l'incident à personne.

« Dutch a réussi à entrer en contact avec son ami des Renseignements de l'armée hier soir », dit Gina discrètement, en se penchant pour ne pas être entendue. Dutch (rien qu'au nom, Tom se hérissait) était son mari. L'ancien marine pour lequel elle l'avait quitté. Le beau-père, le héros et le modèle de Danny.

« Il sait quelque chose ?

— Plus qu'il n'a voulu en dire. »

Le serveur revint avec la bouteille d'eau. Ils se turent et le regardèrent remplir leurs verres. Quand il fut parti, Gina se pencha de nouveau vers Tom.

« Visiblement, l'unité de Danny faisait une patrouille de routine quand ils se sont fait attaquer. Un de leurs véhicules a été pulvérisé par une bombe. Un soldat mort et deux grièvement blessés. Danny et les autres ont pourchassé les terroristes et les ont abattus. Il semblerait que des civils aient été tués pendant l'échange de coups de feu. C'est tout ce que le copain de Dutch a bien voulu dire. D'après lui, il n'y a pas à s'en faire. Il s'agit d'une enquête de routine. Visiblement, ça arrive tout le temps. C'est juste qu'après la bavure d'Haditha, les chefs sont obsédés par la crainte que les médias les accusent d'étouffer l'affaire.

— Il t'a dit combien de temps l'enquête allait prendre ?

— Non.

— Il faut qu'on fasse appel à un vrai avocat.

— Comment ça, un vrai avocat ? Danny en a déjà un.

— Non. On lui a collé un larbin de l'armée. Cet avocat, il va défendre qui, au juste ? Eux !

— Dutch m'a assuré que ces avocats militaires sont totalement indépendants.

— Tu parles ! C'est ce qu'il dit. »

Gina détourna le regard en soupirant. Tom maudit silencieusement cet esprit sarcastique qui lui venait de manière quasi pavlovienne à la moindre mention du nom de son mari.

« Danny t'a contacté ? demanda Gina.

— Non. »

La question était superflue. Tom comprit que c'était sa manière à elle de se venger. Jusqu'à ce mail que Tom avait envoyé la semaine précédente et auquel Danny n'avait pas répondu, il n'y avait eu aucun contact entre eux depuis des années. Depuis cette violente dispute lorsque Danny avait décidé de devenir marine comme son beau-père. Tom s'étonna d'avoir dû attendre jusqu'à maintenant, jusqu'à ce problème sérieux, pour être autorisé à s'impliquer de nouveau dans la vie de son fils. Il en conçut une reconnaissance mêlée de ressentiment.

Il avait échoué dans bien des domaines, mais son incapacité à former un lien durable avec son seul enfant était ce qu'il se reprochait le plus. Davantage encore que sa relation ratée avec la mère de son fils, même si les deux étaient étroitement mêlés. L'opinion que Danny se faisait de lui était, Tom le devinait, en grande partie la même que celle de Gina : son père était un alcoolique instable, un libéral mou paralysé par sa culpabilité, un Anglais déclassé perdu entre deux continents, qui n'avait jamais réussi à reprendre pied. Comment reprocher au jeune homme son désir de se démarquer autant que possible de tout cela ?

Il fut un temps où Tom se tourmentait à l'idée que les choses auraient pu être différentes s'il n'avait pas poussé Gina à venir s'installer à Missoula. Fille d'un rancher, elle devenait claustrophobe dans une ville, aussi petite soit-elle. Pourtant, les premières années qu'ils avaient passées à Missoula, avec la construction de la maison au bord du ruisseau et la grossesse de Gina, avaient certainement été les plus heureuses de leur vie commune – du moins, c'est ce que Tom se disait maintenant. L'ironie de l'histoire, c'est que lui-même n'était pas convaincu au départ. L'installation à Missoula tenait plutôt du fantasme chez lui. Il s'était persuadé qu'il avait enfin trouvé un endroit où il se sentait chez lui.

Tom et Gina avaient fait connaissance pendant l'été 1978, alors qu'il était en première année de fac. Il passait les vacances en tant que bénévole dans un programme financé par le gouvernement fédéral sur la réserve blackfoot de Browning. L'idée, c'était d'éveiller l'intérêt des jeunes Indiens pour l'histoire et la culture de leur tribu, la passion de Tom depuis de nombreuses années. Avec l'un des aînés de la tribu, qui était également un ami, il accompagnait un groupe d'adolescents blackfoot en montagne. Ils avaient établi leur campement sur un terrain qu'ils pensaient à tort propriété publique. Ils avaient allumé un feu et commençaient tout juste à préparer leur dîner quand s'était approchée la silhouette extraordinaire d'une cow-girl chevauchant un immense cheval noir. Elle leur avait dit dans des termes dénués de toute ambiguïté qu'ils étaient sur la prairie de son père et donc sur une propriété privée. Elle portait un tee-shirt blanc, un chapeau noir et un foulard rouge autour du cou. Son cheval, plein de fougue, piaffait sur place. Difficile de dire qui de la cavalière ou de la monture leur fit la plus forte impression.

Tom s'excusa, expliquant qui ils étaient et ce qu'ils faisaient. Un quart d'heure plus tard, elle s'installait à côté de lui près du feu et faisait cuire des steaks. Elle ôta son chapeau, laissant tomber une cascade de cheveux aussi noirs et brillants que la robe de son cheval. Tom avait vu un jour un film où la même chose se produisait – la fille d'un grand éleveur, d'une beauté arrogante (certainement jouée par Barbara Stanwyck) faisait son apparition au milieu d'un nuage de poussière et, du haut de sa monture, interpellait le chef (James Stewart, à coup sûr). Tom avait oublié le titre du film, mais ce qu'il savait, c'était que de telles rencontres se concluaient généralement de la même manière.

Elle lui demanda s'il habitait dans le coin. Tom répondit que, lorsqu'il avait douze ou treize ans, il avait vécu dans un petit ranch aux environs de Choteau.

Après quelques questions supplémentaires, elle lui annonça qu'elle savait exactement qui il était et qu'ils avaient été au lycée ensemble.

« Je m'en souviendrais », répondit Tom. Dans son esprit, c'était un compliment – son visage n'était pas de ceux qu'on oublie. Or, elle parut vexée et tint à lui démontrer qu'elle avait raison. Elle s'appelait Gina Laidlaw et avait deux ans de moins que lui. Ils avaient, en effet, fréquenté le même lycée, brièvement.

« Le garçon anglais, dit-elle. Tout le monde savait qui tu étais. On essayait d'imiter ta façon de parler, ton drôle d'accent snob. Tu l'as perdu. Quel dommage !

— Ma foi, très chère, je peux toujours le retrouver quand la nécessité s'en fait sentir. »

La tête en arrière, elle éclata de rire. Sa bouche ressemblait plus à celle de Jane Russell qu'à celle de Barbara Stanwyck. Il était perdu.

« On finit par en avoir marre de ne pas se faire comprendre, ajouta-t-il. De toujours avoir à répéter. Je me souviens du jour où j'ai dit à quelqu'un que j'avais dû *patienter dans la file d'attente* et où il m'a adressé un regard hagard. Comme celui que tu m'adresses en ce moment.

— *Patienter dans la file d'attente ?*

— *Faire la queue*. Tu vois le problème ? »

Elle éclata de nouveau de rire, suivie par ceux qui avaient entendu leur conversation. Puis ils se mirent tous à imiter l'accent anglais pour taquiner Tom, lequel fit mine d'être fâché, tout en s'amusant comme un petit fou.

Elle ne resta avec eux qu'une heure, mais cela suffit à Tom pour apprendre qu'elle finissait sa licence d'agro-industrie à l'université du Montana, qu'elle travaillait pendant l'été au ranch et qu'elle n'avait pas de petit ami – du moins c'était ce qu'il avait cru comprendre. Il la raccompagna jusqu'à son cheval et lui proposa de venir la voir si jamais le groupe souhaitait demander la permission de camper là une autre fois. Elle se mit en selle. Il comprit à sa façon de lui sourire du haut de son cheval qu'elle savait pertinemment ce qu'en fait il lui demandait.

« Hum. Voyons voir, dit-elle. Eh bien, tu peux toujours venir me voir si tu veux. »

Ce fut le meilleur été de toute sa vie. Seize mois plus tard, ils se marièrent dans une petite église en bardeaux blancs, entourée sur des kilomètres à la ronde de prairies blanchies de soleil où passaient les troupeaux du père de Gina, avec en toile de fond les sommets déjà enneigés.

« Alors, ça vous plaît ? »

Le serveur en chemise noire contemplait leurs assiettes auxquelles ils n'avaient pratiquement pas touché. Il paraissait personnellement affecté.

« Vous n'aimez pas ?

— Si, beaucoup, répondit Tom. En fait, nous avons eu les yeux plus gros que le ventre. »

Gina adressa au serveur un sourire penaud.

« Désolée, dit-elle.

— Pas de problème. Vous voulez savoir ce que nous vous proposons pour le dessert ?

— Ce ne sera pas nécessaire. Merci. Un café s'il vous plaît.

— La même chose.

— Entendu. »

Ils restèrent silencieux un instant à regarder dehors. C'était une journée printanière instable, avec des nuages qui filaient dans le ciel, laissant de temps en temps place à des éclaircies dont la luminosité violente brûlait la rétine. Tom demanda des nouvelles de Kelly, la copine de Danny. Les jeunes gens se fréquentaient depuis plus de deux ans, mais Tom n'avait jamais vu Kelly. D'après Gina, elle était très affectée, la pauvre, et ne demandait qu'une chose – que Danny rentre.

« Et il rentre quand ?

— Dutch dit que Danny et ses camarades vont certainement être envoyés dans la région du Golfe en premier. Dans ce genre de situation, l'armée fait tout pour éloigner le plus vite possible les hommes des zones de combat.

— On a des informations sur les civils qu'ils auraient tués ? »

Gina hésita, baissa les yeux.

« Il y avait des femmes, dit-elle, et des enfants.

— Oh non ! »

Malgré tous ses efforts, elle ne put empêcher une larme de glisser le long de sa joue. Elle l'essuya rapidement. Tom se retint de lui prendre la main. Il voyait bien qu'elle s'en voulait de pleurer et repousserait tout geste consolateur.

« Je pense vraiment qu'on devrait faire appel à un avocat extérieur, dit-il un peu maladroitement.

— Bon sang, Tom ! Tu n'y connais rien ! Alors laisse décider ceux qui en savent plus que toi ! »

Le serveur revint avec leurs cafés. Tom attendit avec appréhension qu'il fasse une observation enjouée et inepte mais le jeune homme, conscient de leur humeur sombre, garda la tête baissée. Tom demanda l'addition.

« Excuse-moi, murmura Gina.

— Ce n'est rien. Si je peux faire quelque chose, n'hésite pas à me demander. »

Il la raccompagna jusqu'à sa voiture. Ils restèrent silencieux tous les deux. À mi-chemin, elle lui prit le bras. Tom sentit les larmes venir. Elle ne parut pas le remarquer. Il se maîtrisa rapidement.

Une fois qu'elle fut partie, il remonta la 13e Rue jusqu'au musée Charlie Russell, accompagné par les ombres des nuages courant sur le trottoir. Cela faisait longtemps qu'il n'était pas allé voir les tableaux de Russell. La dernière fois, c'était avec Danny. Son fils avait alors trois ans. Aucun peintre n'avait, selon Tom, saisi l'esprit de l'Ouest américain aussi bien que Russell. Danny avait été fasciné par ces images de cow-boys et d'Indiens, de chevaux aux yeux fous, de chasseurs de bisons tournoyant dans des paysages de poussière rouge et de buissons d'armoise. Tom l'avait pris dans ses bras pour qu'il puisse voir de plus près. Chaque tableau racontait une histoire, que le père et le fils s'étaient racontée à voix basse – ce qui se passait, qui avait tiré en premier, ce qu'avaient vu ces Indiens postés au sommet de la colline, pourquoi ces hommes avaient tué le loup, ce qui allait se passer ensuite.

À l'époque, ses relations avec Gina commençaient déjà à se gâter. Au début, ils se disputaient surtout à propos de sa famille à elle. Son père n'avait jamais accepté Tom, et n'avait jamais dissimulé le fait qu'à son avis sa fille unique adorée, sa « princesse », aurait pu trouver bien mieux. C. J. Laidlaw était un véritable taureau, grand, avec des épaules larges et un caractère et un ego à la mesure de son allure imposante. Sur pratiquement tous les sujets, et surtout la politique, il avait des opinions diamétralement opposées à celles de

Tom. Il s'amusait à le provoquer, à lui faire exprimer des vues progressistes pour mieux les contrer et les ridiculiser. Il avait une façon dédaigneuse de s'enquérir du travail de Tom, de ses premiers textes, en majorité non publiés, et en particulier de son intérêt pour les Blackfoot. Il était clair qu'à ses yeux son beau-fils ferait bien de se chercher un vrai boulot.

Les premières années, Tom s'efforçait en souriant de ne pas répondre à la provocation, mais après la naissance de Danny, il commença à se défendre. Un jour, à Thanksgiving, peu après le troisième anniversaire de Danny, il eut une violente dispute avec C. J. à propos de la politique étrangère de Reagan. Gina prit le parti de son père, ce qui était révélateur. Après, plus rien ne fut vraiment pareil.

C'est à cette période-là que Tom commença à boire plus que de raison. Aujourd'hui, malgré plusieurs années de psychanalyse, de thérapie et de réunions aux Alcooliques Anonymes, il ne savait toujours pas pourquoi il en était arrivé là. Les raisons étaient tellement nombreuses.

Gina et lui passaient leur temps à se disputer, généralement au sujet de Danny qui n'était pas un bébé facile. Comme il avait la colique, il avait pratiquement passé les deux premières années de sa vie à pleurer. Épuisés par le manque de sommeil, Tom et Gina s'étaient parfois crus au bord de la folie. Furieuse, elle lui disait qu'il ne valait rien en tant que père, qu'il lui laissait toutes les corvées, qu'il faisait passer son travail avant ses responsabilités envers son fils et son épouse. Elle qui détestait Missoula, il l'avait séparée de sa famille et ses amis qui vivaient de l'autre côté des montagnes.

Le problème, c'est que Tom, même s'il ne le reconnut jamais devant Gina, lui donnait raison. Il se disait qu'avoir un enfant avait été une erreur. Et il en était venu à penser que sa propre enfance malheureuse le disqualifiait en tant que parent. Qu'il s'était construit une carapace le rendant incapable d'aimer, parce que tous les gens qu'il avait lui-même aimés étaient morts ou partis. Lorsque Gina l'attaquait, au lieu de répliquer il acceptait les reproches et s'excusait, ce qui ne faisait qu'attiser la colère de sa femme. Tom s'était replié sur son travail, s'en servant de prétexte pour aller en ville. Il devait aller à la bibliothèque de l'université, disait-il. Pour faire des recherches.

D'une certaine manière, c'était vrai. Explorant des zones sombres et inconnues de son être, il passait des après-midi entiers, de plus en plus prolongés, dans des bars minables du centre-ville en compagnie d'autres naufragés de la vie qui vivaient tous des tragédies différentes mais partageaient les mêmes lamentations.

Les couples qui se disputent finissent sans doute tous par atteindre un point de non-retour, où les excuses et le pardon perdent leur sens et où chacun se résigne à la rupture. Pour Gina, ce fut le jour où Tom emmena Danny en canoë, sans elle, juste avant le cinquième anniversaire de leur fils.

Tom était passé à la vitesse supérieure en matière d'alcool. Il commençait le matin par un ou deux verres, et le nombre de bouteilles qu'il cachait dans la maison – derrière un livre sur son étagère, dans une vieille botte de cow-boy au fond du placard, et même dans la remise à bois – avait augmenté. L'excursion en canoë avait été annulée deux fois à cause du mauvais temps. Ce dimanche, malgré sa gueule de bois carabinée, il était hors de question qu'il déçoive à nouveau le petit garçon.

C'était au début du printemps. La journée s'annonçait claire et fraîche. Trépignant de joie dès le saut du lit, Danny voulut aider son père à accrocher le vieux canoë vert sur le toit de la voiture. Mais comme il le gênait plus qu'autre chose, Tom lui dit, trop sèchement, de faire attention. Gina, qui avait certainement entendu, vint les observer, les bras croisés, avec sur le visage une expression de résignation lasse et méfiante plus éloquente que les mots. Danny la rejoignit.

« Tu es sûr que c'est une bonne idée ? demanda-t-elle.

— Mais oui, on va bien s'amuser. N'est-ce pas, Danny ? »

Danny fit oui de la tête, sans grande conviction.

Une heure plus tard, ils étaient sur la rivière. Tout était parfait – les reflets du soleil dansant comme autant de diamants sur l'eau, les peupliers ourlant la rivière de la brume verte d'un jeune feuillage. Tom commençait à avoir les idées plus claires. Vêtu de son gilet de sauvetage jaune et coiffé de son bob rouge et blanc, Danny poussait des cris de joie.

Tom avait fait ce parcours des dizaines de fois, mais jamais avec Danny. La descente était de tout repos, sauf à quelques endroits où les eaux étaient un peu agitées. Gina devait les attendre en voiture plus bas. Ils s'arrêtèrent près d'une prairie ensoleillée pour manger les sandwiches qu'elle leur avait préparés, puis s'amusèrent à lancer des cailloux dans l'eau.

« Papa, on y retourne ?

— Quand tu veux. »

Ils remirent leurs gilets de sauvetage et grimpèrent

à nouveau dans le canoë. Danny était installé à l'avant avec sa petite rame. Il n'avait pas vraiment pigé comment l'utiliser mais peu importait. La rivière devint plus étroite. Ils atteignirent les derniers rapides et c'est seulement à ce moment-là que Tom se rendit compte que le débit était plus important qu'il ne le pensait. Les eaux grondaient. Des vagues de travers rebondissaient sur les deux rives. Tom dit à Danny de poser sa rame et de se tenir au bord avec les deux mains. La peur déforma brusquement le visage du petit garçon. Il avait perçu l'inquiétude dans la voix de son père.

Plus tard, Tom serait incapable d'expliquer l'enchaînement des événements. En traversant les premiers rapides, leur canoë prit une grande quantité d'eau, ce qui rendit l'embarcation encore plus instable en amplifiant ses mouvements. Et la rivière étant plus haute que les autres fois où il l'avait descendue, Tom ignorait quel chemin prendre entre les rochers. Tout d'un coup, l'une des vagues qui avaient rebondi sur la rive droite vint se fracasser sur la proue. Le canoë fit un tête-à-queue.

« Papa ! hurla Danny.

— Tiens-toi bien ! Tu ne risques rien ! »

Pourtant, le danger était bien là. Sans laisser à Tom le temps de redresser la situation, l'arrière du canoë se retrouva aspiré par un rapide qui se glissait entre les rochers. Tom dut se retourner pour voir vers où ils étaient entraînés. En jetant un coup d'œil à Danny, il lut la terreur dans les yeux de son fils.

« Ne t'en fais pas, fiston. Tout va bien. »

Ils furent attirés vers deux immenses rochers séparés par un espace où l'eau s'engouffrait avant de plonger en contrebas en décrivant un arc argenté. Si le canoë était passé normalement entre les rochers, ils auraient, avec un peu de chance, évité de chavirer. Hélas, la poupe se fracassa sur le rocher de droite dans un grand craquement, et l'embarcation plongea au moment où elle se faufilait dans le passage. En une seconde, elle se renversa et les deux passagers se retrouvèrent sous l'eau.

Aujourd'hui encore, Tom se souvenait du silence soudain, des dalles rocheuses gris-vert du lit de la rivière, des tourbillons de bulles, de sa rame qui flottait et du canoë renversé au-dessus de sa tête. L'étau glacial de l'eau lui donnait mal au crâne. Pour remonter à la surface, il dut lutter contre le poids de ses vêtements et la douleur de ses poumons prêts à exploser. À peine eut-il pris sa première gorgée d'air qu'il se mit à chercher Danny du regard. Aucun signe de lui. Tom fit des cercles dans l'eau en battant des bras et des jambes.

« Danny ! Danny ! »

C'est alors qu'il vit le bob rouge et blanc remonter à la surface, suivi par le visage et les yeux écarquillés de son fils haletant. Péniblement, Tom le rejoignit à la nage.

« Ça va, papa ?

— Moi, oui. Et toi ? »

Danny fit signe que oui. Il s'agrippait à sa rame. L'eau était calme à cet endroit, ce qui permit à Tom de hisser son fils sur la berge et d'aller récupérer le canoë retourné. Ils n'avaient pas pris avec eux de vêtements de rechange, si bien qu'en arrivant à l'endroit où ils devaient retrouver Gina, Danny tremblait de froid et claquait des dents. En voyant sa mère au bord de la rivière, il fondit en larmes.

« Qu'est-ce qui s'est passé ?

— On a eu un petit accident, répondit Tom.

— Mon Dieu ! »

Elle porta Danny jusqu'à la voiture et, après lui avoir ôté ses vêtements trempés, l'enveloppa dans son pull et son manteau. Installée avec lui sur le siège passager, elle le câlina et le rassura pendant que Tom chargeait le canoë sur le toit. Le retour à la maison se fit dans un silence plus glacial encore que l'eau de la rivière. Tom risqua un coup d'œil en direction de Gina. Elle regardait fixement devant elle, les joues inondées de larmes.

Pendant un mois, Tom se rejoua la scène du naufrage. Les bulles, le canoë renversé, son petit garçon remontant à la surface. *Ça va, papa ?* Gina refusa de parler de l'accident, même quand il la supplia de l'écouter. Elle jugeait cela inutile. Et rien de ce qu'il pouvait dire ne la ferait changer d'avis. Le fait qu'il buvait avait provoqué le naufrage, et aucune rédemption n'était possible. Il n'était pas capable d'être père.

Cet après-midi-là, Tom avait le musée pratiquement pour lui tout seul. Accompagné par le couinement de ses semelles sur le sol ciré, il déambula de salle en salle à la recherche de son tableau préféré. Il resta planté un bon moment devant cette œuvre qui avait tant fasciné Danny à l'époque. Elle s'intitulait *Le Bateau à vapeur* et représentait quatre guerriers indiens au sommet d'une falaise rocheuse, avec en toile de fond un magnifique ciel crépusculaire d'un bleu tirant vers le violet. Ils étaient à cheval et observaient avec perplexité un bateau à vapeur qui remontait la rivière tout en bas.

« Y a qui, sur le bateau ? avait demandé Danny.

— Des Blancs.

— Qu'est-ce qu'ils veulent ?

— Les terres des Indiens.

— Et ils vont réussir à les prendre ?

— Oui, bien sûr. Alors qu'ils avaient promis qu'ils n'y toucheraient pas. »

Tom tenta de faire revivre les sentiments qu'il avait ressentis ce jour-là avec Danny, sans parvenir à en réveiller ne serait-ce qu'un écho. Ne lui restait qu'un souvenir en creux – celui de son fils perdu depuis longtemps et de ce que lui-même avait été et n'était plus.

7

Installés sur le siège arrière en cuir crème de la Bentley, Tommy et Dickie observaient par la vitre arrière la nuée d'élèves d'Ashlawn qui s'était abattue sur Ray Montane et Diane. Se bousculant du coude pour obtenir un autographe, les garçons criaient *Red ! Red !* et imitaient le geste du cow-boy qui tire, puis souffle sur le canon de son colt. C'était en quelque sorte la marque distinctive de Red McGraw dans *Sliprock*, à l'instar de ce *À plus tard, sur la piste !* qu'il lançait à la fin de chaque épisode.

Ray avait épuisé depuis belle lurette son stock de photos de Red McGraw. À présent, il signait ses autographes sur tout ce qui lui tombait sous la main, y compris les programmes officiels de la journée de distribution des prix. Debout à côté de lui, Diane ne chômait pas non plus. Le photographe du journal local, un petit homme tout ébouriffé dont les joues rouges luisaient de sueur, avait déjà pris une bonne centaine de photos du couple, ce qui ne l'empêchait pas de continuer à les mitrailler.

« Red ! Red ! Un autographe ! hurlaient les gamins. S'il te plaît ! Diane ! Toi aussi ! »

Affectant un air important, M. Rawlston s'assurait qu'il n'y avait pas de débordement. Depuis que Diane et Ray étaient arrivés, deux heures plus tôt, il leur passait la brosse à reluire, même si, d'après Dickie, c'était uniquement parce que quelqu'un avait expliqué à ce vieux croûton qui ils étaient.

Tommy n'en revenait toujours pas de les voir à Ashlawn. Dans sa dernière lettre, sa mère lui avait expliqué que ce ne serait pas son père et elle, mais Diane qui viendrait à la distribution des prix. Mais elle n'avait pas mentionné la venue de Ray. Pour lui faire une surprise peut-être.

Une surprise, c'en était une, en effet – probablement le plus grand événement à Ashlawn depuis ce jour où, frappée par la foudre, l'une des cheminées était tombée sur la Mini Austin de l'infirmière (qui malheureusement n'était pas dedans à ce moment-là). L'arrivée de Ray et de Diane était tombée à point nommé. Les élèves et leurs parents, groupés autour du terrain de sport, mangeaient leur pique-nique en regardant l'équipe de cricket de l'école prendre sa raclée annuelle contre l'équipe des papas. Les voitures des parents, dont la marque et l'année constituaient des indices révélateurs du statut social de leurs propriétaires, étaient garées les unes à côté des autres le long des limites du terrain, séparées par les plaids et les gros paniers de pique-nique posés sur l'herbe détrempée.

Tristes et affamés, Tommy et Dickie s'étaient installés sur les marches des vestiaires. Comme les parents de Dickie vivaient à Hong Kong et ne venaient jamais aux événements organisés par l'école, Tommy l'avait invité à partager le pique-nique que Diane était censée apporter. Elle avait déjà deux heures de retard et Tommy était mortifié. Le spectacle de tous ces gens en train de s'enfiler leurs sandwiches au concombre, leurs pâtés en croûte et leurs cuisses de poulet était à la limite du supportable. Tommy s'apprêtait à s'excuser pour la dixième fois quand une énorme Bentley blanche aux vitres teintées passa le portail en ronronnant.

Glissant sur l'herbe, elle vint se garer un peu à l'écart des autres voitures, suivies par au moins trois cents paires d'yeux. Tous guettaient, silencieux. Pendant longtemps, rien ne se passa. La voiture restait immobile. Même le match de cricket s'était interrompu. Les joueurs et les arbitres en personne, avec leurs vestes blanches et leurs panamas, attendaient.

« Regarde ! » s'exclama Dickie.

Un chauffeur en livrée et casquette bleu foncé sortit du véhicule et alla ouvrir la portière arrière.

« Tu as deviné qui c'était, hein ?

— Comment veux-tu que je sache ? dit Tommy.

— C'est ta sœur, espèce de neu-neu ! Regarde ! »

En effet, c'était bien elle qui, le sourire aux lèvres, sortait gracieusement de la Bentley en lissant sa robe et en ajustant ses lunettes de soleil.

« Mince alors, quelle allure ! chuchota Dickie, émerveillé.

— Et regarde qui l'accompagne ! »

Mis à part le Stetson blanc, Ray Montane était entièrement en noir. Il portait une cravate-lacet et une ceinture avec une grosse boucle en argent en forme de crotale enroulé sur lui-même. Les pointes de ses bottes étaient argentées et sa chemise décorée de pierres qui ressemblaient à des diamants mais n'étaient, d'après Dickie, que des strass, qui valaient beaucoup moins. Seul manquait à sa panoplie le ceinturon avec le revolver.

Curieusement, Ray ne détonnait pas : tout le monde s'habillait de façon un peu spéciale pour la distribution des prix. Charlie Limace Rawlston, Ducky Lawrence et quelques-uns de leurs collègues portaient leur toge, une immense cape noire avec une grande capuche bordée de satin rouge ou violet ou de fourrure blanche qui pendait dans leur dos. Les élèves et les autres membres du personnel avaient accroché des fleurs et des tiges de fougère au revers de leur veste et certains des papas arboraient des blazers à rayures aux couleurs voyantes. La plupart des mamans et des grandes sœurs avaient des chapeaux décorés de fleurs ou de plumes.

Diane, elle, se distinguait. Les boucles épaisses et brillantes de ses cheveux détachés ondoyaient au rythme de ses pas. Toujours bronzée après son séjour en Californie, elle portait des sandales à talons hauts et une robe rose qui dévoilait ses épaules et une bonne partie de sa poitrine, si bien que tous les garçons et la plupart des papas la dévoraient des yeux.

Devant tout le monde, elle serra Tommy dans ses bras pendant ce qui parut une éternité. Il sentit ses poumons se vider sous la pression. Puis elle dit bonjour à Dickie et l'embrassa sur la joue, le faisant rougir. Ray serra la main des deux garçons et dit à Tommy qu'il savait tout de lui. Tommy pria le ciel pour que ses problèmes nocturnes ne fassent pas partie de ce tout. Jamais le petit garçon n'avait vu des yeux aussi bleus. Sur le siège de la Bentley se trouvait un panier en osier trois fois plus gros que ceux des autres familles. Sur le couvercle, les initiales F&M indiquaient qu'il provenait, expliqua Diane, d'un célèbre magasin de

Londres. Il contenait toutes sortes de mets étranges, du pâté de foie d'oie par exemple, ou encore des œufs de poisson noirs qu'on appelait du caviar, que Dickie adora mais que Tommy trouva répugnants. Le chauffeur étala des couvertures par terre sur lesquelles les deux gamins s'installèrent pour s'empiffrer jusqu'à s'en rendre malades.

Charlie Limace était censé s'occuper du colonel au visage rougeaud qui avait distribué les prix et endormi toute l'assistance avec un discours interminable sur l'importance de faire partie d'une équipe. Mais il brûlait visiblement de faire la connaissance de Ray et Diane. Il finit par parvenir à ses fins et leur proposa un petit tour de l'école. Tommy les accompagna, mais comme le directeur n'arrêtait pas de lui donner des petites tapes dans le dos en plaisantant avec lui comme s'ils étaient potes, il regretta sa décision. Cette hypocrisie avait quelque chose d'écœurant. Ils passèrent devant les vestiaires et Tommy se retint de dire *C'est là que ce lèche-bottes nous file des roustes*.

Il fut largement consolé par ce qui se passa alors qu'ils prenaient le thé devant les vestiaires des joueurs de cricket. Repérant Brent la Fouine en train de parler à l'épouse du colonel, une femme au visage de rat, Tommy murmura à Diane que c'était celui qui les battait de la manière la plus cruelle et la plus sadique. Ray Montane l'entendit.

« Et toi, il t'a déjà battu, Tommy ?

— Plein de fois. Il bat Dickie presque tous les soirs.

— C'est un vrai pervers », ajouta Dickie.

Ray parut réfléchir un instant.

« Il s'appelle comment ?

— M. Brent. Mais on l'appelle la Fouine. »

Avant que quiconque puisse l'en empêcher, Ray s'approcha de Brent et lui donna une petite tape sur l'épaule.

« Toutes mes excuses, madame, dit-il, le doigt sur le rebord de son Stetson. J'aurais deux ou trois mots à dire à ce gentleman. Nous ne serons pas longs. »

Brent fronça les sourcils mais accepta de suivre Ray. Ray se colla à lui et lui parla pendant une ou deux minutes. Puis il posa la main sur son épaule, lui sourit aimablement et rejoignit Tommy et Diane, le laissant aussi blême que s'il avait vu son propre fantôme.

« Qu'est-ce que tu lui as dit ? murmura Diane.

— Que si jamais il pose la main sur l'un des deux garçons, je reviens lui ramoner le trou du cul avec son nez de fouine. »

L'après-midi tirait à sa fin. Ray et Diane, debout près de la voiture, signaient leurs derniers autographes quand M. Rawlston s'approcha de nouveau.

« Bon, les garçons, c'est fini ! Plus d'autographes. M. Montane et Mlle Reed ont plein d'autres choses à faire, j'en suis sûr.

— Bon sang, Charlie, j'étais parti pour rester toute la journée », dit Ray.

Le directeur pencha la tête en arrière et partit d'un grand éclat de rire, comme si c'était la chose la plus drôle qu'il ait jamais entendue. Se penchant vers l'intérieur de la voiture, Ray lança un clin d'œil complice à Tommy par-dessous le bord de son Stetson. Tommy était conquis, même s'il ne se faisait toujours pas à l'idée qu'une immense star comme Red McGraw, du feuilleton *Sliprock*, était le petit ami de sa sœur. Diane serait revenue de Hollywood au bras de Flint McCullough qu'il n'aurait guère été plus épaté. Ray paraissait plus âgé qu'à la télé – en tout cas, bien plus vieux que Diane –, mais ça, c'était sans doute parce qu'il passait le plus clair de son temps dehors à chevaucher dans la prairie.

« J'espère que vous reviendrez nous voir, poursuivit le directeur en jetant un coup d'œil furtif au décolleté de Diane. Tous les deux. Je veux dire… En fait, euh… Monsieur Montane, accepteriez-vous d'être notre invité d'honneur l'année prochaine pour la distribution des prix ?

— Ma foi, Charlie, c'est vachement…

— Vous n'êtes pas obligé de me donner votre réponse tout de suite. Je sais que dans le monde scintillant du show-business, rien ne se fait sans l'accord de votre agent, et tout le bastringue. »

Il partit d'un grand éclat de rire, ravi de se montrer aussi moderne et spirituel.

Il était maintenant six heures. Les réjouissances étaient officiellement terminées. Les élèves avaient le droit de rester dans leur famille jusqu'au lendemain, même heure. Ensuite, il n'y aurait plus que cinq jours d'école et alors, ça serait la fin du trimestre et la maison pendant deux mois. Tommy demanda timidement à Diane si Dickie pouvait venir chez eux parce qu'il n'avait pas d'autre endroit où aller. Elle répondit que non, peut-être une autre fois, mais qu'ils devaient parler en famille de quelque chose de très important. Tommy remarqua son regard bizarre, presque inquiet.

« Qu'est-ce que tu veux dire ?

— Je t'expliquerai plus tard, mon cœur.

— Ça ne fait rien, déclara Dickie. Elle est supportable, cette école pourrie, quand il n'y a personne. »

Il descendit de la voiture et dit au revoir. Charlie

Limace se répandit encore en compliments. Le chauffeur ouvrit les portières pour que Diane et Ray s'installent sur la banquette arrière, de chaque côté de Tommy, et ils partirent. Un groupe de gamins courut à côté de la Bentley jusqu'au portail en agitant les bras et en criant *À plus tard, sur la piste !*

Le silence se fit dans la voiture. Ray sortit deux cigarettes d'une boîte en argent, les alluma et en passa une à Diane. Pendant plusieurs minutes, personne ne dit un mot.

« Ray vient avec nous à la maison ? finit par demander Tommy dans un murmure.

— Oui, mais il ne va pas rester. Il doit retourner à Londres. Il a un avion à prendre demain.

— Il rentre en Californie ?

— Eh oui, fiston ! dit Ray.

— Dommage.

— Ouaip, tu peux le dire. Mais tu sais quoi ? Mon petit doigt me dit qu'on va bientôt passer beaucoup de temps ensemble.

— Ah bon ? »

Ray jeta un coup d'œil à Diane. En levant la tête, Tommy vit qu'elle avait toujours ce regard bizarre. Elle esquissa un sourire, puis détourna les yeux et contempla le paysage par la vitre. Ray et Tommy passèrent tout le trajet à papoter de choses et d'autres. Diane, elle, resta muette.

Tommy n'était pas rentré à la maison depuis plusieurs semaines. Il s'attendait donc, au moment où la Bentley remontait l'allée, à ce que ses parents sortent pour l'accueillir. Ils n'en firent rien. Pas plus que Ray n'entra chez eux. Ils descendirent tous les trois de la voiture et le chauffeur posa la valise en cuir de Diane à ses pieds, sur les graviers. Ray donna à Tommy une bonne poignée de main.

« Occupe-toi bien de ma fiancée, OK, mec ?

— OK. »

Avec un grand sourire, Ray fit semblant de pointer son revolver. Tommy l'imita. Puis Ray enlaça Diane et l'embrassa à pleine bouche.

« Bonne chance, mon chou, dit-il. Tu verras. Tout va bien se passer. »

Diane, toujours muette, se contenta de faire oui de la tête. Ray remonta dans la Bentley, le chauffeur ferma la portière et Tommy et Diane regardèrent la voiture faire demi-tour dans la minuscule allée et s'éloigner en ronronnant. Diane passa le bras autour des épaules de Tommy.

« Allons-y, dit-elle. On ferait bien d'entrer. »

Elle avait répété son discours une centaine de fois dans sa tête, l'avait même prononcé à haute voix devant le miroir, comme elle le faisait quand elle apprenait un nouveau rôle. En vain, semblait-il. Jamais elle n'avait eu autant le trac sur scène, même lors d'une première à Londres. Le théâtre, ce n'était pas pour de vrai, alors que là… En outre, elle savait déjà que le public serait hostile.

Ses parents les attendaient dans le salon. Le présentateur annonçait les résultats de cricket à la télévision, mais personne n'y prêtait réellement attention. Le père de Diane, assis sur son fauteuil, lisait le journal en fumant la pipe. Sa mère, dans un coin du canapé, tenait dans sa main un verre de gin tonic à moitié vide – pas le premier, si l'on en jugeait ses yeux et ses joues rouges. Au moment où Tommy et Diane entraient dans la pièce, elle se pencha en avant et écrasa sa cigarette dans le cendrier.

« Bonjour, Tommy, dit-elle d'une voix lasse.

— Bonjour. »

Tommy s'avança vers elle. Elle lui tendit la joue pour qu'il l'embrasse. Diane comprit aux sourcils froncés du gamin qu'il sentait bien quelque chose d'anormal. Le père de Tommy s'éclaircit la gorge et lui adressa un sourire maladroit et forcé.

« Bonjour, mon vieux. Alors, c'était comment, la distribution des prix ?

— Bien. Qu'est-ce qui se passe ici ? »

Les parents de Diane se tournèrent tous les deux vers elle, attendant qu'elle prenne la parole. Son père semblait triste, fatigué et tout d'un coup vieilli. Dans les yeux de sa mère luisait une colère froide contenue à grand-peine. Après tout ce qu'ils s'étaient dit au cours de la semaine, tous ces cris, ces récriminations, ces menaces, Diane ne devait pas s'étonner, tout de même. Ils avaient passé trois jours et trois nuits à s'écharper. Diane avait fini par claquer la porte et rentrer à Londres pour rejoindre Ray dans son hôtel. Il était le seul qui la comprenait. Sans lui, elle n'aurait jamais trouvé le courage.

Mais elle n'avait pas prévu que les choses se déroulent ainsi. La veille au soir, son père l'avait de nouveau, et pour la dernière fois, suppliée au téléphone de ne pas mettre son projet à exécution. Elle avait répliqué qu'elle ne changerait pas d'avis. Ils étaient alors tombés d'accord pour qu'elle ramène Tommy à la maison, qu'ils mangent tranquillement tous ensemble et qu'ensuite, de la manière la plus douce et la plus aimante possible, ils lui disent tout. Hélas, l'air était déjà chargé d'électricité. Elle devrait donc lui révéler la chose maintenant. Elle était toujours dans l'embrasure de la porte. Toute la famille la regardait. À la télé, le présentateur déroulait la longue liste des résultats de cricket.

« Qu'est-ce qu'il y a ? Qu'est-ce que vous avez tous ?

— Bon sang, Diane, dit sa mère, finis-en au plus vite. »

Diane alla éteindre la télévision, puis s'installa à l'autre bout du canapé. Elle ébaucha un sourire aussi peu convaincant pour elle que pour ceux auxquels il s'adressait. Elle eut l'impression que son talent d'actrice l'avait brusquement abandonnée. Elle tapota le coussin près d'elle.

« Tommy, mon cœur, viens t'asseoir ici. J'ai quelque chose à te dire.

— Quoi ? »

Plus que simplement intrigué, il avait l'air terrifié. Il s'installa à côté d'elle, en la fixant d'un regard méfiant. Diane lui prit la main.

« Tommy, je vais te dire quelque chose que je voulais te dire depuis très longtemps. En fait, depuis ta naissance. Mais je n'en ai jamais eu le courage. »

Elle jeta un coup d'œil à ses parents. Sa mère secoua la tête, soupira et détourna le regard.

« Tu es persuadé depuis toutes ces années que je suis ta sœur. En fait, non.

— Comment ça ?

— Tommy… je suis ta mère. »

Tommy partit d'un petit rire incertain.

« C'est une plaisanterie ou quoi ? »

Il regarda autour de lui. La douleur qui se lisait sur leurs visages lui fit comprendre que non.

« J'étais très jeune quand je… quand tu es né. J'avais seize ans. Alors nous avons décidé que ce serait mieux, au moins au début, de faire croire que je n'étais pas ta mère, mais ta sœur. »

Diane n'en revenait pas de sa propre maladresse. Normalement, elle n'oubliait jamais ses répliques. Mais aujourd'hui, alors que c'était essentiel, elle pouvait à peine se souvenir des phrases qu'elle avait préparées.

« Pourquoi ? demanda Tommy. Je ne comprends pas. »

Diane tourna de nouveau les yeux vers sa mère, cette fois-ci dans l'espoir affolé qu'elle lui viendrait en aide. Mais le visage déformé par l'effet de l'alcool n'exprimait aucune pitié, juste une condamnation froide. Quant à son père, la tête baissée, les mains couvrant ses yeux, il paraissait effondré.

« Tommy, j'étais jeune, j'étais encore au collège. Les filles qui tombent enceintes à cet âge se font généralement…

— Diane, coupa sa mère, c'est un enfant. Tu crois vraiment que c'est utile de lui expliquer tous les détails ? »

Diane l'ignora.

« Parfois, quand une femme tombe enceinte mais qu'elle ne veut pas de bébé, elle peut… Le médecin peut l'opérer pour qu'il n'y ait pas de bébé. Mais moi, je ne voulais pas. Je voulais t'avoir. Je… »

Brusquement, sans comprendre comment, elle se retrouva submergée par des larmes. Alors qu'elle s'était promis de ne pas pleurer. De se montrer forte, aimante. Comme une mère avec son enfant. Elle s'essuya les yeux d'un geste furieux.

« Pardon, c'est juste… »

Tommy mit le bras autour de ses épaules et s'accrocha à elle, ce qui, bien sûr, fit redoubler ses larmes. Ses sanglots, c'était plus fort qu'elle. Elle enlaça Tommy qui lui aussi s'était mis à pleurer. Rien ne se passait comme prévu. Elle avait tout fait rater. À travers ses larmes, elle vit sa mère se lever, attraper son verre sur la table et se diriger vers la porte.

« Joan, je t'en prie, dit son père.

— Désolée, mais je ne resterai pas une minute de plus.

— Joan… »

Il se leva et se précipita derrière elle. C'était sans doute mieux ainsi, se dit Diane. Elle avait cru bien faire en annonçant la vérité à Tommy au moment où ils étaient tous les trois présents et pouvaient l'entourer et le rassurer. Quelle naïveté de penser que ça pouvait marcher comme ça ! Le ressentiment de sa mère était bel et bien présent. Diane serra Tommy encore plus fort dans ses bras, puis s'écarta de lui afin de le regarder. Son fils. Le pauvre petit trésor. Il pleurait encore, le visage rouge et marbré. Et si elle avait commis une grosse erreur ?

« Je sais que c'est un choc terrible pour toi. Mais nous sommes toujours les mêmes. Nous t'aimons tous pareil qu'avant.

— Pourquoi me le dire ? s'écria-t-il en reniflant. Pourquoi maintenant ?

— Parce que je t'aime. Et que je suis fière de toi. Et que je veux que tout le monde sache que je suis ta mère.

— Alors papa et maman, enfin je veux dire…

— Ce sont tes grands-parents, mon cœur.

— Vous disiez que je n'avais pas de grands-parents, qu'ils étaient morts.

— Dans un sens, c'est vrai. Leurs parents, mes grands-parents, sont morts. »

Il paraissait si malheureux, si perdu. Il ne cessait d'essuyer des larmes qui, comme les siennes à elle, coulaient sans s'arrêter.

« Et mon père, qui c'est ? »

Cette question, Diane l'attendait. Et pour la première fois, elle se souvint de ce qu'elle avait préparé. Après tout, c'était la vérité. Elle inspira, avant de prendre la parole le plus calmement possible :

« Il fréquentait le collège pour garçons à côté du mien. Il s'appelait David. Ses parents habitaient à l'étranger. Je ne l'ai plus jamais revu. J'ai entendu dire qu'il était marié. »

Le visage de Tommy se crispa. Il fondit en larmes en se détournant, se libéra de son étreinte et courut vers la porte.

« Tommy ! Je t'en supplie ! »

Elle voulut le rattraper dans la cuisine, mais il s'engouffra dans les escaliers en lui criant entre deux sanglots de le laisser tranquille. Diane s'arrêta, se prit la tête entre les mains. Il claqua la porte de sa chambre, faisant trembler toute la maison. La mère de Diane coupait des tomates dans la cuisine, la cigarette aux lèvres. Son père avait disparu – certainement réfugié dans son atelier. Sans même lui accorder un regard, sa mère prit une longue bouffée, puis écrasa sa cigarette dans le cendrier.

« Eh bien, dit-elle, j'espère que tu es fière de toi. »

8

Elle l'avait fait uniquement par défi. Telle était du moins la version enjolivée de la vérité que Diane avait adoptée. Il y avait là une sorte d'écho ironique que, presque dix ans après le traumatisme de la conception de Tommy, elle avait fini par trouver séduisante. Après tout, la vie était tellement triste et cruelle que si vous ne lui faisiez pas un pied de nez, elle vous attrapait par la gorge et vous engloutissait. Bien sûr, prétendre que son fils n'était que le fruit d'un défi n'expliquait pas, ne justifiait pas ce qui s'était passé.

David Willis faisait partie d'un groupe de garçons du collège de St Edward's que Diane, ainsi que Katie Bingham, sa meilleure amie, et quelques autres rebelles d'Elmshurst, allaient retrouver en cachette au cours de ces longues soirées d'été tellement ennuyeuses que Diane avait l'impression que sa tête allait imploser. Les terrains de sport des deux établissements se jouxtaient, et il y avait une allée étroite aux allures de tunnel, bordée de sycomores et d'aubépines, derrière les remises où les jardiniers rangeaient les tondeuses et les rouleaux à gazon. Les garçons y attendaient les filles, leurs poches de blazer bourrées de paquets de cigarettes bon marché. Parfois, il y avait de l'alcool. Rien de bien méchant, du cidre par exemple.

La plupart des garçons étaient soit des crâneurs, soit des imbéciles, soit les deux. David se démarquait. Il restait toujours un peu en retrait, non pas qu'il soit timide ou réservé. Simplement, il était un peu à part, comme s'il ne savait pas trop s'il voulait être vraiment là. Diane avait plusieurs fois surpris son regard posé sur elle, mais il détournait toujours les yeux. Jamais elle n'avait pu résister à un défi. Un soir, elle lui avait souri. En rougissant, il lui avait répondu par un petit sourire en coin.

À partir de ce moment-là, David devint le seul garçon auquel elle daignait s'intéresser lors de ces rencontres nicotinées. Son père, qui travaillait pour la Royal Air Force, était muté tous les deux ans sur un poste différent, si bien que la famille entière le suivait. À l'âge de quinze ans, David avait vécu dans une demi-douzaine de pays, ce qui, aux yeux de Diane, le plaçait dans une catégorie bien plus exotique que les autres garçons. Ses parents habitaient à présent au Kenya, et les récits qu'il lui faisait de ses safaris et de ses rencontres avec les lions, les éléphants et les crocodiles le nimbaient d'une aura presque trop romantique.

Le dimanche, les élèves des deux collèges étaient autorisés à se promener l'après-midi – pas garçons et filles mélangés, bien sûr, puisque la fréquentation de personnes du sexe opposé était une faute d'une extrême gravité dans les deux établissements. À Elmshurst, les promenades étaient strictement réglementées. Les jeunes filles devaient marcher par groupes de quatre minimum, porter l'uniforme de l'école, y compris le chapeau (un canotier hideux dont les rebelles mouillaient le bord pour lui faire prendre une forme plus hardie, à la cow-girl) ; elles ne pouvaient emprunter que des allées et des sentiers bien précis, et surtout, ne devaient jamais s'aventurer dans les collines couvertes de fougères qui se dressaient autour d'elles, menaçantes, mais bougrement tentantes.

Pour des insoumises aussi jusqu'au-boutistes que Diane et Katie, cet interdit produisait bien entendu l'effet totalement inverse. Qu'un tel espace naturel soit considéré comme interdit ne faisait que le rendre plus attirant. C'est ainsi que, par une chaude journée de la fin juin, ayant abandonné leurs deux camarades complices ainsi que leurs canotiers et leurs cardigans, Diane et Katie se retrouvèrent sur l'un des sentiers qui serpentaient entre les fougères, en compagnie de David et de son ami, Henry Littlemore, un grand dadais boutonneux pour lequel Katie s'était prise d'une passion inexplicable. C'était Henry qui avait apporté les cigarettes, des Players sans filtres hautement toxiques qu'ils fumaient tous bravement en essayant de ne pas tousser. Les garçons, qui marchaient une dizaine de mètres devant les filles, parlaient de cricket, plus précisément de Denis Compton, le joueur anglais, la question étant de savoir si on pouvait le comparer à Donald Bradman, le légendaire batteur australien.

Ils ne s'étaient pas donné de but de promenade. Mais malgré la distance entre les deux groupes, personne ne doutait de l'objectif de l'opération, aussi présent dans l'air que l'odeur humide et musquée des fougères. Les deux filles n'étaient ni l'une ni l'autre des novices. Cet été, leurs promenades du dimanche s'étaient souvent transformées en séances de pelotage dans les fougères, à l’issue desquelles elles retiraient scrupuleusement les feuilles accrochées à leurs cheveux. Katie était (du moins à ce que Diane croyait) bien plus avancée sur ces questions-là, puisqu’elle prétendait avoir fait avec Henry Littlemore des choses qui semblaient inimaginables pour Diane.

Les garçons étaient toujours absorbés par leur conversation quand Katie demanda à Dianc à brûlcpourpoint si David et elle l’avaient fait.

« Chut !

— Oh, ils n’écoutent pas. Alors, vous l’avez fait ?

— Bien sûr que non !

— Comment ça, bien sûr ? Nous, on l’a fait.

— Je ne te crois pas !

— Enfin, plus ou moins.

— Je ne savais pas qu’on pouvait faire… ce que tu sais… plus ou moins. »

Katie lâcha sa cigarette et l’écrasa avec le talon. Là-bas, à leurs pieds, un patchwork de prairies ondulant dans la chaleur s’étalait jusqu’à l’horizon. Les cris des alouettes vibraient dans l’air immobile.

« T’es pas cap ! »

Diane répondit par un rire.

« Ou bien tu préfères te garder pour ton futur mari ? »

Faite sur ce ton moqueur, la suggestion paraissait tellement ennuyeuse et bourgeoise que Diane ne put se résoudre à reconnaître que c’était précisément cela qu’elle avait en tête.

« Pour David, ça ne serait pas la première fois, dit-elle.

— Qu’est-ce que tu en sais ? Les mecs veulent toujours faire croire qu’ils l’ont fait.

— Lui, je le crois. Il l'a fait l'été dernier au Kenya. Avec une fille indigène.

— Mince alors !

— Comme tu dis.

— T'es pas cap. »

Bizarrement, Diane n'était pas de ces filles délurées (il y en avait plusieurs à Elmshurst) qui ne savaient pas résister à un défi. Elle comparait toujours le plaisir qu'elle pouvait en tirer aux risques encourus si elle se faisait prendre. Pourtant, cet après-midi-là, elle oublia toute considération de cet ordre. Une demi-heure plus tard, quand ils eurent trouvé un endroit suffisamment à l'écart, les deux couples se séparèrent et partirent à la recherche d'un nid discret dans les fougères. Diane se retrouva allongée sur le dos avec un quasi-étranger qui la caressait à travers ses vêtements, embrassait ses seins et glissait une main sous sa jupe.

Elle aurait dû l'arrêter là. Elle n'en fit rien. Elle alla même jusqu'à l'aider quand il voulut lui retirer sa culotte en coton et le regarda ouvrir à grand-peine sa braguette et baisser son slip. Elle avait vu des représentations artistiques de pénis, bien sûr, mais jamais la chose en vrai. Le spectacle lui sembla si comique qu'elle dut se retenir de pouffer. Le visage rouge, renfrogné, David évita son regard. Il se baissa et timidement, comme s'il s'attendait à être grondé d'une minute à l'autre, il se glissa entre ses cuisses.

Diane pensait, d'après ce qu'on lui avait dit, que ça ferait mal. Mais c'était beaucoup moins douloureux que ce qu'elle avait imaginé. Les moments où il s'enfonçait furent plus difficiles que la rupture charnelle quand elle s'ouvrit. Ce fut terminé en quelques secondes. Il frissonna, le souffle coupé, elle sentit le liquide se répandre dans son ventre, puis il roula sur le côté et se laissa tomber sur les fougères écrasées. Il avait l'air tellement inquiet, malheureux et honteux que, souriante, elle lui caressa le visage et déposa un baiser sur son front. Puis elle resta allongée là, à contempler les nuages immobiles et à écouter les pépiements incessants des alouettes, en se demandant pourquoi cet acte curieusement si décevant était investi d'une telle importance et d'un tel mystère.

Elle mit trois mois à comprendre. Sa mère, qui ne s'était jamais montrée très compréhensive face aux maladies (sauf les siennes, bien entendu), commençait clairement à voir derrière les nausées matinales de sa fille une ruse visant à retarder le moment de retourner au collège. Il fallut attendre septembre et la visite du médecin de famille auquel on avait enfin fait appel pour traiter ce que tous, y compris Diane, pensaient être une gastroentérite particulièrement virulente, pour que la vérité éclate.

Le docteur Henderson était un Écossais pourvu de poils roux, dans le nez et dans les oreilles, et de lunettes en demi-lune qui lui donnaient l'air éternellement surpris. Il jouait au golf avec le père de Diane et faisait partie de la même loge maçonnique. Ce matin-là, installé sur le lit de Diane, il examina sa langue, lui demanda de tousser pendant qu'il collait l'extrémité glaciale de son stéthoscope sur sa poitrine et son dos. Enfin, au terme d'un interrogatoire au caractère de plus en plus indiscret qui semblait le gêner davantage qu'elle-même ne l'était, Diane lui révéla qu'elle n'avait plus ses règles depuis deux mois, fait auquel elle avait curieusement accordé peu d'importance. Le docteur Henderson émit un étrange son guttural, comme s'il avait avalé une arête, puis sortit s'entretenir avec sa mère. Quelques minutes plus tard, l'univers relativement douillet de la famille Bedford explosait.

Tandis que sa mère, en pleurs, téléphonait à son père pour lui apprendre la nouvelle scandaleuse, Diane, aidée du petit calepin revêtu de cuir rouge du docteur Henderson, identifia le dimanche après-midi où sa moralité l'avait outrageusement abandonnée. Le docteur Henderson fit observer que c'était le jour où la Corée du Nord avait envahi la Corée du Sud, événement qui risquait fort de provoquer une troisième guerre mondiale, ce dont Diane serait sans nul doute tenue pour responsable.

Les tests confirmèrent le diagnostic du brave médecin. Les jours et les semaines suivantes se passèrent dans une atmosphère tellement hystérique que, dix ans après, Diane n'en retenait qu'une série d'images floues – sa mère qui pleurait de manière incontrôlée dans la cuisine et se versait un énième gin tonic en hurlant « Quelle honte ! Quelle honte ! » ; son père qui, pendu au téléphone tous les soirs, faisait à voix basse des arrangements dont Diane n'avait pas la moindre idée, avant de se retirer dans son atelier pour recoller les fragments en porcelaine du bonheur fracassé d'une autre famille.

Diane avait compris depuis longtemps que ses parents avaient essayé d'avoir un autre enfant. La colère et les lamentations de sa mère étaient peut-être teintées de jalousie, sa fille ayant réussi là où elle-même avait échoué. Dans tous les cas, Mrs Bedford ne laissa à Diane aucun doute sur la suite des événements. Tante Vera avait une amie qui connaissait quelqu'un à Birmingham qui « s'occupait » de ce genre de situation. Quand enfin Diane comprit ce que sa mère entendait par là, elle fut profondément choquée. Pour elle, il ne faisait aucun doute que l'enfant naîtrait. Elle fit preuve sur la question d'une détermination qui la surprit elle-même.

Sa mère la supplia, parfois sans ménagement, de lui dire qui était le père du bébé, mais commit hélas l'erreur de dire que ce qu'il avait fait à une jeune fille de quinze ans était illégal et qu'on allait en prison pour ça. Diane imagina alors David derrière les barreaux, en uniforme rayé avec un boulet au pied. Hors de question qu'elle lui fasse subir ça. Et, de toute façon, elle ne voulait pas qu'il sache. C'était elle qui avait décidé de le laisser faire, elle devait donc en assumer les conséquences. Si quelqu'un lui avait suggéré que quelque part, dans un coin obscur de son cerveau, elle considérait la maternité comme un moyen d'échapper à sa prison d'Elmshurst, elle aurait été outrée. À la vérité, l'idée l'avait, disons, effleurée.

Une fois l'avortement rayé de la liste des options, l'attention se focalisa sur un autre mot commençant par A : adoption. Mais là encore, Diane annonça qu'elle n'accepterait pas. Alors sa mère perdit le peu d'espoir qu'elle avait conservé. On fit appel à tante Vera pour faire comprendre à la jeune personne qu'elle devait se montrer plus raisonnable.

Tante Vera ne faisait pas partie de la famille. Les Bedford n'en avaient pas d'ailleurs. Aussi bien du côté paternel que maternel les grands-parents étaient morts et le père de Diane était fils unique. Quant à sa mère, elle avait un frère aux mœurs légèrement dissolues qui s'appelait Ted et avait émigré en Australie avant la guerre. On n'entendait pratiquement plus parler de lui, mis à part tous les quatre ou cinq ans une carte postale en provenance d'un lieu au nom imprononçable attestant qu'il était toujours en vie. Vera Dutton était simplement la meilleure amie de sa mère. Elles avaient été secrétaires dans la même entreprise et partageaient une vision plus ou moins misanthropique du monde et un penchant pour le gin tonic. Chaque mardi après-midi, elles jouaient au whist avec deux autres amies et, le vendredi, elles allaient à Birmingham pour courir les boutiques et se faire retoucher leurs permanentes. Tante Vera, qui était encore plus petite que la mère de Diane, s'habillait systématiquement en bleu ciel et portait toujours une couche épaisse de fond de teint orangé. Elle n'avait pas d'enfant et était mariée à un directeur de banque du nom de Reggie presque aussi énervant et snob qu'elle. En dehors du docteur Henderson, tante Vera était la seule personne qui connaissait le secret honteux des Bedford.

« Ta mère s'inquiète tellement pour toi, tu sais », dit-elle à Diane.

Installées toutes les deux sur le petit banc en bois blanc sous le cerisier devant la maison, elles buvaient du thé dans les tasses en porcelaine bleu et blanc avec le motif chinois, celles qu'on ne sortait que pour les grandes occasions. La mère de Diane faisait semblant de s'affairer dans la cuisine.

« Je sais.

— Tout ce qu'elle veut, c'est ton bien, tu sais.

— Je sais.

— Ils le placeront dans un foyer chaleureux…

— Ils le "placeront" ?

— Oui, le bébé. Dans une famille qui le désire vraiment.

— Moi aussi, je le désire vraiment.

— C'est peut-être ce que tu penses aujourd'hui, mais tu es jeune.

— Et trop bête pour savoir ce que je veux. »

L'expression de tante Vera se durcit.

« Tu sais pertinemment que ce n'est pas ce que j'ai voulu dire. »

Le regard fixé au loin, le visage maussade, elle tira une longue bouffée de sa cigarette. Lorsqu'elle cligna des yeux, Diane remarqua que son fard à paupières était du même bleu que sa robe.

« Et ce garçon, il compte t'épouser ? »

Diane éclata de rire, ce qui visiblement ne fit qu'accroître l'irritation de tante Vera.

« Bien sûr que non.

— Et cela ne t'inquiète pas, ce que les gens vont dire ?

— Non, pas vraiment.

— Et s'ils disent que ton bébé est un bâtard ? »

Ne voulant surtout pas lui donner la joie de voir qu'elle avait enfin touché une corde sensible, Diane secoua la tête d'un air qu'elle voulait nonchalant.

« Ils peuvent dire ce qu'ils veulent. »

Tante Vera soupira et, d'une pichenette, envoya son mégot dans le massif d'hortensias.

« Bien, c'est ta vie, ma cocotte. Si tu veux la gâcher, c'est ton problème, j'imagine.

— C'est pour ça que tu n'as jamais eu d'enfants ? Parce que ça risquait de te gâcher la vie ? »

Ce fut leur dernière vraie conversation. La question de l'adoption ne fut résolue que trois mois plus tard. Il va sans dire que Diane ne retourna pas à Elmshurst. L'établissement fut informé qu'au cours de l'été elle avait développé une maladie pulmonaire qui exigeait des soins médicaux spécialisés et une convalescence prolongée dans un climat plus sain. Fin octobre, au moment où la grossesse devenait difficile à dissimuler, Diane fut expédiée, par ferry et train de nuit, dans une petite ville des Alpes suisses. Tout avait été arrangé grâce à une chaîne discrète de contacts maçonniques. Elle se retrouva ainsi confinée jusqu'à la fin de sa grossesse chez une grassouillette veuve aux joues roses du nom de Frau Müller, en compagnie de deux autres jeunes Anglaises dans le même embarras qu'elle.

Sa mère resta le temps qu'il fallut pour s'assurer que les conditions médicales et éducatives étaient satisfaisantes et les possibilités d'écarts de conduite strictement limitées. Elle n'avait aucun souci à se faire. Malgré son sourire bienveillant, Frau Müller était, avec sa robe noire boutonnée jusqu'au cou et ses macarons soignés, un redoutable cerbère. Quant à la ville, logée près d'un lac dans un environnement sain et hygiénique, elle était aussi belle qu'ennuyeuse.

Une fois par semaine, les jeunes filles étaient examinées par un médecin à l'allure convenablement lugubre qui exerçait à l'hôpital de la localité. Un instituteur à la retraite et perclus d'arthrite, Herr Schneider, venait leur donner des cours d'anglais, de français et d'allemand. Et Frau Müller elle-même leur enseignait la broderie au petit point et l'étiquette en société, arts autrement plus essentiels. Diane sut rapidement comment quitter une pièce où il y avait des hommes et des femmes (se diriger vers la porte, ne se retourner qu'au moment d'ouvrir la porte, sourire, sortir), mais aussi entrer et sortir d'un véhicule motorisé sans montrer ses jambes de manière inconvenante (pour entrer : serrer les genoux, poser le postérieur sur la banquette, ramener les jambes ; pour sortir : serrer les genoux, amener les jambes à l'extérieur, soulever gracieusement le postérieur).

Au fil des deux semaines que dura son séjour, la mère de Diane parut s'adoucir. Il faisait beau et chaud pour la saison. Les pins et les sommets enneigés se reflétaient dans le lac. Elles firent de longues promenades sur les berges et s'empiffrèrent d'Apfelstrudels accompagnés de grandes tasses de chocolat chaud recouvert de crème fouettée.

Un jour, la mère de Diane lui demanda ce qu'elle aurait aimé faire dans la vie si elle n'était pas tombée enceinte. Diane s'entendit avouer pour la première fois qu'elle avait toujours rêvé de devenir actrice. Les seules choses qu'elle avait aimées à l'école, c'étaient les pièces que les élèves y avaient montées. On lui donnait pratiquement toujours l'un des premiers rôles et tous, même les professeurs, disaient qu'elle avait beaucoup de talent. Sa mère eut un petit sourire triste.

« Tu aurais pu entrer dans une grande école de théâtre, dit-elle en sirotant son chocolat. À Londres. Mais bon… »

Elle n'insista pas, se contentant de laisser la suite de sa phrase en suspens pour que Diane puisse la compléter elle-même. Le sous-entendu était clair : si elle acceptait l'adoption, elle pourrait peut-être réaliser son rêve. C'était là une tactique différente, et bien plus habile que cette façon quelque peu hostile de lui demander comment elle et son bébé feraient face au scandale, où ils vivraient et qui donc à son avis paierait les factures. Une réflexion nouvelle, plus subtile, se mit à germer chez Diane. Après le départ de sa mère et avec l'arrivée de la neige, elle prit lentement racine.

Ses deux compagnes, l'une et l'autre catholiques

– Angela, qui venait de Bristol et passait ses journées à pleurer, et Pam, une jeune fille plutôt dégourdie des quartiers nord de Londres – allaient faire adopter leurs bébés. Cela faisait apparemment partie du package proposé par Frau Müller en association avec les sœurs de la Miséricorde, dont le couvent était pieusement perché sur une petite colline à la périphérie de la ville.

Le soir, après le dîner, les jeunes filles se retiraient dans leur petit salon pour lire. C'était une pièce douillette avec un poêle à bois et dont le seul inconvénient était la présence d'un coucou atrocement criard. Un soir, baignant dans l'odeur de jambon et de chou bouilli encore en suspension dans l'air, Diane et Pam étaient assises de part et d'autre du poêle à essayer d'apprendre un passage d'*Egmont*, de Goethe, qu'elles étaient censées réciter le lendemain à Herr Schneider. Angela était déjà dans sa chambre, sans doute en train d'inonder son oreiller de larmes. Pam, dont la grossesse était plus avancée d'un mois que celle de Diane, poussa brusquement un petit cri et posa les mains sur son ventre.

« Il a bougé ! Aïe ! Encore un coup de pied ! »

Se levant, Diane s'agenouilla à côté d'elle.

« Je peux toucher ? »

Pam lui prit les mains et les guida au bon endroit. Elles attendirent.

« Là ! Tu sens ?

— Mince ! Et toi, ça te fait quoi ?

— Euh, comme une sorte de gargouillis.

— Ça fait mal ?

— Non. C'est même plutôt agréable. »

La petite session de gymnastique terminée, Diane alla se rasseoir.

« Tu n'as jamais envisagé de le garder ?

— Le bébé ? Bonté divine, non ! J'aurais voulu me faire avorter, mais mes parents sont très cathos. Pour eux, c'est un péché mortel.

— Mortel ? Ça veut dire quoi, ça ?

— Je ne sais pas. Que c'est un péché plus marrant que les autres ? »

Diane éclata de rire.

« Tu ne veux pas d'enfants ? demanda-t-elle.

— Bien sûr que si. Mais pas maintenant. Je veux faire quelque chose de ma vie. Avoir un boulot. Et ensuite, des enfants avec quelqu'un que j'aurais épousé et que j'aimerais.

— Tu n'aimais pas le père, alors ?

— Tu rêves ! C'est un goujat de première. »

Il y eut un long silence, pendant lequel elles se replongèrent toutes les deux dans *Egmont*. Mais Diane ne parvenait pas à se concentrer.

« On te laisse voir le bébé ? À la naissance, je veux dire.

— Je ne crois pas. Ils te le prennent tout de suite. Pour ne pas que tu t'attendrisses. »

La perspective ne semblait pas déranger Pam le moins du monde. Pour Diane, en revanche, hors de question qu'une telle chose arrive à son bébé. Le coucou sortit brusquement de son petit logement pour leur signifier qu'il était neuf heures.

« Dieu du ciel ! s'exclama Pam. Un de ces jours, je vais l'étrangler, celui-là ! »

Diane passa une nuit pratiquement blanche. Le lendemain, Herr Schneider eut beau la réprimander sévèrement pour le traitement qu'elle avait fait subir à Goethe, elle ne put penser à rien d'autre qu'au moyen de concilier les deux choses qu'elle voulait faire. Avoir un bébé et faire quelque chose de sa vie, comme le résumait si bien Pam.

Ce fut à Noël qu'elle informa ses parents de son plan, peut-être pas par hasard à cette date. Et des années plus tard, Diane ne savait toujours pas ce qui était le plus surprenant : qu'elle ait fait une telle suggestion ou que ses parents l'aient acceptée.

Ils étaient venus en Suisse pour passer les fêtes de fin d'année avec elle. Diane avait soigneusement préparé le terrain. Elle leur avait trouvé une chambre dans une jolie petite *Gasthof* à deux pas de chez Frau Müller et avait passé un bon bout de temps à chercher des cadeaux qui leur plairaient. Elle offrit à son père une pipe finement sculptée et un chapeau en feutre vert décoré de quelques plumes sur le côté. Pour sa mère, elle avait trouvé un gilet en velours noir délicatement brodé de fleurs alpines. Dès leur arrivée à la gare, elle se montra fort docile et gaie.

Sa mère, de toute évidence, sentit qu'il y avait anguille sous roche. Mais la constante bonne humeur de Diane, ses efforts enthousiastes pour leur faire découvrir la ville et rencontrer les gens avec lesquels elle avait sympathisé semblaient porter leurs fruits. Son père surtout se montra particulièrement affectueux et attentionné, allant jusqu'à lui prendre le bras lors de leurs promenades.

Il y avait dans la ville une vieille tradition qui voulait que, le 31 décembre, les hommes et les jeunes garçons s'habillent tous en noir, se noircissent le visage et les mains, puis fassent une procession dans les rues en portant chacun une cloche de vache d'une taille proportionnée. Les uns derrière les autres, ils agitaient leurs cloches et entraient dans les hôtels et les grandes demeures, offrant un spectacle macabre accompagné d'un son tout à la fois excitant et dérangeant, comme celui que feraient les portes de l'Enfer en claquant dans le vent. La procession arriva à la *Gasthof* des parents de Diane en plein dîner. Les convives attablés la regardèrent, certains, dont la mère de Diane, en se bouchant les oreilles. Quand tout fut terminé, les clients poussèrent des acclamations et des cris de joie et portèrent un toast à la nouvelle année.

Diane, qui attendait le bon moment pour proposer à ses parents son idée radicale, jugea qu'il n'y en aurait probablement pas de meilleur. D'une voix calme et posée, elle déclara qu'elle avait beaucoup réfléchi à ce qui arriverait après la naissance du bébé. Sa mère se raidit. Diane expliqua qu'elle ne pouvait toujours pas se résoudre à abandonner son fils (elle n'avait aucun doute sur le sexe de l'enfant). C'était elle, la mère, et on ne pourrait rien y changer. L'idée de perdre son bébé à jamais lui était insupportable. Mais… et là elle vit sa mère dresser un sourcil et lever le menton, manifestant un état d'angoisse qui lui était jusque-là inconnu. Mais, reprit-elle, elle comprenait la honte qu'ils éprouveraient à avoir un enfant illégitime dans la famille. Et elle les aimait trop pour leur imposer cela.

Elle leur laissa le temps d'absorber ses paroles. La nervosité qui aurait pu lui faire perdre ses moyens s'était curieusement évaporée. En réalité, le fait de voir ses parents suspendus à ses lèvres lui donnait un sentiment de puissance. Affichant un sourire enjôleur, elle poursuivit, avec juste ce qu'il fallait de tristesse dans la voix :

« Je sais combien vous auriez voulu avoir un autre

enfant. Et vous savez combien j'aurais aimé avoir un petit frère ou une petite sœur. Alors… » Le moment était venu. Elle avala sa salive : « Pourquoi ne pas faire comme si c'était le cas ? »

Elle sourit à nouveau. Ils la dévisagèrent tous les deux. Son père s'éclaircit la gorge.

« Je ne suis pas sûr de bien…, bredouilla-t-il.

— Tu veux dire, faire comme si c'était nous, les parents du bébé ? » dit sa mère en coupant la parole à son époux.

Diane fit signe que oui.

« Jamais je n'ai rien entendu d'aussi ridicule.

— Pourquoi ? Qu'est-ce que ça a de ridicule ? Vous avez toujours voulu avoir un autre bébé. »

Sa mère regarda autour d'eux, sourcils froncés, craignant visiblement qu'on les entende. Diane se pencha en avant.

« Qui le saura ? poursuivit-elle en baissant la voix. Vous n'avez pas d'amis – désolée, ça n'est pas très flatteur, mais c'est la vérité, non ? Il n'y a que tante Vera, et elle sait déjà. Vous pourriez dire que vous êtes allés consulter un grand spécialiste ici en Suisse et qu'il vous a aidés à avoir un bébé.

— Eh bien, on voit que tu y as pensé sérieusement.

— Bien sûr, maman, que j'y ai pensé sérieusement. C'est moi qui vous ai mis dans cette sale situation et j'ai tellement honte et… je voulais tellement trouver une solution. »

Jusque-là, elle avait eu l'impression de jouer un rôle, mais brusquement, tout devenait réel – même si plus tard, elle se rendrait compte sur scène que les deux choses étaient souvent difficiles à distinguer. Elle fondit en larmes. Son père se pencha au-dessus de la table et lui prit la main, tandis que sa mère jetait de nouveau un coup d'œil autour d'eux pour vérifier que personne ne les regardait.

« Je t'en prie, Diane, ne te donne pas en spectacle », murmura-t-elle.

Son père fouilla dans sa poche et en tira un mouchoir qu'il lui tendit.

« Ce n'est pas grave, dit-il. Ne pleure pas. Ce n'est pas grave.

— Je suis désolée. Je me disais simplement que… »

Ils en restèrent là. Du moins pour le moment. De retour dans sa chambre chez Frau Müller, elle se rendit compte qu'elle n'avait même pas parlé de son désir de faire quelque chose de sa vie tout en gardant le bébé. Mais c'était peut-être mieux ainsi. Si elle s'était mise à parler d'école de théâtre, sa mère aurait certainement explosé et l'aurait accusée de recourir à une ruse pour servir, comme toujours, ses intérêts égoïstes.

Le lendemain matin, sous les flocons, ils prirent tous les trois un traîneau jusqu'à la gare. Ils attendirent sur le quai enfumé et grouillant de monde dans un silence gêné, tandis que l'on chargeait les bagages dans le wagon-lit. Son père arborait son nouveau chapeau, sa mère une expression inquiète. Lorsque le coup de sifflet du chef de gare retentit, Diane leur demanda s'ils avaient réfléchi à sa proposition. Son père tira sur sa pipe éteinte, l'air soucieux, puis s'éclaircit la gorge.

« Eh bien, dit-il, il va falloir que nous déménagions. Je veux dire, que nous prenions un nouveau départ ailleurs. Ne t'inquiète pas, ma belle. On va tenter le coup. »

9

Le bureau de Tom se situait à l'arrière de la maison, tout contre la fenêtre avec vue sur le ruisseau. Il lui arrivait en levant les yeux de son ordinateur de voir des biches qui cherchaient leur nourriture dans l'ombre pommelée des peupliers. Il y a quelques années de cela, au printemps, une ourse noire et ses deux petits avaient joué à se poursuivre et à s'éclabousser dans l'eau sous ses yeux pendant une demi-heure. On disait pour rire que si les écrivains ne regardaient jamais par la fenêtre le matin, c'était parce que, alors, ils n'auraient plus rien à faire l'après-midi. Tom savait qu'il serait plus productif s'il se privait de la vue et mettait son bureau contre l'un des murs. Mais ces derniers étaient encombrés d'étagères tellement surchargées qu'elles semblaient sur le point de s'écrouler et, même si mourir sous une avalanche de livres présentait un certain attrait pour un écrivain, il préférait laisser les choses en l'état.

Il n'y avait depuis longtemps plus de place dans ses bibliothèques, si bien que le plancher en cèdre, parsemé de quelques petits tapis indiens, avait été colonisé par des tours branlantes de livres et des piles de dossiers, de magazines et de papiers. Il y avait un divan en cuir recouvert d'une vieille couverture en laine de bison où Makwi passait le plus clair de son temps affalée, les pattes agitées par des rêves de chasse à l'écureuil. Derrière le divan, se trouvait une grosse commode peinte du même bleu que les murs et les étagères et encombrée de photos encadrées. Tom ne figurait que sur deux d'entre elles : l'une où il posait en compagnie d'aînés de la tribu blackfoot, et l'autre prise quand on lui avait décerné un prix pour sa série télé lors d'un festival du film au Canada. Les autres, toutes de Danny et Gina, avaient été faites lors de leurs vacances – en randonnée dans la Bob Marshall Wilderness, au nord-ouest du Montana, au ski à Big Sky, en canoë sur le Missouri, qu'ils avaient descendu un été en dormant sous la tente malgré leur peur de tomber nez à nez avec un crotale.

Tom conservait les photos que, pour une raison ou une autre, il n'avait pas encadrées dans de grandes enveloppes en papier kraft soigneusement marquées et datées. Cela faisait longtemps qu'il n'avait pas osé y jeter un coup d'œil. Le genre de chose qu'il faisait autrefois le soir, dans ces moments de sentimentalité larmoyante et confuse qui suivirent le départ de Gina. Son alcoolisme avait alors atteint des sommets.

Ces soirs-là, il s'asseyait par terre avec une bouteille de Jack Daniel's et passait les photos en revue pour essayer de comprendre ce qui s'était passé, avec pour seul effet de décupler sa tristesse, sa confusion et sa soif d'oubli. Un jour, dans un moment de lucidité, il se rendit compte qu'il apparaissait rarement dans ces photos éparpillées autour de lui. Il était toujours celui qui se tenait, invisible, derrière l'objectif. Comme si, en faisant la chronique de leur mariage et des huit premières années de Danny, il s'était effacé, mis hors champ. Parfois Gina le grondait, lui disait de poser ce foutu appareil photo et d'être avec eux, tout simplement. Quelques années plus tard, à une réunion des Alcooliques Anonymes, un participant fit remarquer que c'était en gros pareil avec l'alcool. C'était une façon de s'effacer de sa propre vie.

L'effacement était une seconde nature chez Tom, bien sûr. Il l'avait appris dès l'âge de treize ans, après la mort de Diane. Cette année à vivre dans la honte au collège à Los Angeles, quand elle était dans le couloir de la mort, lui avait enseigné le prix à payer quand les autres savaient la vérité, à savoir que sa mère allait être exécutée parce qu'elle avait tué. La version corrigée de sa vie, celle où Diane redevenait sa sœur et Joan et Arthur ses parents, lui facilita grandement les choses. Dans cette version corrigée – à laquelle ses proches, y compris Gina et Danny, croyaient –, Diane était morte dans un accident de voiture en Angleterre.

Un mensonge raconté plusieurs fois a cette faculté étrange d'acquérir une sorte de consistance. À mesure qu'on se le répète, il devient aussi solide et rassurant que la vérité. Tom s'était parfois demandé, après le départ de Gina, si les choses se seraient passées différemment s'il lui avait dit la vérité à propos de Diane. Cela l'aurait peut-être aidée à comprendre ses difficultés de père et de mari. Ou bien n'aurait fait que lui inspirer de la pitié. Et pour Tom, la pitié, c'était pire que la honte.

Il avait fallu attendre le coup de téléphone de Gina la veille au soir, l'informant que Danny était rentré d'Irak, pour qu'il se décide à regarder ses vieilles photos. Il s'était levé, comme souvent ces jours-ci à six heures environ et était allé courir avec Makwi le long du ruisseau. Ses genoux n'étant plus aussi solides, il avait plus trottiné que couru, ce qui revenait pour Makwi à une promenade un peu rapide. Mais l'exercice lui clarifiait toujours l'esprit et faisait circuler son sang, ce qui l'aidait à préparer sa journée.

C'était une belle matinée du mois de mai. Les prairies et les berges du ruisseau se coloraient peu à peu de vert. Il perdit Makwi de vue pendant dix minutes. Elle était partie dans la forêt à la poursuite d'une bestiole qu'il n'avait même pas eu le temps d'apercevoir. Que faire, à part appeler et siffler la chienne en espérant que ladite bestiole ne soit qu'un écureuil, et pas un ours ou un puma ? Makwi se fourrait toujours dans de sales situations et revenait au moins une fois par mois avec une nouvelle blessure nécessitant des points de suture. Certes, il l'avait eue gratis au chenil municipal, mais elle lui avait coûté une fortune en frais vétérinaires. Pendant qu'il l'attendait, ses pensées se tournèrent vers Danny. Répondrait-il au mot que Tom avait demandé à Gina de lui transmettre quand elle le verrait aujourd'hui ?

Le jeune homme n'avait toujours pas réagi par téléphone ou par mail aux messages que Tom lui avait envoyés. D'après Gina, il ne fallait pas en faire une montagne. Danny en recevait une centaine par jour, d'inconnus qui lui manifestaient son soutien ou, l'ayant déjà condamné, lui signifiaient leur désir de le voir mort. Gina et Dutch étaient partis en avion pour San Diego la veille et devaient voir Danny à Camp Pendleton en fin de matinée.

« Je pourrais peut-être venir moi aussi, avait suggéré Tom, même s'il connaissait sa réponse.

— Je ne crois pas que ce soit une bonne idée. Attends un peu.

— C'est mon fils à moi aussi, figure-toi.

— Tom, je t'en prie, ne recommence pas.

— Je me sens totalement… totalement démuni.

— Je comprends.

— Tu l'embrasseras de ma part. Et tu lui demanderas de m'appeler, d'accord ?

— D'accord.

— Ou alors, dis-moi quand je peux lui téléphoner. Il a un nouveau numéro de cellule ?

— Oui. »

Elle se tut.

« Il t'a demandé de ne pas me donner le numéro, c'est ça ?

— Tom, dis-toi bien cela : c'est une histoire très compliquée. Je veux dire, la vôtre, à Danny et toi.

— Réponds à ma question.

— Oui. »

L'histoire, elle était là, sous ses yeux, sur son bureau, dans l'enveloppe en papier kraft qu'il y avait posée après le coup de fil de Gina. Elle portait l'inscription *Danny de 1993 à…*. Il ne s'était pas senti la force de regarder les photos la veille. Aujourd'hui, avec sa résolution toute fraîche, il était prêt. Il avait pris une douche après son jogging, avait nourri Makwi (toujours haletante et survoltée mais indemne) et pris son petit-déjeuner tout en parcourant le *Missoulian*. Puis, sa tasse de café à la main, il était allé s'installer à son bureau. Il contempla l'enveloppe un moment, puis la secoua délicatement pour en faire sortir les photos.

Celles qui retraçaient la fin de l'enfance de son fils, son adolescence et sa transformation en homme.

Tom en avait pris certaines lui-même au cours des week-ends que Danny venait passer avec lui, et où le malaise était croissant – les sourires de plus en plus forcés, le regard chaque fois davantage impénétrable. Son propre fils qui, lentement, devenait un étranger. D'autres photos, prises après que Danny lui avait dit qu'il ne voulait plus venir chez lui, avaient été envoyées par Gina pour tenter d'entretenir un contact, aussi ténu soit-il, entre le père et le fils. Danny avec l'équipe de football, Danny avec des copines que Tom ne connaissait pas, Danny lors de sa remise de diplôme au lycée, Danny avec le crâne fraîchement rasé. Celle-ci avait été prise quelques mois après leur dispute.

Cette dispute, aujourd'hui encore, cinq ans après, Tom s'en souvenait dans les moindres détails, jusqu'aux mots qu'ils avaient prononcés. Danny l'avait appelé pour lui dire qu'il venait à Missoula et lui demander s'il pouvait passer déjeuner. Ils ne s'étaient pas vus ni parlé depuis Noël. Le ton de son fils laissait entendre qu'il ne s'agirait pas d'une petite visite anodine. Le jeune homme, sans doute largement incité par sa mère, voulait discuter avec lui de quelque chose d'important.

Il arriva à midi au volant d'une grosse camionnette noire avec des pare-chocs chromés, des énormes phares à l'avant et des flammes peintes sur les côtés. Elle appartenait à Dutch, expliqua-t-il, ce qui ne surprit pas Tom le moins du monde. Makwi fit la fête au jeune homme, aidant un peu à briser la glace. Tandis que Tom préparait une omelette au fromage et aux tomates accompagnée d'une salade, Danny, adossé au mur, l'air mal à l'aise, lui posa des questions polies sur son travail, sujet pour lequel jusque-là il n'avait jamais manifesté le moindre intérêt. Il avait toujours la tête rasée, sauf sur le sommet du crâne. En l'observant, Tom eut l'impression d'être un vieux hippy avec ses cheveux grisonnants et dégarnis qui lui tombaient jusqu'aux épaules. Il allait faire une plaisanterie à ce sujet, mais se ravisa.

« Et toi, quoi de neuf ? dit-il enfin quand ils s'installèrent pour manger.

— Je vais m'engager », annonça Danny sans lever les yeux de son assiette. « Je voulais que tu le saches, voilà.

— Dans les marines.

— Ouais.

— Bien sûr. Après la fac, c'est ça ?

— Non. Je ne vais pas à la fac. Pas maintenant du moins.

— Pourtant, je croyais que c'était ça, ton projet. L'université du Montana, et puis tu déciderais après ton diplôme.

— Ma décision, je l'ai prise.

— Mais si tu n'as pas de diplôme, alors tu es engagé en tant que… comment on dit déjà ? »

Danny partit d'un rire sardonique, comme s'il fallait vraiment être un imbécile pour ne pas savoir cela.

« Homme du rang.

— Je croyais que tu voulais être officier.

— Rien ne m'en empêche. Plus tard.

— Mais…

— Notre pays est en guerre, papa ! Ça fait déjà trop longtemps que j'attends.

— Disons que c'est une guerre que certains…

— Je sais ce que tu en penses. Et je m'en fous. Tout ce que je…

— Pardon ? Tu sais ce que je pense de la guerre ? Quand donc en avons-nous discuté ?

— Je sais, c'est tout. »

Tom inspira profondément. Le silence se prolongea, interrompu seulement par le bruit de leurs couverts. Tout d'un coup, l'omelette avait un goût de colle. Tom s'en voulut de ne pas avoir vu la chose venir. Grâce à Dutch, l'engagement dans l'armée avait toujours été envisagé. Mais en tant qu'officier, dûment muni d'un diplôme universitaire. Tom avait naïvement espéré que quatre ans d'études à la fac feraient changer Danny d'avis, lui donneraient envie de faire quelque chose d'autre de sa vie.

« Alors, tu es venu jusqu'ici pour m'informer de ta décision ou pour me demander mon avis ? »

Danny garda les yeux baissés.

« Maman m'a conseillé de venir t'informer.

— C'est gentil de penser à moi. Si je comprends bien, elle est pour.

— Bien sûr.

— Comment ça, bien sûr ? Il n'y a pas beaucoup de mères qui se réjouiraient de voir leur fils unique partir à la guerre. Surtout quand c'est une guerre qu'on ne devrait même pas faire, de l'avis général. »

Au moment même où il prononçait ces paroles, Tom les regretta. Danny détourna le regard avec un mouvement dédaigneux de la tête.

« Ça, c'est peut-être ce que les gens comme toi pensent, mais…

— Une minute. Ça veut dire quoi, ça, les gens comme moi ?

— Les gens qui sont prêts à laisser notre pays se faire attaquer sans riposter. »

Le jeune homme planta son regard sur lui, avec une expression si méprisante que Tom dut avaler avant de reprendre la parole :

« Notre pays s'est fait attaquer ? Tu veux dire, le 11 septembre ?

— Évidemment ! Qu'est-ce que tu crois ?

— Ils n'étaient pas irakiens, Danny. Ils n'avaient aucun lien avec l'Irak. Tout le monde est au courant, maintenant. »

Danny repoussa son assiette et se leva, raclant le sol avec sa chaise.

« Danny, s'il te plaît…

— Laisse tomber.

— Je m'excuse. Je t'en prie, assieds-toi.

— Bon sang, pourquoi vous autres, les libéraux, vous trouvez toujours des excuses à ceux qui veulent notre peau ?

— Danny…

— Tu ne comprends donc pas ? Non ? C'est ça, alors ! Tu ne comprends pas ! »

Il était à la porte à présent. Tom se leva, les bras ouverts.

« Je t'en prie, Danny. Ne t'en va pas comme ça. »

Mais le jeune homme était déjà sorti, poursuivi par Makwi qui aboyait, visiblement persuadée qu'il s'agissait d'un nouveau jeu. Danny monta dans la camionnette et fit claquer la porte décorée de flammes. Quand Tom le rattrapa, il avait démarré et enclenché rageusement la marche arrière. Les roues creusèrent des sillons dans le gravier, sous les aboiements de Makwi.

« Danny, je t'en prie ! » cria Tom en essayant d'attraper la poignée.

Trop tard. La camionnette sortit en tanguant de l'allée et s'éloigna dans un rugissement.

Depuis, Tom s'était repassé le film des milliers de fois, repérant les moments où il aurait pu réagir différemment au lieu de laisser son ego ruiner encore davantage leur fragile relation. Au lieu d'écouter, il avait tout de suite été dans la provocation. Au lieu de manifester à Danny son respect et son soutien, il avait choisi de mettre en doute ses convictions. Il lui aurait suffi de réfléchir ne serait-ce qu'une seconde pour deviner qu'il ne pouvait rien en sortir d'autre que de la colère et de la haine. Dans ce bref échange, tous deux avaient donné corps aux images caricaturales qu'ils se faisaient l'un de l'autre.

Le plus bête, dans l'histoire, c'était que Tom, en fait, n'avait aucune aversion pour l'armée ou ceux qui y servaient. Au contraire, il éprouvait beaucoup de compassion et de respect pour les jeunes hommes et les jeunes femmes qu'on avait envoyés se battre en Irak ou en Afghanistan. Ses sentiments ne différaient guère de ceux que lui avaient inspiré les soldats risquant leur vie, et parfois la perdant, au Vietnam trente ans auparavant. Non, sa haine visait les hommes en costume-cravate qui, planqués dans leurs bureaux de Washington ou de Londres, les avaient, pour des raisons suspectes, envoyés là-bas.

Il se rendit compte également que sa dispute avec Danny n'avait rien à voir avec l'armée ou la politique. Elle était d'ordre personnel. Il s'agissait de la jalousie geignarde qu'il ressentait en voyant qu'il s'était fait évincer par un autre homme, remplacer en tant que père. À présent qu'il pouvait voir le monde plus clairement, et non à travers la brume instable de l'alcool, il comprit qu'il devait se réjouir du fait que son fils avait trouvé une figure paternelle et des valeurs qu'il pouvait admirer.

Il resta assis à son bureau un long moment à contempler la photo de lycée de Danny. Puis il passa à la dernière de l'enveloppe. Celle-ci avait été prise au centre d'entraînement des nouvelles recrues au nord de San Diego, le jour où on avait donné à Danny le blason avec l'aigle, le globe et l'ancre signifiant qu'il était enfin devenu un marine américain. Bien entendu, Tom n'avait pas assisté à la cérémonie. Gina lui avait envoyé la photo cet automne, comme pour le défier de ne pas éprouver de fierté. Mais cela n'avait fait que confirmer l'achèvement du processus de séparation. Le jeune homme sur la photo était pour lui un étranger. Il avait beau souhaiter qu'il en soit autrement, son impression restait la même.

Aujourd'hui pourtant, à l'heure du déjeuner, il emporta la photo avec lui en ville et dénicha dans un petit magasin de cadeaux sur North Higgins le cadre qu'il fallait. De retour chez lui, il ne posa pas la photo sur sa commode, avec les autres, mais sur le rebord de la fenêtre devant son bureau. Il se remit au travail, espérant que Gina ou Danny – espoir encore plus vain – l'appellerait. Et chaque fois qu'il levait les yeux de son ordinateur, ses yeux rencontraient ceux de son fils, cet étranger.

Tom écrivait un article pour le *Missoulian* sur un internat jésuite pour enfants blackfoot ouvert à la fin des années 1890 au bord de la Two Medicine River, près de Browning, et qui avait fonctionné pendant plus de quarante ans. Il y avait consacré un chapitre dans son livre, enregistrant au cours de ses recherches des entretiens avec certains des anciens qui l'avaient fréquenté. Pour se rafraîchir la mémoire, il avait réécouté les cassettes. Les témoignages l'avaient ému autant que quand il les avait découverts.

L'objectif de cet internat était, naturellement, de civiliser ces sauvages et de sauver leurs âmes de la damnation éternelle. Au début, les élèves étaient souvent arrachés de force, malgré leurs larmes, à leurs familles installées sur la réserve. On coupait leurs tresses et on les forçait à porter des vêtements de Blancs à la place de leurs vestes, pantalons et mocassins en daim. S'ils s'enfuyaient, ce que beaucoup essayèrent de faire, les rations de leurs familles, fournies par l'agence du gouvernement et souvent unique source d'alimentation, étaient supprimées. Une fois capturés ou ramenés à l'internat, les fuyards recevaient une bonne correction. Beaucoup d'autres péchés leur valaient ce genre de traitement – parler dans leur propre langue, par exemple.

Ce qui avait particulièrement ému Tom, c'était le peu de rancune apparente chez les témoins qu'il avait interrogés. Certains, tout en adoptant la religion chrétienne, figuraient parmi les défenseurs et les gardiens les plus fervents de ce qu'il restait de la culture et de la langue blackfoot. La capacité à pardonner était l'un des miracles les plus mystérieux de la vie. Tom regrettait de ne pas en avoir plus dans son cœur, lui qui n'avait que des petits motifs triviaux de rancune.

Il éteignit son ordinateur vers six heures. Les ombres des peupliers s'étiraient sur la prairie dans une brume légère et dorée. Vêtu de son bel uniforme, Danny le regardait toujours dans son cadre posé sur le rebord de la fenêtre. Et Gina n'avait toujours pas appelé.

Il sortit avec Makwi se promener sur la piste qui serpentait dans la forêt de l'autre côté de la route et regarda la chienne slalomer dans les clairières entourées de pins. L'air était tiède, saturé de l'odeur de résine. La végétation du sous-bois poussait si vite qu'on pouvait presque l'entendre se déployer. Ils allèrent jusqu'au pied de la falaise où les corbeaux construisaient déjà leurs nids. Tom les observa pendant que Makwi, assise à l'écart, haletait, essoufflée par sa patrouille. Sur le chemin du retour, elle traversa la prairie et s'offrit un bon petit bain dans la rivière. Après quoi, elle s'allongea sur l'herbe et se frotta le dos et les flancs.

Il alluma la télévision dans la cuisine et regarda CNN tout en préparant le repas de la chienne. Puis il se fit des pâtes et des haricots. Deux soldats américains avaient été tués par une bombe au sud de Bagdad ; quinze civils irakiens avaient été tués ou blessés lors d'un attentat dans un marché à Bassora. Tom venait tout juste de s'asseoir, sans prêter attention à ce qui se passait sur l'écran, et commençait son plat de pâtes quand sa main s'immobilisa.

« Et ici, à Camp Pendleton en Californie, deux marines ont été inculpés de meurtre avec préméditation suite à un incident survenu le 24 janvier, au cours duquel sept civils irakiens ont été tués… »

La photo de Danny, le caporal Daniel Bedford, apparut, à côté de celle de l'autre jeune homme accusé. Certes, il n'y avait pas de plaque d'identification pendue à leur cou, pas de photos de profil, mais c'était tout comme. À la télévision, aux yeux des millions de spectateurs qui vous regardent, vous êtes coupable tant que votre innocence n'est pas établie. Le reportage était d'une brièveté terrifiante. Aucun récit de ce qui était arrivé. Tout ce qu'on y disait, c'était que les accusés n'étaient pas en prison mais qu'ils avaient été ramenés à Camp Pendleton où ils étaient confinés à des tâches limitées, « dans l'attente de l'audience préliminaire avant un éventuel passage devant la cour martiale ». Si les charges étaient retenues, concluait le reporter, ils risquaient tous les deux la peine de mort.

Tom vida son assiette dans l'évier et se précipita sur le téléphone pour appeler Gina sur son portable. Son cœur battait si vite et sa main tremblait tellement qu'il dut s'y prendre à deux reprises pour composer le numéro. Il ne savait pas ce qui le rendait le plus furieux – ce qu'il avait appris, ou la façon dont il l'avait appris. Il attendit qu'elle décroche en tapotant sur son bureau, les yeux fixés sur le portrait de Danny.

« Gina ?

— Je ne peux pas vraiment te parler pour le moment.

— Tu as vu les infos ?

— Oui. Écoute, je…

— Tu as vu Danny ?

— Oui, nous sommes avec lui en ce moment.

— Tu ne crois pas que tu aurais pu m'appeler ?

— Désolée. La journée a été dure…

— Bon sang, Gina ! Quand même…

— Écoute, Tom, je te rappelle, d'accord ? Il faut que je te quitte. Salut. »

Elle raccrocha.

10

Tommy agrippa le pistolet des deux mains et regarda en louchant le bout du canon tout en s'efforçant de ne pas bouger. Il attendait que l'Indien surgisse à nouveau de derrière le rocher. L'arme était un Colt 45 nickelé avec un canon de 12,8 centimètres et une crosse incrustée de motifs en ivoire – la plus belle qu'il ait jamais eue en main. Elle était lourde, difficile à stabiliser. Il avait déjà tiré cinq balles et raté sa cible à chaque fois.

« Écarte un peu plus les pieds, dit Ray Montane. Et n'essaie pas de retenir ton souffle. Respire lentement, profondément. Voilà, c'est ça. Tu vas l'avoir, cette fois. Vise la poitrine, là où il offre une bonne cible bien large. Et surtout n'oublie pas : tout doux avec la gâchette. Prêt ? »

Tommy fit signe que oui. Du coin de l'œil, il vit Ray poser la main sur le levier métallique.

« Un, deux, trois… »

Ray poussa le levier. Le câble se tendit et, dans un grand craquement, l'Indien surgit de derrière le rocher, le fusil dirigé vers lui, comme s'il allait tirer. Inspirant une dernière fois, Tommy appuya sur la gâchette. La détonation et la secousse le firent sursauter. Encore loupé, c'était sûr. Pourtant, cette fois-ci, le bruit – métallique et résonnant – fut différent. Ray et Diane poussèrent des cris de joie.

« Ça y est, mec ! Tu l'as eu ! »

Diane s'était levée du large fauteuil en bois où elle s'était installée derrière eux et applaudissait. Tommy se tourna vers elle, l'arme à la main, et lui adressa un grand sourire.

« Eh là, cow-boy ! dit Ray. Attention où tu pointes ton arme !

— Il n'y a plus de balles dedans.

— Je sais. Mais il faut toujours vérifier. »

Ray prit le pistolet de Tommy, en retira les cartouches vides et le posa sur la table, à côté des verres à cocktail et du cendrier où la cigarette de Diane, abandonnée, déroulait sa fumée dans l'air chaud et immobile. Puis tous trois allèrent voir l'Indien à l'autre bout de la bande de sable cuit par le soleil.

Les éperons de Tommy cliquetaient au rythme de ses pas. Il observa attentivement son ombre. Le bord de son chapeau était peut-être un peu trop large, mais l'effet d'ensemble n'en restait pas moins impressionnant. Une véritable ombre de cow-boy. Il portait la tenue que Ray lui avait offerte le lendemain de son arrivée à Los Angeles. C'était la version enfant de celle que portait Red McGraw dans *Sliprock*. Ray l'avait fait faire au studio, avait-il expliqué, si bien qu'elle était de bien meilleure qualité que celles vendues dans les magasins de jouets. La veste et les jambières étaient en peau de daim frangée, et le ceinturon en cuir à boucle argentée était décoré de balles, argentées elles aussi, qui faisaient parfaitement illusion. Le pistolet qui allait avec était un faux, bien sûr, contrairement à celui de Ray avec lequel il venait de tirer. Mais il avait les mêmes décorations en argent et était équipé d'un barillet avec six balles qu'on pouvait faire sortir pour y mettre des amorces. La puissance de la détonation faisait mal aux oreilles. Ray lui avait également donné un fusil Daisy B qui ressemblait à une vraie Winchester. Il était équipé d'un levier d'armement et tirait des petites balles rouges capables, d'après Ray, de tuer des oiseaux ou des petits écureuils. Tommy l'avait essayé plusieurs fois, sans jamais réussir à toucher quoi que ce soit.

« Joli tir, mon garçon. Regarde, tu l'as touché pile dans le cou. »

Ray décrocha l'Indien en carton de son cadre métallique et le tint en l'air pour qu'ils puissent regarder de plus près. Au-dessus du trou fait par la balle, le visage, couvert de peintures de guerre, arborait une mine patibulaire.

« Tu viens de zigouiller ton premier Peau-Rouge. »

Ray tendit la main et Tommy, tout souriant et rougissant de fierté, la serra vigoureusement.

« Maintenant, au tour de ta maman ! »

Diane éclata de rire.

« Non merci, sans façon.

— Allez, mon chou. Il va bien falloir que tu apprennes un jour. Qu'est-ce qu'il va dire, ce vieux Gary Cooper, quand il se rendra compte que sa partenaire ne sait pas tirer ?

— Je joue le rôle d'une institutrice, pas celui d'un roi de la gâchette. Et je crois honnêtement qu'il s'en fiche. »

Ray passa le bras autour de sa taille et l'attira vers lui.

« Qu'est-ce que tu en penses, Tommy ? Tu ne crois pas qu'elle devrait essayer ?

— Oh si ! Allez, Diane ! »

Il ne l'avait jamais appelée *maman*, jamais appelée autrement que comme il l'avait toujours fait. Cela lui semblait inimaginable. C'était déjà assez difficile de s'habituer à l'idée qu'elle n'était plus sa grande sœur. Comme quand on jouait et que brusquement il y avait de nouvelles règles sans qu'on sache exactement lesquelles.

La seule fois où il avait paniqué, où il s'était senti déstabilisé, c'était bien sûr ce soir, terrible, où sa vie avait basculé. Jamais il n'oublierait le regard de sa mère – ou plutôt de sa grand-mère – quand Diane fit sa révélation. Pas plus qu'il n'oublierait l'expression de son père – de son grand-père – quand ils se dirent au revoir à l'aéroport. Son visage était pâle, hagard. Ses yeux s'étaient brusquement emplis de larmes. Lorsque, tout en s'éloignant avec Diane, Tommy s'était retourné pour faire un signe de la main, il avait été frappé de voir à quel point il semblait vieux, fragile, son corps maigre près de s'effondrer dans son manteau.

Eux non plus, Tommy ne savait pas trop comment les appeler. Diane lui avait suggéré grand-mère et grand-père, ou même Joan et Arthur. Mais aucun de ces noms ne lui convenait. L'autre jour au téléphone, il s'était débrouillé pour ne pas avoir à faire de choix, se contentant de leur parler du vol, de la chaleur, du soleil qu'il faisait à L.A., et de sa prochaine rentrée dans un nouveau collège qu'il était allé voir avec Diane. L'établissement portait le nom de son directeur, Carl Curtis. Tout le monde avait l'air très gentil là-bas, même les enseignants, ajouta-t-il. Il n'entendait pas bien parce que la ligne grésillait et ils ne cessaient de se couper la parole. Il n'empêche, il leur trouva une voix triste.

Tommy craignait de ne pas être aussi affecté qu'il devrait l'être. Certes, cela lui faisait drôle de se retrouver brusquement sans papa. Parfois, avant de s'endormir, il pensait à David, le lycéen qui était son vrai père. Il se demandait où il habitait, quel genre de personne c'était. Peut-être avait-il d'autres enfants maintenant, des enfants qui seraient les demi-frères et demi-sœurs de Tommy. Cela ne le rendait pas particulièrement jaloux. C'était plutôt comme si quelqu'un lui manquait. Pourtant, comment pouvait-on ressentir cela à l'égard d'une personne qu'on n'avait jamais vue ? Ou être jaloux de gens qui n'existaient peut-être même pas ?

Non, ce qui était arrivé était bien sûr étrange, mais il n'avait aucune raison de se mettre dans tous ses états. Ainsi que Diane le lui disait souvent, ils étaient restés les mêmes. Et de toute façon, Ray serait son père désormais. Pouvait-on en rêver de meilleur ? Pouvait-on regretter de ne pas retourner à Ashlawn quand on s'installait à Hollywood et qu'on se retrouvait dans le jardin de Red McGraw à tirer sur des Indiens avec une vraie arme ?

Cela faisait presque deux semaines que Tommy et Diane étaient arrivés. Ils avaient loué un petit appartement non loin de Wiltshire Boulevard mais y avaient très peu dormi, parce qu'ils vivaient chez Ray. La chambre de Tommy était dix fois plus grande que celle qu'il avait avant. Le matin, en se réveillant, il restait allongé un moment les yeux fermés, se demandant si tout cela serait encore là quand il les ouvrirait. Puis il se levait, allait sur la pointe des pieds jusqu'aux portes-fenêtres, qui donnaient sur un balcon rien que pour lui, dont la terrasse en bois lui brûlait la plante des pieds. Le ciel était toujours bleu, le soleil chaud sur sa peau, et les oiseaux chantaient dans les arbres. S'avançant jusqu'à la balustrade, il se penchait pour regarder la piscine, les palmiers, et la ville tout là-bas, avec son damier de rues bordées de palmiers qui se perdaient au loin dans la brume. Miguel, le jardinier, qui était en train de tondre la pelouse, d'arroser les fleurs ou peut-être d'enlever les feuilles tombées dans la piscine, levait alors la tête en le voyant, lui faisait un signe de la main et lui criait *Bonjour, Monsieur Tommy ! Comment ça va, aujourd'hui ?*

La maison était superbe. Elle avait un toit de tuiles rouges et les murs grossièrement blanchis à la chaux étaient recouverts de plantes grimpantes qui donnaient des fleurs roses et violettes. Au milieu de l'allée en briques rouges, un cheval de bronze se cabrait. À l'intérieur, les murs en pisé chaulé étaient décorés de têtes empaillées de cerfs, d'élans et de bisons, ainsi que de tableaux représentant l'Ouest américain, chacun éclairé par une lampe en laiton. Dans les pièces du bas, les sols étaient de dalles polies parsemées de peaux de vache et de tapis indiens. Les fauteuils du salon avaient des accoudoirs faits avec de véritables selles à clous en argent. La télévision était trois fois plus grande que celles qu'il avait vues en Angleterre et le canapé sur lequel il s'installait pour la regarder était tellement gigantesque qu'il avait l'impression d'être Alice au pays des merveilles quand elle a bu la potion qui fait rapetisser.

Ray prit un Indien dans le tas posé contre le mur du stand de tir, puis le fixa au cadre. Ensuite, tous trois rebroussèrent chemin, Ray au milieu, avec les bras sur les épaules de Tommy et Diane. Il laissa Tommy recharger le Colt avec des balles prises dans la boîte posée sur la table, et Tommy procéda exactement comme il le lui avait appris, remettant le cylindre en position et vérifiant le cran de sûreté avant de présenter l'arme à Diane, crosse en avant.

« OK, maintenant, Calamity Jane a son flingue. On va voir comment elle s'en sert », dit Ray.

Il lui montra comment tenir l'arme et se mettre en position de tir. Puis il se plaça derrière elle et, les mains posées sur ses épaules, lui donna toutes les instructions qu'il avait données à Tommy. Elle rata une première fois sa cible, avant de toucher l'Indien cinq fois de suite à la tête et dans la poitrine. Tommy éprouva une jalousie mêlée de fierté. Ray la souleva de terre et la fit tourner en l'air. Puis il la serra dans ses bras et l'embrassa longuement sur la bouche. Ils faisaient souvent ce genre de chose, et Tommy trouvait ça gênant. En général, il détournait le regard et faisait semblant d'être occupé.

Quand ils eurent fini, Ray annonça qu'il avait une faim de loup. Ils prirent le chemin de la maison. Il fallait grimper quarante-deux marches très raides qui serpentaient entre la végétation, puis remonter un étroit sentier de graviers au milieu des palmiers, des eucalyptus et de ces plantes avec tous ces piquants que Miguel appelait des *ioucas*. Des petits lézards verts détalaient dans tous les sens. Ray leur conseilla de bien regarder où ils posaient les pieds parce que parfois, il y avait des crotales. En haut, l'arrosage automatique dessinait des arcs-en-ciel au-dessus de la pelouse. Ray mit Tommy au défi de les traverser en courant, ce qu'il s'empressa de faire. Il se retrouva trempé, ce qui n'était pas grave puisque ça avait fait rire tout le monde et qu'avec cette chaleur il serait sec en quelques minutes.

Ils gravirent les dernières marches, contournèrent la piscine et arrivèrent sur la terrasse en marbre blanc où Dolores, la gouvernante et cuisinière, avait préparé la table pour le déjeuner. Il y avait des assiettes de jambon, de tranches de dinde et de rosbif froid, des crevettes et plein d'autres choses, dont la meilleure salade de pommes de terre que Tommy ait jamais mangée. La table, décorée de fleurs blanches et roses, se trouvait sous un vieux pin immense décoré de centaines de petites lampes qu'on allumait le soir, en même temps que les lumières sous-marines dans la piscine et dans la cascade qui s'y jetait comme un vrai torrent de montagne. Plus qu'une maison, c'était un véritable palais.

Tommy ignorait si toutes les stars de Hollywood avaient le même train de vie parce que jusque-là, il n'avait été chez personne d'autre. Mais des stars, il en avait vu. Pendant le vol Londres-New York en jet Britannia (l'une des choses les plus excitantes qu'il ait jamais faites, en dehors de tirer avec un vrai Colt 45), l'hôtesse de l'air l'avait emmené dans le cockpit. Là, le pilote et le copilote lui avaient expliqué le fonctionnement des cadrans et des boutons et lui avaient même laissé le manche quelques instants. En retournant à sa place, Tommy avait reconnu, deux rangées avant la sienne, Charlton Heston. Ça lui avait fait drôle, de le voir en blouson, sans la jupette en cuir et la toge qu'il portait dans *Ben-Hur*. La vedette lui avait adressé un grand sourire. Diane l'avait harcelé pour qu'il aille demander un autographe à M. Heston, mais il était tellement timide qu'il avait même refusé qu'elle y aille de sa part. Depuis, il le regrettait.

Une fois qu'ils furent remis du décalage horaire, Ray les emmena faire un tour de Hollywood dans sa voiture, une Cadillac Eldorado décapotable bleu clair avec des feux arrière comme ceux d'une fusée, des ailerons énormes et des sièges en cuir blanc avec suffisamment de place devant pour qu'ils s'y mettent à trois. Installé au milieu, Tommy s'étonna de ne pas voir le levier de vitesse. Ray lui expliqua que la voiture avait une boîte automatique et qu'elle changeait de vitesse toute seule. Puis il alluma la radio et la régla sur une station qui passait les derniers tubes. Ils descendirent ainsi Hollywood Boulevard avec les Everly Brothers braillant à tue-tête « Cathy's Clown ». Tout le monde se retourna sur leur passage.

Ils s'arrêtèrent devant le théâtre chinois de Grauman, là où il y avait dans le sol les empreintes de mains et de pieds des stars du cinéma. Ensuite, ils allèrent voir le *Walk of Fame*, le trottoir où on était en train d'incruster des étoiles roses et dorées portant chacune un nom de vedette. Ray n'avait pas encore la sienne mais, d'après lui, c'était uniquement parce qu'ils s'occupaient des vieilles stars d'abord

Là-bas, ils furent accostés par un groupe de jeunes qui demandèrent des autographes à Ray. Il bavarda avec eux et signa des photos de lui – il en avait toujours dans sa poche au cas où. L'un demanda à Diane si elle était célèbre elle aussi, et avant qu'elle ait pu répondre, Ray déclara qu'elle allait bientôt l'être encore plus que Marilyn Monroe, si bien qu'ils lui demandèrent tous un autographe à elle aussi. Tommy se rengorgea.

Ils remontèrent dans la voiture et passèrent au ralenti devant le building Max Factor – le premier gratte-ciel de Hollywood, expliqua Ray, qui venait tout juste d'être construit. Il avait des fenêtres noires que Tommy trouva légèrement inquiétantes. Ils virent ensuite le célèbre portail des studios Paramount, où Diane allait bientôt avoir sa propre loge, puis remontèrent Sunset Strip et s'arrêtèrent à un endroit appelé Schwab's Drugstore, où d'après Ray beaucoup de vedettes aimaient « traîner ». Pour l'instant, il n'y avait personne de célèbre qui « traînait » dans le coin, mais comme il avait une grosse glace achetée au comptoir, Tommy n'en demandait pas plus. Au moment où ils s'apprêtaient à partir, une décapotable argentée en forme de fusée arriva en rugissant, puis s'arrêta dans un crissement de pneus. Sautant par-dessus la portière, apparut un homme blond qui portait des lunettes de soleil, un tee-shirt blanc et un blue-jean. Il leur fit un signe en souriant.

« Salut, Ray ! Comment ça va ?

— Bien. Et toi ?

— Pas mal. »

Les deux hommes se serrèrent la main. L'inconnu salua Diane et Tommy et leur sourit gentiment. Mais visiblement, Ray n'avait pas envie de faire les présentations.

« J'ai appris que finalement, ils t'avaient laissé tourner ce film au Mexique, dit Ray. Ça s'est bien passé ?

— Oh, tu sais comment c'est. Un peu d'énervement de temps en temps.

— Ils le sortent quand ?

— Bientôt. Je ne l'ai pas encore vu mais Sturges

a l'air satisfait. Alors… » Il haussa les épaules. « Et toi ? Toujours *Sliprock* ?

— Ouais. Et deux ou trois autres projets.

— Pas de repos pour les guerriers.

— On peut dire ça comme ça. »

Il y eut un silence embarrassé. L'inconnu regarda Diane en souriant.

« Salut.

— Bonjour.

— Bon, il faut qu'on y aille, annonça Ray.

— Moi aussi. Je suis juste venu acheter des clopes. À la prochaine.

— C'est ça, à la prochaine. »

L'homme pencha la tête pour regarder Tommy par-dessus ses lunettes de soleil. Il avait les yeux encore plus bleus que ceux de Ray. Un grand sourire, un clin d'œil, et il était parti.

« Connard », marmonna Ray.

Avant de reprendre la Cadillac, Diane voulut savoir qui c'était. Ray lui répondit qu'il s'appelait Steve McQueen. Il jouait dans une série télé qui s'appelait *Au nom de la loi*. Tommy en avait entendu parler mais ne l'avait jamais vue. Ray déclara que c'était de la merde. Diane lui rappela alors vertement qu'il ne fallait pas utiliser ce genre de termes devant Tommy. Il s'excusa, tout en ajoutant que c'était vrai, parce que ce type jouait comme un pied. Et le film qu'il venait de faire serait également une merde.

« C'est le remake d'un nanard japonais, dit-il. Ils m'ont proposé le rôle, mais j'ai refusé. »

Tommy demanda le titre du film, à quoi Ray répondit que le scénario était si mauvais qu'il avait oublié comment ça s'appelait. Il se souvenait simplement que c'était l'histoire de sept types qui sauvaient un village mexicain des griffes d'une bande de desperados un peu nullards.

Tommy avait déjà remarqué que, visiblement, Ray ne semblait pas beaucoup aimer les autres westerns ou les acteurs qui y jouaient – à part quelques-uns tels John Wayne, James Stewart, et bien sûr Gary Cooper. Il lui avait demandé au tout début s'il avait déjà rencontré Robert Horton, celui qui faisait Flint McCullough, et Ray lui avait dit que non, mais que pour un éclaireur, Flint faisait un peu *tantouze*, terme que Tommy n'avait pas compris mais dont il se doutait qu'il n'était pas flatteur.

Ils avaient déjà vu les énormes lettres HOLLYWOOD de loin, mais sur le chemin du retour, Ray remonta une route sinueuse au fond d'un canyon. Ils laissèrent la voiture, puis empruntèrent un chemin pour s'approcher du monument. Les lettres étaient gigantesques. D'après Ray, elles faisaient près de vingt mètres de haut. Avant, il y avait écrit HOLLYWOODLAND, mais quelqu'un avait décidé d'enlever les quatre dernières lettres. Vues de près, elles avaient toutefois quelque chose de triste. La peinture s'écaillait et les barres métalliques qui les soutenaient étaient recouvertes de végétation et toutes rouillées. Ray leur raconta que, quelques années auparavant, une jeune actrice anglaise qui s'appelait Peg Entwistle, à laquelle personne n'offrait de rôle, avait sauté du haut de la lettre H et s'était tuée.

« C'est charmant, comme histoire ! » s'exclama Diane.

Ray éclata de rire et l'enlaça.

« Je te l'ai dit, mon chou. Tu vas crouler sous les propositions. »

À présent, le déjeuner sur la terrasse était presque terminé. Tommy avait fini la salade de pommes de terre et se servait une deuxième fois de la glace au chocolat. Ray et Diane, assis de l'autre côté de la table, fumaient en le regardant, un sourire aux lèvres.

« Ils ne te donnaient donc rien à manger en Angleterre ? dit Ray.

— Pas ce genre de choses. »

Le repas terminé, Diane et Ray s'éclipsèrent comme d'habitude dans la chambre de Ray pour ce qu'ils appelaient la *siesta*. Même s'il n'était pas fatigué, Tommy était censé lui aussi aller dans sa chambre et se reposer. Mais comme il faisait trop chaud pour faire quoi que ce soit d'autre, ça ne le dérangeait pas. Il s'allongea et essaya de reprendre sa lecture – *Croc Blanc*, un livre chouette mais dans lequel, bizarrement, il n'arrivait pas à entrer. Il en était ainsi depuis leur arrivée. Sa tête était pleine à ras bord de trop de nouveautés.

Ces deux semaines passées à se balader et à s'amuser avec Diane et Ray avaient été fabuleuses. Mais tout allait changer. Demain, c'était son premier jour de classe à Carl Curtis, et, même si le collège lui avait paru accueillant quand il l'avait visité avec Diane, il ne pouvait réprimer une certaine nervosité. C'était idiot, il le savait. Cela faisait longtemps qu'il ne mouillait plus son lit et, de toute manière, il ne serait pas interne. Mais il craignait toujours que quelqu'un n'apprenne ça et ne l'appelle à nouveau Beurkford.

Ce soir, Diane et Ray allaient à une fête organisée par Herb Kanter, le producteur de *Sans remords*. Tommy avait demandé s'il pouvait venir, mais Diane lui avait répondu qu'il serait déjà au lit quand ça commencerait et que c'était une fête pour les adultes.

Dolores serait là pour s'occuper de lui. Tommy aimait bien Dolores. Elle était petite, très jolie, et avait de grands yeux brun foncé. Au début, Tommy pensait, à tort, qu'elle était mariée avec Miguel. Elle occupait une minuscule chambre donnant sur le couloir qui menait du garage à la cuisine, avec sur les murs une jolie image de Marie et de l'Enfant Jésus, et des photos de son propre fils qui s'appelait, étrange coïncidence, Jésus lui aussi. Il vivait au Mexique avec ses grands-parents, avait expliqué Dolores à Tommy. Il lui avait alors dit que lui aussi, avant, sauf que c'était en Angleterre.

Quand Ray et Diane furent prêts à partir, il était déjà en pyjama et robe de chambre. Installé dans le salon avec son dîner sur un plateau, il regardait *I love Lucy* sur l'immense écran. Il avait vu l'émission en Angleterre, mais sans jamais la trouver aussi amusante que le public, qui hurlait de rire à la moindre réplique.

Il entendit un bruit dans le couloir. Diane et Ray descendaient l'immense escalier incurvé. Qu'ils étaient beaux ! Ray portait un costume noir avec une longue veste et une cravate comme celle de Bret Maverick, mis à part le crâne de taureau en argent au milieu du nœud. Ses cheveux gominés étaient lissés en arrière. Il fit un petit signe de la main à Tommy et attendit dans le hall pendant que Diane venait lui dire bonne nuit. Elle portait un fourreau argenté qui brillait quand elle bougeait. Elle avait remonté ses cheveux et mis du rouge à lèvres rouge vif. Elle posa les mains sur les épaules de Tommy et se pencha pour l'embrasser.

« Bonne nuit, mon cœur. Sois sage.

— Il y aura beaucoup de stars là-bas ?

— Je pense, oui.

— Mais ça sera toi la plus belle. »

Elle éclata de rire et l'embrassa de nouveau.

« Tu es adorable. Oh, zut ! Je t'ai mis du rouge à lèvres.

— C'est pas grave. Amuse-toi bien.

— Bonne nuit, mon trésor. Bisous.

— Bisous. »

La porte se referma. Tommy alla se poster à la fenêtre. Une immense berline noire les attendait près de la statue du cheval, avec un chauffeur qui leur tenait la portière. Diane jeta un coup d'œil derrière son épaule comme si elle savait que Tommy la regardait. Elle lui envoya un baiser, puis monta dans la voiture. Le chauffeur ferma la portière, s'installa au volant et la voiture s'éloigna lentement. À cause des vitres fumées, Tommy ne voyait plus Ray et Diane, mais il fit un signe de la main et resta là jusqu'à ce que la voiture disparaisse, au cas où ils le regarderaient toujours.

11

Diane avait toujours eu des sentiments ambivalents vis-à-vis de l'effet qu'elle produisait sur les hommes. Elle s'était très vite rendu compte que, si elle regardait un homme d'une façon particulière, que si ses yeux exprimaient une certaine connivence en croisant les siens, alors elle pouvait faire irruption dans ses pensées et le réduire en un rien de temps à l'état de petit enfant malléable et tremblant. Il ne s'agissait pas là d'une technique qu'elle avait apprise à l'école d'art dramatique à Londres ou en jouant du théâtre de répertoire où, sautant l'étape des personnages de figuration habituellement confiés aux débutantes, ces centaines de jeunes inconnues, elle avait dès le départ obtenu des rôles parlés. Ce pouvoir d'attraction, très certainement inné, avait dû sauter plusieurs générations, car chez ses parents il était pour le moins latent.

Elle avait mis plusieurs années à comprendre l'autre terme du contrat, à savoir que, tout en affirmant haut et fort qu'ils ne recherchaient que son amitié, les hommes hétérosexuels voulaient inévitablement la mettre dans leur lit. Et à son plaisir de se sentir investie d'un tel pouvoir se mêlait la déception de savoir qu'il en était toujours ainsi, que les hommes étaient si tristement et si banalement primitifs.

Elle voyait bien que ceux qui pensaient la connaître, et même ses amies proches à Londres, croyaient que comme elle aimait flirter et appréciait l'effet qu'elle faisait sur les hommes, elle était forcément une fille facile. Pourtant, c'était loin d'être le cas. Pendant les cinq années qui suivirent la naissance de Tommy, l'idée même de refaire avec un autre ce qu'elle avait fait avec David Willis dans les fougères odorantes de Malvern la révulsait. Non pas que l'acte lui-même se soit avéré peu enthousiasmant ou qu'il ait été trop lié dans son esprit à ses suites traumatisantes, mais plutôt à cause d'un sentiment d'obligation vis-à-vis de Tommy, l'impression que, malgré la comédie que ses parents et elle avaient décidé de jouer par peur du scandale, en laissant un autre homme partager à nouveau une telle intimité avec elle, d'une certaine manière elle n'assumerait pas ses responsabilités de mère. Et le fait qu'elle ait cédé celles-ci à sa propre mère ne diminuait en rien ce sentiment.

Pendant des années, les hommes qui la poursuivaient de leurs assiduités – des acteurs, des metteurs en scène et des producteurs principalement, mais aussi quelques-uns en dehors de la profession – finirent généralement par renoncer, perplexes et mécontents. Ils n'arrivaient pas à comprendre pourquoi Diane Reed, pourtant ravie de l'attention qu'ils lui portaient, se défilait quand il fallait passer à l'acte. Souvent, après lui avoir offert leur temps, leurs pensées et probablement quelques dîners luxueux, les malheureux, blessés dans leur amour-propre (la fierté masculine étant, dans ce domaine précis, d'une risible fragilité, comme elle l'avait vite découvert), l'accusaient d'être un glaçon, frigide et insensible, voire – pire insulte à leurs yeux – une allumeuse.

Quand enfin elle se décida à aller jusqu'au bout, ce fut plus par curiosité que par passion. Elle constata avec plaisir que la déception n'était pas une partie obligée du deal. Pas plus que l'amour, d'ailleurs. Peut-être l'amour, de quelque sorte qu'il soit, était-il limité, chacun se voyant doté d'une certaine quantité à dépenser pour la personne choisie.

Si tel était le cas, alors pour Diane tout cet amour allait vers Tommy. Elle rentrait le voir dès qu'elle le pouvait, lui parlait au téléphone avant même qu'il sache balbutier ses premiers mots. Quand elle était en tournée dans quelque lointaine ville provinciale, elle se ruait après la représentation du samedi soir sur le dernier train afin de passer ne serait-ce qu'une journée avec lui.

Au fil des années, il lui fut de plus en plus difficile de jouer le rôle de la grande sœur affectueuse. Et en voyant la lassitude avec laquelle sa mère s'occupait du petit garçon, comme si tout ce qu'elle devait faire pour lui était un fardeau, Diane se sentait encore plus coupable et malheureuse. Si elle osait émettre ne serait-ce qu'une critique mineure, sa mère lui faisait remarquer que toute cette comédie était son idée à elle – ajoutant pour agrémenter la sauce quelque remarque narquoise sur la vie insouciante, hédoniste, voire décadente, que leur arrangement lui permettait de mener.

Le fait qu'en grandissant, Tommy devenait ce qu'une mère aimante, toute clandestine qu'elle était, ne pouvait considérer autrement que comme un enfant particulier, voire légèrement étrange, ne faisait qu'ajouter à son sentiment de culpabilité. L'énurésie de Tommy, son obsession pour les cow-boys et les Indiens, sa façon de gémir dans son sommeil, de se réveiller en hurlant, de parler tout seul ou de s'adresser à la photo de Flint McCullough, les persécutions dont il avait été victime à Ashlawn, bref, la moindre de ses petites manies, tout cela – et tant d'autres choses – était le résultat, à ses yeux, de son absence et de ce mensonge auquel elle participait pour sauver les apparences. Petit à petit, sa propre réussite en avait été assombrie.

Bien sûr, elle appréciait l'amour du public, les acclamations, les critiques dithyrambiques, l'agitation dans les coulisses et les crépitements des flashes. Mais une partie d'elle-même se tenait en retrait, observant tout cela avec quelque chose qui ressemblait à de la dérision. Cette tendance à se distancer l'inquiétait, parce qu'elle se manifestait parfois sur scène. Alors que *Le Jouet du hasard* était le grand succès de la saison londonienne et que le monde entier ne parlait que de la pièce, elle se disait parfois, même au milieu des scènes les plus palpitantes, que tout cela – tous ces adultes qui faisaient semblant, c'était bien ridicule.

Curieusement, ce sentiment ne semblait pas affecter son jeu. Ou, plus exactement, personne ne semblait s'en rendre compte. Bien entendu, elle n'avait jamais osé le mentionner à quiconque, puisque à présent, jouer, c'était être, et pas simplement faire semblant. La Vieille École de l'Artifice fermait ses portes, les grands disciples de Thespis – les Gielgud, Redgrave, et même Olivier – faisaient maintenant figure de vieux dinosaures cacochymes, avec leurs titres de chevaliers, leurs intonations tremblantes et leur maniérisme. Tous, jeunes acteurs et metteurs en scène, n'en avaient que pour Stanislavsky, Lee Strasberg et la Méthode. La seule façon de donner vérité, honnêteté et sens à un rôle, c'était de puiser dans les profondeurs de votre propre mémoire émotionnelle et de projeter les fruits de cette exploration dans le cœur et dans la tête du personnage dont on vous demandait d'habiter la peau.

À ce jeu-là, Diane n'avait pas de rivaux. Les souvenirs dans lesquels elle puisait, qu'ils soient heureux ou traumatisants, avaient toujours un lien avec Tommy. Là où beaucoup de ses camarades avaient besoin de collyre ou de pulvérisation de menthol dans les yeux, Diane pouvait pleurer sur commande, simplement en pensant à son fils perdu. Pour les premières représentations du *Jouet du hasard*, elle avait même exploité ses difficultés à Ashlawn, conservant dans sa poche sa lettre la plus désespérée pour la lire en coulisse avant sa dernière grande scène tragique. Mais maintenant que la gloire arrivait, elle ressentait une certaine honte à l'idée d'utiliser son fils pour ses propres fins. La situation avait quelque chose d'ironique. Elle avait réussi à réaliser son rêve de toujours : avoir un enfant tout en faisant quelque chose de sa vie. Pourtant, on aurait dit qu'il lui était maintenant impossible de profiter des deux.

Que la solution à cette énigme puisse être l'amour d'un homme bon ne lui vint pas comme une révélation soudaine – le manque de logique aurait alors été trop criant. Ce fut plutôt une lente fusion de plusieurs idées, comme une résolution qui s'affirmait : si jamais elle devait rencontrer un homme qu'elle pourrait aimer, qui serait prêt à partager sa responsabilité, alors elle se retrouverait dans une position suffisamment forte pour accomplir son devoir – récupérer son fils et donc d'un seul coup effacer son propre sentiment de culpabilité et la tristesse de Tommy.

Quelque chose chez Ray Montane lui avait-il suggéré, quand elle le vit pour la première fois, que le moment était venu ? Elle ne le saurait jamais vraiment.

Ils s'étaient rencontrés en juin, lors de son premier séjour à Hollywood, après la dernière représentation du *Jouet du hasard* au bout de six mois d'affiche. Herb Kanter avait organisé un essai à Londres. Simple formalité, d'après lui. Les grosses huiles de la Paramount, et surtout Gary Cooper, voulaient la connaître un peu mieux.

L'essai fut désastreux, du moins de l'avis de Diane. Pourtant, elle n'était pas complètement novice devant la caméra. Elle avait tourné dans deux ou trois petits films très « british » et joué dans quelques pièces pour la télévision. Elle avait une petite idée de la différence entre jouer sur scène et pour le cinéma, avait vu à quel point la caméra était intime, à quel point vos yeux comptaient, à quel point le mieux, c'était d'en faire le moins possible. Mais le jour de son essai, sa tête se vida.

Dans un recoin un peu miteux des studios Elstree, devant Herb (lequel, avec sa veste taillée dans un tissu noir et luisant, ressemblait encore plus que d'habitude à un phoque) qui la regardait derrière ses lunettes, Diane joua une scène tirée du scénario de *Sans remords* en compagnie d'un jeune acteur embauché – de toute évidence davantage pour son cachet que pour son talent – pour tenir le rôle de Gary Cooper. Ils refirent la scène sept ou huit fois, chaque prise étant pire que la précédente. Diane fulminait. Quand tout fut terminé, elle parvint à en rire et s'attarda au studio pour papoter et fumer une cigarette. Mais à peine assise dans le taxi qui la ramenait chez elle, elle fondit en sanglots et pleura jusqu'à Paddington. La chance de sa vie, et elle avait tout gâché !

Plus tard, elle découvrit que ce vieux renard d'Herb avait demandé au cameraman de continuer à tourner. Ce qui avait conquis les grosses huiles du studio, c'était sa façon pleine de naturel et de punch d'exprimer sa rage quand elle croyait l'essai terminé. En voyant la scène, Gary Cooper aurait même déclaré que Diane était fantastique. Tout le monde bouillait d'impatience de faire sa connaissance. Dès qu'elle fut libérée de ses obligations théâtrales, on lui fit prendre l'avion pour Hollywood – en première classe.

Suivirent deux folles semaines de réunions, de fêtes, de déjeuners et de dîners. Elle rencontra des directeurs et des agents, des gens de la publicité et des producteurs, bref, à peu près tout le monde sauf Coop, comme on l'appelait. Le déjeuner organisé pour eux deux à la Paramount fut annulé à cause de ce qu'Herb appela des problèmes familiaux au caractère inattendu et impératif. Coop s'excusa par un délicat petit message écrit à la main, dans lequel il se disait impatient de travailler avec elle.

Le studio proposa à Diane un contrat pour trois films, avec au début un cachet fixé à huit cents dollars par semaine, que l'agent qu'on lui avait attribué, Harry Zucker – un petit homme élégant qui portait des nœuds papillons et un gardénia blanc à la boutonnière, son signe distinctif –, parvint à faire monter jusqu'à mille dollars. Diane, elle, aurait été ravie de travailler gratis. Pour fêter cela, Harry organisa une fête en son honneur dans les locaux de l'agence sur Sunset Boulevard. C'est alors que Ray Montane entra dans sa vie.

Il n'avait pas été invité. Le hasard voulut que ce soir-là, il était venu voir son agent à lui, qui l'avait amené à la fête. Diane le remarqua dès qu'il entra. S'il avait porté un chapeau de cow-boy, elle l'aurait peut-être reconnu, car elle s'efforçait de suivre les feuilletons western que Tommy regardait et elle connaissait la plupart de ses héros, dont Red McGraw, grâce aux posters qui décoraient sa chambre. Pourtant, ce soir-là, Red ne portait pas sa tenue. Diane vit débarquer un homme grand, mince et bronzé, vêtu d'une veste en cuir noir déboutonnée, d'une chemise blanche avec des boutons-pression, et d'une paire de jeans noirs (couvrant ses bottes de cow-boy faites main). Ses cheveux brun foncé étaient coupés court. Difficile, avec son beau visage taillé à la serpe et encadré de pattes, de lui donner un âge. Diane se dit qu'il devait avoir dans les trente-cinq ans. Ce qui était clair, même à cette distance-là, c'est qu'il avait cette présence, cette sorte de confiance tranquille que Diane avait toujours trouvée attirante.

Harry fit un petit discours, drôle et attendrissant, dans lequel il dit à quel point tous les membres de l'agence et lui-même étaient fiers et ravis de représenter la nouvelle star en provenance de l'Angleterre, Diane Reed, alias Miss Fantastic (le surnom la suivait déjà). Il porta un toast à son honneur, déclenchant un tonnerre d'applaudissements. Diane dit quelques mots charmants, avec juste ce qu'il fallait de modestie – exactement comme l'aurait fait Audrey Hepburn. Au moment où elle terminait, elle se rendit compte qu'elle souriait à l'homme près de la porte, lui adressant ce regard complice qui, en d'autres temps, aurait provoqué la guerre de Troie et fait bien des malheureux. Ray Montane lui rendit son sourire et leva son verre pour lui porter un toast de nature plus intime. Diane constata avec stupeur qu'elle rougissait, chose qui ne lui était pas arrivée depuis qu'elle avait douze ans.

À la fin de la semaine suivante, après plusieurs dîners tardifs chez Ciro et Romanoff, promenades sur la plage, soirées dansantes au Mocambo, réveils dans une chambre du Beverly Wiltshire – laquelle prenait des allures de serre avec toutes ces fleurs envoyées par Ray Montane –, Miss Fantastic se rendit compte qu'elle était, pour la première fois de sa vie, amoureuse.

Il avait le charme démodé et irrésistible du cowboy, tout en étant suffisamment branché pour connaître les derniers groupes de rock. En fait, il en fréquentait quelques-uns. Et même, il connaissait Jack Kerouac. Il était gentil, attentionné, intéressant et, surtout, il la faisait rire. Il était également l'amant le plus doué et le plus assuré qu'elle ait jamais eu. Il y avait parfois dans leurs ébats une pointe de danger que Diane, à sa grande surprise, trouvait excitante.

Le dernier soir, sur la terrasse de sa somptueuse demeure sur les hauteurs, Ray lui demanda si elle voulait bien l'épouser. Elle répondit non.

« C'est un "non" ferme et définitif ?

— Non. C'est non pour le moment. »

Ils étaient assis l'un à côté de l'autre. Elle lui prit la main et annonça qu'elle avait quelque chose d'important à lui dire. Alors elle lui révéla l'existence de Tommy. Il l'écouta sans jamais la quitter des yeux. Vers la fin de son récit, quand elle expliqua – en larmes, bien évidemment – qu'elle rêvait, un jour, bientôt, d'être une véritable mère pour le petit garçon, d'être sa mère aux yeux du monde, et de faire pour lui ce qu'elle aurait dû faire depuis le début, Ray prit son visage entre ses grandes mains bronzées, déposa un baiser sur ses yeux pleins de larmes, plongea son regard dans le sien et dit, tout simplement :

« Qu'est-ce qui t'en empêche ? Faisons-le. Maintenant. »

Il lui raconta que lui-même avait été marié mais qu'il était divorcé. À l'époque, sa femme, une actrice qui s'appelait Cheryl, faisait une grave dépression. Il voulait des enfants, elle n'en voulait pas. Elle s'était remariée, avait dégoté un bon psy et vivait à présent dans l'Oregon où elle avait plus ou moins trouvé le bonheur.

Pendant les deux mois et demi qui suivirent le jour où Diane révéla à Tommy qu'elle était sa mère, Ray fit preuve d'un calme et d'une solidité de roc. Il quitta Los Angeles, et Diane et lui louèrent une maison à la campagne près des studios de Pinewood. Avec Tommy, ils vécurent tous les trois dans une sorte d'état indéfinissable, entre le bonheur et la douleur, pendant que les dispositions étaient prises pour leur installation en Californie. La mère de Diane fit tout pour compliquer et envenimer les choses. Mais grâce à quelques avocats londoniens grassement payés et aux qualités de diplomatie et de persévérance de Ray, ils obtinrent gain de cause. Des déclarations signées permirent de modifier officiellement le certificat de naissance de Tommy. Ray et Diane lui procurèrent un passeport et un visa pour les USA. Ray insista pour prendre les frais à sa charge.

Le déclic, pour Diane, ce fut la gentillesse dont Ray faisait preuve envers Tommy, sa patience, son affection et sa drôlerie. Quant au petit garçon, une fois surmontées sa timidité et sa stupeur à l'idée de vivre avec l'un de ses héros du petit écran, il commença à s'épanouir. Parfois, en les regardant depuis la fenêtre rire, blaguer et se poursuivre dans le jardin, Diane ne pouvait pas retenir ses larmes. Depuis le temps qu'elle en rêvait. Ils formaient une vraie famille. Refusant comme à son habitude de ne voir que le bon côté des choses, elle se demanda si elle n'était pas allée trop vite, si son sentiment de culpabilité et son désir de tout faire pour Tommy ne l'avaient pas poussée à s'engager trop rapidement, trop loin avec cet homme. Mais tout lui prouvait qu'elle avait eu de la chance de le trouver.

Julian, son agent à Londres, croulait sous les propositions de rôles. Tous les producteurs d'Angleterre semblaient la vouloir. Pourtant, Diane déclina invariablement leurs offres. Le seul rôle qu'elle désirait jouer, avant que le tournage de *Sans remords* ne commence en décembre, c'était celui de mère à plein temps auprès de son fils. Elle serait présente chaque fois qu'il aurait besoin d'elle, jouerait avec lui, lui préparerait ses repas, l'emmènerait à l'école et irait le chercher dans l'après-midi, ferait tout ce que des années de mensonge lui avaient interdit.

Ray devait rentrer à Los Angeles pour participer à des réunions deux semaines avant la date prévue pour le départ de Diane et Tommy. Son absence la rendit presque physiquement malade. Le soir de leurs retrouvailles sur la terrasse de sa maison dans les hauteurs, avec à leurs pieds les lumières de Los Angeles scintillant comme autant de promesses et Tommy endormi dans sa nouvelle chambre, Ray sortit une petite boîte en suédine de sa poche et la lui tendit. La bague était en or rose, avec des saphirs dessinant leurs deux initiales, D & R, sur un lit carré de diamants. Elle lui allait à la perfection. Ils décidèrent de se marier à Noël.

12

La maison d'Herb et Ellie Kanter était de celles qui inspiraient invariablement l'envie, sauf chez leurs invités les plus généreux ou les plus myopes. Elle avait été construite sur un épaulement rocheux au-dessus de l'un des vallons les plus chic de Beverly Hills, et surplombait des bosquets d'oliviers et de citronniers. Le parc d'un hectare et demi, dessiné par un paysagiste toscan réputé et bichonné par une petite armée de jardiniers en uniformes verts, comprenait une piste pour hélicoptères, un court de tennis, un terrain de croquet et deux maisons pour les invitées, équipées chacune d'un hammam, d'une piscine et d'un jacuzzi.

Les salles de réception de la maison de maîtres, aux sols de dalles polies, étaient spacieuses et lumineuses. Sur les murs s'étalait la célèbre collection d'Herb Kanter – des Monet et des Gauguin dans le salon, des Cézanne et des Picasso dans le hall. Il s'agissait là en fait de copies parfaites, les originaux étant conservés dans une cave blindée, climatisée et ignifugée, creusée dans la roche sous le garage. Mais cela, seul son avocat et son comptable le savaient.

La carrière d'Herb se caractérisait par la même

combinaison de raffinement et de prudence financière. Ses films avaient non seulement extrêmement bien marché au box-office, mais également raflé de nombreux oscars dans toutes les catégories, dont trois pour le meilleur film. Les statuettes, certes discrètement rangées dans son bureau, étaient immédiatement repérables. Herb avait la réputation d'être impitoyable et radin, mais honnête autant qu'on pouvait l'être dans le monde du cinéma.

Surtout, il avait des relations. Ellie et lui étaient devenus membres du cercle des amis hollywoodiens du jeune et beau candidat aux élections présidentielles, John F. Kennedy. Lors de la convention démocrate à Los Angeles cet été-là, ils avaient dîné avec Jackie et lui à La Scala, à la table numéro 1, où plus tard un téléphone présidentiel serait installé. Quand John et son frère Bobby se rendaient par hélicoptère avec les Lawford dans la vieille maison que Louis B. Mayer possédait au bord de la plage de Santa Monica, Herb et Ellie faisaient partie des *happy few*. Et si l'un ou l'autre des frères avait besoin d'un lieu où abriter des réunions d'un genre plus charnel, Herb mettait discrètement à sa disposition l'une de ses maisons d'invités.

Être invité à une fête chez les Kanter signifiait ainsi que vous étiez introduits dans le saint des saints hollywoodien et alliez partager la table des dieux et des déesses de l'Olympe. Bien sûr, Diane Reed ne faisait pas encore partie de ce petit cercle. Pour le moment, elle détenait le plus excitant des laissez-passer qui, certes temporairement, lui donnait accès à tout : le potentiel.

Herb avait passé ces derniers mois à faire ce qu'il adorait plus que tout : créer la rumeur. Que ce soit à un dîner au Bistro, à un cocktail au Polo Lounge, à un déjeuner au Brown Derby ou à la Paramount, il avait confié – à des personnes qui ne manqueraient pas de faire circuler le mot – qu'il avait découvert la nouvelle grande vedette.

Diane Reed, laissait-il entendre, était la nouvelle Liz Taylor ; la nouvelle Marilyn, mais en plus intelligent et en moins dingue ; la nouvelle Audrey Hepburn, mais avec le genre de nichons à filer une attaque aux censeurs de la commission Hays. De la publicité, Herb n'en voulait pas trop, ni trop vite, mais juste ce qu'il fallait, aux bons endroits. Et ça marchait. Pas plus tard que la semaine précédente, les deux grandes rivales qu'étaient Hedda Hopper et Louella Parsons, les reines des potins hollywoodiens, l'avaient toutes les deux mentionnée – ainsi que *Sans remords* bien entendu – dans leurs chroniques respectives.

Enfoncé dans la confortable banquette de la berline qui passait le portail et remontait l'allée sinueuse menant à la demeure des Kanter, Ray Montane se sentait beaucoup moins à l'aise qu'il le laissait voir. Il tenait la main de Diane, mais ils étaient tous les deux plongés dans leurs pensées, le regard effleurant les torches qui brûlaient entre les palmiers et les buissons bordant l'allée. On se serait cru sur le plateau d'un film de Tarzan.

Ray allait à cette fête à reculons. C'était le genre de grande réception à laquelle normalement il n'était pas invité. S'il avait été convié, c'était uniquement à cause de Diane, et tout le monde le saurait. Même s'il affirmait que ce genre de détail ne l'intéressait pas, Ray savait pertinemment qu'il n'était pas un acteur de premier plan. En fait, il était déjà passé en deuxième, voire en troisième catégorie.

De toute façon, cette classification, c'étaient des conneries. Il était plus célèbre que la plupart des petits merdeux prétentieux qui seraient là ce soir. *Sliprock* était plus regardé que tous leurs putains de films mis ensemble. Quand Ray Montane marchait dans la rue, où que ce soit en Amérique, il attirait des foules hystériques. Lors de l'inauguration d'un supermarché de Fresno trois semaines plus tôt, presque un millier de personnes étaient venues le regarder couper le ruban. Même avec leur nom écrit en gros sur leur front, certaines de ces soi-disant vedettes du grand écran ne seraient jamais reconnues dans la rue. Et, de toute manière, on savait que l'industrie cinématographique se portait mal. Menacés par la télévision, les studios ne savaient plus quoi faire. À part tourner des navets de plus en plus longs où ils engloutissaient des sommes de plus en plus colossales. Ils avaient fait des écrans plus larges, créé le Cinérama, les films en 3-D, ils étaient même allés jusqu'à inventer le film qu'on pouvait sentir. C'était dire leur désespoir. Pourtant, même au plus profond de sa hargne, Ray savait que la télévision était, et serait toujours, le parent pauvre. À Hollywood, la seule chose qui comptait vraiment, c'était le cinéma.

Il ne pouvait pas dire qu'on ne lui avait pas donné sa chance. Il avait tourné une bonne dizaine de films. Mais aucun n'avait convaincu. C'étaient tous des films de série B, le genre que les gamins allaient voir le samedi après-midi dans des salles de cinéma vieillottes. Cent fois, il avait dit à Enid, son agent, qu'elle devrait lui faire tourner d'autres types de films, des films modernes comme ceux de Brando, ou de James Dean. Ray n'avait-il pas le même genre de charisme mélancolique ? Il passait bien à l'écran. Pourtant, rien n'était venu. Il avait dit la même chose aux grosses huiles de la Warner qui lui avaient répondu *Bien sûr, Ray, on va chercher quelque chose*. Tu parles ! Tout ce qu'ils voulaient, c'était une autre saison de *Sliprock*.

Il y a deux ou trois ans, il avait bien failli obtenir le rôle de sa vie, en entrant dans le petit cercle de ceux qui travaillaient régulièrement pour John Ford et qu'on appelait la Stock Company – John Wayne, Ward Bond, Ben Johnson, Dobe Carey, toute la petite bande, quoi ! De vieilles connaissances, avec qui Ray se pintait. Il jouait aussi bien qu'eux, pas mieux que John Wayne peut-être, mais que les autres, oui. Il était même meilleur.

À l'époque, Ford, qui faisait le casting des *Cavaliers*, avait fait savoir à Ray qu'il voulait le voir. D'après Enid, l'affaire était dans le sac. On ne l'avait jamais rappelé. Pourtant, du point de vue de Ray, la rencontre avec John s'était bien déroulée. Plus tard, il apprit par le téléphone arabe que Ford n'avait pas apprécié son attitude, qu'il l'avait trouvé trop imbu de lui-même. Bref, par la suite, quand il vit Ford, Ray décida d'ignorer complètement ce vieux schnoque grognon. De toute façon, le film ne valait pas tripette. Finalement, c'était certainement une bonne chose pour lui de ne pas l'avoir fait.

Ces pensées quelque peu sombres durent se refléter sur son visage, car Diane, les yeux fixés sur lui, serrait sa main. Il se secoua, pour ne pas gâcher cette soirée en son honneur à elle. La voiture approchait lentement du porche en marbre qui surplombait l'allée, aussi imposant qu'un temple grec de cinéma. Des domestiques en livrée à rayures rouges et jaunes descendirent les escaliers quatre à quatre pour ouvrir les portières. Ray adressa un sourire à Diane, qui le lui rendit. Elle était tellement sexy qu'il avait toutes les peines du monde à se retenir. Un cul comme on en voit peu. Vraiment, il devait s'estimer heureux.

« Tu es sûr que ça va ? lui demanda-t-elle.

— Quelle question !

— À quoi tu pensais ? »

Les domestiques avaient ouvert les portières arrière.

« Je me disais que j'ai vraiment du pot. »

Il se pencha vers elle et déposa un baiser sur ses lèvres.

« Tu vas les épater, cocotte. »

C'était certainement l'effet du champagne qui coulait à flots, mais Diane avait l'impression que ce soir toute gravité avait disparu et que, flottant à un mètre du sol, elle passait de pièce en pièce, les lèvres figées en un sourire de bonheur difficilement réprimé.

Jamais elle n'avait vu autant de célébrités rassemblées en un même lieu. Dire qu'Herb l'avait présentée à pratiquement tout le monde ! Pour le dîner sur la terrasse illuminée par des torches, on l'avait placée entre Billy Wilder et David Selznick. Ray, assis en face d'elle, n'avait pas non plus eu à se plaindre de ses voisines, Jennifer Jones et Merle Oberon. William Holden, Natalie Wood et John Huston étaient là. Même Frank Sinatra avait fait une brève apparition, mais n'avait pas pu rester dîner car il avait d'autres engagements. Quand Herb lui avait présenté Diane, Sinatra avait tenu la main de la jeune femme un bon moment, fixé sur elle ses célèbres yeux bleus et déclaré qu'il avait entendu parler d'elle. Il mentait, évidemment, mais Diane n'en avait cure. Seul manquait Gary Cooper, qu'elle n'avait toujours pas rencontré. Il était sur un tournage en Angleterre – un film avec Deborah Kerr qui s'intitulait *La Lame nue*.

Certains autres visages présents à la fête étaient moins célèbres, mais plus importants. Il s'agissait des agents des stars, des hommes tel Lew Wasserman, de la MCA, probablement, d'après Herb, l'homme le plus puissant de Hollywood. Pendant qu'elle parlait avec lui, Diane remarqua ce bon vieux Harry Zucker qui, avec son gardénia blanc à la boutonnière, traînait autour d'eux tout en faisant semblant de ne pas s'intéresser à leur conversation.

Après le dîner, Connie Francis chanta quelques airs à côté d'un piano à queue installé au bord de la piscine où flottaient des centaines de ballons blancs et dorés. Diane dansa le twist avec William Holden. À la fin de la chanson, elle riait tellement qu'elle faillit tomber en arrière dans la piscine. William Holden la retint par la taille et l'entraîna vers le bar. Ray se trouvait là, tout seul et l'air maussade, un verre de whisky à la main. Elle fit les présentations. Les deux hommes échangèrent une poignée de main. Ray ne prit même pas la peine de sourire. Comprenant le message, Holden se retira.

« Tu t'amuses bien ? demanda Diane à Ray.

— Mmm. Toi, en tout cas, oui, ça se voit.

— Jamais je n'ai autant rigolé.

— Super. »

C'est alors qu'Herb apparut, accompagné d'un jeune auteur du nom de Steve Shelby qui, depuis le début de la soirée, brûlait d'envie de rencontrer Ray. Avec sa masse de cheveux tout frisés, on lui aurait donné quatorze ans.

« Monsieur, je suis très honoré, dit-il en serrant la main de Ray. Je suis un de vos grands fans. »

Pour la première fois de la soirée, Diane vit Ray sourire. Pendant qu'ils parlaient, Herb l'entraîna un peu à l'écart.

« Je ne savais pas que tu avais un fils, Diane, dit-il discrètement.

— Il s'appelle Tommy. C'est toute ma vie.

— Génial. Il a quel âge ?

— Neuf ans.

— Nous, on a essayé pendant des années d'avoir un fils. Résultat : trois filles. On a laissé tomber.

— Je parie que vous n'échangeriez vos filles pour rien au monde.

— Exact. »

Ils se turent quelques instants. L'orchestre jouait l'une des chansons préférées de Tommy, celle avec l'ours et la colombe blanche.

« Diane, excuse-moi d'être aussi curieux mais... tu es divorcée ?

— Pas du tout. Je n'ai jamais été mariée. Tommy est.... Enfin je veux dire... J'étais très jeune.

— Je comprends. »

Ils allèrent jusqu'à la balustrade. La brise se leva brusquement, faisant trembler les cimes des arbres dans la pénombre en contrebas. Diane frissonna.

« Tu sais, Diane, c'est une drôle de ville, ici. À un certain niveau, tout y paraît moderne et facile, comme s'il y régnait la plus grande permissivité. Mais par-dessous, il y a des ragots, et les ragots tombent dans les oreilles de ceux qui en font leur métier. Il y a des choses que les studios n'aiment pas trop. »

Diane mit un certain temps à comprendre ce qu'il insinuait.

« Désolé d'être aussi indiscret, mais est-ce que vous avez l'intention de vous marier, Ray et toi ? »

Elle lui montra la bague. Herb sourit.

« On compte le faire à Noël.

— Toutes mes félicitations. Je suis heureux pour vous – et pour Tommy. Quoi qu'il en soit, j'aimerais te présenter quelqu'un. Tu veux bien ? »

Ray, toujours en grande conversation avec son jeune admirateur écrivain, paraissait tout à son aise. Alors Diane prit le bras d'Herb. Ils contournèrent la piscine, traversèrent plusieurs grappes d'invités, montèrent les escaliers en pierre et entrèrent dans la maison. Herb expliqua à Diane que l'homme qu'il voulait lui présenter s'appelait Vernon Drewe. C'était un avocat, mais aussi le grand spécialiste des relations publiques à Hollywood.

Ils le trouvèrent à côté de l'un des Gauguin du hall, en train de parler avec la femme d'Herb. Grand, élégant, il devait avoir une cinquantaine d'années et parlait d'une voix si douce qu'il fallait se pencher pour l'entendre. Il se déclara ravi de faire enfin la connaissance de Diane. Ils papotèrent quelques minutes. Sur quoi, il lui déclara que s'il pouvait lui être d'une quelconque utilité, il en serait ravi. Elle eut l'impression que grâce à Herb, il en savait déjà beaucoup à son sujet, que tout avait été discuté et arrangé. Vernon lui tendit sa carte. Elle promit de l'appeler.

Ils partirent un peu après minuit dans la berline que les domestiques en livrée rayée avaient fait sortir des ténèbres. Une fois dans la voiture, Ray lui parla de Steve Shelby et du scénario qu'il avait écrit en lui réservant le rôle principal. C'était une sorte de western moderne, un peu comme *The Misfits* que Clark Gable et Marilyn Monroe venaient de tourner. Shelby irait loin, Ray en était sûr. Il lui enverrait le scénario le lendemain matin.

« C'est super ! dit Diane.

— Ouais, on va voir.

— Comment ça, "on va voir" ? C'est pas super ? »

Il passa un bras autour de ses épaules. Elle vint se coller tout contre lui.

« Je suis désolé si je n'ai pas été très, disons, très drôle au début.

— Tu faisais une tête d'enterrement. »

Il éclata de rire. Il faillit lui dire la vérité – qu'il était jaloux comme un amoureux éconduit quand il la voyait s'amuser avec un autre homme. Surtout un coureur de jupons comme William Holden. L'expérience était nouvelle pour Ray. Jamais il n'avait ressenti cela avec une autre femme. C'étaient elles qui étaient jalouses, bon sang ! Pas lui ! En fait, les choses se terminaient toujours de cette façon, par une grande scène violente avec des cris, des larmes, et souvent quelques coups, quand il manifestait trop d'intérêt pour une jolie pépée qui passait par là.

Mais avec Diane, c'était différent. Quatre mois s'étaient écoulés, et pas une minute ne passait sans qu'il n'ait envie de la baiser. Visiblement, elle ressentait la même chose à son égard. Comme une sorte de faim qui les rongeait tous les deux. L'idée qu'un autre homme puisse lui faire l'amour, qu'elle puisse aller avec un autre, remuait en lui des sentiments noirs.

Il l'embrassa dans le cou, humant son odeur chaude, celle de sa sueur mélangé à son parfum. Le genre d'odeur absolument unique, qui vous pénètre jusqu'au bas-ventre. Sentant son envie, elle plaça la main sur son entrejambe. Ah, doux Jésus !

En rentrant, ils trouvèrent Dolores en train de regarder la télévision dans le salon. Quand Diane lui demanda, sur un ton des plus amicaux, s'il n'y avait pas eu de problème avec Tommy, elle répondit, l'air peu amène, que non, bien sûr, comme si la question comprenait une part de critique. La pauvre, songea Ray, elle avait encore le béguin pour lui. Il n'y avait qu'à voir ces regards noirs qu'elle lançait à Diane. Depuis le temps qu'il se disait qu'il allait lui parler, lui dire d'être plus aimable. Il regretta, comme cela lui était souvent arrivé, d'avoir été si généreux avec ses attentions. Il l'avait baisée trois ou quatre fois, pas plus. Pourquoi donc les bonnes femmes prenaient-elles ces choses-là tellement au sérieux ? En passant devant lui pour rejoindre sa chambre, Dolores le regarda de ses grands yeux tristes. Il allait peut-être devoir se débarrasser d'elle.

Il ouvrit la fermeture Éclair de la robe de Diane pendant qu'elle montait les escaliers devant lui. Elle s'arrêta, s'appuya sur lui. Il glissa les mains à l'intérieur de son vêtement, les posa sur ses seins. Elle tourna la tête et l'embrassa.

« Je vais voir si Tommy dort bien, murmura-t-elle. J'en ai pour une minute. »

Dans la chambre, Ray jeta sa veste et sa chemise sur une chaise, puis alla se regarder dans le miroir de la salle de bains. Il n'était pas beau à voir, avec son regard brouillé pour tous ces Jim Beam qu'il avait bus et le joint fumé sur le terrain de croquet des Kanter. Il éteignit la lumière, s'installa sur le lit et retira ses bottes. Des bougies, elle adorait les bougies. Il ouvrit le tiroir de la table de nuit et, soulevant le sachet de hasch et le Smith & Wesson qu'il y rangeait malgré les remarques de Diane, dénicha des allumettes.

Il alluma les bougies de part et d'autre du lit, puis s'effondra sur le dos, essoufflé. Fermant les yeux, il lutta contre l'engourdissement alcoolique qui lui submergeait la tête. Où donc était-elle ? Lui qui bandait comme un âne dans l'escalier, maintenant, il devenait tout mou. Merde. On remettrait ça à demain. Il songea à tous ces compliments que le jeune auteur lui avait faits. Il y avait au moins quelqu'un qui le comprenait, qui savait quel super-acteur il pouvait être si on lui en donnait la possibilité. Ce jeune gars, il savait de quoi il parlait. Il était diplômé de Stanford, bon sang ! Il connaissait tout sur le cinéma français et les films d'art et d'essai.

Quant à la vedette de la soirée, la femme qui avait fait saliver tous les hommes présents, c'était lui qu'elle allait épouser. Quel beau couple ils feraient ! Burton et Taylor, Bogart et Bacall, Montane et Reed. Ils allaient voir ce qu'ils allaient voir. Les salauds.

13

Tom vit le chat quelques secondes avant Makwi. Ils traversaient la forêt quand ils étaient tombés sur lui, assis sur un tronc d'arbre mort en surplomb du chemin. À cause des jeux d'ombre et de lumière du sous-bois, Tom l'avait d'abord pris pour un écureuil, avant d'apercevoir le collier et la petite plaque métallique. Pile au même moment, Makwi l'avait repéré ou senti et, rapide comme une flèche, s'était jetée dessus. Tom cria plusieurs fois, en vain. De vieux réflexes s'étaient réveillés, et la chienne resta sourde à ses appels.

Tom n'avait jamais vraiment aimé les chats. Il avait vu suffisamment de documentaires animaliers à la télévision pour savoir que la seule différence entre un tigre et un chat domestique, c'était la taille. Le premier était suffisamment gros pour vous tuer, ce que le second ne se priverait pas de faire s'il n'était pas trop petit. On le voyait dans leurs yeux : au fond, vous étiez une proie, rien d'autre. Ce chat-là aurait eu une chance de s'en sortir s'il avait été un peu plus malin. Mais il perdit trop de temps à baisser la tête et à remuer la queue. Quand enfin il comprit ce qui se passait, son sort était pratiquement réglé. Heureusement, Tom n'assista pas à sa fin tragique. Il se lança à la poursuite de Makwi à travers les buissons, tour à tour glissant et hurlant. Il fit même une chute qui le laissa un peu étourdi. Il finit par la retrouver au bord du ruisseau, posant au-dessus de sa proie avec une sorte de fierté timide.

« Bon sang, Makwi, t'as pas vu le collier ? Ça veut dire non. Pigé ? »

Il ne s'agissait pas d'un vieux matou quelconque, mais d'un de ces chats de race, un siamois ou un birman, qui avait coûté la peau des fesses à son propriétaire. Tom ramassa l'animal. Pas une goutte de sang. La chienne avait dû lui briser le cou. Il regarda la petite plaque. Il y avait un nom gravé dessus, *O'Keefe*, et un numéro de téléphone. La chienne, penaude, sur les talons, il rentra à la maison en portant le corps du chat qu'il sentait se refroidir dans ses mains.

Il composa le numéro et tomba sur un répondeur. Il se dit qu'il valait mieux ne pas y aller par quatre chemins. Sur un ton qu'il espérait approprié, il expliqua qu'il était désolé, mais que son chien avait tué un chat dans la forêt qui portait un collier avec ce numéro dessus. Il laissa son nom, ses coordonnées et raccrocha. Puis il contempla le cadavre étendu sur la table de la cuisine en se demandant ce qu'il allait bien pouvoir en faire.

Le lendemain matin, il partait pour la Californie. Son amie Liz viendrait s'occuper de la maison et de Makwi, si bien que si jamais le propriétaire du chat n'appelait pas ce soir, il y aurait toujours quelqu'un plus tard. Et s'il mettait le cadavre dans le congélateur ? Il faisait si chaud. Mais le propriétaire n'apprécierait peut-être pas de retrouver son minou adoré tout raide et tout gelé.

Tom vida une boîte à chaussures qui contenait des cartes postales, plaça une serviette de toilette à l'intérieur et y déposa le chat. Il resta là quelques instants à contempler l'animal. La position de sa tête légèrement relevée par le volume de la serviette lui conférait une sorte de grandeur comique, comme s'il s'agissait de quelque pharaon embaumé. Tom referma le couvercle et alla prendre une douche.

S'il allait en Californie, c'était pour voir Danny. Non pas que Danny le lui ait proposé ou ait exprimé une quelconque envie de le voir. Mais du moins il n'avait pas dit non. Gina lui avait enfin donné le numéro où joindre son fils dans sa nouvelle cellule. Deux jours plus tôt, après avoir passé des heures à rassembler son courage et à préparer ce qu'il allait dire, Tom avait appelé. Leur conversation avait été tellement guindée qu'elle n'en méritait guère le nom. La voix de Danny avait des accents plus réservés qu'hostiles. Il n'empêche, Tom eut l'impression d'être un vendeur qui faisait du démarchage téléphonique. Ce qui, à la réflexion, n'était pas si faux, puisqu'il proposait une réconciliation à quelqu'un qui avait des problèmes bien plus urgents à régler.

Considérant que les choses se passeraient mieux s'il n'en faisait pas des tonnes, il avait prétexté des rendez-vous à Los Angeles. Comme, de toute façon, il allait louer une voiture, se rendre à Camp Pendleton ne lui ferait pas faire un grand détour. Ils pourraient peut-être déjeuner ensemble ? Son histoire sonnait faux. Comme s'il n'était pas prêt à faire le déplacement rien que pour son fils, comme si tout cela lui était égal !

« Déjeuner ensemble ? Pourquoi ?

— Pas forcément déjeuner, passer un moment

ensemble, je ne sais pas, moi. J'aimerais vraiment te voir, Danny. Tu m'as manqué. »

Il y eut un long silence. Tom entendit Danny soupirer longuement.

« Écoute, je ne pense pas que ce soit une bonne idée…

— Je t'en prie, Danny. »

Depuis, Tom s'attendait à tout instant à ce que Danny téléphone pour annuler. Ou, plus probablement, à ce qu'il le fasse par l'intermédiaire de Gina. Pourtant, quand elle l'appela, ce ne fut pas pour annuler, mais pour lui demander de faire preuve de tact, de ne pas sermonner Danny, de ne pas le critiquer.

« Gina, tu me prends pour un idiot ou quoi ?

— Non, non. Désolée. C'est juste qu'il est si fragile en ce moment.

— Ah bon ? Merci de me prévenir.

— Ne sois pas comme ça, Tom. Le boulot qu'ils lui ont donné dans les bureaux le rend dingue. Ses avocats aussi, d'ailleurs. »

Tom faillit évoquer l'opportunité de faire appel à un avocat indépendant, puis se ravisa. Il en parlerait à Danny.

Il regarda le bulletin d'informations en dînant. Rien sur Danny. Il en était ainsi depuis plusieurs jours. Rien, sauf le nombre de victimes des attentats suicide, ces vies anonymes supprimées au hasard. Il allait éteindre quand le téléphone sonna.

« Allô ? Tom Bedford ? »

C'était une voix féminine vaguement familière.

« Oui, c'est moi.

— Karen O'Keefe à l'appareil. »

Il marqua un temps d'hésitation. Le nom ne lui rappelait rien.

« Euh…

— Nous nous sommes rencontrés à la fête en l'honneur de votre ami Troop. Vous vous souvenez ? »

C'était donc ça ! Tom se sentit flatté, excité.

« Oui, bien sûr. Vous allez bien ?

— Très bien. Votre chien vient de tuer mon chat. »

Plus que bouleversée, elle avait l'air étonnée de savoir que son chat avait été tué par son chien à lui. Elle lui expliqua qu'en fait, le chat appartenait à sa mère qui habitait de l'autre côté de la colline. Karen était venue passer l'été avec elle. Elle demanda où était le corps.

« Dans une boîte sur la table de la cuisine.

— Bon. Je viens le chercher.

— Maintenant ?

— Si ça ne vous dérange pas. »

Il lui donna l'adresse et lui indiqua le chemin, puis alla dans sa chambre enfiler une chemise un peu plus élégante et voir de quoi il avait l'air dans le miroir. Vingt minutes plus tard, les phares d'une voiture balayèrent l'allée menant à la maison.

Tom sortit pour l'accueillir. Ils se serrèrent la main. Il la fit entrer dans la cuisine. Il avait oublié à quel point elle était belle. Cette épaisse chevelure préraphaélite, ces yeux verts, ces taches de rousseur lui donnaient une sorte d'aura. Elle portait une jupe rouge courte et un tee-shirt rose moulant qui dévoilait son nombril. Elle surprit son regard intéressé. Makwi la salua d'une façon quelque peu indiscrète, fourrant son museau humide sous sa jupe. Tom retint la chienne.

« Alors c'est ça, le meurtrier ?

— C'est elle, oui.

— Et c'est là que…
— Oui, hélas. »

Il souleva le couvercle de la boîte à chaussures et recula. Ils restèrent là, à regarder le chat en silence.

« Je suis vraiment navré », dit-il.

Elle fit un signe de la tête, puis eut un mouvement nerveux des épaules. Tom se demanda si un geste consolateur de sa part serait approprié. C'est alors qu'il se rendit compte qu'elle ne pleurait pas – qu'en fait elle riait. Elle posa les mains sur sa bouche, incapable de se réfréner. Il ne sut quoi dire.

« Excusez-moi, fit-elle. Ce n'est vraiment pas le moment. »

Elle parvint quelques instants à se contrôler et prit une expression de tristesse appropriée, pour aussitôt après exploser de nouveau de rire. Sa réaction était tellement étrange et contagieuse que Tom ne put s'empêcher de l'imiter. Elle fut prise d'une quinte de toux. Il alla lui chercher de l'eau au robinet. Après quelques gorgées et quelques gloussements, elle parvint à s'arrêter.

« Généralement, je suis beaucoup plus sensible, expliqua-t-elle. C'est à cause de cette serviette rouge. Ça lui donne un air tellement majestueux, comme Lénine ou Mao. Pour être honnête, je préfère les chiens.
— Il s'appelait comment ?
— Maurice. »

Elle partit d'un nouvel éclat de rire, qu'elle parvint rapidement à contrôler.

« Vous avez quelque chose de plus fort que l'eau ? »

Il avait toujours deux ou trois bouteilles de vin dans le placard, uniquement pour les invités. Le fait de conserver de l'alcool dans la maison sans se sentir tenté lui donnait un sentiment de puissance. Elle choisit le pinot noir. Il ouvrit la bouteille et la servit, avant de se verser un verre d'eau. Pendant ce temps, elle remit le couvercle sur le cercueil de Maurice en lui confiant qu'en fait ce qui s'était passé l'arrangeait bien. Le petit ami de sa mère était parti quelques mois auparavant et sa mère avait l'intention de changer complètement de vie, visiblement d'aller s'installer en France. La seule chose qui la retenait, c'était de ne pas savoir ce qu'elle ferait de Maurice. À présent, elle n'avait plus aucune excuse.

Ils sortirent s'asseoir sur la terrasse qui surplombait le ruisseau. Tom alluma les bougies posées sur la balustrade dans leurs petites coupes en verre. Ils parlèrent pendant plus d'une heure. De ses parents à elle, de son travail, de ce qu'elle avait fait récemment. Il remarqua que pas une fois elle ne mentionna l'existence d'un petit ami. Elle avait lu l'article qu'il avait écrit pour le *Missoulian* à propos de la Mission de la Sainte Famille et lui dit qu'elle l'avait trouvé très émouvant.

« Je sais que vous avez déjà évoqué le sujet dans vos documentaires pour la télé, ajouta-t-elle, mais l'histoire mérite un film à elle toute seule.

— Vous croyez ?

— Tout à fait.

— J'ai beaucoup d'enregistrements que je n'ai jamais utilisés. Ça serait peut-être une bonne idée.

— Je suis partante. »

Il lui dit qu'il l'appellerait à son retour de Los Angeles. Il ne mentionna ni Danny, ni le véritable motif de son voyage. Elle serait certainement davantage impressionnée s'il lui racontait le même mensonge qu'à son fils, à savoir qu'il avait des personnes à voir là-bas. Il ne s'étendit pas, laissant l'idée en suspens, avec ce qu'elle supposait de contrats juteux et de contacts privilégiés avec les grosses huiles de Hollywood. Il se trouva tellement minable qu'il eut envie de rentrer sous terre. Il pensa à elle le soir dans son lit, et le lendemain dans l'avion. Tout cela était complètement ridicule. Il avait l'âge d'être son père.

Danny lui avait fait savoir – comme d'habitude, par l'intermédiaire de Gina – qu'il ne voulait pas qu'il vienne à la base. Ils devaient se retrouver au Fisherman's Restaurant à San Clemente. Son avion avait un peu d'avance et, malgré la circulation sur l'autoroute, Tom arriva une demi-heure en avance. Le restaurant sur pilotis dominait la plage. Sur la terrasse en bois blanchi, des parasols bleus protégeaient les tables. Derrière, il y avait des palmiers et, devant, une longue jetée qui avançait dans l'eau. Une brume rosée flottait sur l'océan lisse comme une plaque de verre.

Tom alla se promener sur la jetée. Au-dessus de sa tête, les mouettes virevoltaient et hurlaient. Quelques jeunes garçons aux corps bronzés et striés de traces de sel pêchaient près du magasin d'appâts. Ils faisaient beaucoup de bruit, au grand agacement de quelques petits vieux qui visiblement n'avaient pas autant de chance qu'eux. L'un des gamins tira de l'eau un gros poisson argenté qui ressemblait à une sorte de thon. Il y eut un beau chahut au moment où les autres tentèrent de l'immobiliser pour qu'il puisse le décrocher de l'hameçon. Puis l'un des garçons planta un couteau dans la tête du poisson, qui se trémoussa et frétilla quelques instants avant de se figer au milieu d'une mare rouge, écarlate et luisante. Un gamin mit sa main dans le sang puis l'appliqua sur le dos d'un de ses camarades, qui lui courut après en hurlant.

Lorsque Tom retourna dans le restaurant, Danny était là, assis tout seul à une table à l'autre bout de la terrasse. Tom s'attendait à le voir en uniforme, mais il portait un jean, une chemise blanche à manches courtes et des lunettes de soleil. En voyant son père, le jeune homme se leva et, sans venir à sa rencontre, l'attendit sur place. Tom retira ses lunettes de soleil. Pas Danny.

« Salut, Danny !

— Salut. »

Il avait prévu de prendre son fils dans les bras, mais se rendit compte à l'attitude du jeune homme que ce n'était peut-être pas une bonne idée. Il se contenta donc de tendre la main. Danny la serra avec un sourire bref, presque froid.

« Désolé, dit Tom. Comme j'étais en avance, je suis allé me promener le long de…

— Ouais, je t'ai vu. »

Danny avait le crâne rasé et la peau blanche, comme s'il avait vécu dans une cave pendant des mois. Jamais Tom ne l'avait vu aussi maigre. Le jeune homme surprit le regard de son père sur le tatouage des marines américains qu'il portait sur l'avant-bras. Il haussa les épaules, esquissa un sourire, sans avancer une explication. Il avait commandé un verre de thé glacé. Attirant l'attention de la serveuse, Tom demanda la même chose.

« Alors, dit-il en s'enfonçant dans sa chaise, affichant un air détendu. Quoi de neuf ? »

C'était une question stupide, qui lui attira un sourire narquois bien mérité.

« Quoi de neuf ? Eh bien, voyons voir…

— Désolé, Danny. Je…

— Appelle-moi autrement, tu veux bien ?

— Désolé, Dan. Ta mère m'a dit. »

La conversation s'engageait mal. Tom aurait aimé lui demander de retirer ses lunettes de soleil pour qu'ils puissent au moins se voir dans les yeux. Il y avait déjà suffisamment de barrières entre eux. Mais il ne se sentit pas le droit d'exiger cela. D'exiger quoi que ce soit, d'ailleurs.

« Et Kelly, comment va-t-elle ?

— Bien. Elle est venue la semaine dernière.

— J'ai appris ça. Elle a l'air d'une fille bien.

— C'est une fille bien.

— Je serais content de la rencontrer un jour.

— Mmm. »

Il y eut un silence. Tom sentit tous ses espoirs s'envoler. Sur la jetée, une vieille femme lançait des morceaux de pain à une nuée bruyante de mouettes.

« Alors, et les gens que tu devais voir ? »

Danny avait adopté un ton qui frôlait le sarcasme. L'espace d'un instant, Tom ne comprit pas de quoi il parlait.

« À Los Angeles. Tu m'as dit que tu devais voir des gens.

— Ah oui. Ça s'est bien passé. Merci.

— Super. »

Tom sentit sa gorge se serrer. Il aurait voulu dire la vérité, qu'il n'avait vu personne à L.A. À présent, son mensonge paraissait stupide. Pourtant, quelque chose le retint. Il se pencha en avant.

« Je voulais juste te dire à quel point je regrette ce qui s'est passé entre nous. Pas un jour ne passe sans que je pense à toi. Sans que je me demande comment réparer les choses. »

Danny haussa les épaules et détourna le regard. Tom remarqua les muscles tendus de son cou. Le jeune homme semblait sur le point de perdre son sang-froid, de bondir ou d'exploser au moindre prétexte. La serveuse arriva avec le thé glacé de Tom et les menus. Elle leur déroula la liste des plats du jour comme si elle passait une audition pour une sitcom. À un moment, Tom eut même l'impression qu'elle allait faire une pirouette. Danny commanda le homard grillé et Tom, pour ne pas se poser de questions, demanda la même chose. Une fois la jeune femme partie, il reprit la discussion. D'une voix qu'il espérait mesurée, il expliqua à quel point il regrettait ce qu'il avait dit la dernière fois qu'ils s'étaient vus, la fois où Danny lui avait annoncé qu'il allait s'engager. Il n'avait, expliqua-t-il, pas le droit de le juger. Il aurait dû simplement l'encourager.

Pendant qu'il parlait, Danny se contenta de l'écouter, caché derrière ses lunettes comme un prêtre dans un confessionnal, sans manifester la moindre envie de s'exprimer. Ses lèvres étaient serrées, son visage figé. Tom se sentit envahi par le désespoir. Dans l'espoir de susciter une réaction, quelle qu'elle soit, il enfonça le clou.

« La vérité, c'est que j'étais jaloux. Depuis toujours.

— Jaloux ? Jaloux de qui ?

— De ton beau-père. Pour toi, Dutch a été davantage un père que moi. Je n'aurais sans doute jamais pu l'être autant. Et ce jour-là, tu décidais de suivre son modèle. » Il se mit à rire : « Moi, on ne peut pas dire que je t'ai donné un bon modèle. La seule chose que j'aurais pu t'apprendre, c'est à boire. »

Au moment même où il prononçait la phrase, il sut qu'il était allé trop loin. Ce qui avait commencé comme une demande de pardon s'était transformé en mièvrerie geignarde. Danny réagit comme il fallait s'y attendre. Il secoua la tête et s'enfonça dans son siège.

« C'est trop pour moi, pa'.

— Qu'est-ce que tu veux dire ?

— Revenir sur toutes ces histoires entre nous, c'est trop pour moi. J'ai déjà suffisamment de problèmes comme ça.

— Je sais. Je suis désolé. Je voulais simplement…

— Non ! Je ne plaisante pas. Ça suffit ! »

Il leva les mains. C'était un ordre. Les gens commençaient à les regarder. Tom hocha la tête. À ce moment, la serveuse arriva avec leurs homards. Elle perçut la tension dans l'air. Cessant de sourire, elle posa les assiettes pratiquement sans un mot. Tom regarda l'océan au loin. La brume s'était un peu levée. Sur la ligne d'horizon se dessinait la silhouette d'un immense pétrolier faisant route vers le sud.

« Ce n'était peut-être pas une bonne idée », déclara Danny en fixant l'énorme homard sur son assiette.

L'espace d'un instant, Tom crut bêtement qu'il regrettait d'avoir choisi ce plat.

« Maman n'arrêtait pas de me dire qu'il fallait que je te voie, mais…

— Danny, Dan, s'il te plaît. On ne pourrait pas essayer de dépasser tout ça ?

— Bien sûr, c'est comme tu veux. »

Le sarcasme fit tiquer Tom. Voyant sa réaction, Danny parut se rendre compte qu'il avait été trop dur.

« Écoute, reprit-il d'un voix adoucie, c'est simplement que j'ai beaucoup de choses à avaler en ce moment et… »

Il baissa de nouveau les yeux sur son homard, qui semblait le regarder d'un œil torve. Et là, malgré lui, il sourit. Puis se mit à rire. Brusquement, Tom entrevit le petit garçon qu'il avait été et se mit lui aussi à rire. Pendant peut-être une minute, assis devant leurs homards, ils se tordirent. Les personnes aux tables voisines se tournèrent à nouveau vers eux. Tout allait s'arranger, se dit Tom. Tout irait bien. Il remarqua alors que si les épaules de Danny se secouaient, ce n'était plus de rire, mais parce qu'il pleurait. Le corps entier saisi de convulsions, le jeune homme fut rapidement pris d'une crise de larmes incontrôlable. Tom posa la main sur son épaule.

« Danny… »

Son fils s'écarta, sans cesser de pleurer. Puis il se leva, secoua la tête, traversa la terrasse et sortit du restaurant. Tom se leva pour le suivre, puis se rendit compte qu'il ne pouvait pas s'en aller sans payer. Alors, il tira son portefeuille de sa poche et coinça un billet de cent dollars sous un verre. Puis il partit à la poursuite de Danny.

Quand il sortit du restaurant, le jeune homme avait disparu. Il courut vers le parking. Danny n'était pas là non plus. Il n'aurait pas eu le temps de prendre sa voiture et de partir et, de toute façon, il n'aurait pas fait une chose pareille, tout de même. C'est alors que Tom aperçut une silhouette en chemise blanche qui courait le long de la plage. Il se lança à sa poursuite en l'appelant, mais Danny ne se retourna pas, ne s'arrêta pas. Le sable mou freinait sa course. Tom fut vite à bout de souffle.

« Danny ! Danny, s'il te plaît ! »

Enfin le jeune homme s'arrêta. Il resta au bord de l'eau sans se retourner, le visage entre les mains. Quand il le rejoignit, Tom était tellement essoufflé qu'il ne pouvait pas parler. Danny lui tournant toujours le dos, il posa timidement les mains sur les larges épaules de son fils, presque certain qu'il allait se faire rembarrer. Mais quand Danny se retourna, ce fut pour s'effondrer dans ses bras en pleurant. Ils restèrent là tous les deux, serrés l'un contre l'autre, tandis que les vagues couvraient leurs pieds.

14

Carl Curtis, le nouveau collège de Tommy, se situait dans les quartiers est de Beverly Hills, juste à côté d'un petit parc et d'un zoo où les enfants pouvaient faire des promenades à poney et caresser les autres malheureux pensionnaires de l'endroit. L'établissement était loin d'être aussi grand ou majestueux qu'Ashlawn. Il se trouvait sur un terrain de deux mille mètres carrés et comprenait sept salles de classe, une cour en asphalte et une piscine.

Là-bas, Tommy n'avait pas vraiment l'impression d'être à l'école. Il n'y avait même pas d'uniforme, simplement des sweat-shirts bleus avec le nom de l'école sur le devant. Surtout, la grande différence, c'était que garçons et filles se retrouvaient mélangés et que tout le monde était sympa, même les profs.

Tous les enseignants, sauf deux, étaient des femmes. Le directeur, M. Curtis, avait des cheveux noirs, des lunettes et un visage très pâle. Chaque matin, debout près du portail, il accueillait les enfants à mesure qu'ils arrivaient. Il y avait aussi M. Badham, que tout le monde appelait Baddy. Il n'arrêtait pas de faire des blagues et des bêtises, par exemple essayer de vous piquer votre sandwich à midi. Baddy organisait les activités sportives, nombreuses à Carl Curtis. Au début, Tommy avait eu peur, le sport à Ashlawn fournissant aux petits caïds l'occasion de vous taper dessus sans risque. Mais, grâce à Baddy, tout le monde à Carl Curtis aimait les activités sportives. Et, de toute façon, des petits caïds, visiblement il n'y en avait pas.

Il y avait de la gym, du trampoline, du basket et, deux fois par semaine, de la piscine. Les garçons faisaient même de la boxe, sport pour lequel Tommy se découvrit un certain talent – sans doute parce qu'il avait si souvent dû se défendre à Ashlawn. Lors de son premier combat, il avait fait saigner du nez un élève qui s'appelait Wally Freeman. Wally, qui apparemment ne lui en voulait pas trop, le surnomma par la suite Floyd, comme Floyd Patterson, le champion du monde des poids lourds.

La journée commençait toujours par le salut au drapeau. Tout le monde se rassemblait dans la cour et, la main posée sur le cœur, récitait le serment d'allégeance. Au début, Tommy se demanda s'il devait imiter les autres, puisqu'il était anglais. Mais il avait toujours adoré le drapeau américain et n'aimait pas se sentir différent des autres. C'est ainsi qu'il se joignit à ses camarades comme s'il était un vrai petit Américain. Ce qu'il avait toujours souhaité être. Parce que ça lui semblait plus moderne – plus cool, comme dirait Wally – que d'être anglais. Il n'y avait qu'à voir le président qu'ils venaient d'élire ! Jeune, toujours souriant, avec ses enfants et sa jolie femme, tandis que le Premier ministre britannique, ce vieux Macmillan, devait avoir au moins cent ans et ressemblait à un morse qui aurait perdu ses défenses.

Le collège organisa ses propres élections, avec deux garçons de sixième jouant le rôle des candidats. Le jour J, tout le monde à Carl Curtis vota. Celui qui faisait le sénateur Kennedy gagna avec une bonne longueur d'avance, ce qui déplut à certains des professeurs, républicains pour la plupart. Le résultat des véritables élections nc plut pas davantage à Ray, parce que lui aussi était républicain et qu'il détestait le sénateur Kennedy. D'après lui, l'homme allait provoquer un désastre et était trop jeune pour savoir quoi que ce soit. Pire encore, c'était un gauchiste, ce qui voulait dire qu'il n'offrirait aucune résistance aux Russes, lesquels avaient des centaines de fusées géantes chargées de bombes atomiques, toutes pointées vers l'Amérique. Dans la même rue que le collège il y avait une sirène antiraid aérien que l'on testait tous les mois pour vérifier qu'elle serait en état de fonctionnement quand les Russes attaqueraient. C'est-à-dire, d'après Wally, probablement le soir, quand tout le monde dormirait.

La matière préférée de Tommy, c'était l'anglais. Mrs Hancock, le professeur, fut impressionnée par le nombre de livres qu'il avait lus. Elle parvint à le convaincre d'en raconter quelques-uns à la classe. Visiblement, elle n'était pas gênée par le fait qu'il ne connaissait pas l'orthographe américaine des mots ou qu'il utilisait du vocabulaire spécifiquement anglais. Certains des gamins le taquinaient à cause de son accent, qui semblait, en revanche, plaire aux filles. Il y en avait une, Wendy Carter, qui lui concoctait des phrases difficiles à prononcer. Comme elle avait une longue queue-de-cheval et était probablement la plus jolie fille du collège, Tommy se pliait à l'exercice et, exagérant le snobisme de son accent, la faisait rire aux éclats.

Il aimait bien aussi l'histoire. Les cours ne se déroulaient pas comme à Ashlawn, où les élèves devaient réciter d'interminables listes de dates et de monarques anglais. En fait, le seul roi que Mrs Hancock mentionna, ce fut George III qui, à l'en croire, avait perdu la boule en même temps que ses colonies. Les élèves n'allaient pas tarder à étudier la conquête de l'Ouest, le développement du chemin de fer, la façon dont les Indiens avaient été battus et amenés à la civilisation. Tommy bouillait d'impatience.

Pendant ce temps, Diane passait beaucoup de temps à préparer le tournage de *Sans remords* qui devait débuter quelques semaines plus tard. Elle prenait des cours d'art dramatique à la Paramount et avait de nombreux rendez-vous avec les costumières, les maquilleuses et les agents publicitaires. Lorsque le tournage commencerait, Miguel l'amènerait au collège et irait le chercher, mais en attendant, c'était toujours Diane qui le faisait. Généralement, après les cours, ils allaient aux studios de la Warner pour voir Ray, en plein tournage de la nouvelle saison de *Sliprock*.

Se retrouver sur un plateau et assister au tournage d'un vrai film – ou du moins d'une série télé – était beaucoup moins excitant que Tommy l'avait imaginé. En fait, à la longue, c'était même carrément ennuyeux. On passait beaucoup de temps à attendre pendant que les techniciens bidouillaient les projecteurs et que les acteurs faisaient retoucher leur maquillage. En plus, il fallait tourner la même scène plein de fois. Un épisode qui durait moins d'une demi-heure prenait trois jours complets. Pour Tommy, c'était incompréhensible.

Pourtant, d'après Ray, c'était rapide, par rapport à ce qui se passait pour un vrai film.

Ray en faisait toujours des tonnes quand ils arrivaient sur le plateau. Lors de leur première visite, il fit faire un petit tour du studio à Tommy et lui présenta les autres acteurs et les gens qui travaillaient en coulisses. Le metteur en scène le hissa jusqu'à l'œilleton de la caméra, et le cameraman lui expliqua comment on pouvait la régler pour que même en plein soleil, l'image donne l'impression d'avoir été tournée la nuit. On appelait ça *la nuit américaine*. Beaucoup des scènes qu'on croyait tournées à l'extérieur étaient en fait réalisées dans le studio. Il y avait même un homme dont le travail consistait à se cacher derrière les buissons et à les remuer pour faire croire qu'il y avait du vent.

Aujourd'hui, ils ne se rendaient pas au studio, mais au ranch à l'extérieur de la ville, où toutes les grandes scènes d'action étaient tournées. Depuis le matin, Tommy trépignait d'impatience.

Il ressentait toujours une immense fierté quand Diane venait l'attendre dans la nouvelle voiture que Ray lui avait achetée, une Ford Galaxie décapotable jaune pâle avec des sièges en cuir noir. Beaucoup de ses camarades de Carl Curtis avaient un père ou une mère qui travaillait dans le cinéma, mais aucun n'avait le chic de Diane. D'après Wally Freeman, c'était une *jolie pépée*, et aujourd'hui le terme lui allait à ravir. Elle portait une robe blanche à pois bleus, d'immenses lunettes de soleil avec des montures blanches et avait noué un foulard rose pâle sur ses cheveux. Tommy monta dans la voiture et l'embrassa. Pendant qu'ils gagnaient Sunset Boulevard, il enfila les vêtements qu'elle lui avait apportés. Il aimait s'habiller pour la circonstance quand il venait sur le plateau. La première fois, il avait mis son déguisement de cow-boy. Mais il s'était senti un peu bête, si bien que depuis il portait généralement une chemise écossaise et son nouveau jean que Dolores avait lavé une dizaine de fois pour qu'il ait l'air bien usé, comme celui de Ray.

Ils quittèrent rapidement la nationale pour prendre une petite route qui montait en lacets. L'air était chaud, odorant, le paysage ponctué de cactus. Des lézards prenaient le soleil sur de grandes plaques de roche rose qui scintillaient sous la chaleur. Tommy, qui racontait à Diane sa journée et son match de boxe, encore gagné, était tellement pris par son récit qu'il ne remarqua pas tout de suite qu'elle ne lui avait, contrairement à son habitude, posé aucune question. Elle semblait ne même pas écouter.

« Ça va ? »

Elle sourit.

« Moi ? Oui, ça va. Désolé, mon poussin, je suis un peu fatiguée, c'est tout. »

Arrivés au ranch, ils garèrent la voiture à côté des camions de la production. L'un des assistants du metteur en scène fit dire à Ray qu'ils étaient arrivés. Quelques minutes plus tard, Ray, tout sourires, les accueillit à sa manière démonstrative. Ils prirent un chemin poussiéreux pour rejoindre l'endroit où la scène était filmée, Ray entre eux deux, les bras autour de leurs épaules. Dans ces moments-là, Tommy sentait dans sa poitrine une sorte de chaleur qui lui donnait l'impression d'être normal, en sécurité. La vie était tellement belle, tellement excitante qu'il se disait parfois que cela ne pourrait pas durer.

Ils étaient en train de tourner une scène, leur expliqua Ray, dans laquelle Red McGraw tombait dans une embuscade tendue par des bandits. Il se retrouvait coincé dans un éboulis rocheux en pleine fusillade. Il devait alors siffler pour appeler Amigo, son célèbre cheval blanc, et sauter sur lui au moment où il passait. L'équipe avait déjà tourné les gros plans de Ray en train de tirer, de siffler, et de se préparer à sauter. À présent, les gars filmaient Cal Matthieson en train d'exécuter le saut pour de vrai.

Tommy, qui avait déjà entendu parler de Cal, était tout content à l'idée de le rencontrer, non seulement parce que c'était le chef des dresseurs du tournage, mais aussi parce qu'il était à moitié blackfoot. Tommy n'avait jamais vu un vrai Indien. Il se souvenait avoir lu quelque part que la tribu des Blackfoot était l'une des plus féroces et des plus terrifiantes. Cal, responsable des chevaux, était également la doublure de Ray, ce qui voulait dire qu'il devait faire semblant d'être Red McGraw quand il y avait une bagarre ou quand Red devait sauter de son cheval ou du haut d'un toit, bref, chaque fois qu'il y avait une scène trop dangereuse pour Ray. Ray affirmait qu'il était parfaitement capable d'exécuter toutes ces cascades lui-même, mais que l'assurance du studio l'en empêchait.

À présent, tout était pratiquement prêt pour la scène. Vêtu de vêtements identiques à ceux de Ray, Cal Matthieson, accroupi en haut du rocher, donnait des instructions au dresseur qui tenait Amigo par la bride. Il y avait à peu près trois mètres entre le rocher et la selle du cheval. Le dresseur fit un signe de la tête et emmena Amigo à une centaine de mètres de là. Cal recula vers les roches et s'accroupit. Lorsque tout le monde fut prêt, l'assistant demanda le silence. Alors le réalisateur, debout près de la caméra, hurla « On tourne ! » et « Moteur ! ».

Cal siffla. Amigo dressa les oreilles et démarra. Au niveau des rochers, il était presque au galop. Cal courut jusqu'au rebord, puis sauta en l'air. Il atterrit pile sur la selle, Amigo poursuivant tranquillement sa course.

« Waouh ! » s'exclama Tommy. Tout le monde se tourna vers lui. Se souvenant alors qu'on était censé rester silencieux, il se sentit tout bête et se mit à rougir. Mais personne ne semblait trop fâché contre lui. Ray éclata de rire et lui donna une bonne claque dans le dos. D'ailleurs, tout le monde applaudissait et acclamait Cal Matthieson parce qu'il avait réussi la cascade dès la première prise.

« C'est assez facile, une fois qu'on sait comment s'y prendre », déclara Ray.

Le soleil se faisait de plus en plus bas, la lumière de plus en plus dorée. On appelait ce moment *l'heure magique*, leur dit Ray, l'heure que les réalisateurs préféraient parce qu'elle magnifiait tout sur la pellicule. Il devait tourner une autre scène. Pendant qu'il partait se faire maquiller, Tommy et Diane allèrent voir les chevaux dans le corral. Ils étaient là depuis quelques minutes quand Cal Matthieson arriva sur Amigo. Il leur sourit, leur dit bonjour et salua Diane en touchant le bord de son chapeau.

« Impressionnante, cette cascade, dit Diane.

— Merci, mais c'est ce petit gars-là qu'il faudrait féliciter. »

Il caressa le cou d'Amigo. Le cheval hennit et leva la tête comme pour dire oui.

« Vous voyez ? Il parle même anglais. »

Ils éclatèrent de rire. Cal descendit de sa monture et leur serra la main.

« Je me présente. Diane. Et lui, c'est Tommy.

— Je sais. Ravi de faire ta connaissance, Tommy. J'ai beaucoup entendu parler de toi. »

Il avait les cheveux d'un noir brillant et des yeux bruns très doux avec des petites rides aux coins. Tommy savait bien sûr que les Indiens n'avaient pas la peau rouge. Mais celle de Cal n'était même pas brune. Il avait simplement l'air bronzé, comme tout le monde. C'était drôle de le voir porter les vêtements de Ray.

« Alors, jeune homme, tu sais monter à cheval ?

— J'ai fait du poney au zoo, c'est tout.

— Tu veux faire un tour ?

— Sur Amigo ? Pour de vrai ?

— Bien sûr. Si ta maman est d'accord. »

D'un coup d'œil, Tommy vit qu'il n'y avait pas d'opposition de ce côté-là. Cal raccourcit les étriers, puis l'aida à se mettre en selle.

« Alors, tu te sens comment ?

— Super bien.

— Parfait. Alors maintenant, tu vas galoper jusqu'à là-bas et sauter la clôture.

— Euh, je ne crois pas que... », fit Diane, avant de se rendre compte qu'il plaisantait.

Elle éclata de rire.

Cal montra à Tommy la position en selle, la façon de tenir les rênes et de faire comprendre au cheval où on voulait qu'il aille. Amigo se mit au pas. Cal marcha à côté de lui sans le tenir, en restant suffisamment près pour que Tommy n'ait pas peur.

« Qu'est-ce qu'il est beau ! dit Tommy.

— C'est vrai. Le meilleur de tous les Amigo.

— Tu veux dire qu'il y en a plusieurs ?

— Il y en a quatre. Les autres ont une spécialité, le saut, les chutes, le sang-froid pendant les fusillades. Celui-là sait tout faire. Bouge un peu les hanches pour suivre son rythme. Voilà, comme ça. C'est bien. Maintenant tu es vraiment avec lui. Essaie de le faire tourner autour de cet arbre et de revenir sans mon aide. »

Diane commençait à respirer plus à l'aise. Dans ces collines, l'air était pur, frais, et maintenant que le soleil déclinait, le monde semblait s'adoucir. Elle se réjouissait toujours de voir Tommy si heureux. Il se dirigeait vers l'arbre, juché sur le magnifique cheval blanc, leurs deux ombres s'étirant sur la terre rouge et poussiéreuse. Les bras croisés, elle rejoignit lentement Cal Matthieson. Il se tourna légèrement vers elle et lui sourit. Tommy était arrivé à l'arbre et faisait tourner sa monture. On aurait dit qu'il avait passé sa vie à cheval.

Lorsque Ray était venu les accueillir à grand renfort de sourires, de baisers et de câlins, elle avait eu grand-peine à se retenir de lui faire une scène. Elle avait passé la journée dévorée par l'envie d'en découdre avec lui, de lui crier dessus, d'étrangler ce sale menteur. À présent, la seule chose qu'elle voulait, c'était parler et découvrir la vérité.

Peut-être s'agissait-il simplement d'un malentendu.

Le téléphone avait sonné ce matin-là, au moment où elle s'apprêtait à monter dans la voiture qui l'emmenait au studio. Dolores avait décroché le combiné dans le hall et l'avait appelée depuis la porte d'entrée, sur un ton à peine plus aimable que celui qu'elle adopterait pour appeler un chien.

« Allô ? Louella Parsons à l'appareil.

— Vous voulez parler à Ray ?

— Non, à vous. »

Diane, qui n'avait jamais rencontré la célèbre échotière, se sentit brusquement nerveuse. Comme la plupart des gens à Hollywood, elle lisait souvent ses chroniques dans l'*Examiner*. Les quelques allusions bienveillantes qui y étaient faites à son sujet l'avaient flattée. Louella Parsons avait près de quatre-vingts ans. Mais même si son influence déclinait, sous sa plume, quelques mots assassins pouvaient encore détruire une carrière. Le fait qu'elle appelle Diane chez Ray, à cette heure-ci qui plus est, signifiait qu'elle savait qu'ils vivaient ensemble.

« Diane, ma chérie ! Quelle chance de tomber sur vous ! On me dit tellement de bien à votre propos. »

Le ton était doucereux, artificiel, presque caricatural. Diane imagina une araignée rose, bien dodue et toute poilue.

« Vraiment ? C'est très gentil.

— N'est-ce pas ? Et ce cher Herb est tellement habile, vous ne trouvez pas ? Et adorable, avec ça. Vous et Coop. Je ne vous dis pas comme je suis impatiente. Un nouveau couple à la Vivien Leigh et Clark Gable. Ah, ce cher Clark. Paix à son âme. Quelle terrible perte pour nous tous. Vous le connaissiez ? »

Clark Gable était mort d'une crise cardiaque deux semaines auparavant. Hollywood le pleurait encore.

« Non, je...

— Quel homme charmant ! C'était un grand fidèle de mes émissions de radio.

— Oui, je...

— Bref. Revenons à nos moutons. J'ai entendu dire que Ray et vous allez vous marier...

— Eh bien, nous...

— Allons, allons, très chère, ne faites pas la coquette. Vous pouvez tout dire à votre amie Louella.

— Nous espérons nous marier à Noël.

— Merveilleux ! Toutes mes félicitations. Ray est un tel charmeur, n'est-ce pas ? Et je suis certaine que ce troisième mariage sera le bon, comme on dit. À la vérité, j'ignorais que son divorce avait été prononcé. »

Diane resta muette.

« Diane ? Vous êtes là ?

— Oui, oui, en fait, je...

— Vous saviez qu'il était marié, n'est-ce pas ?

— Oui, bien sûr. Je suis désolée, Louella, mais je vais être en retard pour mon rendez-vous. Je peux vous appeler plus tard ?

— Bien sûr, très chère. Juste une dernière petite chose. Votre fils, euh...

— Tommy.

— Tommy, c'est cela ! Où avais-je la tête ? Dites-moi, parce que je ne voudrais surtout pas faire d'erreur, qui est son papa ? »

À cette question-là, au moins, Diane savait quoi répondre, grâce aux bons offices d'Herb Kanter et Vernon Drewe. Ils avaient préparé ce qu'elle dirait dans ce genre de situation.

« Il est mort. Peu après la naissance de Tommy.

— Je suis navrée. C'est affreux.

— Oui.

— De quoi ?

— Pardon ?

— Il est mort de quoi ?

— De tuberculose.

— Terrible. Quel choc ça a dû être pour vous.

— Oui.

— Et il s'appelait comment ?

— Louella, faut-il vraiment que vous écriviez cette histoire ? Je ne voudrais pas faire du mal à Tommy.

— Bien sûr que non, très chère. C'est juste pour mon information personnelle. Il s'appelait comment ?

— David.

— David Reed.

— David Willis. »

Elle raccrocha. Dès qu'elle eut repris ses esprits et retrouvé sa respiration, elle appela Vernon Drewe pour lui raconter la conversation. Il s'efforça de la calmer, lui disant qu'elle avait parfaitement géré la situation et qu'il n'y avait pas à s'inquiéter. Il connaissait bien Louella. Il l'appellerait au cas où il y ait eu quelque malentendu. Diane s'abstint de mentionner ce que Louella lui avait dit au sujet du divorce de Ray. Il fallait qu'elle demande à Ray d'abord. Mais comme il tournait au ranch depuis le matin, ils ne s'étaient pas parlé de toute la journée.

Tommy faisait revenir Amigo vers eux sur fond de ciel rose et orange.

« Ce gamin, c'est un cavalier-né, déclara Cal Matthieson.

— Je crois qu'Amigo prend bien soin de lui.

— Il y a de ça, oui.

— Il vous appartient ?

— Il n'appartient à personne d'autre qu'à lui-même, mais j'étais là quand il est né. J'étais même là quand il a été conçu, c'est vous dire.

— Et les autres chevaux ? Ils sont à vous eux aussi ?

— Certains, oui, mais la plupart appartiennent à mon associé, Don Maxwell. Même si ce n'est pas vraiment mon associé. Il possède les terrains. Moi, je fais tout le boulot.

— Vous vivez ici ?

— Eh oui. Dans une petite bicoque derrière cette colline. Je serais incapable de vivre plus près de la ville. »

Il la regarda. Ils se sourirent. L'espace d'un instant, ils ne surent quoi se dire.

« J'ai appris que vous alliez faire un film avec Gary Cooper.

— Oui. Le tournage commence le mois prochain.

— Lui, c'est le meilleur.

— C'est ce que tout le monde dit. Je ne l'ai pas encore rencontré.

— Un type vraiment bien. Pas étonnant – il est né dans le Montana.

— C'est de là que vous venez, vous aussi ?

— Comment vous avez deviné ? »

Diane éclata de rire. Tommy n'était plus très loin. Cal lui dit de pencher le buste en arrière et de tirer légèrement sur les rênes. Le cheval s'arrêta pile devant eux.

« Dis-moi, Tommy, tu plaisantais quand tu m'as dit que tu n'étais jamais monté à cheval, non ?

— Pas du tout.

— Parce que, si ta maman était d'accord, tu pourrais, si tu veux bien sûr, venir prendre une leçon de temps en temps, même si je pense que tu as déjà à peu près tout compris.

— C'est vrai ? Je pourrais venir monter à cheval ?

— Demande à ta mère d'abord.

— Bien sûr que oui, dit Diane. Si M. Matthieson n'y voit pas d'inconvénient.

— M. Matthieson n'y voit aucun inconvénient. Au fait, je m'appelle Cal. »

Il faisait nuit quand tout fut dans la boîte. Libérant le chauffeur, Ray prit lui-même le volant de la Galaxie de Diane. Ils rentrèrent en longeant l'océan. Tommy, assis entre eux deux, s'endormit, la tête sur l'épaule de Diane. Elle l'entoura de son bras et regarda au loin la fine bande de ciel écarlate devenir violette, puis noire.

Ray se plaignait du metteur en scène, de sa lenteur, de son inefficacité, de sa façon de placer systématiquement la caméra au mauvais endroit. Diane l'écoutait d'une oreille distraite. Quand il la questionna sur sa journée, elle répondit par monosyllabes. Il finit par laisser tomber. Le silence s'installa, interrompu uniquement par le mugissement du vent et le chuintement des voitures qu'ils croisaient.

« Ça va ? demanda Ray.

— Oui.

— Non, ça ne va pas. Qu'est-ce qu'il y a ?

— Pas maintenant. On en discutera plus tard.

— Allons, mon chou, dis-moi.

— Pas maintenant ! »

Quand ils arrivèrent à la maison, Miguel vint les accueillir, puis rentra la voiture au garage. Ray porta Tommy, endormi, jusque dans sa chambre à l'étage. Il le posa sur son lit et le laissa seul avec Diane. Ce fut à peine si Tommy bougea quand elle le déshabilla et fit passer ses jambes molles et maigrichonnes dans son pantalon de pyjama. Le visage et les mains du petit garçon étaient couverts d'une fine couche de poussière rouge, mais elle n'eut pas le cœur de le réveiller pour lui faire prendre un bain. Alors, elle en ôta le plus gros avec une éponge trempée dans de l'eau chaude.

Puis elle ramena les couvertures sur lui et resta un instant assise près de son lit, à l'observer. Elle écarta les mèches de cheveux qui lui couvraient le front. Il grandissait si vite, son visage s'amincissait, se faisait en quelque sorte moins vulnérable. Elle éteignit la lampe de chevet, se pencha en avant et l'embrassa sur la joue. Il sentait le cheval. Parfois, l'amour qu'elle éprouvait pour son fils lui transperçait la poitrine.

Quand elle descendit, elle vit que Ray avait concocté deux margaritas et l'attendait dans le salon. Agenouillée, Dolores allumait le feu qu'elle avait préparé dans l'énorme foyer en fonte. Elle se redressa, lissa son tablier, puis, passant devant Diane sans un mot, sans un sourire, se contenta de lui adresser un regard en coin.

« Bonne nuit », dit Diane.

Dolores marmonna quelque chose et sortit.

« Qu'est-ce qu'elle a ? Qu'est-ce que j'ai fait ?

— Rien, répondit Ray en s'approchant d'elle. Je suppose qu'elle défend son territoire. Je lui en toucherai deux mots. »

Il l'enlaça. Diane resta de glace.

« Bon, dit-il, ne tournons pas autour du pot. Qu'est-ce que j'ai fait ? »

Diane marqua un temps d'hésitation. Elle ne voulait pas paraître ridicule ou hystérique. Il la tenait par les épaules à présent et cherchait une réponse dans ses yeux.

« Allons, dis-moi.

— Ray, tu es toujours marié ?

— Comment ?

— Tu m'as dit que tu étais divorcé. C'est vrai ?

— Qui t'a mis ces idées en tête, mon chou ?

— Louella Parsons, c'est tout.

— Bon sang ! Qu'est-ce qu'elle est allée te raconter, cette vieille peau ? Diane, écoute….

— Tu es divorcé, oui ou non ? Réponds !

— Officiellement, pas tout à fait, mais…

— Donc tu m'as menti. »

Elle voulut retirer sa bague de fiançailles. Impossible.

« Diane…

— Tu m'as menti ! Et au fait, de quel divorce parlons-nous ? Du premier, ou du deuxième ?

— Diane, pour l'amour de Dieu, laisse-moi le temps de t'expliquer. »

Ayant enfin réussi à retirer la bague, elle la posa sur le plateau en verre de la table avec une telle violence que les verres de margarita faillirent se renverser.

« Tu peux la reprendre, ta foutue bague ! »

Elle allait sortir quand il l'agrippa par le poignet.

« Diane, je t'en prie, écoute-moi.

— Je t'écoute.

— Les papiers vont arriver d'un jour à l'autre. Tout est réglé. Je n'ai plus qu'à signer. Dans une ou deux semaines, ça sera…

— Tu m'avais dit que tu étais divorcé.

— Je sais. Je suis désolé. Mais c'est juste une formalité…

— Vraiment ? Et l'autre mariage ? Celui que, bizarrement, tu as oublié de mentionner ? C'était aussi une formalité ?

— Diane, on était jeunes. Ça a duré dix mois.

— Et c'est pour ça que tu n'as pas jugé utile de m'en parler ?

— Eh bien, je…

— Et le mariage numéro deux, il a duré combien de temps ? Onze mois ? Ou alors tu as tenu un an ?

— Ne sois pas comme ça, je t'en prie, mon chou.

— Si tu crois que tu vas m'amadouer ! »

Il la saisit par l'autre bras et l'immobilisa devant lui.

« Lâche-moi !

— Diane, regarde-moi. Regarde-moi ! »

Surprenant un éclair dans les yeux de Ray, elle crut un instant qu'il allait la frapper.

« Je t'aime plus que je n'ai jamais aimé personne. Tommy et toi, vous êtes toute ma vie. Tout le monde n'est pas aussi parfait que toi. J'ai fait de grosses bêtises dans ma vie, des choses que je regrette. Mais je nous vois, toi et moi, ensemble, heureux, comme si on était faits l'un pour l'autre. Ma douce, je ferais n'importe quoi pour toi. Et pour Tommy. Bon sang, Diane, je donnerais ma vie pour vous deux. »

Ce furent ces mots-là qui la firent chavirer, même si elle était trop fière et furieuse pour lui montrer l'effet qu'ils avaient sur elle. S'il s'était contenté de parler de ses sentiments pour elle, elle l'aurait peut-être torturé davantage. Elle aurait même peut-être été chercher Tommy dans son lit et serait partie (à vrai dire, l'idée l'avait effleurée). Or il avait, dans sa déclaration d'amour un peu galvaudée, inclus son fils. Et elle se laissa fléchir. Ce qui la rendit furieuse, non contre lui, mais contre elle-même. Elle le gifla violemment.

Il ne broncha pas, comme s'il ne méritait pas mieux. En voyant la marque rouge qu'elle avait laissée sur sa joue, elle baissa la tête et se mit à pleurer. Il la serra dans ses bras et l'embrassa sur le front, puis l'aida délicatement à s'asseoir sur le sofa et s'installa tout contre elle.

Lorsqu'elle fut de nouveau en mesure de parler, il répondit aux questions qu'elle lui posait froidement sur ses mariages, tout en répétant qu'il était désolé de lui avoir menti et qu'il l'avait fait uniquement parce qu'il avait peur de perdre ce qui était, il en avait à présent la certitude, l'amour de sa vie. Une heure plus tard, il l'emmena jusque dans leur chambre à l'étage, la déshabilla et l'embrassa dans le cou et sur la poitrine tandis qu'elle se tenait devant lui, figée comme une statue, fière et perdue, incapable pour l'instant de lui pardonner. Et dans les heures sombres qui suivirent, elle lui fit payer ses mensonges.

Dès le départ, leur façon de faire l'amour portait en germe un soupçon de violence, comme une créature sauvage dont la puissance contenue les excitait tous les deux. Cette nuit-là, Diane ouvrit la cage. Elle le frappa, planta ses ongles dans sa chair jusqu'à faire couler le sang, lui arracha les cheveux et lui tordit le sexe jusqu'à ce qu'il hurle de douleur. Et la créature assoupie, celle qui plus tard les dévorerait, se réveilla et commença à rôder autour d'eux.

15

Vexé comme un pou, Ray attendait depuis plus d'une demi-heure. Mais cela faisait deux ans qu'il n'avait pas eu d'entretien en tête à tête avec le Colonel et ce n'était pas le genre d'occasion à gâcher sur un coup de tête. L'idée, c'était de vous intimider, de vous faire sentir que vous n'étiez rien. Mieux valait donc rester calme, faire comme si vous vous en foutiez.

Le décorum prétentieux dont ces patrons de studio aimaient s'entourer aurait pu l'impressionner s'il n'avait été si ridicule. L'immense allée circulaire, les arbres et les pelouses majestueuses, l'escalier impérial, la gigantesque salle où, dans un silence révérencieux, un dragon au chignon strict portant tailleur et petites lunettes d'institutrice montait la garde à son bureau… Venir voir Jack Warner, c'était comme demander une audience à Mussolini.

Ray, installé sur l'un des canapés, feuilletait un journal en s'efforçant de paraître détendu. De temps en temps, l'interphone posé sur le bureau du dragon sonnait. Alors, elle décrochait et disait *Oui, monsieur Warner, bien sûr monsieur Warner*. Parfois, la porte qui menait au saint des saints s'ouvrait, et l'une des pulpeuses secrétaires du Colonel venait, à petits pas dans sa jupe moulante, remettre un paquet au dragon. L'une de ces jeunes personnes, une blonde avec des gros nichons que ce vieux cochon avait très certainement déjà tâtés, adressa un sourire à Ray au moment où elle retournait dans le bureau du Colonel. À près de soixante-dix ans, Jack Warner chassait encore presque tout ce qui portait jupon. À ce qu'on disait, il y avait une porte et un escalier dérobés menant à son bureau, afin de permettre à de jeunes actrices débutantes de débuter en toute discrétion.

L'interphone sonna de nouveau. Le dragon décrocha.

« Oui, monsieur Warner, il est là. Je lui dis. »

Elle se leva et s'approcha de Ray.

« Monsieur Warner s'excuse, mais son rendez-vous de dix heures est plus long que prévu. Ils devraient bientôt avoir fini. Je peux vous offrir une autre tasse de café en attendant ?

— Non, c'est gentil. Jolies, vos lunettes.

— Merci. »

Il jeta son journal sur la table basse devant lui et prit le livre de photos sur papier glacé qu'il avait fait semblant d'ignorer jusque-là. Il contenait des photos en pleine page des stars de la Warner Brothers – Bogart et Bergman, James Cagney, Errol Flynn, Henry Fonda, et même certaines, comme Bette Davis, avec lesquelles le studio s'était brouillé à mort. Vers la fin, il y avait une petite partie consacrée aux vedettes de la télévision, avec deux photos par page – Clint Walker, James Garner, Ty *Bronco* Hardin, Will Hutchins, du feuilleton *Sugarfoot*. Ray tourna les pages, avec au creux de l'estomac une boule de plus en plus grosse.

Incroyable ! Ces salauds l'avaient oublié ! Non, il était bien là. Tout à la fin – après Rintintin.

Il ferma le livre, le jeta sur la table, puis se leva pour aller pisser. Il avait encore mal après ce que Diane lui avait fait subir. Il se lava les mains et vérifia son image dans le miroir. Heureusement, la plupart des marques qu'elle lui avait laissées ne se voyaient pas, sauf une griffure juste au-dessus du col de sa chemise. Bon Dieu, quelle nuit ! Il retourna dans le hall et se rassit.

Il n'avait jamais eu l'intention de lui mentir. Ni à elle, ni à personne d'autre. Simplement, chez lui, c'était une seconde nature. Il mentait tellement, depuis si longtemps, qu'il ne s'en rendait même plus compte. Pour la plupart des gens, les mensonges avaient de telles conséquences qu'ils hésitaient à en dire, ou alors seulement un ou deux. Pour Ray, c'était l'inverse. La vérité lui avait toujours attiré des ennuis. Et de toute façon, il n'avait jamais compris pourquoi les gens tenaient tant à la dire. En général, c'était cela justement qui les rendait si malheureux. Ce qu'ils voulaient, au fond, c'étaient des mensonges. Et Hollywood, c'était quoi, sinon une usine à vendre des mensonges qui nourrissaient les rêves des gens et les rendaient heureux ?

Il n'y avait pas que les films qui mentaient. Les gens qui travaillaient pour le cinéma devaient pour la plupart dire toutes sortes de bobards. Cela faisait partie de leur boulot. Les meilleurs de tous les menteurs, c'étaient les producteurs. Pour trouver un financement pour un film, il fallait bluffer avec tout le monde sans exception, jongler avec cinq bobards à la fois pour que les gens soient persuadés que les autres croyaient au succès de l'entreprise, et alors, avec un peu de chance, les mensonges se transformaient en réalité.

En général, les acteurs ne mentaient que parce que les studios et les producteurs le leur demandaient. Si vous n'aviez pas un nom qui sonnait bien, ils vous en fabriquaient un autre. Quel mal à cela ? Ils n'avaient pas le choix. Qui se souviendrait de John Wayne ou de Cary Grant s'ils s'appelaient toujours Marion Morrison et Archibald Leach ? Qui donc aurait engagé ce pauvre vieux Ty Hardin s'il avait conservé son nom – Orison Whipple Hungerford Junior ?

Le vrai nom de Ray, c'était Lennie Gulewicz, mais ça, personne ne le savait. Lorsque les journalistes l'interrogeaient sur son enfance, il leur racontait celle qu'il aurait voulu vivre, c'est-à-dire le genre d'histoire qu'autrefois le monde attendait de ses héros de western. Celle d'un petit garçon qui s'asseyait sur les genoux de son papa sous la véranda de leur petit ranch texan, qui aidait sa maman à préparer le pain de maïs et à fabriquer le beurre, qui avait appris à capturer les mustangs au lasso et à les marquer au fer rouge dès l'âge de cinq ans. Cette histoire, il l'avait racontée si souvent qu'il avait pour ainsi dire oublié que tout cela n'était que pure invention.

Comme tous les bons mensonges, celui-ci contenait une toute petite part de vérité. Il avait bel et bien vécu au Texas, mais jamais dans un ranch. Il avait bossé pour diverses compagnies pétrolières, des boulots éreintants – dans le forage, le transport de tuyaux, jusqu'à ce qu'il devienne suffisamment malin pour se dégoter un boulot de videur dans un night-club à Houston. Un soir qu'il en découdait avec un client, un jeune photographe qui devait faire une publicité pour une marque de cigarettes le remarqua. Il lui demanda s'il savait monter à cheval. Ray répondit que oui, bien sûr, il était né sur un bourrin. Il fut engagé. Il eut beaucoup de difficultés à apprendre à monter. Il en résulta une animosité mutuelle entre lui et les canassons. Par contre, la publicité attira l'attention sur lui. Six mois plus tard, installé à Los Angeles, il s'était déniché un agent. À eux deux, ils trouvèrent un nom, Ray Montane, et fabriquèrent une biographie plus appropriée.

À présent, il lui fallait faire de réels efforts pour se souvenir de ce qu'avait réellement été son enfance, de ce petit Lennie Gulewicz, né non pas trente-quatre ans, mais quarante-deux ans auparavant – une différence de huit ans qu'il cachait soigneusement – dans l'ombre soufrée d'une usine métallurgique en Pennsylvanie. S'il avait été sur les genoux de son père, c'était une seule fois, quand ce salaud l'avait battu comme plâtre avec ce qui lui tombait sous la main, une ceinture ou une lanière ; quant à sa mère, elle était généralement trop bourrée, trop éreintée ou trop occupée à se faire tringler par un inconnu pour préparer ne serait-ce qu'une tasse de café. Si bien que, dès qu'il l'avait pu, le petit Lennie avait mis les bouts et s'était sauvé. Il avait passé son adolescence entre la rue et la maison de redressement, généralement parce qu'il avait volé, sauf la fois où il avait poignardé un petit connard qui l'avait balancé – et avait failli y passer.

Le plus drôle, c'était que certains jeunes acteurs de Hollywood auraient donné cher pour ce genre de bio. Ils avaient été élevés dans des familles bien, dans des quartiers chouettes, entourés de mamans et de papas aimants, de nounous et de chiots, avec à chaque Noël un nouveau vélo. Et aujourd'hui, ils s'inventaient des enfances malheureuses avec toutes sortes de privations cruelles parce que c'était considéré comme cool et que ça pouvait les faire passer aux yeux du public pour les nouveaux Marlon Brando ou James Dean, leur donner une image sombre, cruelle, torturée, tordue – bref, diablement sexy.

Cela dit, Ray ne leur donnait pas tort. Putain, s'il avait eu vingt ans de moins, il n'aurait pas été obligé de mentir. Et il ne se serait pas retrouvé coincé comme il l'était maintenant, à faire semblant d'être ce justicier au chapeau blanc, ce héros si propre sur lui qu'il en était venu à le mépriser. Le cinéma avait déjà compris que le public acceptait des stars dont le passé était encore plus sale que leur visage. Mais la télévision, elle, avait des années de retard et semblait croire que l'Amérique avait besoin de ces héros de carton-pâte ridicules de perfection, qui ne pétaient pas et n'allaient jamais aux toilettes.

Pour toutes ces raisons, Ray n'en revenait toujours pas de s'être trouvé – et jusque-là d'avoir gardé – une nana aussi classe que Diane. Avec cette jeunesse, cette beauté, ce talent, elle pouvait avoir qui elle voulait. Par exemple, ce petit crâneur de McQueen qui lui avait fait les yeux doux ce jour-là devant chez Schwab et dont le navet, *Les Sept Mercenaires* – ou plutôt *Les Sept Merdouilleurs*, rencontrait visiblement un succès fou sur les écrans du monde entier. À la soirée chez les Kanter, à toutes les fêtes où ils se rendaient d'ailleurs, les mecs se mettaient en quatre pour attirer l'attention de Diane. Pourtant, jusqu'à ce que cette vieille pie de Louella Parsons se mêle de leurs affaires, Diane ne semblait voir que lui. Elle voulait même l'épouser.

Ray n'était pas idiot. Il avait vite vu que pour gagner

son cœur il fallait conquérir Tommy. Elle se sentait tellement coupable d'avoir fait croire pendant toutes ces années qu'elle était sa sœur que, pour se racheter, elle aurait fait n'importe quoi pour le petit garçon. La première fois que Ray les avait vus ensemble, lors de la remise des prix à Ashlawn, il avait remarqué la façon dont le regard de Diane s'attendrissait chaque fois qu'il s'affairait autour de Tommy. Rapidement, il avait repéré chez elle un besoin un peu désespéré de trouver un père pour son fils et de lui permettre d'avoir une vraie vie de famille. En plus, le gamin était dingue des cow-boys. Alors, quel meilleur candidat pour le job que ce bon vieux Ray Montane ?

Dit comme cela, la chose paraissait un peu trop calculée, comme si pour avoir Diane, il devait se farcir le gosse. Mais ce n'était pas comme ça. Bien sûr, Ray avait souvent regretté de ne pas être seul avec Diane, sans tierce personne. Mais au fil des mois, il avait fini par s'attacher au petit. Certes, le gosse était un peu bizarre, mais il apprenait vite et était loin d'être la mauviette qu'il avait imaginée au début. En fait, il se révélait plutôt un sacré dur à cuire.

Ray ne s'était pas remis de la nuit précédente, et encore moins des événements de la matinée. Jamais ils n'avaient fait l'amour comme cela, avec autant de passion. Mais après une telle nuit, il avait cru qu'il serait pardonné et que tout s'arrangerait. Pourtant, ce matin, elle avait fait ses valises et lui avait annoncé que Tommy et elle partaient s'installer dans son petit appartement à elle. En partant, elle avait ajouté, d'une voix froide et sarcastique, qu'il n'avait qu'à lui dire quand il serait enfin célibataire. Ray n'avait aucune idée de ce qu'elle avait dit à Tommy mais ce qui était sûr, c'était que le gosse n'avait pas l'air ravi quand ils étaient partis.

Ray avait à peu près honnêtement répondu à l'interrogatoire qu'elle lui avait fait subir la veille. Et si elle lui avait posé des questions plus poussées, il lui en aurait certainement dit beaucoup plus. Il lui aurait peut-être même révélé l'existence de sa fille. Peut-être aurait-il dû le lui avouer spontanément, histoire que ça soit fait. Ou peut-être pas. Le plus probable, c'est que ça aurait été la goutte d'eau qui fait déborder le vase. De toute façon, aucun risque que Diane ne découvre la vérité. La gamine, il la connaissait à peine et ne l'avait pas vue depuis des années. Putain, il ne la reconnaîtrait même pas dans la rue. Et avec la salope de mère qu'elle avait, elle avait compris qu'il valait mieux ne pas venir l'emmerder, lui.

La porte menant au bureau du Colonel était ouverte à présent. On entendait des gens rire à l'intérieur. Un agent dont Ray avait oublié le nom, l'un des fantassins de Lew Wasserman, le fameux agent de la MCA, sortit en compagnie d'une jolie blonde en robe jaune à la bouche outrageusement maquillée – une jeune actrice qui venait de signer un contrat et ne tarderait certainement pas à gravir les marches du fameux escalier dérobé. Jack Warner avait posé les bras sur les épaules de ses interlocuteurs. Le petit groupe avait l'air tellement content de soi que ça donnait envie de vomir.

Après moult signes et regards de connivence, l'agent et la starlette s'en allèrent. Warner ajusta sa cravate et s'avança vers Ray. Les cheveux lissés en arrière, les sourcils narquois et la fine moustache au-dessus du sourire tout en dents, ce vieux cochon avait l'air toujours aussi pimpant avec son costume gris fait sur mesure et l'impeccable triangle de soie bleue pâle dépassant de sa pochette.

« Ray ! Désolé de t'avoir fait attendre. »

Ray se leva et lui serra la main.

« Ce n'est pas grave, Colonel. Je suis content de vous voir.

— Moi de même. Entre. »

Ray prit son attaché-case, passa devant le dragon et pénétra à la suite de Warner dans une première pièce où Miss Grosnichons lui adressa un deuxième sourire, et enfin dans le bureau du grand homme où trônaient une table imposante et un canapé – pour la promotion de ces dames. Le Colonel s'installa en majesté sur son fauteuil tandis que Ray prenait place sur un siège bien plus bas. Tout cela faisait partie de ce petit jeu de merde qui consistait à vous déstabiliser et à vous donner le sentiment de n'être rien du tout.

Le rendez-vous avait été fixé un mois auparavant lors d'une rencontre fortuite à la « cantine » du studio. Ray avait suggéré qu'ils se voient un de ces jours pour discuter, entre autres, de l'avenir. Le Colonel avait accepté, ajoutant que justement, il voulait le contacter depuis un certain temps. Ray en avait conclu que le vieux cochon devenait enfin raisonnable et allait lui confier un vrai rôle de cinéma.

Ray n'était pas venu les mains vides. Il avait apporté le scénario que lui avait envoyé Steve Shelby, le jeune auteur rencontré chez les Kanter. Le rôle de Ray devait être retravaillé pour s'étoffer, mais pour un premier jet, c'était déjà pas mal. Ray sortit le scénario de son attaché-case et le posa sur le bureau. Enfoncé dans son siège, Jack Warner l'observait, les bouts des doigts joints.

« Alors, Colonel, ça boume ?

— Oh, tu sais, *Il n'est point de repos pour une tête couronnée*, même si la couronne est en carton-pâte. »

Bien qu'il ait déjà entendu cette petite phrase, Ray sourit docilement. Warner jeta un coup d'œil à sa montre et se redressa légèrement.

« Ray, je dois me rendre à une réunion à la demie, alors n'y allons pas par quatre chemins.

— OK. Eh bien, j'ai une ou deux…

— *Sliprock*, c'est fini. »

Ray le regarda, interloqué.

« Pardon ?

— Tu sais aussi bien que moi que le feuilleton perd des points d'audience. La chaîne n'est pas contente.

— Pourtant, Colonel, les derniers chiffres que j'ai vus n'étaient pas…

— Tu n'y es pour rien. Le feuilleton est démodé, c'est tout.

— Figurez-vous que c'est pile poil ce que je répète depuis longtemps. Combien de fois j'ai dit à ces imbéciles…

— Comment ça, ces imbéciles ? Dan et Lew sont des producteurs compétents.

— Je sais. Je m'excuse. Mais je leur ai dit qu'il fallait se mettre au goût du jour. Choisir des scénarios plus réalistes. Il n'y a qu'à regarder des feuilletons comme *La Grande Caravane*. Engager l'un des types qui écrivent ces trucs-là. Et prendre quelqu'un qui a moins de soixante ans pour la réalisation. On a des petits jeunes bourrés de talents. En plus, ils sont moins chers. Colonel, croyez-moi, ces choses-là, je m'échine à les répéter depuis un bon bout de temps.

— Écoute-moi, Ray. Le feuilleton est en plein naufrage. Et quand le bateau coule, il est trop tard pour sauver les meubles. »

Ray n'arrivait pas à croire ce qui lui tombait dessus.

« Le western, c'est fini.

— Franchement, Colonel, je ne crois pas que…

— Je vais te dire un truc, Ray. Les gens ne veulent plus de westerns. Entendons-nous bien : ces feuilletons ne vont pas disparaître du jour au lendemain. Les bons – *La Grande Caravane* et *Bonanza* – vont continuer pendant quelque temps. Mais dans dix ans, il n'en restera plus un seul. Tu verras. De temps en temps, on aura un western au cinéma, mais pas un seul à la télévision. »

Il y eut un long silence. Ray secoua la tête.

« Je ne sais pas quoi répondre. Mais bon sang, peut-être que c'est l'occasion ou jamais. À vrai dire, c'est pour cette raison que je suis venu vous voir aujourd'hui. Vous le savez, ça fait longtemps que j'ai envie de tourner un film. Pas un western de pacotille. Un vrai film… »

Le Colonel poussa un soupir discret et baissa les yeux. Ray reprit son scénario. Sa main tremblait. Il se sentit tout d'un coup désespéré, prêt à fondre en larmes comme un gamin.

« … et j'ai des super-idées. En fait, j'ai apporté un scénario qui correspondrait tout à fait…

— Je demanderai à quelqu'un d'y jeter un coup d'œil.

— Le jeune gars qui l'a écrit, Steve Shelby, je vous dis pas, Colonel, mais il est doué. Herb Kanter dit que c'est un génie…

— Très bien, très bien. On regardera ça. Mais je dois te dire, Ray, ceci mis à part, qu'à la fin de cette saison nous ne renouvellerons pas ton contrat. »

16

La neige tombait depuis l'aube. Elle formait à présent une couche d'une trentaine de centimètres, suffisamment pour étouffer tous les bruits, sauf ceux de leurs pieds qui suivaient le cercueil entre l'église et le cimetière. En l'absence de vent, les flocons s'écrasaient, gros et duveteux, sur les têtes nues et les épaules des hommes vêtus de pardessus noirs qui portaient le cercueil. Posté à la porte de l'église, l'entrepreneur des pompes funèbres distribuait des parapluies noirs.

Alors que la procession se frayait un chemin entre les tombes, l'un des porteurs glissa. Le cercueil se pencha et Tommy crut l'espace d'un instant qu'il allait s'écraser par terre, laissant tomber le corps de sa grand-mère sur la neige. Mais les autres porteurs rétablirent adroitement l'équilibre, et la seule chose qui glissa par terre fut une couronne de roses, éclaboussure rouge dans un monde blanc et noir.

C'était dans cette église que Tommy avait été baptisé. Elle avait six cents ans et certaines des pierres tombales, dangereusement penchées, étaient recouvertes de mousse et de lichen au point que leurs inscriptions étaient illisibles. La grand-mère de Tommy n'avait jamais été croyante. Elle disait que tout ça, c'étaient des bobards, et ne les accompagnait jamais à l'église pour Noël ou Pâques. Pourtant, étrangement, elle allait être enterrée dans ce cimetière. La tombe creusée pour elle se trouvait juste à côté d'un vieil if dont les branches ployaient sous le poids de la neige. Tommy se souvint d'avoir lu quelque part que les ifs étaient les arbres des sorcières.

Les porteurs posèrent le cercueil sur des sangles disposées près de la tombe, qu'ils utilisèrent pour le soulever et le faire descendre lentement dans le trou creusé dans la terre gelée.

Une petite douzaine de personnes avaient assisté au service, et elles étaient encore moins nombreuses à rester pour l'enterrement. Tommy ne reconnut que le docteur Henderson, oncle Reggie et tante Vera, qui avait pleuré sans aucune discrétion à l'église et sanglotait toujours. Elle était la seule. Mais la plupart des gens présents étaient des hommes, et un homme, ça ne pleurait pas. Tommy, lui, se sentait trop vide et trop engourdi pour pleurer. Et il avait tellement froid. C'était comme si ses pieds s'étaient transformés en blocs de glace. Il portait son vieil uniforme d'Ashlawn et regrettait de ne pas avoir mis un pull plus épais.

Diane avait gardé ses lunettes de soleil. Peut-être ne souhaitait-elle pas que les gens sachent si oui ou non elle pleurait. Tommy était suffisamment près d'elle pour savoir que non. Elle s'efforçait de les protéger, lui et son grand-père, sous son parapluie, ce qui était difficile parce que le vieil homme semblait perdu dans son propre monde et ne cessait de se pencher et de regarder le ciel avec une sorte de surprise lasse en clignant les paupières chaque fois qu'un flocon tombait dans ses yeux.

Les dômes neigeux des parapluies ressemblaient à des igloos. Le nez du vieux pasteur était devenu violacé à cause du froid et son souffle faisait des petits nuages dans l'air à chaque mot qu'il prononçait. Tu n'es que poussière… La poignée de terre gelée tomba bruyamment sur le couvercle du cercueil.

Une semaine avant Noël, un dimanche matin, un télégramme était arrivé à leur appartement de Los Angeles, demandant à Diane d'appeler ses parents de toute urgence. Ce fut tante Vera qui répondit. Elle lui annonça que Joan avait succombé à une crise cardiaque foudroyante. En rentrant du travail, Arthur l'avait découverte étendue par terre dans la cuisine.

Ray les conduisit à l'aéroport l'après-midi même. Ils ne le voyaient presque plus, même s'il téléphonait pratiquement tous les jours. Il manquait beaucoup à Tommy, qui était triste pour lui parce que le studio allait interrompre définitivement le tournage de *Sliprock*. Diane se comportait encore de manière odieuse avec lui. Elle refusait de dire à Tommy pourquoi ils s'étaient fâchés. Il était trop jeune, disait-elle, pour comprendre – ce qui était particulièrement énervant à entendre de la part d'un adulte. Sur le chemin de l'aéroport, Ray se montra charmant. Il avait l'air triste, penaud, et bizarrement plus petit qu'avant. Lui adressant à peine la parole, Diane se contenta de regarder par la fenêtre pendant que Ray et Tommy se chargeaient de la conversation. Dans l'avion, une fois le dîner fini et les lumières baissées, Tommy lui demanda pourquoi elle persistait à se montrer si méchante avec Ray.

« Il m'a menti à propos de quelque chose de très important.

— C'était quoi ?

— Il ne m'a pas dit qu'il avait été marié avant, répondit Diane en soupirant.

— Même moi je le savais.

— Deux fois.

— Et alors ? C'est si grave ?

— Et qu'il n'était pas encore complètement divorcé de sa deuxième femme.

— Il avait peut-être oublié. »

Elle éclata de rire.

« Ce n'est pas le genre de chose qu'on oublie. »

Tommy réfléchit quelques instants.

« Ce genre de mensonge, c'est pire que de ne pas me dire pendant toutes ces années que tu es ma vraie mère ? »

Diane resta silencieuse quelques instants en le regardant avec un sourire triste.

« Tu ne pourrais pas être un peu moins malin ? Allez, essayons de dormir un peu. »

Le pasteur s'était tu. Les gens reprirent leur voiture et allèrent chez les Bedford manger les plats préparés par tante Vera et Diane. Tommy aida à servir les sandwiches et la soupe, puis fit le tour des invités avec une grande carafe de cocktail de fruits dans lequel oncle Reggie avait versé tout ce qu'il avait trouvé d'alcoolisé dans la maison. Le froid semblait avoir rendu tout le monde assoiffé. On le questionna sur sa vie en Californie et oncle Reggie, qui avait visiblement forcé sur le punch, n'arrêtait pas de répéter avec un accent américain *Salut, cow-boy !* chaque fois que Tommy passait devant lui.

Ça lui avait fait bizarre, quand ils étaient arrivés deux jours auparavant, de voir les affaires de sa grand-mère un peu partout dans la maison. Comme si elle était juste sortie faire une petite course. Son tablier était suspendu à la porte de la cuisine, ses cigarettes et son briquet posés sur la petite table où elle les mettait d'habitude. Diane avait fait beaucoup de rangements. Ils étaient allés acheter un sapin de Noël et avaient essayé de rendre la maison un peu plus gaie. Mais les décorations ne faisaient qu'accentuer la tristesse de l'endroit. Il y avait quelque chose de nouveau dans la maison, qu'il ne parvint à identifier qu'au bout d'un certain temps. Le silence, tout simplement. Joan gardait toujours la radio allumée.

À mesure que la carafe de punch se vidait, les conversations se firent plus bruyantes. Dès qu'il put s'échapper sans se faire remarquer, Tommy fila à l'étage. Sa vieille chambre avait été transformée en chambre d'amis, avec un papier vert à motifs floraux et un tapis d'un jaune nauséeux. Il regarda le jardin de derrière depuis la fenêtre. La lumière déclinait rapidement. Il se souvint de sa joie à chaque fois qu'il neigeait. Aujourd'hui, pourtant, tout avait l'air plat et ennuyeux. Il n'avait plus l'impression d'être chez lui. D'ailleurs, chez lui, il ne savait plus où c'était.

Diane crut que les invités ne partiraient jamais. Quand enfin ils s'en allèrent, tante Vera insista pour rester et débarrasser. Tommy et Reggie regardaient la télévision dans le salon. Quant au père de Diane, il avait depuis belle lurette trouvé refuge dans son petit atelier.

« Alors, où il en est, ce film que tu devais faire avec Gary Cooper ? Il s'appelait comment au fait ? »

Vera lavait les derniers plats dans l'évier de la cuisine. Diane, debout à côté d'elle, les essuyait en contenant son envie de les fracasser sur la tête de cette bonne femme qui n'avait pas cessé de jacasser tout l'après-midi, pour dire des vacheries, en plus. Elle inspira profondément.

« *Sans remords*. Le tournage est retardé.

— Encore ?

— C'est toujours comme ça.

— Vraiment ? Ça doit leur coûter cher. Mais je suppose que ces gens du cinéma, ils ont plus de fric que de jugeote. »

Diane n'allait pas lui donner le plaisir de savoir que le film ne se ferait probablement pas. Herb Kanter lui avait annoncé pas plus tard que la semaine précédente que Gary Cooper avait un cancer et que les médecins ne lui donnaient que quelques mois à vivre. Herb lui avait demandé de garder ça pour elle pour l'instant, peu de gens étant au courant. Il s'était déclaré certain qu'ils trouveraient un remplaçant, mais ça, Diane n'y croyait pas vraiment.

Il y eut un long silence, interrompu par le bruit des plats dans l'évier et les rires provenant du poste de télé dans l'autre pièce.

« C'est sûr, elle ne s'en est jamais remise, dit Vera.

— Pardon, de qui parles-tu ?

— De ta mère. Quand tu as dit à Tommy que… tu sais bien. Ça lui a brisé le cœur.

— Allons, dis franchement ce que tu penses. »

Tante Vera se tourna vers elle, interloquée, le visage rougi par l'alcool.

« Ce que je pense ?

— Que je l'ai tuée. Puisque visiblement c'est ce que tu penses.

— Ne sois pas si dramatique.

— Fiche le camp, dit Diane d'une voix calme.

— Quoi ?

— Mets ton manteau, appelle ton vieil alcoolo de mari et file. Allez, du balai ! »

Pas un mot de plus ne fut prononcé. Après leur départ, Diane alla dans le salon et s'affaissa sur le canapé à côté de Tommy.

« Qu'est-ce qui s'est passé avec tante Vera ? Je vous ai entendues vous disputer.

— Oh, rien. Je me suis énervée, c'est tout.

— Je suis contente qu'ils soient partis.

— Moi aussi. Fais-moi un câlin. »

Elle mit le bras autour de ses épaules. Il vint se blottir contre elle.

« Je t'adore, murmura-t-elle.

— Moi aussi, je t'adore. »

Ils restèrent là un long moment à regarder une sorte d'émission de variétés pleine d'une allégresse artificielle, avec deux types déguisés en rennes qui faisaient les pitres en dansant. La chose était tellement étrangère aux sentiments qui l'agitaient que Diane eut l'impression de se trouver sur une autre planète.

La satisfaction d'avoir chassé Vera de la maison laissa place à un sentiment de culpabilité. Mais au moins sa colère avait-elle été rassurante. C'était la première émotion sincère qu'elle ressentait depuis qu'elle avait appris la mort de sa mère. Jusque-là, il n'y avait eu qu'un vide vaguement douloureux. Elle n'avait pas réussi à verser une seule larme. Elle s'était dit que c'était tout à fait normal, qu'elle était choquée.

Sans pour autant se convaincre. La vérité qu'elle se trouvait amenée à affronter maintenant, c'était qu'elle n'avait jamais vraiment aimé sa mère et ne s'était jamais sentie aimée. Elle n'avait été pour elle qu'une source de lassitude et d'ennuis.

Diane s'inquiétait parfois de l'effet que cela avait pu avoir sur elle. Une petite fille pas aimée pouvait-elle plus tard apprendre à aimer son propre enfant ? Cela l'avait peut-être rendue égoïste et obsédée par sa propre survie et son désir de se prouver sa propre valeur au point d'être incapable d'aimer. Elle était sûre (aussi sûre qu'il était possible, croyait-elle, de l'être dans ce domaine) que ce qu'elle ressentait pour cet être qu'elle avait créé et qui se blottissait en ce moment contre elle, ce garçon de neuf ans encore si petit et vulnérable, c'était un amour aussi sincère et puissant que celui de n'importe quel parent. Parfois, il lui semblait presque trop douloureux. Mais peut-être cette douleur n'était-elle que de la culpabilité déguisée. De la culpabilité et – l'idée lui faisait tellement horreur que le mot même lui était insupportable – de la pitié.

Le téléphone sonna dans le vestibule. Déposant un baiser sur le front de Tommy, elle alla répondre. L'opératrice annonça qu'elle avait un appel longue distance en provenance des États-Unis.

C'était Ray. Il lui demanda comment s'étaient passées les funérailles, comment elle se sentait, et comment allaient Tommy et son père. Depuis des semaines, depuis qu'elle était partie avec Tommy, elle s'était montrée froide et distante avec lui à chacune de leurs conversations. Il avait encaissé tranquillement sans jamais se plaindre ni cesser d'appeler. Mais après tout ce qui s'était passé, Diane jugea mesquin et injustifié de continuer à le faire payer. Ray perçut visiblement le changement.

Elle lui raconta la journée et se rendit compte dans le même temps à quel point cela lui faisait du bien de lui parler, d'avoir quelqu'un qui la connaissait, l'écoutait et la soutenait. Lorsqu'elle lui expliqua comment elle avait chassé Vera, il éclata de rire.

« Je te reconnais bien là, cocotte », dit-il.

La phrase résonna quelques instants.

« Il faut que je te laisse, dit-elle enfin.

— OK. »

Il y eut un moment de silence.

« Tu me manques, mon chou. »

Elle ne répondit pas.

« Je t'aime, je t'aime.

— Oh, Ray…

— Ne dis rien. Tu n'es pas obligée de répondre. Je voulais seulement te dire… Les papiers du divorce sont arrivés. »

Elle ne sut comment réagir.

« Tu m'avais demandé de te le dire, ajouta-t-il, comblant le silence.

— Merci.

— Voilà. C'est tout. Dis bonjour à Tommy. Et toutes mes condoléances à ton père.

— Je n'y manquerai pas. »

Elle alluma une cigarette et resta seule dans la cuisine à penser à Ray. Puis elle écrasa son mégot, enfila son manteau et, traversant la cour, alla dans le garage retrouver son père. La neige avait cessé. Il faisait un froid de canard. Le ciel bruissait d'étoiles.

Son père était penché dans un petit cercle de lumière au-dessus de son établi, tout au bout du garage froid et sombre. Équipé d'une lampe frontale et d'une loupe, il recouvrait de peinture les traces de colle d'un vase en porcelaine bleu et blanc. Elle resta à côté de lui à l'observer, les bras serrés contre sa poitrine.

« Ils sont partis ? demanda-t-il sans lever la tête.

— Oui.

— Dieu merci. »

Cela faisait des années qu'elle ne l'avait pas regardé travailler dans son atelier. Elle avait oublié à quel point ses doigts étaient agiles. Il posa le pinceau et fit délicatement tourner le vase dans ses mains pour l'inspecter. Il aurait été impossible de deviner qu'il avait été cassé.

« Ça a l'air bien.

— Mouais. Pas trop mal. Il était en sept morceaux.

— Papa ? »

Il posa sa loupe, la regarda enfin et vit les larmes qui coulaient le long de ses joues. Il tendit la main et lui tapota le bras.

« Allons, allons, ma grande. Ce n'est pas la peine.

— Je m'excuse.

— Pourquoi donc ? »

Elle s'essuya les yeux, mais les larmes ne s'arrêtaient pas.

« Je ne sais pas. Pour tout. »

Il se leva, posa sa lampe frontale sur le banc, puis la prit maladroitement dans les bras. Son odeur, ce mélange de tabac, de savon, de tweed et de naphtaline, lui donna l'impression d'être à nouveau une enfant et la rendit plus triste encore. Elle sanglota contre son épaule.

« Je lui ai gâché la vie, dit-elle.

— Mais non. »

Il lui caressa les cheveux. Sa voix était un souffle haletant.

« Je te dis que si.

— Non. Elle n'avait pas besoin de toi pour ça. »

17

Danny commença son récit :

« C'était une nuit, un jeudi. La situation était tranquille depuis plusieurs jours. Il y avait bien eu quelques tirs de mortier contre la base, mais rien de grave, pas de blessés. C'était l'anniversaire de l'un des gars, et son copain cuisinier avait préparé un super-gâteau au chocolat en forme de Humvee. Si bien qu'on est partis patrouiller le ventre plein et de bonne humeur. »

Il s'arrêta quelques secondes et contempla l'océan. Les vagues étaient plus grosses à présent. Le vent chaud qui s'était levé dispersait ce qui restait de brume et emplissait l'air d'une odeur salée. Tom et Danny étaient assis sur le sable à l'ombre de palmiers inclinés, leurs chaussures séchant les unes à côté des autres au soleil. Danny avait remonté jusqu'aux genoux le bas trempé de son pantalon et retirait délicatement le sable collé sur ses jambes. Tom attendit qu'il reprenne son récit.

Au début, il avait eu du mal à comprendre Danny. Le jeune homme utilisait tellement de jargon et d'argot militaires, d'euphémismes secs et d'acronymes qu'il avait parfois l'impression d'entendre une langue étrangère. Tom connaissait les différents grades militaires, mais il avait dû interrompre Danny pour qu'il lui explique EEI (engin explosif improvisé), JVN (jumelles de vision nocturne), FDR (force de déploiement rapide) et RAB (retour à la base). Danny avait éclaté de rire une première fois quand Tom lui avait demandé ce que signifiait BDM (blague de merde), et une deuxième fois lorsqu'il avait voulu savoir s'ils avaient sorti l'artillerie.

« Qu'est-ce qui te fait rire ?

— "Sortir l'artillerie", c'est un peu ambigu comme formule, papa. »

À ce moment-là, Tom décida de cesser de l'interrompre et d'écouter le récit du jeune homme.

La compagnie de Danny était basée à quelque soixante kilomètres au nord de Bagdad, dans une usine de transformation alimentaire désaffectée et reconvertie en forteresse. L'endroit, infesté de rats et de cafards, dégageait une odeur infernale, probablement la raison pour laquelle ses premiers occupants l'avaient baptisé *Mordor* (comme le pays de Sauron, seigneur des Ténèbres, dans *Le Seigneur des anneaux*). Il était entouré de terrains en majorité agricoles, de vignobles et de vergers, traversés par des canaux d'irrigation et des chemins non indiqués sur les cartes, et parsemés de petites villes et de villages tentaculaires.

Comme dans la plupart des autres régions du pays, les gens du coin avaient tout d'abord, d'après Danny, accueilli leurs « libérateurs » à bras ouverts. Mais à présent, en guise de bienvenue, ils attaquaient la base, de nuit, au mortier et à la roquette, ou installaient sur les routes des bombes de plus en plus sophistiquées – généralement des obus de 15 mm enterrés dans le bas-côté, dans un caniveau, ou parfois dissimulés dans la carcasse d'un chien ou d'une chèvre et déclenchés à distance par téléphone portable.

« Celui qui nous a explosé à la figure ce soir-là était planqué dans un cadavre d'âne, expliqua Danny. Tu t'imagines faire ça, toi ? Putain. Rien qu'avec l'odorat, on l'aurait flairé à cent mètres. »

Il y avait une FDR de trois Humvee. Danny se trouvait dans le dernier. Ceux qui étaient dans le véhicule de tête auraient dû voir la bombe, et l'auraient d'ailleurs certainement repérée si la lune n'avait pas été pratiquement pleine cette nuit-là. Elle s'était levée tard dans la nuit, énorme, et projetait des ombres bien marquées. Le cadavre d'âne se trouvait dans une zone d'ombre, sous un arbre en lisière d'un verger maigrichon. Dans le monde verdâtre de leurs jumelles de vision de nuit, il ressemblait à une simple irrégularité du terrain.

« Il se trouve que je regardais devant quand la bombe a explosé. J'ai vu un éclair blanc incroyable. Le Humvee de tête s'est cabré comme un taureau de rodéo. L'explosion m'a fait tomber de mon siège. J'ai cru un moment qu'on avait été touchés nous aussi, mais non. Quand la fumée et les débris sont retombés, on a constaté que le véhicule frappé avait basculé dans le fossé de l'autre côté de la route, et que les roues arrière tournaient dans le vide. Toute la partie basse du côté droit avait été arrachée. L'acier rebiquait. Ça faisait des sortes de pétales. »

Secouant la tête, Danny se tut quelques instants.

« Ensuite, le silence est retombé. Un silence terrifiant. Tu sais, le genre où tout le monde est sonné, où on se demande si, merde, tout ça s'est bien produit, et si on est toujours bien là. Et puis, comme si quelqu'un avait appuyé sur le bouton *Play*, tout reprend lentement vie. Les gens commencent à crier, à jurer, à appeler les copains. La radio s'y met, tout le monde veut savoir ce qui s'est passé, indique des positions, appelle du renfort. »

Danny se tourna et regarda Tom droit dans les yeux, comme s'il voulait vraiment qu'il comprenne.

« Ce n'est pas de la panique. C'est une sorte d'agitation contrôlée. Tu sais tout ce que tu dois faire. Tu as été formé pour. Mais tu es tellement sous le choc, shooté à l'adrénaline, et dans ta tête tout est tellement confus, assourdi par l'explosion, qu'il te faut un certain temps pour reprendre pied et te souvenir d'où tu es. Et c'est ça, le moment vraiment dangereux, pendant que tu es K-O et que tu essaies de comprendre, parce que c'est celui que ces salauds d'insurgés, qui se sont bien marrés en voyant les dégâts, choisissent généralement pour te canarder. »

Et ça n'avait pas manqué, poursuivit Danny. Au moment où ils sortaient des deux autres Humvee (« s'extirpaient » serait un terme plus approprié, précisa le jeune homme, vu la cinquantaine de kilos d'équipement, d'armes et de protections en Kevlar qu'ils portaient), ils entendirent des sifflements et des crépitements. Les tirs de mortier commençaient.

Heureusement, les insurgés ne savaient généralement pas bien viser. Difficile de dire combien ils étaient à leur tirer dessus. Ils étaient visiblement planqués quelque part derrière un rideau d'immenses roseaux bordant un canal à environ deux cents mètres de l'autre côté du verger. Pas pour longtemps. Les marines postés dans les tourelles des deux autres Humvee pivotèrent et ouvrirent le feu avec leurs calibres 50. Ceux qui étaient sortis des véhicules firent de même avec leur M16, formant un tir de barrage et illuminant la nuit de leurs balles traçantes.

« En une minute, les roseaux étaient déchiquetés et les arbres du verger détruits, complètement fendus et fracassés. Quant à ces salauds, soit ils étaient morts, soit ils s'étaient carapatés en chiant dans leurs frocs, parce que leurs tirs ont complètement cessé. »

Le conducteur du Humvee touché était mort, probablement sans se rendre compte de ce qui lui arrivait. Ses deux jambes avaient été arrachées. Deux autres types étaient grièvement blessés, dont le meilleur ami de Danny, Ricky Peters. Il venait de Pasadena et avait tout juste vingt ans. L'un des types les plus drôles du monde, ajouta Danny, adoré par tous ceux qui le connaissaient.

Danny traversa la route à toute vitesse et se réfugia derrière le Humvee accidenté. Quelqu'un avait déjà planté une aiguille dans le bras de Ricky, qui dérivait dans un nuage de morphine. Un morceau d'acier déchiqueté avait été projeté dans son aine et ses jambes sanglantes ressemblaient à des morceaux de bidoche.

« Il avait un drôle de petit sourire, ajouta Danny doucement. Il répétait sans cesse quelque chose, et je n'arrivais pas à comprendre quoi. Une sorte de blague un peu macabre sur ses couilles. Je ne pouvais rien faire, à part lui tenir la main et caresser son front. »

Danny avala sa salive, contempla le sable un bon moment. C'est mon fils, songea Tom, mon petit garçon. Qu'il ait vu de telles horreurs, c'était pratiquement impossible à imaginer. Tom posa la main sur son épaule. Reprenant ses esprits, Danny poursuivit son récit.

L'hélicoptère sanitaire de l'armée atterrit quelques minutes plus tard. En fouillant le terrain, les soldats finirent par découvrir l'une des jambes du conducteur, mais pas l'autre. Par égard pour les familles, expliqua Danny, les corps étaient toujours rapatriés aussi complets que possible. Les types de l'équipe sanitaire étaient censés ne se charger que des blessés, pas des morts, mais cette fois-ci, ils prirent le corps. Une fois chargé, leur hélicoptère se hissa dans l'air, puis vira en passant devant la lune.

L'escouade de Danny se regroupa. Leur boulot, maintenant, c'était de trouver les salauds qui avaient fait ça. Les bombes étaient souvent déclenchées par téléphone portable. Mais pour celle-ci, on avait utilisé des fils. L'un des chefs de l'escouade, un sergent qui s'appelait Marty Delgado, ordonna à Danny de venir avec lui. Suivant les fils dans la lumière verte de la lune, ils traversèrent le verger tandis qu'un hélicoptère Apache les précédait en sillonnant le ciel et en fouillant les roseaux et les canaux avec son projecteur.

Danny et Delgado ne s'entendaient pas. Du moins, plus maintenant. Les marines étaient tous par définition des durs à cuire, mais Delgado portait cet idéal à des niveaux exceptionnels, expliqua Danny. Il était d'une dureté de titane et ne manquait jamais une occasion de le faire savoir.

« Le genre de mec avec des gros biscotos et des tatouages, dit Danny. Qui n'arrête pas de se regarder dans la glace. En plus, il porte tout un tas d'équipements supplémentaires dans son sac, au cas où il devrait à l'improviste escalader l'Everest ou faire de la plongée sous-marine. »

Bref, poursuivit Danny, une ou deux semaines auparavant, à la base, après que Delgado s'était vanté haut et fort du nombre de pompes qu'il pouvait faire, Danny et Ricky s'étaient moqués de lui dans les latrines et l'avaient imité. Rien de méchant, ils rigolaient, c'était tout. Du moins, c'était ce qu'ils croyaient.

Danny mentionnait en passant la taille de la queue de Delgado (laquelle, précisa-t-il pour clarifier les choses, était exceptionnellement petite) lorsque le propriétaire de ladite queue se pointa. L'estomac noué, Danny pria pour qu'il n'ait pas entendu. Mais il comprit très vite que oui parce qu'à partir de ce moment-là, Delgado ne cessa de l'enquiquiner, critiquant tout ce qu'il faisait, le traitant de maladroit et l'humiliant devant les autres.

Le pire, confia Danny, c'est que cette nuit-là, la nuit de l'attentat, ce salaud avait une bonne raison de le critiquer. Une fois trouvé l'endroit où l'insurgé s'était tapi (il s'était fait un petit nid douillet dans les roseaux et avait laissé sur place les fils, reliés à une batterie de voiture de douze volts), Danny trébucha, glissa sur le dos et atterrit dans un canal d'irrigation. Lisse, couvert d'un dépôt visqueux, le ciment des parois n'offrait aucune prise. Danny se retrouva immergé jusqu'au torse dans l'eau pestilentielle.

« J'ai voulu sortir de là, mais avec ces parois glissantes et le poids de mes protections, c'était impossible. Chaque fois, je retombais dans l'eau. Il ne me restait plus qu'à rester planté là, comme un parfait imbécile. Delgado m'a regardé d'un air méprisant, sans dire un mot, en secouant la tête comme si j'étais un demeuré. Il a fini par sortir une corde de son paquetage, m'en a lancé un bout et m'a tiré de là. »

Danny, furieux contre lui-même, avait marmonné quelques mots bien sentis sur ce qu'il allait faire à ce petit *hadji* de merde de terroriste quand ils le retrouveraient. Delgado lui avait ordonné sèchement de se contrôler.

Il y avait un chemin, sans doute utilisé par les insurgés pour s'enfuir, qui traversait les roseaux. Ils le suivirent, Danny dégoulinant comme une passoire et accompagné d'une odeur pestilentielle et du bruit de succion de ses bottes. On leur indiqua par radio qu'un homme vêtu d'une veste de camouflage et d'un pantalon blanc (étrange combinaison, commenta Danny, une sorte d'*Attrape-moi si tu peux*) avait été repéré en train de courir vers une sorte de ferme à quelques centaines de mètres de là où ils se trouvaient. Delgado répondit qu'ils partaient à sa recherche.

Un pont étroit en bois enjambait le canal. De l'autre côté, à la lisière des roseaux, ils aperçurent la ferme, un groupe de remises délabrées et de granges en parpaings avec des toits en tôle rouillée derrière lesquelles s'élevaient les murs du corps de ferme. Un chien se précipita sur eux en aboyant. Delgado l'abattit d'une balle de M16.

Ils n'étaient plus qu'à une cinquantaine de mètres des bâtiments quand quelqu'un ouvrit le feu sur eux à la kalachnikov. Le terrain, irrégulier et parsemé de machines agricoles abandonnées, offrait de quoi se mettre à couvert. Tout en répliquant, ils progressèrent vers la première grange. Juste au moment où ils y arrivaient, ils virent l'homme en veste de camouflage, armé d'une kalachnikov, sortir de derrière une remise, contourner le corps de ferme et disparaître. Le tout se passa en une seconde. Ils tirèrent, mais trop tard.

Bien sûr, ils ne trouvèrent aucun signe de lui de l'autre côté du bâtiment. En revanche, ils tombèrent sur un groupe d'une douzaine de femmes, d'enfants et de vieillards serrés les uns contre les autres dans une petite cour minable blanchie à la chaux, au milieu des aboiements des chiens et des gloussements des poules. Tous complètement paniqués.

« Deux des femmes avaient des enfants dans les bras. Et tous, ils criaient, hurlaient, levaient les bras en l'air. C'est bizarre, mais à travers mes lunettes, ils avaient un air terrifiant. Leurs yeux étaient blancs. Comme si ce qui hurlait, c'étaient des fantômes, des zombies. »

Quelques secondes plus tard, quatre autres marines de la FDR firent irruption de l'autre côté de la cour. Puis l'Apache apparut au-dessus du toit et s'immobilisa en braquant son projecteur sur eux. Immédiatement, la panique se transforma en hystérie générale. Quant au type avec la kalachnikov, impossible de savoir où il était passé.

Danny se tut un instant, avala de nouveau sa salive. Il avait ramené ses genoux sur sa poitrine et posa brièvement la tête dessus, comme pour trouver la force de poursuivre son récit. Tom mit de nouveau la main sur son épaule et attendit. Au bord de l'eau, une jeune femme lançait à un gros chien noir un bâton dans la mer. Le vent avait fraîchi et soufflait vers le rivage. Les vagues étaient grosses à présent. Le chien roulait dans la mousse des vagues comme un paquet de linge dans une machine. Mais chaque fois, il revenait, inlassable, avec le bâton.

Lorsque Danny reprit son récit, il parlait d'une voix plus faible, obligeant Tom à se pencher vers lui. Tom aurait sans doute du mal à comprendre, expliqua-t-il, à quel point ils étaient tous stressés cette nuit-là. Lui-même ne pouvait pas chasser de son esprit l'image de son copain couvert de sang. Ricky, allongé, souriant, en train de plaisanter sur ses couilles peut-être arrachées par l'explosion. Et les cris et les lamentations des femmes ne faisaient que rendre la chose encore plus insupportable. Secoué par la haine, la peur, et Dieu sait quoi encore, Danny avait l'impression que sa tête allait exploser.

C'est alors que Delgado lui ordonna, à lui et à un jeune soldat qui s'appelait Eldon Harker, de surveiller les civils dans la cour pendant qu'avec trois marines il fouillait le bâtiment. Danny protesta. Il avait vu le type qui leur avait tiré dessus. Il lui semblait donc logique qu'il participe aux recherches. Delgado lui dit de fermer sa gueule et d'exécuter les ordres. Harker, originaire de Cleveland, venait d'arriver en Irak où il effectuait sa première mission. Danny le connaissait à peine. Le pauvre paraissait mort de trouille.

Delgado entraîna les autres dans le bâtiment, laissant Danny et Harker dans la cour. Quelques instants plus tard, l'Apache s'inclina et s'éloigna en décrivant un virage. Danny commit l'erreur de regarder en l'air dans sa direction et fut ébloui par le projecteur. Au même moment, on entendit des cris en provenance de l'intérieur du bâtiment, un bruit de verre brisé, et une rafale de tirs.

Lorsqu'il se tourna de nouveau vers ses malheureux prisonniers, les yeux encore à moitié éblouis par le projecteur, il vit quelque chose ou quelqu'un bouger derrière une femme qui portait un enfant. Un homme, un peu plus jeune que les autres, qui n'était pas là – Danny en était pratiquement sûr – la minute précédente.

« Il avait une chemise et un pantalon blancs et m'a regardé droit dans les yeux. Je me suis dit, putain, c'est lui ! c'est le mec qu'on cherche. Ce sale fils de pute, il a jeté sa veste de camouflage et s'est tout simplement glissé dans ce groupe, mine de rien. C'est là qu'Harker s'est mis à hurler, et je me suis dit qu'il pensait comme moi. »

Tout s'était produit en quelques secondes. Moins que ça, même. Comme un instant prolongé. On voyait dans le regard du type qu'il se savait repéré. Il tremblait, s'agitait, comme s'il allait prendre la fuite. Brusquement, il se pencha. Harker hurla de nouveau. L'une des femmes se mit à crier. Alors Danny entendit – clairement, pas de doute là-dessus – le cliquetis de ce qui ne pouvait être qu'une arme.

« Et là, j'ai vu l'éclat métallique d'un canon derrière la hanche d'une des femmes. Ce petit salaud avait ramassé sa kalachnikov et s'apprêtait à tirer. »

Danny poussa un cri. Harker et lui ouvrirent le feu avec leurs M16.

Sept morts. Un vieil homme, trois femmes, une petite fille de cinq ans et un bébé. Et l'homme qui avait voulu prendre son arme. Sauf qu'il n'y avait pas d'arme, juste une béquille en alliage métallique. Sauf que c'était un invalide – le type n'avait qu'une jambe.

La petite fille et le bébé étaient allongés l'un à côté de l'autre, le corps baigné de sang, lacéré par les balles, mais le visage intact. Les yeux de la fillette étaient encore ouverts. L'image s'était imprimée dans l'esprit de Danny.

« Chaque nuit, je vois son visage, murmura Danny. Chaque fois que je ferme les yeux, elle est là, à me regarder. »

Tom posa le bras autour des épaules de son fils et l'attira vers lui. Ils restèrent ainsi un long moment, incapables de parler, à écouter le va-et-vient des vagues et à contempler le soleil qui s'effilochait en chatoyant dans l'océan.

« Ils vont me pendre haut et court, papa, je te dis. Ils vont me pendre et laisser mon cadavre aux vautours. »

18

L'avion que devait prendre Tom à Los Angeles ne décollait pas avant le lendemain après-midi. Il réserva dans un hôtel de Westwood qui s'appelait le W. La chambre, chic et luxueuse, faisait la taille d'un placard. En dépit de sa fatigue, trop de pensées s'agitaient dans sa tête pour qu'il trouve le sommeil, si bien qu'il descendit dans le salon, un endroit faiblement éclairé et tapissé de miroirs en verre fumé. Les gens qui s'y trouvaient, outre leur beauté insolente, semblaient deux fois moins âgés que lui. Il s'installa au bar et commanda de l'eau minérale. Pour la première fois depuis des années, il regretta de ne pas pouvoir prendre quelque chose de plus fort.

De retour dans sa chambre, il s'allongea sur le lit, à moitié habillé, et regarda Jay Leno interviewer un acteur qui arborait une barbe de deux jours et qu'il ne reconnut pas. Malgré tous ses efforts, impossible de se concentrer. Il ne pouvait penser qu'à Danny, à ce qui allait lui arriver. Couché, ses pensées se transformèrent en sortes de cauchemars dans lesquels il se voyait en train de chasser dans un marécage et d'écarter les roseaux avec ses mains tout en hurlant le nom de Danny. Finalement, il se retrouvait au bord d'un étang aux eaux sombres et, lorsqu'il baissait la tête, il découvrait son fils couvert de vase qui appelait au secours en tendant les bras. Tom se réveillait alors en sueur, ouvrait les yeux et se frottait le visage pour tenter de chasser le rêve de ses pensées. Mais dès qu'il fermait les paupières, il se retrouvait dans ce marécage. Avec, pâle, fantomatique et terrifié, le visage de Danny à ses pieds. Tom s'allongeait sur la berge et tendait le bras pour tirer le jeune homme de l'étang, mais il était trop loin. Leurs mains ne se rejoignaient jamais. Il se rendait alors compte que Danny n'était pas seul dans l'étang, que les eaux sombres grouillaient de cadavres.

Il se leva vers six heures du matin, prit sa douche et paya sa chambre. Cela faisait des années qu'il n'était pas allé à Los Angeles. Trop de fantômes. Les rues étaient pratiquement vides. Il alla en voiture jusqu'à West Hollywood, passant devant des endroits qu'il avait connus enfant. Mais tout avait changé. Le collège Carl Curtis avait déménagé, le petit zoo avec les animaux qu'on pouvait caresser avait été entièrement bétonné. Il remonta La Cienega et Sunset Boulevard jusqu'aux collines, en suivant le même chemin que Diane prenait quand elle le ramenait chez Ray. Mais après le dernier virage, il vit en débouchant devant la maison que le portail avait été changé et que le toit rouge qu'on apercevait autrefois avait disparu. La maison avait été rasée et remplacée par un palais de verre et de ciment lisses.

Il descendit par le canyon, prit la direction de l'est, puis du nord, et se retrouva sur la route qui menait au crématorium où avaient eu lieu les funérailles de Diane. À l'époque, l'endroit était entouré de terrains vides. À présent, le moindre mètre carré était construit. Il fallut beaucoup de temps à Tom pour retrouver son chemin.

Le cimetière était plus petit que dans son souvenir. Pas de pierre tombale pour Diane. À cause de la honte entourant sa mort et certainement aussi suite à l'une de ses lectures d'enfant, Tom avait cru à l'époque que c'était parce que les assassins n'avaient pas droit à une véritable tombe. Plus tard, il avait appris que Diane l'avait voulu ainsi. Ses cendres avaient été simplement dispersées dans ce qui s'appelait le Jardin du Souvenir. Tom y déambula lentement entre les parterres de fleurs, sous un soleil matinal déjà chaud. Il y avait un banc en pierre installé sous une tonnelle de roses blanches et roses. L'odeur des fleurs lui rappelait toujours Diane. Il resta assis un long moment, les yeux fermés, à penser à elle et à essayer de se souvenir d'elle. La première image qui lui vint fut celle de leurs derniers moments ensemble. Diane vêtue de blanc, debout dans ce rayon de soleil qui traversait la cellule. Si seulement il avait été plus gentil avec elle ce jour-là !

Il laissa sa voiture de location à l'aéroport et se présenta à l'enregistrement largement à l'avance. En attendant son vol, il lut tous les journaux et les magazines qui lui tombaient sous la main. Il y trouva plein d'articles sur l'Irak, mais absolument rien sur Danny. Les médias semblaient avoir perdu tout intérêt pour cette histoire. Au début, Tom s'était attendu à voir débarquer chez lui des équipes de télé, mais il n'en avait rien été. Le seul journaliste qui l'avait appelé, c'était une amie qui travaillait pour le *Missoulian*. Elle avait écrit quelques lignes reléguées au milieu du journal, sans aucune mention du nom de Tom.

Pour Gina, les choses avaient été bien plus difficiles. Les journalistes l'avaient harcelée pendant une semaine, à l'affût de la moindre information sur l'histoire, guettant la réaction de la famille. Dutch les avait chassés énergiquement. L'affaire faisait l'objet de quelques commentaires sur Internet, mais il fallait bien chercher pour les trouver, et ils ne représentaient rien par rapport à ceux qu'avait suscités la bavure d'Haditha. Il s'agissait peut-être simplement d'une question de chiffres. À Haditha, les marines avaient tué vingt-quatre civils. Alors sept malheureuses victimes, ça ne faisait pas le poids.

L'avion atterrit à l'heure. L'air de Missoula était sain, propre et plus frais que celui de Los Angeles. Tom récupéra sa voiture et prit la direction de la ville. Après Clark Fork, il s'arrêta au Good Food Store sur la 3e Rue pour acheter de quoi manger. Il traversait l'une de ses périodes d'obsession pour la nourriture saine (cela durait généralement une semaine). Tandis qu'il remplissait son Caddie d'oranges bio, son portable sonna. C'était une voix de femme, qui ne se présenta pas, comme s'il devait savoir qui c'était.

« Salut, dit-elle. Alors, comment ça s'est passé ? »

Tom n'avait aucune idée de qui ça pouvait être, ni de quoi on lui parlait. Alors il se contenta de dire *salut* et *pas mal*. C'est alors qu'une liaison entre deux de ses neurones se rétablit. Mais oui, bien sûr ! C'était Karen O'Keefe.

« Alors, vous l'avez signé, ce gros contrat pour le cinéma ? »

Il se souvint du mensonge qu'il lui avait raconté à propos de son rendez-vous à Los Angeles.

« Euh, non. Je veux dire, on n'en est pas encore à ce stade.

— Ah bon.

— En fait, je viens de rentrer.

— Ah, je vais vous laisser, alors.

— Non, non. Ça ne fait rien. Et vous, vous allez bien ? Et votre mère ? Je veux dire, son chat… Il s'appelait comment, déjà ?

— Maurice. Elle est on ne peut plus ravie. Vous allez croire qu'elle n'a pas de sentiment, hein ? Mais elle est enchantée. Vous savez, enchantée tout en se sentant un peu coupable. Elle veut vous rencontrer. Ça vous dit, un dîner ce soir ?

— Un dîner ? Avec votre mère ? »

Karen s'esclaffa. Il aimait beaucoup son rire.

« Non, avec moi. Mais je peux amener ma mère si vous voulez.

— Une autre fois peut-être. Dites, pour ce soir, je peux acheter quelque chose. Je suis au supermarché bio…

— Moi aussi.

— Ah bon ?

— Oui. Regardez à votre droite. »

En effet, elle était bien là, à vingt mètres à peine de lui, le visage fendu d'un large sourire. Elle ferma son téléphone d'un coup sec et avança vers lui.

« Tout d'abord, le chat. Maintenant, le supermarché. Vous allez croire que je vous suis.

— Je vous invite. »

Elle lui fit part de son intention de lui acheter de quoi dîner, mais Tom répliqua que, vu qu'ils étaient entourés de montagnes de produits délicieux et qu'il adorait faire la cuisine, autant manger chez lui. Haussant les épaules, elle dit *OK*, transféra le maigre contenu de son Caddie dans le sien, et ils poursuivirent leurs achats ensemble.

Tom poussait le Caddie en la regardant fouiller dans les rayons, prendre un paquet pour l'inspecter, tâter les fruits pour voir s'ils étaient mûrs, vérifier les étiquettes. Il aimait cette façon qu'elle avait de se mordre la lèvre quand elle se concentrait, cette petite ride sur son front, ce geste pour coincer une mèche de cheveux derrière son oreille. En fait, il aimait tout d'elle. Surtout, il aimait penser que les gens qui les voyaient les croyaient ensemble. Il avait oublié à quel point c'était agréable.

Ils achetèrent du steak, de la salade, des fromages français, des framboises et une marque de glace dont Tom n'avait jamais entendu parler mais qui était la meilleure au monde, d'après Karen. Au diable le régime. Elle voulut payer. Il refusa.

Elle le suivit jusque chez lui dans sa vieille Volvo. Lorsqu'ils arrivèrent, Makwi sortit en bondissant et lui fit la fête, comme s'il était parti depuis des années. Liz, l'amie qui avait gardé la chienne et la maison pendant son absence, était pressée de partir. Il la remercia, la paya, puis, accompagné de Karen, emmena Makwi jusqu'à la falaise de l'autre côté de la forêt.

D'habitude, Tom s'arrêtait au pied de la paroi rocheuse, mais ce soir-là, ils contournèrent l'à-pic et grimpèrent en longeant le bord jusqu'au sommet. Les derniers cent mètres étaient raides et caillouteux. Il dut lui tendre deux fois la main pour l'aider à monter. Elle arriva en haut hors d'haleine. Ils s'installèrent côte à côte sur un rocher plat et contemplèrent le paysage au-delà des cimes des arbres.

On ne voyait pas vraiment la maison de Tom à cette hauteur, simplement le méandre du ruisseau un peu plus en aval et les peupliers qui poussaient sur les berges, ainsi que la prairie où Gina laissait les chevaux autrefois. La lumière déclinante était douce, teintée de bleu. À mesure que le soleil disparaissait, la pénombre envahit, telle une marée, l'autre versant de la vallée. Ils n'avaient pratiquement pas cessé de parler pendant la promenade, mais à présent, un silence apaisant s'installait entre eux. Deux corbeaux harcelaient un faucon qui s'était certainement trop approché de leurs petits. Leurs cris rauques retentissaient dans la vallée.

Tom et Karen avaient parlé de ses parents à elle, du fait que son père, bien plus âgé que sa mère, était mort depuis longtemps. Elle ne l'avait jamais vraiment connu. À présent, c'était elle qui lui posait des questions. Elle voulut que Tom lui parle de ses parents. Il lui raconta que lui non plus n'avait pas connu son père, qu'en fait, il ne l'avait même jamais vraiment rencontré et qu'il ignorait s'il était toujours en vie.

« Et vous n'avez pas envie de savoir ?

— Si, un peu. Mais pas suffisamment pour faire des recherches.

— Vous savez où il habite ?

— Je sais où il habitait il y a trente ans. Je l'ai vu une fois. »

Il se tut. Elle le regardait avec ces yeux verts, attendant qu'il reprenne son récit. Jusque-là, il n'avait parlé de cela à personne. Karen O'Keefe sentit brusquement que le sujet était délicat.

« Excusez-moi. Je me mêle de ce qui ne me regarde pas.

— Non, non, ça ne me gêne pas. »

Alors il lui raconta comment Diane était tombée enceinte à quinze ans, comment ses grands-parents avaient fait croire qu'ils étaient ses parents. Comment, bien des années plus tard, âgé d'une vingtaine d'années, il essaya de retrouver son père et dénicha son adresse avec une facilité déconcertante. David Willis avait alors presque quarante ans et vivait à Turnbridge Wells, dans le sud-est de l'Angleterre. Tom avait pensé lui écrire, mais s'était ravisé en imaginant le choc que le pauvre homme éprouverait en ouvrant la lettre. Après tout, Diane ne l'avait jamais informé de sa grossesse.

C'est ainsi que lors de l'un de ses rares séjours en Angleterre, Tom loua une voiture et se rendit dans une banlieue verdoyante de Turnbridge Wells.

« C'était un dimanche matin. Il faisait beau. Les gens étaient dans leurs jardins à passer la tondeuse. Je suis passé lentement en voiture devant la maison et j'ai vu cet homme qui lavait sa voiture devant son garage. Une Volvo, exactement comme la vôtre, mais bien plus propre. »

Karen O'Keefe eut ce rire qu'il aimait tant.

« Il était comment ?

— Grand, mince, beau. Visiblement, j'ai hérité de tous ses gènes.

— Et ensuite ?

— J'ai fait demi-tour un peu plus loin, suis revenu et me suis garé sous les arbres, juste en face de la maison. Et je suis resté là un bon moment à le regarder. Ensuite, une petite fille de cinq ou six ans est sortie de la maison. Il a fait semblant de l'arroser avec son tuyau et elle s'est esclaffée en poussant des petits cris, comme pour le mettre au défi de l'arroser. Alors il l'a soulevée, l'a posée sur ses épaules, et a fini de nettoyer sa voiture.

— Votre petite sœur.

— Je suppose. Ma demi-sœur.

— Et ensuite ?

— Ensuite, j'ai redémarré et suis parti.

— Et vous n'avez jamais pris contact avec lui ? »

Tom fit signe que non en souriant.

« Pourquoi ?

— Qu'est-ce que j'aurais bien pu lui dire ? *Salut, je m'appelle Tom, je suis le fils que vous ne saviez pas que vous aviez.* Il m'a semblé que pour lui faire ce coup-là, pour bouleverser sa vie, il fallait que j'aie une bonne raison. Une vraie, et pas simplement la curiosité. Ce qui, au fond, était ce que je ressentais. Il n'y avait aucun… aucun lien entre nous. »

Ils restèrent silencieux un moment.

« Et votre mère ? Elle est toujours vivante ?

— Non. Elle est morte il y a longtemps.

— Vous avez des frères ou sœurs ?

— Une sœur. Morte dans un accident de voiture quand j'avais treize ans.

— Ben dites donc. Ça a dû être dur.

— Ouais. En effet. »

Le mensonge lui parut usé. Il ne s'était pas entendu le raconter depuis longtemps. Il fut soudain pris de l'envie d'avouer comment Diane était réellement morte. Mais pouvait-il raconter à cette quasi-inconnue ce qu'il n'avait jamais réussi à dire à quiconque ? Même pas à son psy, même pas à Gina. Ce serait une véritable trahison. Le problème, avec les mensonges, c'était cela. Tels les pins tout tordus et noueux qui poussaient dans les montagnes, plus ils étaient vieux, plus ils devenaient résistants. L'un des corbeaux vira devant eux en se laissant porter par le vent chaud, fournissant à Tom un prétexte pour mettre un terme à la conversation. Il se leva.

« Je commence à avoir faim. Pas vous ?

— Oh oui ! »

Il appela Makwi, qui sortit en trottinant de la forêt, essoufflée par ce qui, de toute évidence, avait été une autre poursuite palpitante.

« Y aurait-il une autre victime dans les parages ? demanda Karen.

— Peut-être que oui, si votre mère a acheté un nouveau chat. »

Ils reprirent le chemin dans le sens inverse et rentrèrent chez Tom sans rien se dire, ou presque. Tom versa à Karen un verre de vin rouge et se servit un soda, avant de faire cuire les steaks. Karen alluma les chandelles sur la terrasse, puis vint s'asseoir à la table de la cuisine pour préparer la salade.

La dernière fois qu'ils s'étaient vus, il lui avait donné les cassettes des enregistrements des témoignages des vieux Indiens blackfoot sur la Mission de la Sainte Famille. Elle avait mille et une idées sur la façon de les inclure dans le film qu'elle était bien décidée à faire avec lui. S'appuyant sur le mur, il la regarda qui défaisait les feuilles de salade tout en papotant. Il aimait sa façon de parler, cette sorte d'accent traînant, à la fois nonchalant et grave.

La viande était délicieuse. Pendant le repas, Tom poussa Karen à lui parler d'elle. De ses années à l'université de Boulder, puis à l'école de cinéma de l'UCLA, des documentaires qu'elle avait réalisés depuis. Ceux-ci portaient en général sur des sujets de société ou sur les problèmes d'environnement et semblaient assez radicaux, aussi bien dans leur forme que dans leur contenu. L'un d'eux, qui traitait d'un concours de chasseurs de coyotes dans une petite ville du Wyoming, lui avait valu un prix l'année précédente au festival de Sundance. L'un des chasseurs lui avait fait savoir que si jamais elle osait revenir dans le Wyoming, il lui réserverait le même accueil qu'aux coyotes. Pour l'instant, elle travaillait sur un film à propos des vétérans de la guerre en Irak.

Tom but une gorgée de son soda.

« Vraiment ?

— Oui. Je vais l'intituler *Les Blessures invisibles*. Je voudrais montrer qu'on pense généralement que les victimes de la guerre, ce sont les blessés ou les tués – ce qui, bien sûr, à un certain niveau, est vrai. Mais les vraies blessures, ce sont celles qu'on ne voit pas, celles de ces jeunes gars – mais aussi de ces jeunes femmes – qui rentrent chez eux tellement traumatisés par ce qu'ils ont vu ou fait que leur vie est entièrement ruinée – pour ne rien dire de celles de leurs proches. »

Elle se tut un instant. Visiblement, elle attendait sa réaction.

« Ça a l'air intéressant. » Tom sentit sa bonne humeur le déserter. Ainsi, il s'agissait de cela. Quel idiot de se laisser aveugler par sa propre vanité, d'imaginer qu'elle l'avait appelé parce qu'elle était attirée par lui ! Alors que pour elle, il était simplement le moyen d'arriver à Danny.

« Vous ne voulez plus rien me dire ?

— Je m'excuse.

— Non, c'est moi qui m'excuse. J'ai appris, pour votre fils. J'aurais dû vous le dire.

— Pourquoi donc ?

— Parce que maintenant, vous vous dites que c'est l'unique raison de ma venue.

— En effet, j'y ai pensé.

— Merde. »

Elle se leva, alla jusqu'à la balustrade et resta un instant à regarder le ruisseau en croisant les bras comme pour se protéger du froid. Quelque part dans l'un des peupliers, une chouette hulula. Les bougies vacillaient dans leurs bocaux en verre. La lumière clignotait sur sa robe. Tom se rendit compte à quel point elle était gênée, et se dit qu'il avait été cruel. Qu'est-ce que cela pouvait lui foutre qu'elle soit là ? Quels que soient ses motifs, il appréciait sa compagnie et rien d'autre ne devait entrer en ligne de compte. À sa place, il aurait certainement agi de la même manière. Il fallait qu'il mûrisse un peu.

« Karen ? »

Elle se tourna vers lui. Il vit qu'elle était au bord des larmes.

« Ça me fait mal, que vous pensiez cela de moi...

— Mais non, je ne pense pas ça. S'il vous plaît, venez vous asseoir.

— ... parce que ce n'est pas vrai.

— Allons, venez. »

Elle s'approcha lentement de la table et s'assit, les bras toujours serrés contre sa poitrine.

« Et si nous goûtions cette délicieuse glace ? dit-il.

— Non merci, sans façon.

— Je voudrais vous parler de Danny.

— Je vous en prie, Tom, ne vous sentez pas obligé.

— J'en ai envie. Je vous assure. »

Il remplit son verre de vin, se renfonça dans sa

chaise et commença son récit. Il évoqua brièvement son divorce, son éloignement progressif de son fils, sa jalousie envers Dutch. Toute cette haine, cette culpabilité, et cette terrible dispute le jour où Danny lui avait annoncé qu'il s'engageait. Puis il lui révéla le véritable motif de son voyage en Californie et lui fit part de la version que Danny lui avait donnée de la nuit où ces civils avaient été tués. Elle l'écouta sans l'interrompre une seule fois. Lorsqu'il eut fini, il vit qu'elle était émue. Elle se pencha en avant et lui prit la main. Ils restèrent là, silencieux, pendant ce qui leur sembla un long moment. Les bougies s'étaient toutes éteintes, sauf une.

« Merci », dit-elle.

Tom sourit.

« Il a un bon avocat ?

— Uniquement celui que l'armée lui a fourni. Depuis le début, je dis qu'il lui faut quelqu'un d'indépendant. Mais Gina et Dutch ne veulent rien entendre.

— Et Danny, qu'est-ce qu'il en pense ?

— Au début, il était d'accord avec eux. Maintenant qu'il comprend qu'il sert de bouc émissaire, il n'en est plus sûr. Il faut lui trouver quelqu'un de bien. »

Elle lui tenait toujours la main. Il la libéra doucement.

« Il fait froid », dit-il.

Malgré ses protestations, elle tint à débarrasser la table et à rapporter les assiettes dans la cuisine. Elle alla jusqu'à les mettre dans le lave-vaisselle.

« Quand vous aurez fini ça, vous pourrez prendre l'aspirateur dans le placard », dit-il.

Elle éclata de rire et se tourna vers lui. Leurs regards se croisèrent. L'espace de quelques secondes, il lut dans ses yeux que s'il s'approchait d'elle et l'embrassait, elle ne le repousserait pas. Il ne sut pas trop ce qui l'arrêtait. Peut-être simplement la différence d'âge, ou bien le doute qui persistait quant à ses motivations à elle.

« Votre maman va s'inquiéter. »

Il s'en voulut de cette plaisanterie lourde au moment même où il la faisait.

« Ouais, c'est sûr, je ne voudrais pas qu'elle me prive de sortie.

— Excusez-moi, je ne voulais pas…

— Non, vous avez raison. Il est grand temps que je parte. »

Il la raccompagna jusqu'à sa voiture. Elle le remercia pour le dîner, ajoutant qu'elle avait passé un bon moment. Makwi était sortie avec eux. Karen O'Keefe la caressa, dit au revoir à Tom et l'embrassa chastement sur la joue. Il la regarda s'éloigner jusqu'à ce que les feux arrière de sa voiture disparaissent. Lentement, le silence l'enveloppa à nouveau. En baissant les yeux, il vit que Makwi le regardait tristement. Tu as tout gâché, semblait lui dire sa chienne.

« Qu'est-ce que tu as à me regarder comme ça ? »

Ils rentrèrent.

19

Ruban de poussière rouge serpentant entre les buissons d'armoise vert argenté, la piste s'étirait devant eux en longeant le flanc de la montagne et se faufilait entre d'immenses rochers. L'un, grand comme une maison, la surplombait, si bien qu'ils durent baisser la tête jusqu'à toucher l'encolure de leurs chevaux pour passer dessous. Plus bas, s'étageait une forêt de chênes dont les feuilles bruissaient dans le vent en leur laissant apercevoir de temps en temps une tache vert vif leur rappelant que la vallée, devenue prairie, s'évasait pour accueillir un ruisseau.

C'était la fin du mois de mai. La température grimpait de jour en jour. Le temps n'offrait à vrai dire guère de sujet de discussion à Los Angeles, puisqu'il faisait toujours beau et chaud. La seule chose dont on entendait les gens se plaindre, c'était le smog.

Tommy était devant avec Chester, le poney pinto au pied sûr qu'il montait toujours. Cal le suivait sur Amigo. Tommy aimait bien partir à cheval rien qu'avec Cal, mais c'était chouette aussi quand Diane les accompagnait, ce qu'elle avait beaucoup fait ces derniers temps. Elle avait dû apprendre à monter pour le film qu'elle allait tourner avec Ray et, grâce à Cal, se débrouillait déjà très bien. Elle serait bien venue avec eux cet après-midi, mais le studio l'avait appelée pour faire quelques essais maquillage et coiffure de dernière minute.

Plus que trois jours d'école, et ce week-end, ils partiraient tourner dans l'Arizona. Tommy était tellement excité qu'il ne pensait qu'à cela, ne parlait que de cela depuis plusieurs jours. Ils allaient passer deux mois en tournage extérieur. Ray lui avait dit qu'ils pourraient aller voir Monument Valley, là où tous les grands films de John Ford avaient été faits. De plus, Cal venait aussi, pour s'occuper des chevaux et servir de doublure à Ray.

Brusquement, Chester fit un écart et se cabra. Tommy eut à peine le temps de s'agripper au pommeau pour ne pas tomber. Cal vint se placer à côté de lui et calma sa monture.

« Qu'est-ce qui lui a pris ? » demanda Tommy.

Cal désigna quelque chose au-dessus d'eux. Un serpent noir et blanc qui se faufilait dans une fissure entre deux rochers.

« Waouh ! C'est un crotale ?

— Non, un serpent roi de Californie.

— Il est venimeux ?

— Non. Le crotale est le seul qui soit venimeux dans le coin. Dis donc, Tom, tu t'es bien accroché. »

Tommy aimait cette façon qu'avait Cal de l'appeler Tom. En fait, il aimait tout chez lui. Il connaissait le nom de toutes les plantes, de tous les arbres, de tous les animaux. Tommy le harcelait de questions et essayait de mémoriser toutes ses réponses. Ainsi, il savait qu'il y avait en Californie sept espèces différentes de faucons, huit espèces de lézards et dix-huit de serpents, même s'il n'en avait pour ainsi dire jamais vu. Il regrettait de s'être vanté, l'une des premières fois où ils allèrent se promener à cheval ensemble, d'avoir tué des oiseaux dans le jardin de Ray avec son pistolet à air comprimé. Cal avait alors froncé les sourcils.

« Tu les as tués pour les manger ?

— Bien sûr que non !

— Alors, quelle raison avais-tu de les tuer ? »

Tommy n'avait pas su quoi répondre. Il fut tenté de rejeter la faute sur Ray qui lui avait montré comment faire. Mais cela n'aurait pas été juste. La vérité, c'est qu'il y avait pris goût, qu'il aimait la traque, qu'il était fier quand il faisait mouche. Souvent, après l'école, Wally Freeman et lui se déguisaient et jouaient à Œil-de-faucon et Chingachgook en train de chasser dans la forêt.

La question de Cal lui avait fait honte. Plus tard, en y réfléchissant, Tommy se rendit compte qu'en fait il faisait ça simplement par curiosité. Les oiseaux étaient si libres, si vifs, qu'il était impossible de s'approcher d'eux. Mais une fois que vous les aviez tués, vous pouviez les toucher, les prendre dans la main et admirer leur beauté. Même si, une fois l'excitation de la chasse retombée, Tommy éprouvait toujours une pointe de remords quand il sentait la chaleur abandonner le petit corps mou et sans vie qu'il tenait dans ses mains. Après cette conversation avec Cal, il se jura de ne plus jamais tirer sur une créature vivante.

D'après Cal, la faune était beaucoup plus abondante autrefois dans les collines, mais l'expansion de la ville commençait à repousser les animaux plus loin. Pas plus tard que la semaine précédente, ils étaient partis se promener de l'autre côté du ranch, jusqu'au sommet d'une colline où ils s'étaient arrêtés un moment pour observer des bulldozers qui soulevaient d'immenses nuages de poussière en dégageant le terrain où allait être construite une nouvelle route. Cal dit à Tommy que M. Maxwell, le propriétaire du ranch, s'était plusieurs fois vu proposer une coquette somme d'argent par des entrepreneurs qui voulaient construire des maisons sur le terrain. Chaque fois qu'il refusait, on lui faisait une offre encore plus intéressante. Ce n'était qu'une question de temps.

Ce jour-là, ils avaient vu des cerfs, ces écureuils qu'on appelait des spermophiles et un coyote. Mais leur trouvaille la plus palpitante avait été la découverte, dans une flaque de boue séchée près d'un ruisseau, de la piste d'un puma. Les empreintes de ses pattes étaient énormes. Cal raconta à Tommy qu'il y avait beaucoup de pumas dans le coin mais qu'on les voyait rarement, sauf si l'un d'eux, tapi dans un arbre, vous tombait dessus et vous arrachait un morceau du crâne, ce qui était leur mode d'attaque préféré. Depuis, Tommy examinait avec précautions tous les arbres sous lesquels ils passaient. Cal ajouta qu'il y avait également beaucoup de pumas chez lui, dans le Montana. Et des grizzlis, lesquels étaient bien plus dangereux, surtout s'il s'agissait d'une mère avec son petit. Autrefois, il y avait des loups, mais ils avaient tous été tués, piégés ou abattus.

Tommy aimait bien que Cal lui parle de son enfance dans le Montana. Sa mère était une vraie Blackfoot née dans une réserve près d'une ville qui s'appelait Browning, un endroit plutôt lugubre. Son père était un Blanc. La famille vivait dans un petit ranch plus au sud, dans les montagnes Rocheuses. Son arrière-grand-père du côté maternel était presque centenaire et se souvenait de l'époque où les Indiens chassaient le bison. Il y avait des troupeaux immenses. Si nombreux que la terre semblait parfois noire. Mais avec l'arrivée du chemin de fer, ils avaient tous été abattus eux aussi – cinquante millions en à peine plus de dix ans.

« Alors, dis-moi, ils t'ont confié un rôle dans le film ? demanda Cal.

— Pas encore, répondit Tommy en riant. Ray dit qu'il y travaille.

— Il va falloir qu'on trouve quelque chose. Je serai peut-être obligé de te prendre comme dresseur. »

Le film s'intitulait *Les Délaissés*. Tout le monde s'accordait à dire que le scénario était remarquable. Tommy avait essayé de le lire mais tous ces numéros de scènes et ces indications de caméra – extérieurs, intérieurs, fondus, panoramiques, travellings, etc. – le gênaient et il n'arrivait pas vraiment à comprendre ce qui se passait. Diane lui avait raconté l'histoire. Il ne s'agissait pas tout à fait d'un western, du moins pas du genre de western que Tommy aimait. Il y avait des voitures, des avions, des gens qui utilisaient le téléphone, et pas un seul Indien.

Il s'agissait avant tout d'une histoire d'amour. Diane devait jouer le rôle d'une Anglaise qui s'appelait Helen, mariée à un homme riche qui s'appelait Dexter Dearborn. Ils vivaient dans un beau ranch à la limite du désert, mais Dexter n'était pas gentil avec elle. Il n'était gentil avec personne, d'ailleurs. Il possédait une compagnie pétrolière et passait son temps en voyages d'affaires, ou bien filait en ville voir sa maîtresse.

Alors Helen, triste et seule, s'ennuyait. Jusqu'à ce que le frère de Dexter, Harry, vienne vivre avec eux.

Ça, c'était le rôle de Ray. Harry, un célèbre champion de rodéo, avait été contraint, suite à une grave blessure, de se retirer. Triste, seul, il était complètement fauché et buvait trop. Mais sur le fond, c'était un type vraiment sympa. Pour l'aider, Dexter l'avait chargé de s'occuper du ranch. Bien sûr, comme on était au cinéma, Helen et Harry tombaient amoureux et pendant quelque temps, vivaient, comme disait Diane, sur un petit nuage rose. Mais ça ne durait pas. Un soir, Dexter rentrait à l'improviste et les surprenait en train de s'embrasser. Alors, il frappait Helen. Harry venait à son secours et, au cours de la bagarre qui s'ensuivait, tuait Dexter. Il finissait sur la chaise électrique et tout se terminait dans des larmes. Visiblement, personne ne savait pourquoi le film s'appelait *Les Délaissés*, mais d'après Ray, peu importait. C'était un bon titre.

Le fait que le film se faisait leur avait rendu à tous leur bonne humeur après les difficultés de la fin de l'année précédente. Bien sûr, le mariage avait contribué à ce nouveau bonheur.

Ray et Diane s'étaient mariés le mois précédent après que les Russes avaient envoyé Youri Gagarine dans l'espace (Ray affirmait que tout cela avait été simulé dans un studio de télé et que les Américains avaient été les premiers dans l'espace puisqu'ils y avaient envoyé Alan Shepard trois semaines plus tard).

Ray, qui tenait à ce que les noces soient une grande occasion, voulait inviter plein de monde, mais Diane avait refusé, si bien qu'au bout du compte, ils se retrouvèrent juste tous les trois. Ils allèrent à Las Vegas dans la Cadillac décapotable et prirent une suite immense dans un nouvel hôtel merveilleux qui s'appelait le Tropicana. Ils furent traités comme des princes et eurent même une Rolls Royce avec chauffeur pour se balader. Le lendemain matin, ils se réveillèrent avant l'aube et, au bout de plusieurs heures de traversée du désert en voiture, ils virent le Grand Canyon, paysage tellement vaste et étrange qu'ils eurent l'impression d'être sur Mars ou sur la Lune.

Le soir, de retour à Los Angeles, Ray et Diane se marièrent dans une minuscule chapelle décorée de milliers de petites lumières. Diane était d'une beauté à couper le souffle. Elle portait une robe en satin blanc couverte de strass, et avait des lis blancs dans les cheveux. Tommy avait un costume blanc fait spécialement pour lui par l'un des costumiers de la Paramount. Ray était lui aussi en blanc. Leurs Stetson et leurs cravates-lacets étaient identiques. Le prêtre avait des cheveux noirs lissés en arrière comme Elvis. L'espace d'un instant, Tommy crut que c'était effectivement le King.

Le mariage devait être secret, mais quelqu'un avait dû filer le tuyau aux journalistes. En effet, quand ils sortirent de la chapelle, il y en avait des tas qui les attendaient. Ils se retrouvèrent donc coincés sur les marches à sourire aux flashes aveuglants pendant que tout le monde criait *Diane ! Ray ! Par ici ! Diane !* Tommy entendit même quelqu'un l'appeler. Jamais jusque-là il ne s'était senti célèbre. Le lendemain, ils prirent l'avion pour Hawaii. Là-bas aussi, il y avait des photographes. Le journal local publia en première page une photo d'eux avec chacun une guirlande autour du cou.

« Dis-moi, Tom, et si on laissait ces p'tits pères se dégourdir les jambes ? »

Cal et lui étaient descendus à travers la forêt de

chênes jusqu'à la vallée où le terrain était plus plat, plus vert, et où l'air chaud embaumait. Tommy pressa délicatement ses talons contre les flancs de sa monture, comme Cal le lui avait montré, et le petit pinto s'élança. Ils longèrent le ruisseau et mirent leurs chevaux au galop sur les trois ou quatre cents derniers mètres. Tommy savoura le bruit effréné des sabots et le souffle du vent chaud sur son visage. Son chapeau s'envola et tomba par terre. Cal se pencha, le ramassa sans quitter les étriers et le lui rendit au moment où ils ralentissaient. Ils sortirent de la vallée, contournèrent la dernière colline et aperçurent les corrals, la petite maison de Cal, et Diane qui les attendait près de la Galaxie jaune. Elle leur fit signe.

« Alors, comment va mon élève préférée ? lui demanda Cal.

— Dis donc, je croyais que c'était moi, ton élève préféré ! » s'exclama Tommy.

Ils éclatèrent de rire.

« C'est ce qu'il dit à tous ses élèves, dit Diane. J'aurais bien aimé vous accompagner, les gars. Elle était chouette, cette balade ?

— On a vu un serpent roi de Californie.

— Ah bon ?

— C'est pas un serpent venimeux. Le seul qui soit venimeux dans le coin, c'est le crotale. Chester a eu la trouille, mais je me suis bien tenu. Pas vrai, Cal ?

— Je confirme. Il est resté comme collé à sa selle. Il s'est bien débrouillé. Je risque de perdre mon boulot s'il continue à progresser. »

Ils mirent pied à terre et firent rentrer leurs chevaux dans le corral. Tommy dessangla Chester, souleva la selle et la posa sur la barrière. Puis il frotta le dos du pinto, là où il était tout mouillé. D'après Cal, les chevaux adoraient. Ensuite, Tommy emmena les deux montures à l'abreuvoir et les regarda boire tandis que Cal et Diane papotaient près de la voiture. Depuis que Diane s'était mise à l'équitation, ils étaient devenus de très bons copains.

Sur le chemin de la maison, Tommy demanda à Diane pourquoi quelqu'un d'aussi gentil que Cal n'avait pas de femme. Diane lui répondit qu'il fallait du temps pour trouver la bonne personne, et puis de toute façon, il y avait des gens qui n'avaient pas envie de se marier. Certains préféraient vivre tout seuls.

« Si tu avais rencontré Cal avant Ray, tu aurais eu envie de l'épouser ? »

Diane éclata de rire.

« Qu'est-ce qu'il y a de drôle ?

— Rien. Tu as toujours de ces questions ! »

Installés à bord du Lockheed Lodestar d'Herb, ils virent l'ombre de l'appareil glisser sur le sol en dessous d'eux. Les montagnes ondulantes étaient roses et entaillées de ruisseaux asséchés et de lacs secrets qui leur renvoyaient les rayons du soleil déclinant. Tommy vit pour la deuxième fois le Grand Canyon. Ils essayèrent de deviner où ils étaient la première fois mais la différence de point de vue était telle qu'ils furent incapables de se repérer. Un peu plus tard, Herb demanda au pilote de faire un détour pour qu'ils puissent voir Monument Valley. Ils serpentèrent à basse altitude, les ailes inclinées, entre les tours d'un rouge flamboyant qui se dressaient telles les citadelles orgueilleuses d'une race de géants disparus. Leurs flancs, d'un violet sombre à l'est, se détachaient sur fond de ciel orange.

Herb, installé à côté de Tommy près du hublot, lui montrait les lieux où Ford avait tourné certaines scènes célèbres de *La Prisonnière du désert* et de *La Chevauchée fantastique*. Tommy avait les yeux écarquillés, et Ray, qui pourtant avait déjà vu cet endroit, se sentit lui aussi empli d'une sorte d'admiration enfantine. Il passa le bras autour des épaules de Diane. Elle sourit, se frotta contre son cou et l'embrassa.

Ray n'avait jamais cru au destin, au sort, bref, à ce que les gens aimaient rendre responsable de ce qui leur arrivait. Si tout était décidé à l'avance, ourdi dans le ciel par quelque main invisible et toute-puissante, sans laisser aucune possibilité de choix ou de changement, à quoi cela servait-il d'être là ? Sa philosophie consistait à considérer le destin comme un flic un peu sadique qui, dès qu'il le pouvait, vous filait un coup de pied dans les couilles. Parfois, ce salaud se lassait et s'intéressait à autre chose, l'occasion pour vous de vous emparer de tout ce que vous pouviez prendre, comme un voleur, de remplir vos poches avant que son regard cruel ne se tourne de nouveau vers vous. Survivre, c'était faire preuve d'ingéniosité, voilà tout. Cela n'avait rien à voir avec la chance. Ray devait toutefois reconnaître que, depuis quelque temps, le flic semblait plus distrait que d'habitude.

Pile au moment où il pensait avoir tout perdu – sa carrière, sa fiancée, sa confiance et tout le bataclan –, voilà qu'il se retrouvait en plein ciel avec l'un des plus gros producteurs de Hollywood, qu'il était marié à la femme de ses rêves et allait devenir ce qu'il avait toujours pensé qu'il pouvait, qu'il devrait être : une vraie star de cinéma.

Il n'avait jamais su ce que Jack Warner pensait des *Délaissés*. Cet imbécile avait certainement jeté le scénario à la poubelle dès leur entretien terminé. Lui, le génie qui avait refusé *Autant en emporte le vent*, soi-disant parce que personne n'aurait envie de voir un film sur la guerre de Sécession ! Ray éprouva un certain plaisir vengeur en songeant que ce salaud devait avoir appris maintenant que *Les Délaissés* se faisait sans lui, avec un autre studio.

Cela, il le devait entièrement à Herb Kanter et à sa confiance inébranlable (et aux sommes considérables qu'il investissait) dans le talent de Diane. Jamais Ray n'avait vu de contrat aussi rapidement conclu. Elle était rentrée après Noël, lui avait pardonné et tout était redevenu comme avant entre eux deux. Elle avait enfin lu, et adoré, le scénario de Steve Shelby, et convenu qu'il y avait là un beau rôle pour elle. Elle le montra à Herb qui le lut dans la nuit et l'aima lui aussi beaucoup. Il suggéra Terence Redfield pour la mise en scène, proposa le projet à la Paramount et l'affaire fut conclue. Le lendemain, les grosses huiles donnaient leur accord.

L'équipe rassemblée pour faire le film avec Gary Cooper avait été reprise presque entièrement pour *Les Délaissés*. Ce pauvre vieux Coop avait fini par casser sa pipe deux ou trois semaines auparavant. Ray avait bien sûr dit ce qu'il fallait dire, à l'instar du pays tout entier : que c'était une tragédie, une perte terrible, etc. Mais secrètement, il considérait le décès du grand homme comme une bénédiction, une diminution opportune du nombre de concurrents.

Plus tard, il apprit que Redfield, ce petit sournois, aurait voulu donner le rôle d'Harry à Steve McQueen ou William Holden – alors qu'il avait été écrit pour lui, alors que tout le film avait été écrit pour lui. Heureusement, ces deux petits crétins étaient pris par d'autres projets, et Herb avait fini par convaincre Redfield que le fait de confier le rôle d'une star du rodéo sur le retour à l'ancien Red McGraw était le genre de choix qui plaisait aux spectateurs. En outre, il fallait s'attendre à beaucoup de publicité autour du couple que formait Ray et Diane dans la vraie vie. Sur ce point, il était déjà clair qu'Herb ne se trompait pas. Louella Parsons et Hedda Hopper avaient toutes les deux écrit sur le sujet, et tous les journaux et magazines qui avaient publié des photos de leur mariage avaient également mentionné le film. Mettre les canards au courant, c'était le meilleur coup que Ray ait fait depuis belle lurette.

Par contre, son cachet était ridicule, le budget et la durée du tournage aussi étroits que le trou du cul d'un rat. Cela était dû au fait qu'il n'y avait aucune grande star et que la situation financière de la Paramount empirait de jour en jour. Le tournage ne serait certes pas une partie de plaisir. Mais Ray s'en foutait. C'était un film, un vrai, pour le grand écran. Ray Montane et Diane Reed, tous deux en haut de l'affiche, enfin. Il bandait presque rien qu'en y pensant.

Quand ils arrivèrent enfin à Medicine Springs, le soleil était couché. La piste d'atterrissage formait une cicatrice noire à peine visible dans le désert rouge qui s'assombrissait. En atterrissant, le Lodestar, pris dans une bourrasque, rebondit et se pencha sur le côté. Les passagers retinrent leur souffle, puis éclatèrent de rire quand ils virent que l'avion s'était stabilisé. Quand ils débarquèrent, l'air était encore chaud. Les yeux fermés, Diane inspira profondément et déclara qu'elle adorait l'odeur du désert. Ray fit semblant d'être de son avis. En fait, cette odeur lui rappelait trop cette époque où, suant et bouffant de la poussière, il forait des puits de pétrole au fin fond des plaines texanes.

Frank Dawson, le chargé de production, les attendait avec son assistant et deux ou trois camionnettes Chevrolet flambant neuves. Ray n'avait jamais travaillé avec ce type, mais n'avait entendu dire que du bien de lui, comme quoi il était dur, mais juste. Il faisait deux mètres et avait un torse d'haltérophile. Ils se serrèrent tous la main. Frank mit leurs bagages dans le coffre de l'un des véhicules. Herb, attendu à toute une série de réunions, fila avec l'assistant en disant qu'il les verrait dans deux ou trois heures à la petite fête qu'il avait prévue au Hungry Horse. Frank allait les conduire au motel.

Medicine Springs s'étendait tristement le long de son unique rue, au pied d'un dôme rocheux rouge qui, d'après Frank Dawson, faisait plus de trois cents mètres de haut et avait été un lieu sacré pour les Indiens. Il y avait, d'après ce qu'on disait, des peintures rupestres au sommet. La ville possédait une quincaillerie, une laverie automatique, une épicerie, une station-service, quatre bars (dont le Hungry Horse) et, pour autant qu'ils purent en juger, un nombre de chiens errants lui donnant le droit de figurer dans le *Guinness des records*. Dawson dut s'arrêter trois fois pour klaxonner afin que les corniauds dégagent la route. Des groupes de jeunes Indiens erraient sur les trottoirs, la cigarette à la bouche. Ils se retournèrent et, sans esquisser un sourire, regardèrent les stars passer dans leur camionnette rutilante.

« C'est des Indiens ? demanda Tommy.

— Oui, des Navajos, répondit Dawson.

— Ils n'ont pas l'air très heureux.

— Tu peux le dire. »

La production avait réservé toutes les chambres disponibles en ville. Il y avait deux motels. Dawson leur assura qu'ils étaient dans le plus confortable, même si ce ne fut pas le mot qui leur vint à l'esprit quand ils se garèrent devant l'endroit. Celui-ci se situait sur un terrain légèrement surélevé au sud de la ville. Il y avait un gros cactus en plastique à l'extérieur et un panneau avec les mots *Motel Casa Rosa* en néon rouge. Les deux dernières lettres, défectueuses, clignotaient sans cesse.

La réception, qui faisait trois mètres carrés, avait des murs vert pâle et était éclairée par un unique tube fluorescent. Une petite femme mexicaine au regard triste était installée derrière le comptoir. Elle hocha la tête en souriant lorsque Dawson lui présenta Ray et Diane et lui expliqua qu'il s'agissait des vedettes du film, tout juste arrivées par avion d'Hollywood.

« Bon sang, Frank, chuchota Ray au moment où elle se tournait pour prendre les clés. C'est ça, l'hôtel confortable ?

— J'ai dit qu'il était plus confortable. Vous devriez voir là où je suis. »

Ils avaient les chambres 6 et 7, leur dit la femme en les guidant vers l'arrière du bâtiment, les meilleures, avec une porte communicante et vue sur les montagnes. Il y avait aussi vue sur un bulldozer jaune en train de rouiller dans un fossé, entouré de monticules de terre. La femme annonça qu'il s'agissait là de la future piscine.

« Super », dit Ray.

Ils entendirent une espèce de grattement au moment où la femme ouvrait la porte. La pièce était petite, étouffante, minable, les stores de la fenêtre déchirés. Sur une minuscule table étaient posés un gros bouquet de fleurs et un panier de fruits, avec une carte d'Herb leur souhaitant bonne chance pour le tournage.

« Comme c'est gentil », dit Diane.

Un cafard caché parmi les fruits se sauva, sans que Diane le remarque. Par contre, Tommy le vit disparaître sous la table. Il échangea un regard avec Ray.

« Frank, dit ce dernier, je peux vous parler un instant ? Diane, et si tu allais montrer sa chambre à Tommy ? »

Dawson sortit avec lui de la pièce. Ils restèrent quelques instants face à face au bord du fossé. Ray alluma une cigarette, sans en offrir une à Frank.

« On est quel jour aujourd'hui ? Le 1er avril, c'est ça ?

— Pardon ?

— Dites donc, c'est une plaisanterie ? Vous avez vraiment l'intention de nous faire crécher dans ce trou à rats ?

— On n'a pas pu trouver mieux, comme logement, Ray. Parfois, les conditions sont un peu rustiques en tournage. Il faut s'adapter.

— S'adapter ! On a un gamin avec nous ! Vous l'avez vu, ce cafard ? Ce motel, il devrait être fermé. Et ne me dites pas comment ça se passe en tournage. Je ne suis pas un blanc-bec. »

Les deux hommes restèrent un bon moment là, à

se regarder. La femme les observait. Dawson fut le premier à baisser les yeux.

« Je vais voir ce qu'on peut faire avec Herb.

— C'est ça. Voyez avec Herb. Mais nous, on ne reste pas ici une minute de plus. C'est compris ? »

Diane trouva que Ray avait été un peu brutal. Il lui répondit qu'elle ne savait pas comment ça marchait dans le monde du cinéma. Ces types étaient payés pour réduire les coûts au maximum et faisaient ce genre de chose pour vous tester, pour voir jusqu'où ils pouvaient aller. Si vous les laissiez faire, ils vous écrasaient. Il fallait leur montrer dès le départ qu'ils devaient vous traiter avec respect.

Comme par hasard, vingt minutes à peine plus tard, Herb téléphona pour s'excuser et dire qu'il leur cherchait un endroit plus correct. Une voiture réservée à leur usage personnel allait arriver et Leanne, la jeune fille qu'ils avaient engagée pour s'occuper de Tommy, pouvait venir le lendemain matin si cela leur convenait.

« Si tu as besoin de quelque chose, Ray, n'hésite pas. Appelle-moi. »

« Alors, tu as vu ? » dit Ray en raccrochant.

20

Le Hungry Horse était un bâtiment isolé sur la rue principale, avec une façade en adobe recouverte d'un enduit blanc. On y entrait par une porte à double battant, comme dans un saloon. L'intérieur était lugubre et sentait la bière et le tabac, avec des effluves de choses qu'il ne valait mieux pas trop imaginer. Par contre, la cour arrière était assez agréable. De longues tables en bois et des bancs y étaient installés sous un jacaranda, et éclairés par des guirlandes de lumières de toutes les couleurs. La nourriture n'avait rien d'extraordinaire – des steaks, des côtes de porc, des hamburgers, et un chili con carne épicé au point de vous faire sortir la fumée par les oreilles.

Assis sur son tabouret à côté du juke-box sous la véranda de derrière, trônait un Norvégien au teint cadavérique qui, pour des raisons mystérieuses, affirmait se nommer Chico et que tout le monde appelait *hombre* ou *señorita*. Sur les murs étaient accrochées des photos dédicacées le représentant en train d'embrasser des vedettes de série B à l'air un peu gênées. De toute évidence ravi de la présence en ville, pour la première fois depuis des années, d'une équipe de tournage, Chico accueillit tout le monde chaleureusement. Vu qu'il n'y avait pas de réelle concurrence à au moins quatre-vingts kilomètres à la ronde, le Hungry Horse devint rapidement le rendez-vous des acteurs et de l'équipe.

Herb y avait organisé une fête le premier week-end. On avait porté un toast à Diane et Ray. Terry Redficld avait fait un discours bref mais chaleureux, souhaitant à tous la bienvenue et se déclarant honoré de travailler avec des gens si talentueux. Ray, qui avait déjà ingurgité quelques tequilas de trop, lui avait répondu de façon plus qu'enthousiaste, obligeant Diane à le tirer par le bas de sa veste pour qu'il s'asseye.

À présent, la photo de Diane et Ray en compagnie de Chico tenait la place d'honneur derrière le bar. Tout le monde s'était de nouveau retrouvé là. Le lendemain étant jour de repos, l'humeur était détendue et animée. Chuck et Tony, deux des dresseurs de l'équipe de Cal, avaient apporté leurs guitares et jouaient des airs de country et les derniers tubes rock. Ils avaient même joué « Running Bear » pour Tommy avant qu'il ne succombe au sommeil, effondré sur l'épaule de Diane. Leanne venait de le ramener à la maison. Depuis son arrivée, le petit garçon passait ses journées avec Cal et ses collègues. Jamais il ne s'était autant amusé. Quand il rentrait, ivre de bonheur et de fatigue, il avait à peine la force de manger avant d'aller au lit.

La maison qu'Herb leur avait trouvée se trouvait à côté du ranch où l'on tournait la plupart des scènes en extérieur. L'endroit était petit, spartiate, mais bien plus agréable que la Casa Rosa. Quant à Herb, il logeait dans une maison encore plus petite à six cents mètres de la route. Les deux bâtiments ainsi que le ranch appartenaient à un riche propriétaire terrien de Flagstaff qui devait se réjouir tout autant que Chico de voir tout Hollywood débarquer à Medicine Springs.

Diane était heureuse, elle aussi. Elle n'avait bu que deux bières, mais l'alcool lui était tout de suite monté à la tête. Quel bonheur de travailler à nouveau ! Elle avait passé une bonne semaine – la chaleur mise à part. Jamais elle n'avait vécu dans un endroit aussi chaud. À dix heures du matin, il faisait déjà au moins trente-cinq degrés. Il n'y avait pas d'air conditionné dans la maison, et si vous sortiez sans chaussures, vous aviez l'impression que vos plantes de pied allaient griller comme de vulgaires steaks. Au moins, c'était une chaleur sèche, et généralement, le soir, le vent se levait.

Elle était installée au bout de l'une des tables avec Herb et John Grayling, qui jouait son mari dans le film. Il était beau, blond comme une idole du cinéma muet, ce qui expliquait probablement pourquoi Ray l'avait pris en grippe. Diane, elle, l'appréciait beaucoup. Il se montrait invariablement gentil et drôle et disposait d'un stock inépuisable d'histoires olé-olé sur les stars avec lesquelles il avait travaillé. Il les avait fait rire aux larmes en leur racontant comment, un jour, il s'était retrouvé coincé, vêtu d'une simple serviette nouée autour des hanches, dans un ascenseur d'hôtel en compagnie de Lana Turner et d'un chimpanzé énamouré.

Abstraction faite de ces histoires obscènes, Johnny Grayling était un excellent acteur. Il avait tourné avec Diane deux scènes importantes et entre eux le courant passait de manière palpable. Diane n'avait pas vu les rushes, mais Terry Redfield et Herb étaient enchantés.

Hélas, le jeu de Ray ne soulevait pas chez eux le même enthousiasme.

Rien de ce qu'il faisait ne les satisfaisait. Pour pratiquement chaque scène, Terry exigeait un nombre incalculable de prises. Pas plus tard que ce soir, Ray était rentré furieux à la maison, déclarant que si cela durait, il l'étranglerait, ce type. Diane l'avait pris dans les bras et s'était cfforcée de le calmer. Ce n'était que le début, tout allait s'arranger. Mais ses paroles ne firent qu'attiser sa rage.

Ils étaient heureux ensemble, comme jamais ils ne l'avaient été. Sauf que, depuis deux jours, il boudait et leur avait à peine adressé la parole, à elle et à Tommy. La veille, comme elle disait qu'elle était trop fatiguée pour faire l'amour, il était sorti, hors de lui, pour ne revenir qu'au petit matin. Elle ignorait où il avait passé la nuit.

« Allez, Diane, tu danses ? »

Chuck et Tony commençaient à jouer « Let's Twist Again ». Johnny était juste à côté d'elle, la main tendue. Souriant, Diane se leva et se laissa guider jusqu'au petit cercle de terre desséchée qui faisait office de piste de danse. Ils étaient le premier couple, mais furent bientôt rejoints par deux ou trois autres. Piètre danseur, Johnny se fit encore plus maladroit qu'il n'était rien que pour la faire rire.

Diane chercha vainement Ray du regard. Il avait déjà beaucoup bu et commençait à déraper. Elle avait vu à son regard qu'il était aussi pas mal défoncé. Il savait qu'elle détestait le voir fumer du hasch. Il avait maintes fois promis d'arrêter – mais fumait en cachette. Probablement ce qu'il était en train de faire maintenant. Il gardait, caché dans sa valise sous le lit, un sac en papier plein de hasch, à côté du revolver qu'il trimbalait toujours avec lui, même quand ils s'étaient rendus à Las Vegas pour se marier. On ne savait jamais ce qui pouvait arriver, disait-il.

Elle le repéra qui venait du parking. Il était accompagné de Denny, son nouveau grand copain, l'un des membres de l'équipe technique, un jeune type aux cheveux hirsutes qui ne quittait visiblement jamais ses lunettes de soleil. Pas difficile de deviner qu'ils avaient fumé. Ray la vit danser avec Johnny. Elle lui fit un signe, mais il détourna les yeux sans un sourire et alla dire quelque chose à Tony et Chuck, qui interrompirent leur morceau pour jouer « Johnny B. Goode ». La chose aurait été drôle si Ray n'avait pas eu cette lueur cruelle dans le regard. Johnny se contenta de sourire.

« Serait-ce là quelque message de la part du maître ?

— Vraiment, je ne vois pas ce que tu veux dire. »

C'était exactement comme lors de cette soirée chez Herb, quand il avait fait une crise de jalousie parce qu'elle dansait avec William Holden. Mais hors de question de se priver d'un bon moment à cause de lui. Elle prit les mains de Johnny et ils commencèrent à se dandiner. Il dansait le swing bien mieux que le twist. Ils trouvèrent rapidement leur rythme et les gens se mirent à les applaudir et à les encourager.

Ray observait la scène, mais Diane n'en avait cure.

« … Action ! »

Ray sortit de la grange en portant la selle et se dirigea vers le corral, accompagné par la caméra qui le filmait en travelling. Le cheval était attaché à la barrière. Quand il arrivait à son niveau, Ray devait mettre la selle sur son dos. À ce moment-là, le personnage joué par Diane, Helen Dearborn, l'appelait, et il était censé se retourner et la regarder. C'était un moment important dans l'histoire, la première fois qu'Harry posait les yeux sur la femme dont il allait tomber amoureux. Et c'était le premier gros plan de Ray. Diane, hors champ, se tenait prête à donner la réplique – une fois de plus. Ils en étaient à la cinquième prise.

« Helen, à toi ! »

« C'est vous, Harry, n'est-ce pas ? » dit-elle.

Ray se tourna et la regarda en serrant la mâchoire et en levant un sourcil. Ce regard, il avait vu Gary Cooper le faire des centaines de fois. Cary Grant aussi. Ce n'était pas tout à fait un regard surpris, mais plutôt celui de quelqu'un qui prend lentement conscience de la beauté de la femme à laquelle son frère est marié.

« Coupez ! » dit Terence Redfield.

Il s'écarta de la caméra.

« Une autre, s'il vous plaît, les gars. »

La maquilleuse s'approcha, prête à éponger la sueur coulant sur le front de Ray. Redfield lui demanda d'attendre. Il passa le bras autour des épaules de Ray et l'attira à l'écart pour que personne ne les entende. Ray fulminait, mais s'efforça de le cacher. C'était leur première scène, à Diane et à lui, et ce petit merdeux s'était visiblement mis en tête de l'humilier devant elle. Redfield le tenait toujours par les épaules, comme s'il était son père ou son mentor.

« Ray, c'était mieux mais…

— J'ai compris. C'est la centième fois que tu me le dis. *Le mieux, c'est d'en faire le moins possible.*

— Il n'y a pas que ça. Tout ce que je veux, c'est

que tu sois toi-même. Tu as devant toi une femme superbe, de toute beauté. Cette façon que tu as de la regarder, c'est un peu, un peu…

— Un peu quoi ?

— Un peu trop.

— Ça va, ça va. *Le mieux, c'est d'en faire le moins possible.* »

Par-dessus l'épaule de Redfield, Ray vit les autres, y compris Diane, qui détournaient les yeux et papotaient entre eux comme si de rien n'était. Même Tommy, qui aidait Cal à s'occuper du cheval, évitait son regard. Pourtant, la tension était palpable.

« Le problème, Ray, c'est que tu as déjà un visage très expressif, très impressionnant. Alors il te suffit…

— Tu me prends pour un con ou quoi ?

— Pas du tout. Tout ce que j'essaie de te faire comprendre, c'est que…

— Écoute, je ne suis plus un gamin. Pigé ?

— Ne sois pas comme ça, Ray.

— Comme quoi ? Tu me harcèles depuis le début. À mc dire qu'on n'est pas à la télé. Comme si je ne le savais pas. Tu te prends pour Cecil B. De Mille ou quoi ?

— Je suis désolé si c'est ce que tu penses, Ray.

— Écoute, je sais que, de toute façon, ce n'est pas moi que tu voulais…

— Il ne s'agit pas…

— Je sais, c'est tout. Mais tu pourrais au moins essayer de me traiter avec un peu de respect. »

Les autres avaient cessé de faire semblant de ne pas voir. L'équipe tout entière avait les yeux fixés sur eux. Ray eut l'impression de se retrouver au lycée. Redfield se tourna et appela Joel Davis, le premier assistant.

« Joel, on va manger tôt, OK ?

— D'accord. »

Joel annonça la pause-déjeuner et demanda à tout le monde d'être de retour dans une heure.

« On va se calmer, tous les deux, et on en reparlera après, dit Redfield à Ray.

— Comme tu veux.

— Ray, fais-moi confiance et tout se passera bien.

— Ouais, bien sûr. »

Redfield s'éloigna. Ray resta là un moment la tête baissée, à fixer d'un regard haineux ses bottes et son ombre sur la poussière rouge. Puis il donna un grand coup de pied dans une pierre qui alla rouler de l'autre côté du corral.

Dans sa caravane l'air était bouillant. Il ôta sa chemise et s'allongea sur le divan, les yeux au plafond. L'une des jeunes femmes qui s'occupaient des repas frappa à la porte et entra avec son steak, sa salade et son verre de jus d'orange. Il la remercia et lui dit de laisser le plateau là parce qu'il n'avait pas faim.

Il en avait marre de toutes ces conneries. Il devrait peut-être partir, leur dire qu'il abandonnait le tournage. Pendant toutes ces années, il avait travaillé avec des dizaines de metteurs en scène, certains bons, d'autres médiocres et d'autres carrément mauvais. Il s'était entendu avec tous, ou presque. Il n'était pas, comme on dit, du genre difficile. Il acceptait qu'on lui dise comment faire, et même accueillait volontiers les conseils. Mais jamais, pendant toutes ces années, aucun de ces réalisateurs n'était allé aussi loin dans la remise en cause de son talent, dans le dénigrement de sa technique, comme ce petit connard semblait décidé à le faire.

De toute évidence, il y avait une raison derrière tout ça que Ray n'arrivait pas à cerner. Peut-être que cela avait à voir avec Diane. Ils craquaient tous pour elle, les dresseurs, cette pédale de Grayling qui n'avait pu s'empêcher de la tripoter la veille. Même Herb Kanter. Tous, sans exception. Chaque fois qu'elle passait, ils avaient la langue qui pendait. C'était peut-être ça que Redfield manigançait. Après tout, les metteurs en scène cherchaient toujours à se taper leur vedette féminine. Ils parvenaient souvent à leurs fins – si la vedette masculine n'occupait pas déjà le terrain. Ce petit connard se figurait sans doute que, s'il se débarrassait de Ray, s'il lui pourrissait la vie au point de le faire partir, il aurait peut-être une chance. Eh bien, il se fourrait le doigt dans l'œil. Partir ? Hors de question !

« Ray ? »

C'était Tommy.

« Salut, fiston. Entre. »

Il se redressa, pivota et s'assit. Le petit garçon avait pris de bonnes couleurs. Ray tapota le divan et Tommy vint s'installer à côté de lui.

« Alors, tu t'en sors avec tous ces chevaux ?

— Oui.

— Et Leanne ? Ça va, avec elle ?

— Oui, elle est gentille.

— Avec tout le temps que tu passes avec Cal, je suppose qu'elle n'a pas grand-chose à faire, hein ?

— Ça se peut. Et toi, ça va ?

— Ouais, ça boume. Pourquoi ?

— Je ne sais pas. Mais tu n'avais pas l'air très heureux tout à l'heure, avec M. Redfield.

— Oh, ne t'en fais pas, mec. Il arrive que les gens

ne pensent pas pareil, et alors ça devient tendu. Mais ça va s'arranger. Et ta mère, elle est où ?

— Elle mange un morceau avec M. Redfield. Elle m'a dit de te dire qu'elle sera là dans une minute.

— Ah. Bon, eh bien… merci de faire la commission. »

Ils restèrent quelques instants silencieux. Les yeux dans le vague, Tommy cognait les talons de ses nouvelles bottes de cow-boy contre le divan. Ray regretta brusquement de n'avoir pas accordé beaucoup d'attention au petit ces derniers temps.

« Et si on allait se promener à cheval tous les trois, ce soir ?

— Cal et moi, on va voir les peintures sacrées tout en haut de la montagne.

— Ah, je vois.

— Je suis sûr que ça ne le dérangerait pas si tu venais.

— On verra.

— Bon, il faut que j'y aille. »

Le petit garçon sortit. Ray se leva, s'étira et, essuyant la sueur sur sa poitrine, alla se regarder dans la grande glace accrochée à la porte du placard. Son visage était tendu, crispé autour des yeux. Bon Dieu, il commençait à faire vieux. Il se tourna de côté et tenta de se remettre dans la peau de son personnage. Il était en train de s'occuper de la selle. Helen arrivait derrière lui, sans qu'il la voie. *C'est vous, Harry, n'est-ce pas ?* Il se tourna et se regarda à nouveau dans la glace. Un peu moins de raideur dans la mâchoire, peut-être. Ne pas relever le sourcil. Tout dans les yeux, rien que les yeux. Un regard intense, qui la voit, qui la sent. Voilà, comme ça. Parfait.

Diane apparut brusquement dans un coin de la glace. Elle était dans l'encadrement de la porte, derrière lui.

« Salut.

— Salut.

— Je peux entrer ?

— Bien sûr. »

Elle s'approcha de lui, timidement, comme si elle n'était pas trop sûre de l'accueil qu'il lui réserverait. À la voir ainsi, il se sentit empli tout à la fois de colère et de désir. Ils ne s'étaient pas parlé depuis la nuit précédente. Elle avait quitté la fête avant lui et était endormie à son retour. Ce matin, elle avait commencé à tourner avant lui et, quand il s'était réveillé, elle était déjà partie. Ils n'avaient pas fait l'amour depuis une semaine.

Elle s'arrêta devant lui et posa les mains sur sa poitrine nue.

« Tu es où ? lui demanda-t-elle d'une voix douce.

— Qu'est-ce que tu veux dire ?

— Tu sais ce que je veux dire. Tu es devenu froid, distant.

— Je suis là, pourtant. »

Elle inclina le visage et l'embrassa timidement sur la bouche. Pendant quelques secondes, il refusa bêtement, puérilement, de lui rendre son baiser, mais finit par ouvrir les lèvres. Il posa les mains sur ses hanches, puis, les glissant sous sa jupe, remonta lentement le long des courbes de son corps et s'arrêta à sa poitrine.

« J'ai envie de te baiser, murmura-t-il.

— Pas maintenant, mon chéri.

— Allez.

— Tout à l'heure.

— C'est bon, j'ai compris. »

Il la repoussa violemment. Elle se heurta à la table. Le plateau où étaient posés le repas de Ray et son verre de jus d'orange tomba par terre.

« Pour l'amour de Dieu, Ray, qu'est-ce qui te prend ?

— Fous le camp ! »

Ils arrivèrent en haut de la montagne un peu avant cinq heures, dans le bruit des sabots des chevaux dérapant sur la roche brûlante. À l'ouest s'empilaient des nuages bulbeux à fond plat. Aucun cheval ne devait travailler dans les scènes tournées cet après-midi, et Diane non plus ne jouait pas. Et comme Ray ne semblait pas avoir besoin d'elle, elle avait décidé d'accompagner Cal et Tommy. Elle ne voulait pas rester seule, mais se sentait trop choquée pour parler. Elle les avait donc laissés prendre de l'avance. Tommy se retourna deux fois pour lui demander si tout allait bien. Elle lui répondit que oui, qu'il ne devait pas s'inquiéter pour elle. Le petit garçon n'avait pas cessé de discuter avec Cal. Dieu merci, songea Diane, il avait dans sa vie au moins un homme stable et raisonnable.

Un vieux Navajo de Medicine Springs avait indiqué à Cal où se trouvaient les peintures rupestres. Malgré tout, il leur fallut un bon bout de temps pour y parvenir. Ils trouvèrent enfin le petit ravin dont le vieil homme avait parlé. Il s'étirait du nord au sud sur l'un des flancs du dôme rocheux, telle une fêlure dans une coquille d'œuf. Laissant les chevaux brouter les buissons d'armoise, ils descendirent au fond du ravin sombre et frais. Par endroits, les parois devenaient très raides. Il y avait des marches rudimentaires sculptées dans la roche, mais certaines étaient tellement usées que Cal dut porter Tommy et faire presque de même pour Diane.

L'une des parois du ravin formait un replat de quelque deux mètres de large où la roche avait été creusée, formant des petites cavernes. D'après Cal, il y avait autrefois des gens qui y vivaient, des gens qu'on appelait les Anasazi, même si ce n'était probablement pas leur vrai nom. En langue navajo, cela voulait dire ennemi.

« Exactement comme ce que tu m'as dit à propos des Sioux, dit Tommy. Que c'était comme ça que leurs ennemis les appelaient.

— Exactement. Les Oglala, les Lakota et les autres tribus ne s'appelaient jamais les Sioux.

— Qu'est-ce qui est arrivé aux gens qui vivaient ici ? demanda Diane.

— On l'ignore. Ils ont disparu. Il y a à peu près mille ans.

— Peut-être étaient-ils leurs propres pires ennemis ? suggéra Diane.

— Peut-être.

— Il y a des gens comme ça. »

Cal la regarda et lui adressa un sourire de sympathie. Elle comprit qu'il savait qu'elle pensait à Ray en disant cela.

Ils découvrirent les peintures dans un recoin tout au bout du replat. À peine vingt mètres plus loin, le ravin se jetait dans le vide. Au loin, trois cents mètres plus bas, on apercevait la ville. Cal trouva un endroit où ils pouvaient se tenir sans danger. Ils admirèrent les peintures. Diane se souvint avoir vu des photos d'une caverne en France avec des peintures représentant des scènes de chasse, avec des bonshommes armés de lances et de flèches attaquant des animaux en fuite. Mais les scènes représentées ici n'avaient rien à voir. Il lui fallut du temps pour les comprendre. Il y avait une rangée de formes qui ressemblaient à des vases ou des bouteilles et faisaient chacune environ deux mètres de haut. Certaines étaient regroupées, d'autres isolées, mais toutes étaient rouge sang et se détachaient du fond ocre de la roche. Diane se rendit brusquement compte qu'il s'agissait de figures humaines, avec des têtes et des épaules, qui s'élargissaient à la base. Elles semblaient enveloppées dans des manteaux ou des capes, car on ne distinguait ni jambes ni bras. Le tout ressemblait à une assemblée silencieuse de fantômes qui attendaient quelque chose en vous regardant. Diane frissonna.

L'une des figures, plus grande, avait ce qui ressemblait à des ailes. Tommy demanda à Cal ce que c'était, mais le jeune homme l'ignorait. Peut-être un dieu-aigle ou un chamane. Il avait vu des personnages semblables à ceux-ci dans un canyon dans l'Utah, à plus de trois cents kilomètres au nord.

« Certaines des peintures rupestres de cette partie du monde ont mille ans, indiqua-t-il.

— C'est comme s'ils nous disaient de partir, souffla Tommy.

— Alors, c'est peut-être ce que nous devrions faire. »

Ils remontèrent les parois du ravin et s'installèrent sur des rochers pour regarder les ombres des nuages qui traversaient le rouge de moins en moins ardent de la plaine tout en bas. Tommy déclara que ces gros nuages à fond plat ressemblaient à des boules de glace sur un lit de crème. Au-dessus des montagnes, ils se tintaient de rose. La monture de Diane, une jument baie trapue, s'était un peu éloignée. Tommy se fraya un passage entre les buissons d'armoise pour aller la chercher, laissant Cal et Diane seuls. Pendant quelques secondes, ils se contentèrent de rester là, silencieux, à contempler les montagnes.

« Vous connaissez Ray depuis combien de temps, Cal ?

— Dix ou douze ans.

— Vous l'avez déjà vu dans cet état ? »

Il ne répondit pas tout de suite. Il cassa une branche d'armoise et commença à en retirer les feuilles.

« Je m'excuse. Je ne devrais pas vous demander ce genre de chose.

— Non, ça ne fait rien. Il traverse un moment difficile. Ce film, il y tient plus que ce qu'il a fait jusqu'à maintenant. C'est comme ce que vous disiez tout à l'heure. Des fois, Ray est son propre pire ennemi. Il oublie qui sont ses vrais amis.

— On dirait qu'il n'en a pas, des amis.

— Il est un peu du genre solitaire, je suppose. »

Il allait poursuivre, mais se ravisa.

« Vous alliez dire quelque chose ?

— Non, rien d'important. Juste que, dans mon type de boulot, si quelque chose se passe mal, on l'arrange, on se débrouille pour faire mieux la fois suivante. Mais vous autres, les acteurs, vous n'avez pas droit à l'erreur. Vous êtes seuls. Si vous vous trompez, ça vous touche au cœur. Désolé, je n'arrive pas à exprimer ce que je veux dire.

— Je comprends.

— Je ne suis pas en train de dire qu'il n'y a aucune technique, aucun talent là-dedans. Il y en a, bien sûr.

Vous devez savoir vous placer, repérer la caméra, et tout et tout. Mais au bout du compte, l'essentiel, c'est vous, ce que vous êtes. Et si quelqu'un critique ça, vous dit que ça ne va pas, ce n'est pas votre travail qu'il critique, c'est vous. Ce qui est déjà difficile à accepter pour n'importe qui. Alors pour les acteurs, c'est pire encore parce que… Bon sang, qu'est-ce qui me prend de vous parler comme ça ?

— Je vous en prie, continuez.

— Ce que je voulais dire, c'est qu'ils ont très peu confiance en eux. Ils veulent qu'on les approuve, qu'on les aime. Comme nous tous, bien entendu, mais chez certains acteurs, c'est comme une sorte de faim. Et s'ils n'obtiennent pas ça, ils sont complètement défaits.

— Quand même, Cal, il y a des métiers bien plus durs que celui-là.

— Peut-être, mais pas beaucoup qui peuvent à ce point blesser un homme dans l'image qu'il a de lui-même. Entendons-nous. Je trouve que ce que vous faites, ça a quelque chose de magique. Surtout vous, Diane. Je vous ai regardée et c'est vraiment ça. Vous avez un talent extraordinaire. »

Tommy revenait vers eux avec la jument de Diane. Cal se leva.

« Bon boulot, Tommy. Allons, faut y aller. Il va faire nuit. »

Ils ne parlèrent pratiquement pas sur le chemin du retour. Diane écoutait le bruit des sabots des chevaux et des pierres ricochant plus bas. L'air embaumait l'odeur de l'armoise, des pignons et du genièvre. Les nuages devinrent rouges, puis violets, et la pénombre se déploya sur la plaine tandis que, l'une après l'autre, les minuscules lumières de la ville tout là-bas s'allumaient.

Elle songea à ce qu'avait dit Cal, à la vie qu'elle avait créée pour elle et pour son fils, ce petit garçon en plein épanouissement qui chevauchait entre eux deux. Et à ces silhouettes silencieuses, patientes, peintes sur la montagne.

21

C'était Karen O'Keefe qui avait eu l'idée de contacter Troop. Elle ne supportait pas ce type, avec ses livres puants de machisme. Mais Tom, insista-t-elle, devait admettre que l'idée n'était pas stupide. Avec tous les contacts qu'il avait dans l'armée, Troop était mieux placé que quiconque pour les aider à dénicher un bon avocat civil qui défendrait Danny. Tom se montra difficile à convaincre. Il détestait demander un service, même à un ami. Alors surtout pas à Troop.

« Écoutez, ce type, il peut vous être utile pour toutes sortes de choses, lui dit Karen. J'ai regardé sur Google. Il est l'auteur préféré des soldats américains. Ça serait peut-être pas mal qu'il soit du côté de Danny. Pensez à la publicité que ça ferait.

— Pour moi, c'est plutôt une excellente raison pour ne pas le mêler à cette affaire. Tel que je le connais, il en ferait un bouquin.

— Super, déclara Karen. Et moi, j'en ferai un film.

— Je croyais que vous aviez déjà commencé.

— Mince, j'ai gaffé ! »

En apprenant que Tom avait obtenu l'accord de Danny pour lui chercher un avocat civil, Gina et Dutch furent naturellement furieux. Ils avaient le sentiment d'avoir été mis sur la touche. Tom sut qu'il devait obtenir un résultat – et vite. Au terme d'une semaine de recherches et de coups de fil vains, il se retrouva bloqué et dut reconnaître que Karen avait peut-être raison. Ravalant sa fierté et la jalousie pavlovienne que lui inspirait la simple mention du nom de Troop, il décrocha le téléphone pour l'appel de la dernière chance.

Par pure chance, le Grand Auteur se trouvait dans sa résidence du Montana, certainement en train de pondre un autre best-seller palpitant qui lui rapporterait quelques millions de dollars. Il dit à Tom de sauter dans sa voiture et de venir le voir tout de suite. La *bicoque*, comme il se plaisait à l'appeler, se trouvait à une quinzaine de kilomètres d'Hamilton, à moins d'une heure de Missoula. Comme il fallait s'y attendre, ladite bicoque était une somptueuse demeure, en bois, certes, mais précédée d'un impressionnant portail métallique qui s'ouvrit à l'approche de la voiture de Tom. Des caméras de sécurité se braquèrent sur lui en bourdonnant tandis qu'il remontait l'allée serpentant sur près de deux kilomètres dans la forêt. Un petit hélicoptère noir était posé sur la pelouse et près de la porte d'entrée de la maison, un Humvee à la carrosserie rubis et aux chromes rutilants attendait une jolie blonde que Tommy, dans son innocence, crut d'abord être la fille de Troop – mais qui bien sûr était sa petite amie. Le maître de maison vint accueillir Tom avec une accolade chaleureuse et un regard chargé de compassion. Il le présenta à Krista, qui lui dit *Salut !* d'une voix charmante et embrassa longuement Troop sur la bouche avant de partir en trombe au volant du Humvee.

La demeure disposait d'une vue imprenable sur les montagnes. L'intérieur, somptueux, était décoré dans le style western chic, comme une version contemporaine de la maison de Ray, avec plus de goût. Tout n'était que bois poli, pierre et épais tapis crème. Il y avait, accrochés aux murs, des têtes d'élans et de bisons, ainsi que des tableaux représentant le Far West, dont un Charlie Russell que Tom reconnut. Le bureau de Troop, sorte de QG militaire, faisait la taille d'un petit terrain de foot et contenait des rangées d'ordinateurs, d'écrans et de machines clignotantes sans nul doute directement reliés au Pentagone. Il y avait sur les murs des photos de Troop en compagnie d'hommes du rang, de généraux et d'hommes politiques, dont une le représentant sur la pelouse de la Maison Blanche avec George W. et Laura. S'y ajoutaient d'innombrables listes de best-sellers encadrées, avec bien sûr, chaque fois, l'un des titres de Troop dans les premières positions.

Ils s'installèrent sur le canapé en cuir près de la fenêtre et discutèrent pendant une heure. Ou plutôt, ce fut Tom qui parla, de Danny et de ce qui était arrivé cette nuit-là en Irak. Troop l'écouta en buvant une tasse de thé au ginseng et en caressant sa barbe avec un air pensif.

« Je ne connais qu'un type qui puisse faire l'affaire », dit-il lorsque Tom eut terminé son récit.

On aurait dit une phrase tirée de l'un de ses romans policiers – on la trouvait peut-être dans tous, d'ailleurs. Tom n'aurait été qu'à moitié surpris d'entendre à ce moment-là une musique de film et le bruit des pales d'un hélicoptère. Troop s'installa derrière son immense bureau et décrocha l'un de ses cinq ou six téléphones.

L'avocat en question s'appelait Brian McKnight. Il avait son propre cabinet à Detroit, était spécialisé dans la défense de militaires accusés de bavures et, d'après Troop, perdait rarement ses procès. Les deux hommes papotèrent et plaisantèrent quelques instants, puis Troop expliqua à McKnight la raison de son appel et, mettant le haut-parleur, lui présenta Tom.

McKnight paraissait déjà savoir beaucoup de choses sur l'affaire.

« Alors comme ça, vous aussi, vous étiez marine ? dit-il.

— Non, pas moi. Le beau-père de Danny.

— Et il accepte que vous mettiez un avocat indépendant sur l'affaire ?

— Pas pour l'instant. À mon avis, il doit trouver ça déloyal.

— Ça peut se comprendre. Il faut parfois un certain temps pour voir que la loyauté a ses limites. Dans une affaire comme celle-ci, c'est de politique qu'il s'agit. Mais il faut que vous soyez tous bien d'accord là-dessus.

— J'y travaille. »

Ils convinrent de se rappeler d'ici deux à trois jours, quand Tom aurait discuté avec Gina et Dutch.

Troop se leva et reprit sa place sur le canapé.

« J'ai regardé le DVD de ton film sur les Blackfoot l'autre jour, dit-il. Très impressionnant.

— Merci.

— Je me souviens, un jour, il y a des années de cela, à la fac à Missoula, tu avais lu une nouvelle que tu avais écrite sur un jeune Blackfoot dans une réserve. Je n'avais jamais rien entendu d'aussi bon.

Je me souviens, je me suis dit, Putain, si seulement j'avais autant de talent ! »

Tom se mit à rire. Les compliments le mettaient toujours mal à l'aise.

« Je t'assure, c'est vrai.

— En tout cas, merci. Nous, tu nous impressionnais beaucoup.

— Tu as continué à écrire ?

— Oh, comme tout le monde, j'ai un tiroir plein de romans inachevés. Je ne sais pas trop pourquoi, mais je finis toujours par m'arrêter à mi-chemin.

— C'est dommage. »

Ils restèrent un moment silencieux.

« Merci pour ton aide, dit Tom.

— Ce n'est rien. Si tu as besoin d'autre chose, dis-le-moi. »

Tom eut moins de difficultés qu'il ne s'y attendait à convaincre Gina qu'ils devaient au moins rencontrer Brian McKnight. La semaine suivante, ils prirent tous trois l'avion pour San Diego. Depuis que Gina l'avait quitté, Dutch et lui ne s'étaient jamais réellement parlé. En fait, ils ne s'étaient vus que les fois où Tom venait chercher Danny ou le ramenait chez lui. Il avait le souvenir d'un type grand et costaud, une sorte d'ours avec une coupe tondeuse. Mais lorsque tous trois se retrouvèrent à l'aéroport, Dutch ne ressemblait pas du tout à ça. Il était plus petit que lui et n'avait rien d'un ours. Tom se rendit compte qu'il s'était fabriqué une image correspondant au cliché qu'il se faisait du marine. Ils se serrèrent la main sous le regard de Gina qui s'efforçait de cacher son inquiétude.

Dans l'avion, ils s'assirent sur une rangée de trois

sièges, avec Tom au milieu. Il lui fallut du temps pour dépasser son sentiment de malaise. Se retrouver assis à côté du type qu'il détestait depuis des années, celui qui lui avait volé sa femme et son fils unique, celui qui, à cause de son influence – on pouvait au moins lui reprocher cela – avait précipité Danny là où il se trouvait maintenant, au banc des accusés ! Et les voilà qui mangeaient des bretzels, buvaient du café et échangeaient des propos courtois tandis que Gina faisait semblant d'être absorbée par son livre.

McKnight avait réservé une salle pour eux tous dans un hôtel qui s'appelait le Bristol, sur la 1re Avenue. Il s'y trouvait déjà avec Danny lorsqu'ils arrivèrent. Les yeux cerclés de noir, Danny avait l'air de quelqu'un qui n'a pas dormi depuis plusieurs jours. De toute évidence, ces mois d'attente commençaient à le marquer. Il salua Tom et Dutch en prenant soin de ne faire aucune différence entre eux.

Le visage sévère, droit comme un piquet, McKnight portait des lunettes à monture dorée et une moustache rousse style années soixante-dix. Au cours des deux heures qui suivirent, qu'il passa sans esquisser le moindre sourire, les autres apprirent que cet ancien marine était devenu enquêteur et avocat auprès du NCIS *(Naval Criminal Investigative Service*, le service d'enquêtes criminelles de la marine), et qu'il connaissait les moindres recoins obscurs du labyrinthe dans lequel Danny se retrouvait piégé. Il avait déjà lu le dossier et exprima ses doutes sur la manière dont la défense de Danny était assurée.

Tout reposait maintenant sur l'audience préliminaire, leur expliqua-t-il. Elle devait avoir lieu la première semaine de janvier. C'était sur cela qu'ils devaient concentrer toute leur énergie.

« Cette audience, c'est quoi exactement ? demanda Tom.

— L'équivalent militaire d'un jury d'accusation. En résumé, c'est là que l'on décide si les charges justifient un procès.

— Et si oui….

— Alors l'affaire passe en cour martiale. »

Gina s'éclaircit la gorge.

« Que risque-t-on, au pire ? demanda-t-elle.

— Au pire ? »

McKnight se tut un instant. Il jeta un coup d'œil à Danny.

« Certes, madame, ça, votre fils le sait déjà. Cela fait des années que l'armée américaine n'a pas condamné à mort l'un de ses soldats. Mais je me dois de vous dire qu'ils ont toujours le pouvoir de le faire. »

Ils n'échangèrent aucune parole pendant le vol de retour. Au moment de se dire au revoir à l'aéroport, Dutch serra longuement la main de Tom.

« Merci, Tom, pour ce que tu as fait, dit-il. J'avais tort. Il fallait en effet faire appel à un avocat extérieur. Même si j'ai encore du mal à le croire, ils avaient visiblement l'intention de faire payer ce pauvre Danny pour tous les autres. Maintenant que ce McKnight est avec nous, il a peut-être une chance de s'en sortir. »

Cette nuit-là, pour la première fois depuis de nombreuses années, Tom rêva de Diane, dans une version en quelque sorte moderne du rêve qu'il avait fait si souvent l'année précédant son exécution. Ce rêve dont il émergeait blotti dans un coin de sa chambre, à hurler la tête entre les mains jusqu'à ce que la maison entière soit réveillée. Cette fois-ci, la terreur fut plus insidieuse, comme une sorte de prélude inquiétant : il était assis avec elle dans une cellule sombre, des pas approchaient dans le couloir, une ombre se dessinait en bas de la porte, un œil apparaissait dans le judas, une clé ouvrait le verrou, la porte s'entrebâillait.

Ce fut Karen O'Keefe qui l'aida à ne pas sombrer pendant toutes ces semaines, alors que l'été laissait place à l'automne. Elle était souvent en déplacement, pour faire des recherches ou tourner des entretiens pour *Les Blessures invisibles*. Mais quand elle rentrait chez sa mère à Missoula, elle venait le voir deux ou trois fois par semaine. Ils déjeunaient ou dînaient ensemble, puis passaient une ou deux heures à travailler sur le matériel rassemblé pour leur film sur la Mission de la Sainte Famille. Elle avait imaginé un docu-fiction et déniché des documents intéressants, parmi lesquels des photos dont Tom ignorait jusque-là l'existence. Mieux encore, elle avait retrouvé un journal tenu par l'un des prêtres jésuites italiens qui avaient dirigé l'institution.

Ils allaient souvent se promener avec Makwi, qui semblait apprécier Karen autant que Tom. Parfois, ils faisaient un petit jogging tous les trois. Tout cela restait très platonique, ce qui néanmoins demandait beaucoup d'efforts de la part de Tom. Pour ce qui était de Karen, il n'avait aucune certitude. Elle l'aimait bien, visiblement. Et à présent il savait pas mal de choses sur elle. Elle avait trente-trois ans et vivait depuis sept ans à Vail où elle avait eu une liaison avec un moniteur de ski qui lui avait promis de quitter sa femme. C'était Karen qui avait fini par le quitter.

Tom n'était toujours pas sûr de ses propres sentiments pour elle (plus précisément, des sentiments qu'il était en droit d'avoir pour elle, le désir étant une bête indisciplinée et difficile à contrôler). Mais peu importait. Ils aimaient être ensemble. Elle le faisait rire, lui donnait l'impression de rajeunir et d'être plus vivant qu'il ne l'avait été depuis des années. Surtout, il n'avait plus aucun doute sur ses motifs. Elle ne dissimulait pas son désir de rencontrer Danny et, au cas où il le veuille bien, de l'interviewer pour *Les Blessures invisibles*.

L'occasion viendrait certainement à Thanksgiving. Danny devait rentrer passer les vacances avec Gina et Dutch à Great Falls. Les relations étaient devenues si amicales que Gina avait, fait exceptionnel, proposé à Tom de se joindre à eux pour le repas de Thanksgiving. Touché, mais doutant d'être prêt, il avait décliné, prétextant qu'il avait déjà accepté une autre invitation. Danny devait venir le voir à Missoula pendant le week-end. Mis à part la chronologie, le petit mensonge de Tom se transforma en vérité, puisque le lendemain Karen l'invita à venir fêter Thanksgiving chez sa mère.

« Elle me harcèle depuis des semaines, me demande quand elle va enfin pouvoir faire ta connaissance. Elle dit que si tu ne viens pas, elle débarquera chez toi.

— Ça serait peut-être plus excitant comme ça…

— Si j'étais toi, j'accepterais plutôt l'invitation. »

Depuis une bonne dizaine d'années, Tom faisait comme si Thanksgiving et Noël n'existaient pas et, à force de refus, avait découragé toute invitation. Il n'accepta celle-ci que parce qu'elle venait de Karen. Et, quand le jour fatidique arriva, il se félicita de ne pas l'avoir déclinée.

Lois O'Keefe faisait au moins cinq ans de moins que son âge – et ressemblait à sa fille d'une manière troublante. Elle avait un esprit acéré et, dès son arrivée, commença à le taquiner principalement à propos de feu Maurice, dont la mort n'avait visiblement pas été vraiment déplorée.

« À vrai dire, Tom, cette sale bête, c'est Norm qui l'avait achetée.

— Norm ?

— Mon ex. Il l'adorait – plus que moi finalement. Ils avaient les mêmes yeux bleus. Quand Norm m'a abandonnée, ça m'a fait tout drôle. Comme si ce petit salaud était toujours là, à me surveiller et à observer tous mes mouvements. Vous êtes du genre à abandonner les femmes, Tom ?

— Non, disons que je suis plutôt du genre à être abandonné.

— Parfait ! Nous avons quelque chose en commun. Alors, trinquons à la santé de tous les abandonnés. »

En dehors de Tom et Karen, les autres invités étaient un charmant mélange de divorcés et d'exilés. Il y avait une délicieuse vieille tante de Chicago, un chirurgien cardiaque de Vancouver et ancien béguin de Lois visiblement (selon Karen, pas le seul, loin de là), une professeure de botanique de l'université du Montana accompagnée de son petit ami, un malabar un peu simplet, et un affable New-Yorkais au regard triste prénommé Günter, qui paraissait légèrement honteux de son métier, lequel consistait à faire quelque chose de mystérieux avec l'argent des autres.

Tom, assis entre Lois et Karen, se sentait honoré. Le repas fut délicieux et la conversation pétillante.

« Alors comme ça, Lois, lança-t-il alors qu'elle lui servait une deuxième part de tourte à la citrouille, il paraît que vous allez vous installer en France.

— Oh, je n'ai rien décidé.

— Elle change d'avis tout le temps, dit Karen. La semaine dernière, c'était la Provence. Cette semaine, c'est la Toscane.

— Ah, la Toscane, soupira Günter.

— Qu'est-ce qui ne vous plaît pas, en France ? s'étonna le chirurgien. À part les Français.

— Mais j'adore les Français.

— Eux, on ne peut pas dire qu'ils nous aiment.

— Personne ne nous aime. Sans vouloir être indiscrète, Tom, je sais que vous avez vécu dans ce pays pratiquement toute votre vie, mais vous êtes toujours britannique ou… ?

— Franchement, Lois, ce que je suis, je n'en ai aucune idée. »

Tout le monde éclata de rire.

« J'ai encore le passeport, si c'est ce que vous voulez dire.

— Mais vous, comment vous sentez les choses ?

— Vous me faites penser à mon psy. Pour être honnête, je ne me suis jamais senti chez moi nulle part. Ce qui ne veut pas dire que je ne voulais pas me sentir chez moi. De toute façon, personne n'aime les Anglais, alors nous sommes dans la même galère.

— N'importe quoi. Moi, j'adore les Anglais, déclara Lois d'un ton ferme. Dès qu'on m'en donne l'occasion.

— Oh, Maman », grogna Karen.

Lois leva son rêve.

« Trinquons au fameux flegme britannique. »

Docilement, ils portèrent tous un toast.

« Flegme ? Ça veut dire quoi ? demanda le petit ami de la botaniste.

— Ça veut dire avoir du sang-froid, dit Tom, comme les reptiles.

— Pas du tout, protesta Lois. C'est bien plus noble que cela. Le flegme, c'est, c'est… le calme. »

Au moment où Tom disait au revoir, Lois lui tint la main et le regarda droit dans les yeux en lui disant à quel point elle était contente d'avoir fait sa connaissance. Pendant ce temps, Karen se tenait derrière elle, hilare.

« Nous n'avons pas eu le temps de parler de ce merveilleux livre que vous avez écrit sur les Indiens ou de ce film superbe. J'avais tellement de choses à vous demander. J'habite juste de l'autre côté de la colline…

— Tu pourrais peut-être lui faire un plan, plaisanta Karen.

— N'écoutez pas cette petite insolente, Tom. Promettez-moi de revenir quand toute cette foule caquetante ne sera pas là. »

Il promit. Elle posa les mains sur ses épaules et l'embrassa sur les deux joues.

Danny et Kelly firent la route depuis Great Falls deux jours plus tard pour venir déjeuner avec Tom. L'air moins pâle, moins tendu, le jeune homme avait pris quelques kilos depuis la dernière fois qu'ils s'étaient vus. Ils se serrèrent longuement dans les bras, puis Danny présenta Kelly à son père. Elle était petite, jolie, et quand Tom lui serra la main, elle lui adressa un sourire timide et un regard qui montrait qu'elle en savait plus sur lui que lui sur elle.

Le déjeuner commença dans une ambiance un peu tendue. Aucun d'eux ne mentionna la décision du tribunal, mais elle occupait leurs pensées. Tom posa des questions à Kelly sur sa famille et son boulot. Son père était un sergent des marines et elle-même occupait un emploi administratif civil à la base aérienne de Malmstrom. Elle semblait très intelligente. Visiblement, les deux jeunes gens s'adoraient. De temps en temps, Kelly prenait la main de Danny.

Pendant qu'ils prenaient le café dans le salon, Danny s'éclaircit la gorge, puis annonça qu'ils allaient se marier. Ils ne voulaient pas une grande cérémonie, juste quelque chose de simple, après Noël. Kelly devint toute rouge. Tom les félicita et alla chercher dans le placard de la cuisine une bouteille de champagne planquée tout au fond. Il la mit dans le congélateur. Karen arriva peu après. Tom lui avait proposé de se joindre à eux pour le déjeuner, mais elle avait répondu qu'il valait certainement mieux qu'elle ne passe qu'après.

Elle avait apporté une pile de documents sur la Mission de la Sainte Famille ainsi que plusieurs cassettes qu'elle voulait que Danny regarde. Il s'agissait de souligner la nature de ses relations avec Tom, d'ordre purement professionnel, mais Tom vit à son regard que Danny n'était pas entièrement convaincu. Les jeunes gens se mirent à bavarder pendant que Tom nettoyait les flûtes. Puis levant leur verre de champagne tiède – de soda pour Tom, ils portèrent un toast au mariage, dont la date restait à fixer.

Comme dans le meilleur des scénarios, Danny demanda ensuite à Karen quel genre de film elle faisait. Elle lui en raconta un ou deux, en atténuant leur côté radical, puis finit, comme si de rien n'était, par mentionner *Les Blessures invisibles*. Tom observa attentivement son fils – avec une pointe de malaise – pour voir s'il soupçonnait un piège, mais rien ne transparaissait. Et, miracle, Kelly suggéra même que Karen interviewe Danny pour le film.

« Regarde ce qu'ils te font subir, dit-elle à Danny en lui prenant la main. Tu risques ta vie pour ton pays et c'est comme ça qu'ils te traitent. »

Danny lui tapota le genou comme pour lui dire que ça allait comme ça. Mais au moment où Karen partait, il lui demanda son numéro de téléphone et lui donna le sien.

Malgré les protestations de Tom, Kelly déclara qu'elle allait faire la vaisselle. Elle voulait visiblement que le père et le fils passent quelques moments ensemble. Ils prirent donc leurs manteaux et emmenèrent Makwi en balade. Arrivés dans la forêt, Danny demanda à Tom si Karen était sa petite amie. Tom éclata d'un rire un peu trop exagéré et répondit que non, pas du tout, ils travaillaient ensemble sur le film, c'était tout. Danny eut l'air soulagé.

« Je trouvais qu'elle avait l'air un peu… un peu jeune, quoi.

— C'est vrai.

— Je ne veux pas dire que…

— Ne t'en fais pas. Je pense comme toi. Bon sang, je pourrais être son père. »

Ils arrivèrent près de la falaise et s'installèrent sur les rochers pour regarder la vallée. Au loin, les reliefs des montagnes étaient soulignés par la neige dans la lumière bleutée de l'hiver. Tom posa quelques questions sur la préparation pour l'audience. Danny lui expliqua que McKnight et lui avaient tout passé en revue. Ils s'étaient préparés au maximum. McKnight affichait son optimisme, mais c'était probablement son style.

« À vrai dire, il perd rarement.

— Il y a beaucoup d'éléments contre moi, papa. Quand Delgado va témoigner... Ce type, il me déteste. »

Ils restèrent silencieux un moment. Tom passa le bras autour des épaules de son fils.

« Contente-toi de dire la vérité, fiston. Tout ira bien.

— Il y a autre chose qu'on voulait te dire, Kelly et moi. Mais je ne pouvais pas vraiment devant Karen.

— Ah ?

— Kelly est enceinte. »

Tom ne sut quoi dire. Danny l'observait attentivement.

« Ben dis donc. Et c'est... c'était.... c'était prévu ?

— Bien sûr.

— Elle en est à combien... enfin je veux dire, le bébé, il doit naître quand ?

— Elle en est à douze semaines. C'est pour début juin.

— Eh bien, c'est super. Toutes mes félicitations.

— Merci.

— Bravo pour le choix de la date.

— Justement, c'est vraiment un choix. Si l'affaire est portée en cour martiale et qu'ils me condamnent, alors... Enfin, tu sais ce que je risque éventuellement. Kelly veut être sûre que nous – qu'il lui reste quelqu'un... »

Tom attira Danny vers lui et l'enlaça. Merde alors, il allait chialer, lui qui voulait tant se montrer fort pour son fils. Il parvint à ravaler ses larmes, éclata de rire et donna une bonne tape dans le dos de Danny.

« Merde alors, dit-il, je vais être grand-père ! »

Trois semaines plus tard arriva le cadeau de Noël de l'armée. Brian McKnight reçut un coup de fil l'informant que les accusations portées contre l'autre marine, Eldon Harker, avaient été abandonnées. Il y avait eu un accord. Du coup, Harker témoignerait contre Danny. Ça changeait tout. L'audience était repoussée à début mai.

22

Les choses s'arrangèrent, avant d'empirer. Même si plus tard, après l'explosion totale, Tommy devait se rendre compte que tout clochait depuis le début, et qu'il avait été bien bête de se faire autant d'illusions. Il avait probablement été aveuglé par une adulation persistante pour Red McGraw, ce cow-boy de carton-pâte incapable de faire ses propres cascades ou même de monter à cheval, ce héros aussi faux et prétentieux que son déguisement et le six-coups qu'il s'amusait à faire tournoyer dans sa main. Si seulement Diane avait rencontré Cal avant Ray, alors tout se serait bien passé et ils auraient été heureux.

Tommy n'était pas aveugle au point de ne pas remarquer l'atmosphère tendue des deux ou trois premières semaines de tournage. Il voyait bien – à l'instar de l'équipe tout entière, qui ne cessait d'en parler – que Ray et M. Redfield n'étaient pas d'accord. Et il sentait la tension entre Ray et Diane, avait remarqué sa façon de la regarder quand elle s'amusait sur le plateau avec John Grayling, la grossièreté dont il avait fait preuve envers Cal le soir où ils étaient rentrés tard après être allés voir les peintures rupestres. Les murs de la petite maison dans laquelle ils logeaient étaient minces. Pratiquement chaque soir, Tommy entendait Ray et Diane se crier dessus.

Puis tout sembla brusquement se calmer. Les semaines suivantes se déroulèrent dans une ambiance plus heureuse. Finies, ces innombrables prises que M. Redfield faisait faire à Ray, finis, ces longs intervalles où ils s'éloignaient tous les deux pour se disputer pendant que tout le monde attendait. Pourtant, deux ou trois fois, Tommy surprit M. Redfield en train de soupirer ou d'échanger avec M. Kanter un regard montrant qu'il n'était pas aussi satisfait qu'il voulait le faire croire à Ray.

Malgré tout, Tommy ne s'était jamais autant amusé. Chaque jour, il apprenait grâce à Cal quelque chose de nouveau sur la façon de monter, de dresser un cheval, ou bien sur les animaux. Surtout, il adorait le faire parler de l'histoire de sa famille, des Blackfoot, de leurs activités, de leurs croyances, de leurs rituels de chasse, leurs cérémonies, leurs pipes et leurs sacs-médecine, et tant d'autres choses. Cal lui enseigna même quelques mots dans la langue blackfoot. Parfois, le soir, ils partaient avec leurs chevaux dans le désert, rien que tous les deux, pour que les bêtes se dégourdissent les jambes. Alors, Tommy demandait à Cal de le tester.

« OK. Comment dit-on puma ?

— *Omachk-atayo*.

— Et ça signifie quoi ?

— Grand hurleur.

— Bien. Comment dit-on loup ?

— Facile. *Makwi*.

— Élan ?

— Merde, celui-là, je l'oublie toujours.

— On dirait quelqu'un qui éternue.

— Ah oui ! *Siks-tsisoo* !

— Très bien. Ce qui signifie… ?

— Quelque chose… qui arrive. Quelque chose de noir qui arrive.

— Dis-moi, Tom, tu te débrouilles vachement bien. Comment dit-on ami ?

— *Nitakau.* »

Ils chevauchaient côte à côte. Cal se pencha et posa les mains sur l'épaule de Tommy en répétant : « *Nitakau.* »

Ce fut après l'une de ces balades, deux semaines avant la fin du tournage dans l'Arizona, que Tommy découvrit le secret de Ray.

La nuit tombait. Cal était à l'autre bout du corral en train de s'occuper d'un cheval qui avait reçu un coup à la jambe ce jour-là. Mis à part le vieux garde incompétent posté à deux cents mètres de là, devant le portail du ranch, il n'y avait personne d'autre. Du moins, en apparence. Tommy venait de ranger les selles dans la grange et attendait devant la porte quand il entendit une femme rire, puis quelqu'un qui la faisait taire. Les voix provenaient du parking, distant d'une vingtaine de mètres, où on garait les camions et les caravanes des acteurs. Ne voyant aucune lumière, Tommy crut qu'il s'agissait d'un hennissement de cheval ou d'un cri de chouette ou de coyote. C'est alors qu'il vit la porte de la caravane de Ray s'ouvrir et une femme sortir. Il resta là, figé. L'inconnue regarda autour d'elle, sans le voir, puis s'éloigna en courant. C'était Leanne, il en était sûr.

« OK, jeune homme, annonça Cal en le rejoignant.

Je te ramène. Sinon, ta mère va se demander ce que j'ai fait de toi. »

Tommy ne dit rien. Visiblement, Cal n'avait pas vu la jeune fille. Ils montèrent dans la camionnette. Cal mit le contact et alluma les feux. En passant près de la caravane, Tommy aperçut le visage de Ray qui regardait par la fenêtre.

Ils surprirent Leanne dans la lumière de leurs phares. Elle se retourna et sourit en se protégeant les yeux. Cal ralentit et lui demanda si elle voulait qu'il la ramène. Elle le remercia en lui répondant que non, qu'elle faisait une petite promenade.

Quand ils arrivèrent devant la maison, Diane vint à leur rencontre.

« Vous n'en avez pas assez d'être tout le temps ensemble ? » leur demanda-t-elle.

Cal éclata de rire et lui dit bonne nuit avant de redémarrer.

Diane avait déjà fait couler le bain de Tommy. Il s'allongea dans l'eau en songeant à ce qu'il avait vu. La scène appartenait à un monde qu'il était trop petit pour comprendre. Peut-être s'était-il trompé et y avait-il une explication innocente à tout cela. Comme lui-même passait tout son temps avec les dresseurs, Leanne n'avait pas grand-chose à faire et était devenue une sorte d'assistante, pour Diane surtout, mais aussi pour Ray. Elle allait leur faire des courses en ville, se chargeait de leurs messages. Peut-être se trouvait-elle dans la caravane pour ce genre de commission. C'est alors qu'il se souvint les avoir vus, Ray et elle, ensemble à d'autres occasions, comment il ne cessait de la taquiner et de la faire rire, comment, pas plus tard qu'hier, sur le plateau, il faisait semblant de lire dans la paume de sa main. Parfois, il suffisait de voir les regards que les gens échangeaient. Il devrait peut-être dire tout ça à Diane. Oui, il devrait, vraiment. Mais si ça n'était pas vrai ? Tommy avait parfois dit à propos de Ray des choses qui avaient fâché Diane. Comme l'autre jour, quand il lui avait répété une plaisanterie que Ray avait racontée à Denny :

Qu'est-ce qu'on dit à une femme qui a deux coquards ?

Je ne sais pas.

Rien. De toute façon, au bout de deux fois, elle a toujours pas compris.

Tommy n'avait pas saisi la plaisanterie. Denny, lui, s'était esclaffé. Ça devait donc être drôle. Pourtant, quand il l'essaya sur Diane, elle se fâcha et lui ordonna de ne plus jamais la répéter.

Il sortit du bain, se sécha, puis se brossa les dents au lavabo. Assise sur son lit, Diane lui racontait quelque chose de drôle que John Grayling lui avait dit. Tommy fit semblant d'écouter. Il enfila son pyjama et se glissa dans le lit.

« Tu es bien silencieux ce soir. Ça va ?

— Je suis fatigué, c'est tout. »

Elle lui sourit et lui caressa le front.

« Regarde-toi. Tu es devenu tout blond.

— On reste encore combien de temps ici ?

— Deux semaines. Ensuite, il nous reste les scènes d'intérieur à faire au studio. Pourquoi ? Tu t'ennuies ? »

Tommy fit signe que non.

« J'ai sommeil. »

Elle l'embrassa sur la joue et lui dit bonne nuit.

Elle descendit. Peu après, Tommy entendit Ray rentrer et annoncer à Diane qu'il montait prendre une douche. Il jeta un coup d'œil dans sa chambre, mais le petit garçon fit semblant de dormir. Plus tard, il les entendit rire dans le salon et plus tard encore, après qu'ils furent montés, entendit leur lit buter contre le mur, Diane crier et Ray lui dire de se taire. Exactement comme il l'avait fait avec Leanne. Tommy se boucha les oreilles. Quand enfin le silence envahit la maison, il resta allongé un bon moment, les yeux fixés sur le plafond, se disant qu'il haïssait Ray et qu'il avait été bien bête de l'aimer.

Tout récemment, Ray avait enfin fini par comprendre que bizarrement, ceux qui prétendaient avoir le pouvoir ne le détenaient pas forcément. Tous ces gros producteurs et metteurs en scène voulaient vous faire croire que vous leur étiez redevables, que vous devriez les remercier à genoux de vous avoir engagé, qu'ils pouvaient vous congédier du jour au lendemain, sur un caprice, et prendre un autre pauvre imbécile à votre place. Mais tout ça, c'était du pipeau, parce qu'ils savaient parfaitement que si jamais ils vous viraient, cela reviendrait pour eux à avouer à ces nababs des studios qu'ils s'étaient plantés. Alors tous les charognards bouffeurs de potins flaireraient le truc (à Hollywood, rien de plus fort que l'odeur de l'échec) et écriraient plein de mensonges à ce sujet, si bien que patatras ! le film serait foutu, jeté aux oubliettes avant même que quiconque ait eu la chance de le voir.

La vérité, c'était que si vous leur résistiez, ces salauds perdaient tout leur pouvoir. Et ça, Dieu merci, Ray l'avait pigé à temps. Pendant les deux premières semaines de tournage, il avait laissé ce petit minable de Redfield le piétiner, l'humilier devant les autres. Assis à table devant lui et Herb Kanter (qui ne valait pas mieux, mais jouait au gentil tonton qui vous soutenait), il les avait écoutés s'acharner sur lui, en gros lui dire qu'il ne valait rien, qu'il jouait comme un pied et aurait dû rester à la télé, puisque c'était la seule chose qu'il savait faire. Bien entendu, ces salauds n'avaient pas formulé les choses ainsi. Non, ils lui avaient servi le petit discours habituel sur les *motivations* du personnage, les *intentions* de l'auteur, le *sujet sous-jacent*. Eh bien, tout ça, c'était de la merde. Et eux, il leur disait merde. En vérité, ils ne pouvaient pas le virer, sinon, c'était le film tout entier qu'ils foiraient.

Dès qu'il commença à se défendre, ils ne surent comment réagir. Si Redfield demandait une autre prise alors que Ray trouvait la dernière parfaite, il ne se laissait pas déstabiliser. Ignorant les consignes, il rejouait la scène exactement de la même manière jusqu'à ce que ce petit merdeux laisse tomber. Et ça marchait. Redfield finit très vite par abandonner. Bien sûr, Ray surprenait ses soupirs, ses regards résignés, mais il s'en foutait.

Il ne se donnait plus la peine de visionner les rushes, au grand soulagement de Redfield sans doute. Il en avait suffisamment vu pour savoir que son jeu passait bien à l'écran. Très bien, même. La scène de bagarre avec John Grayling était géniale. Dans les dernières minutes Ray n'avait pas réussi à retenir son coup de poing, et la surprise qui se lisait sur le visage de cette petite pédale de Grayling était impayable. Sa mâchoire était d'ailleurs encore contusionnée. Quant à la scène d'amour avec Diane dans la paille, elle avait pour ainsi dire mis le feu à cette putain de grange. Ce jour-là, Ray n'avait pas eu besoin de discours sur la *motivation*.

Mais, dans la vraie vie, ses relations avec Diane étaient une autre histoire. S'il y avait bien une chose qu'il n'aurait jamais imaginée, c'était qu'en fait Diane était frigide. Pourtant, sur ce plan-là, ça avait toujours été très chaud entre eux. Ils avaient passé plus d'un an à se tripoter sans cesse. Elle avait toujours envie de baiser autant que lui, et même plus. Mieux encore, elle voulait faire des trucs que les autres nanas n'acceptaient généralement pas.

Leur erreur, ça avait été de se marier. C'était tellement prévisible. Vous vous casiez et hop ! le désir s'envolait. Bien sûr, ils baisaient encore de temps en temps. Les rares fois où elle n'était pas trop fatiguée pour ça. Mais même dans ces moments-là, ça n'était plus comme avant. Dieu merci, il y avait cette petite coquine de Leanne. Une vraie révélation. Dix-huit ans à peine, et elle connaissait plus de trucs qu'une pute de Las Vegas.

Mais ils devaient faire vachement gaffe. Deux ou trois fois, Diane avait failli les prendre sur le fait dans la maison, quand il pensait qu'elle était encore sur le plateau ou à une réunion. Et puis il y avait eu ce soir-là, quand Cal et Tommy, en rentrant de leur promenade à cheval, les avaient presque surpris en pleine action dans la caravane. Ray avait engueulé le vieux pochetron qui gardait le portail et ne les avait pas prévenus alors qu'il lui avait filé plein de fric.

Quant à la soudaine affection de Tommy pour Cal, Ray ne savait pas quoi en penser. Au début, ça l'avait énervé, et même rendu jaloux. Mais il devait reconnaître que c'était un peu sa faute. Il était devenu tellement obsédé par ses problèmes avec Redfield qu'il n'avait pas eu le temps de s'occuper du gosse comme il fallait. Mais Cal était un type bien, pour un métis du moins, et Tommy s'amusait et apprenait plein de choses nouvelles. En outre, la situation avait le mérite de libérer la charmante Leanne. Alors, Ray n'allait tout de même pas se plaindre. De toute façon, c'était bientôt fini. Dans une semaine, tout serait dans la boîte et ils rentreraient à Los Angeles pour tourner en studio.

C'était un dimanche soir et Ray ne devait tourner que le lendemain après-midi. Diane, qui commençait tôt le matin, était déjà au lit en train de préparer sa dernière scène avec Grayling. Leanne devait passer au Hungry Horse. Ray avait promis de l'y retrouver. Avec un peu de chance et s'il manœuvrait bien, ils pourraient peut-être rejoindre discrètement la caravane. Il sentit quelque chose s'animer dans son pantalon. Il venait de se doucher et avait enfilé une nouvelle chemise blanche et son jean noir. Il s'examina une dernière fois dans le miroir de la salle de bains. Tout de même, il était beau gosse, non ?

Il éteignit la lumière et s'arrêta devant la porte ouverte de la chambre. Diane était au lit, la tête soutenue par des oreillers, avec ses petites lunettes pour voir de près, à griffonner des notes dans les marges du scénario. Exactement comme une vieille institutrice. Putain ! Quelle bêcheuse ! Elle leva les yeux et sourit en le voyant.

« Tu sors ?

— Ouais, c'est l'anniversaire de Denny. Les gars fêtent ça avec quelques bières au Hungry Horse. Je leur ai dit que je passerais. »

Il l'embrassa sur le front.

« Je ne rentrerai pas trop tard. »

Il gara la voiture au bout de la rue et remonta le

trottoir. Il aimait bien faire ça parce qu'il y avait parfois des gamins qui reconnaissaient le héros de *Sliprock* et lui sautaient dessus pour lui demander son autographe. Tous visiblement familiers du geste fétiche de Red McGraw, ils faisaient semblant de tirer, puis de souffler sur le canon de leur pistolet imaginaire. Ce soir, pourtant, ils n'étaient pas là. Mais tous les gens que Ray croisa le reconnurent. Certains le saluèrent. Il leur rendit leurs sourires avec majesté en touchant le bord de son chapeau.

Il était à mi-chemin lorsqu'il vit le groupe de jeunes Indiens – des petits mecs qui traînaient souvent devant le Hungry Horse et se prenaient clairement pour les types les plus cool du patelin. Ils étaient quatre qui venaient vers lui en fumant et en traînant les pieds avec leur expression de chiens battus. Bon sang, personne ne leur avait appris à sourire, à ces voyous ?

Comme s'ils l'avaient entendu, ils se mirent tous ensemble à lui sourire de toutes leurs dents. Ils se trouvaient juste devant lui et occupaient la largeur du trottoir, sans manifester la moindre envie de lui laisser la place de passer. L'un d'eux marmonna quelque chose. Les autres éclatèrent de rire et Ray comprit qu'on se moquait de lui. Mais il n'allait pas mordre à l'hameçon. Il leur fit un signe de tête et se mit sur le côté. Les trois premiers passèrent en le frôlant, mais le quatrième se planta devant lui.

« Salut, *Red* », dit-il d'un ton sarcastique.

Les autres s'étaient arrêtés pour observer la scène. L'un d'eux ricana. Ray planta son regard dans celui du type qui avait parlé et hocha la tête.

« Bonsoir », dit-il.

Le jeune tira une dernière bouffée avant de jeter sa

cigarette. Tout en regardant Ray droit dans les yeux, il fit le fameux geste de Red McGraw, à ceci près qu'en guise de canon, il tendit un seul doigt – le majeur. Puis il souffla avec ostentation sur son « pistolet » et sourit. Et là, Ray le mit K-O d'un bon direct du gauche au menton.

Alors les trois autres se jetèrent sur lui. L'un d'eux tenait une bouteille avec laquelle il aurait volontiers fracassé le crâne de Ray si celui-ci ne l'en avait pas empêché avec un bon coup de pied dans les couilles. Le jeune se plia en deux en gémissant. Mais les deux autres ne lâchaient pas prise. Le plus musclé attrapa Ray par-derrière et l'immobilisa tandis que son copain lui filait quelques gnons. Enfin, Chico, Denny et quelques-uns des types de l'équipe technique sortirent en trombe du Hungry Horse et filèrent une bonne correction à ces petits merdeux, peut-être trop énergiquement puisque lorsque tout redevint calme, il y en avait un étendu par terre, évanoui, et un autre avec la mâchoire cassée.

Une voiture de police arriva et embarqua les deux Indiens toujours debout tandis qu'une ambulance se chargeait des autres. Les infirmiers voulurent emmener également Ray, mais il leur dit qu'il n'était pas blessé et était en meilleur état qu'il en avait l'air. Sa nouvelle chemise était couverte du sang qui avait coulé de son nez, mais celui-ci n'était visiblement pas cassé. Les copains l'emmenèrent à l'intérieur du bar et Chico lui tendit une bouteille de Jim Beam et lui prêta un tee-shirt Hungry Horse. Tout le monde se regroupa autour de lui pour savoir ce qui s'était passé. La brave petite Leanne alla chercher une bassine d'eau chaude et une serviette pour lui nettoyer le visage.

Certainement averti par quelqu'un, Herb Kanter débarqua peu de temps après et, avec des piaillements de poule pondeuse, posa des questions parfaitement inutiles. Ray l'invita à s'asseoir et à prendre un verre. La minute suivante, tout allait comme sur des roulettes. Une fois Herb parti, Denny et Ray s'éclipsèrent pour aller fumer un joint derrière le bar. Quand ils rejoignirent les autres, Leanne était partie, ainsi que l'envie de Ray. Son nez commençait à le lancer, si bien qu'il dit bonne nuit à la compagnie, regagna d'un pas incertain sa voiture et rentra à la maison.

Il fut réveillé plus tôt qu'il ne l'aurait voulu par les cris affolés de Diane. Il avait de nouveau saigné pendant la nuit et tâché son oreiller. Debout près du lit à côté de sa mère, Tommy le regardait, bouche bée.

« Mon Dieu ! Qu'est-ce qu'il t'est arrivé ? »

Il lui répondit d'un ton qui se voulait désinvolte. Il fit d'ailleurs de même lorsque l'adjoint du shérif arriva, accompagné d'Herb Kanter, pour l'interroger. Il était jeune, très sérieux et très impressionné. Il affirma détenir la preuve que Ray avait frappé le premier, ce que bien sûr Ray nia. Le malheureux finit par être à court d'arguments et resta assis là, visiblement un peu penaud. Herb le raccompagna jusqu'à son véhicule. Passant le bras autour de ses épaules, il lui dit quelque chose qui parut le réconforter. Le jeune policier s'éloigna en leur faisant de grands signes, le sourire aux lèvres. Ray demanda à Herb ce qu'il lui avait dit.

« Je lui ai simplement promis de lui filer des tickets pour la première du film. »

Finalement, les producteurs n'étaient peut-être pas de si mauvais bougres.

Cal arriva vingt minutes avant que Frank Dawson ne vienne les chercher pour les emmener à l'aérodrome. Leurs valises étaient dans le couloir. Tout en rangeant les dernières affaires et en nettoyant la maison, Diane n'avait cessé de guetter par la fenêtre en se demandant si Cal n'avait pas oublié sa promesse de venir leur dire au revoir. Enfin elle vit sa camionnette remonter le chemin de terre en soulevant derrière elle un panache de poussière rouge.

« Tommy ! Cal arrive. »

Ils avaient fait leurs adieux la veille lors de la fête marquant la fin du tournage. Quelle bonne soirée ça avait été. Même Ray s'était visiblement bien amusé. Il avait dansé avec elle, s'était montré aimable, redevenant celui qu'il avait été autrefois. Mais elle ne comprenait toujours pas ce qui s'était passé entre Tommy et lui. Tommy ne lui parlait plus à moins d'y être obligé. Ray s'interrogeait tout autant qu'elle. Pourtant, chaque fois qu'elle demandait à Tommy ce qui n'allait pas, il se renfermait ou se fâchait et disait que ce n'était rien, que tout allait bien.

À la fête, Diane avait distribué les cadeaux qu'elle avait achetés pour l'équipe et les autres acteurs. Elle fut touchée de tout ce qu'on lui offrit en retour. Tout le monde dit à quel point ils avaient apprécié de travailler avec elle et combien Tommy allait leur manquer. Il était en quelque sorte devenu leur mascotte. Herb Kanter offrit au petit garçon un clap sur lequel était écrit *T. Bedford, Dresseur*.

Tommy avait veillé bien au-delà de minuit, toutes les femmes de l'équipe se disputant le privilège de danser avec lui. Diane ignorait où son fils avait appris à danser le twist comme ça. C'était une vraie révélation. Jamais elle ne l'avait vu aussi extraverti. Le revers de la médaille, c'est qu'elle avait eu toutes les peines du monde à le tirer du lit ce matin. Elle était allée le réveiller à plusieurs reprises et, chaque fois, il se contentait de changer de position en grognant. Mais maintenant, il était enfin levé et (du moins elle l'espérait) en train de s'habiller. Ray venait de partir en ville pour acheter, disait-il, des cigarettes. Il y avait pourtant un paquet entier posé sur la petite table où il les mettait d'habitude. Il n'avait pas dû les voir.

« Tommy ! Tu m'as entendue ?

— J'arrive. »

Diane ouvrit la porte et Tommy attendit avec elle sur le seuil, la main en visière au-dessus des yeux pour les protéger de la lumière aveuglante. Cal gara sa camionnette et en descendit. Il leur fit un signe et remonta le raidillon menant à la maison. Il avait lui aussi bien sûr participé à la fête, comme tous les autres. Diane avait espéré – vainement – qu'il lui proposerait de danser. Elle aurait aimé l'inviter, mais l'occasion ne se présenta pas. Il allait terriblement manquer à Tommy. Et à elle aussi.

« Salut. Désolé du retard.

— On en était à se dire que tu ne viendrais pas. »

Mais il était bien là, devant eux, un sac en papier calé sous le bras. Il ôta son chapeau et sourit. Diane lui proposa une tasse de café. Il les suivit dans la cuisine. Il posa son chapeau et son sac sur la table et s'assit pendant que Diane préparait du café.

« Alors, Tom, ça t'a plu, la fête ? On dirait.

— Ouais, c'était chouette.

— Chouette pour toi, peut-être. Tu étais le seul avec lequel les filles voulaient danser.

— Dis donc, toi non plus tu ne t'en es pas trop mal tiré, dit Diane. Tu étais inaccessible.

— Les dresseurs ne dansent pas avec la reine du bal.

— J'ai plutôt eu l'impression que c'était l'inverse. »

Il la regarda en souriant. L'espace d'un instant, il y eut une sorte de lien entre eux – et dans les yeux du jeune homme, comme une tristesse tendre qu'elle n'avait jamais vue auparavant. Elle détourna la tête et s'affaira autour de la cafetière.

« Et Ray, il est où ?

— Parti chercher des cigarettes. Il ne devrait pas être long. »

Tommy voulut savoir combien de temps il faudrait pour ramener tous les chevaux à L.A. en camion. Cal lui expliqua qu'ils feraient ça tranquillement, sur plusieurs jours, à cause de la chaleur.

« Et quand on pourra recommencer à monter chez toi ? »

Cal ne répondit pas tout de suite. Lorsque Diane le regarda, elle comprit qu'il y avait un problème.

« Cal ? Quelque chose ne va pas ?

— J'allais vous en parler. Il y a deux ou trois jours, j'ai reçu un coup de fil de Don Maxwell. Il vend. Trois personnes lui ont fait des propositions et les offres étaient si alléchantes qu'il aurait vraiment fallu être un imbécile, d'après lui, pour ne pas en profiter. Alors… c'est la fin du ranch.

— Il n'a pas le droit de faire ça ! s'exclama Tommy.

— Malheureusement si. C'est lui, le propriétaire. On savait que ça arriverait un jour ou l'autre.

— Qu'est-ce que tu vas faire ? demanda Diane. Trouver un autre boulot ? Il y a bien d'autres ranches qui travaillent pour le cinéma, non ?

— Ça ne manque pas. Iverson, Disney. Le problème, c'est que je ne suis pas certain de vouloir faire ce type de boulot maintenant.

— Sinon, qu'est-ce que tu as comme possibilité ?

— Je pourrais repartir dans le Montana. Donner un coup de main à mon père. Ma mère et lui, ils se font vieux. Ils auraient bien besoin d'aide. Et là-bas, il y a de la place pour moi et pour les chevaux. »

Tommy, abasourdi, le regarda.

« Quand ?

— Qu'est-ce que tu veux dire, fiston ?

— Quand est-ce que tu pars ?

— Oh, je ne sais pas. Il va me falloir un mois environ pour régler certaines choses. Les bulldozers arrivent au début de l'automne. Je compte partir avant. Je n'ai pas trop envie d'assister à tout ça. »

Il sourit à Diane.

« Alors, il arrive, ce café ? »

Tandis qu'elle le servait, ils entendirent le bruit de la voiture de Ray. Il entra quelques instants après, tout guilleret, donna une bonne claque dans le dos de Cal et ébouriffa les cheveux de Tommy. Le petit garçon fit comme s'il ne le voyait pas.

« Dites donc, qu'est-ce qu'il y a ? dit Ray en les regardant tour à tour. Quelqu'un est mort ?

— Tu savais que le ranch de Cal allait être vendu ? lui demanda Diane.

— Ah oui, c'est vrai. J'ai oublié de te le dire. Vraiment dommage, n'est-ce pas ? Mais il y a d'autres endroits.

— Il retourne dans le Montana. »

Ray se tourna vers Cal.

« Vraiment ? Tu ne me l'avais pas dit. Tu as l'intention de laisser tomber les cascades et tout le reste ? »

Cal fit signe que oui.

« Mais alors, qui va faire ma doublure ? »

Avant de partir, Cal leur donna ce qu'il avait apporté dans son sac. Il y avait un cadeau pour chacun d'entre eux, enveloppé dans du papier de soie blanc avec un ruban rouge. Tommy demanda la permission d'ouvrir le sien tout de suite. Pour Ray, Cal avait acheté une boucle de ceinture avec Medicine Springs écrit dessus. Pour Tommy, c'était une pipe navajo sculptée dans un bois de cerf et ornée de fourrure et de petites turquoises. Tous deux remercièrent Cal, qui expliqua que la pipe avait été faite par le vieil homme qui lui avait indiqué où se trouvaient les peintures rupestres.

« Mais ne t'avise pas de l'utiliser, tant que ta mère ne t'autorise pas à fumer. »

Le cadeau de Diane était un morceau de roche ocre polie sur lequel étaient dessinées deux silhouettes rouge sombre identiques à celles qu'ils avaient vues sur la montagne.

« C'est beau », dit-elle tout simplement en admirant l'objet.

Se sentant bêtement envahie par l'envie de pleurer, elle posa la pierre sur la table et s'empressa de quitter la pièce en expliquant qu'eux aussi avaient un cadeau pour lui. Elle l'avait laissé avec les bagages dans le couloir. Elle resta quelques instants seule à se frotter les yeux en s'exhortant à ne pas se laisser aller.

Diane avait pris elle-même cette photo lors de l'une de leurs promenades à cheval. Elle l'avait fait tirer en ville et avait déniché un cadre en bois noueux qui convenait parfaitement. Le cliché représentait Tommy et Cal à cheval côte à côte, le visage illuminé par le soleil couchant, avec les montagnes à l'arrière-plan. Ils souriaient et Cal avait posé la main sur l'épaule de Tommy.

« C'est de notre part à tous les trois », déclara Ray.

C'était faux, mais Diane le laissa dire. Cal devina la vérité. Il regarda longuement la photo et hocha la tête.

« Merci, dit-il en s'adressant exclusivement à elle.

— Non, Cal. C'est nous qui te remercions », répondit-elle doucement.

Frank Dawson arriva. Ils chargèrent les valises et prirent la direction de l'aérodrome, suivis de Cal dans sa camionnette avec Tommy. Herb les attendait près du Lodestar prêt à décoller. Cal les aida à monter les valises. Puis ils se dirent au revoir en bas de la passerelle. Cal serra la main de Ray et de Tommy, qui semblait avoir perdu sa voix.

« On se reverra quand tu reviendras », dit Cal.

Tommy fit signe que oui, les yeux fixés au sol. Diane embrassa Cal sur la joue. Elle aurait aimé conserver avec elle la douceur et l'odeur de sa peau.

L'avion s'envola en prenant la direction de l'est. Au moment où il virait sur l'aile et décrivait un cercle vers l'ouest, ils aperçurent en dessous d'eux Cal qui regagnait sa camionnette. Il leva la tête et resta un instant à agiter son chapeau tandis qu'ils passaient au-dessus de lui. Assis près du hublot, Tommy le regarda, silencieux et désespéré.

23

C'était la troisième semaine d'août. Il faisait chaud. Pas un souffle de vent n'agitait les grands eucalyptus qui poussaient en dessous de la terrasse. Entre leurs branches, on apercevait le centre-ville de L.A. étouffant sous une nappe de brume jaune-brun. Ce temps-là persistait depuis leur retour d'Arizona. Même si l'air était plus limpide ici dans les collines, Tommy se sentait parfois sur le point de suffoquer.

Le soir, les nuages s'amoncelaient et, en quelques secondes, les orages explosaient, fulgurants, violents. Tommy quittait alors son lit et, debout près de la porte-fenêtre, regardait les éclairs faire apparaître les silhouettes des arbres pendant que le grondement du tonnerre déboulait des canyons. La pluie était si forte, si brusque, si drue qu'au bout de l'allée, la rue, inondée, se transformait en torrent.

Il n'y avait pas que le temps qui accablait Tommy. Comparée aux moments extraordinaires qu'il avait vécus dans l'Arizona, sa vie à L.A. paraissait bien pâle. Il avait fait une dernière balade mélancolique avec Cal, mais à présent le ranch était en plein démantèlement. La plupart des chevaux avaient déjà été vendus et ceux qui appartenaient à Cal – dont Chester – étaient partis en camion dans le Montana. Cal les avait accompagnés. Il allait revenir pour prendre ses meubles et ses affaires. Mais fin octobre, il serait parti pour toujours. Il manquait tellement à Tommy que le petit garçon regrettait parfois de l'avoir rencontré.

De plus, Diane et Ray ne se parlaient pratiquement plus. Ils se criaient dessus. Généralement, ils attendaient pour cela que Tommy soit couché. Les tempêtes qui soufflaient entre eux étaient parfois pires que celles qui frappaient L.A. Ce n'étaient que cris, hurlements, claquements de portes, et une nuit, peu après leur retour d'Arizona, il y avait eu un bruit terrifiant de verre brisé. Le lendemain, Tommy avait découvert Dolores agenouillée par terre en train de ramasser les derniers morceaux du grand miroir du salon. Diane lui raconta qu'il avait été renversé par la tempête, mais il savait que ce n'était pas vrai.

Il l'avait surprise déjà deux fois en train de pleurer. La seconde fois – c'était la semaine dernière – alors qu'il était au lit, il les avait entendus se disputer sur la terrasse. Ensuite, la porte d'entrée avait claqué et Ray était parti en trombe au volant de la Cadillac. Tommy s'était alors levé pour aller voir Diane. Allongée sur son lit, elle sanglotait. Quand il lui demanda ce qui n'allait pas, elle se contenta de dire (comme s'il ne l'avait pas déjà remarqué) que c'était difficile en ce moment entre elle et Ray. C'étaient des choses qui arrivaient souvent, d'après elle, quand les gens se mariaient et qu'ils devaient s'habituer l'un à l'autre tout en travaillant comme des dingues. Une fois qu'ils auraient terminé le tournage des *Délaissés*, tout s'arrangerait et redeviendrait comme avant.

« Tu l'aimes encore ? »

Tommy espérait qu'elle répondrait non, afin qu'il puisse enfin lui raconter ce qu'il savait à propos de Leanne. Mais elle lui dit en souriant qu'il était bête et que bien sûr, elle aimait toujours Ray. Elle le serra longuement dans ses bras et caressa ses cheveux.

« Tout va bien, mon trésor. Je t'assure. Quand le film sera terminé, on sera heureux. Je le sais. Heureux, tous les trois. On pourra peut-être partir quelque part. Dans un joli endroit, près de la mer. Ça te dit ?

— Pourquoi pas ? Mais on pourrait pas partir rien que tous les deux ?

— Tommy, arrête d'être comme ça avec Ray. Il t'aime. Tu n'as pas idée du mal que ça lui fait de voir que tu ne lui parles plus, que tu ne veux plus être avec lui. Pourquoi tu te comportes de cette manière avec lui ?

— Je te l'ai dit. Il n'est pas gentil avec toi. Il te crie dessus, et ça, je n'aime pas.

— Écoute, essaie de comprendre. Essayons d'être heureux tous ensemble.

— Bon, d'accord. »

Comme si le bonheur arrivait sur commande. En fait, Tommy voyait rarement Ray – même Diane, il la voyait peu. Ils passaient leurs journées au studio pendant que Tommy, tout seul à la maison, regardait la télévision ou s'allongeait sur son lit pour lire. Quand il s'ennuyait trop, il allait donner un coup de main à Dolores à la cuisine, ou aidait Miguel à laver les voitures, à tondre la pelouse ou à retirer les feuilles tombées dans la piscine. Diane n'arrêtait pas de lui dire d'inviter un ami, mais tous ses copains d'école étaient encore en camp d'été ou en vacances.

Enfin, deux jours plus tôt, alors que Tommy se sentait devenir fou d'ennui et de tristesse, la mère de Wally Freeman avait téléphoné pour dire que Wally était rentré de son camp. Tommy avait demandé à Diane la permission d'inviter son copain à dormir, et tout avait été arrangé.

Depuis l'arrivée de Wally la veille, les deux garçons avaient passé leur temps à rigoler et à papoter. Wally avait dormi dans le petit lit dans la chambre de Tommy, si on peut dire « dormi », vu qu'ils avaient parlé jusqu'à deux heures du matin. Tommy avait raconté à son copain son séjour dans l'Arizona et Wally l'avait fait mourir de rire en lui racontant toutes les bêtises qu'il avait faites dans l'Oregon – par exemple planquer des grenouilles dans les lits des autres ou abandonner le moniteur le plus méchant du camp sur une île au milieu d'un lac où il y avait, disait-on, des ours.

Ce matin, Tommy avait été réveillé par des hurlements provenant du couloir. Dolores criait à quelqu'un de partir et de ne plus revenir. Plongé dans son sommeil, Wally n'entendit rien. Tommy se leva, ouvrit la porte de sa chambre et vit Diane qui, tout aussi intriguée que lui, sortait de la douche et avait enfilé un peignoir. Elle appela Dolores et lui demanda à qui elle s'adressait. Dolores répondit, avec son hostilité coutumière, qu'il s'agissait d'une jeune mendiante.

Diane et Tommy allèrent regarder par la fenêtre du palier qui donnait sur l'allée et virent une jeune fille s'éloigner d'un pas traînant. Elle avait les cheveux blonds et frisés attachés en queue-de-cheval et portait une robe jaune trop grande pour elle et crasseuse. Se sentant observée, elle se retourna pour lancer un regard haineux vers la maison. Les traits tirés, elle avait l'air furieuse et blessée. Diane haussa les épaules. Tommy la suivit dans sa chambre pour lui raconter les aventures de Wally en camp d'été tandis qu'elle se séchait les cheveux et s'habillait.

Peu après, elle partit travailler. Tommy réveilla Wally. Après le petit-déjeuner, ils plongèrent dans la piscine. Ensuite, ils passèrent le reste de la matinée à jouer aux cow-boys et aux Indiens, ce qui consistait à se traquer et à se sauter dessus dans le jardin. Wally voulut tuer des oiseaux avec le pistolet à air comprimé, mais Tommy lui dit qu'il ne faisait plus ça et que c'était mal de tuer un animal, sauf pour se nourrir. Wally décréta que c'était que des conneries.

Ils retournèrent à la piscine pour s'entraîner à plonger, puis s'installèrent au bord en laissant tremper leurs pieds dans l'eau et en discutant pour savoir qui des trois M – Marilyn Monroe, Jayne Mansfield ou Mamie Van Doren – avait les plus beaux nichons. Wally déclara qu'à la rentrée il ferait tout pour obtenir un baiser de Wendy Carter, à quoi Tommy répondit qu'elle préférerait certainement embrasser le cul d'un chien. Ils se jetèrent l'un sur l'autre avec une telle sauvagerie que Dolores se précipita vers eux pour leur dire d'arrêter.

La dernière fois que Wally était venu, Ray lui avait fièrement montré sa collection d'armes. Tandis que les deux garçons se changeaient, Wally demandait s'il pouvait la voir à nouveau. Tommy répondit que les armes étaient dans une pièce au sous-sol dont Ray était le seul à avoir la clé.

« Mais il y en a une qui n'est pas en bas.

— Ah oui ?

— Je ne suis pas censé le savoir. Tu veux la voir ?

— Tu parles, Charles ! »

Tommy l'emmena dans la maison et vérifia que Dolores était occupée dans la cuisine et ne risquait donc pas de les surprendre. Alors, ils montèrent les escaliers sur la pointe des pieds comme des voleurs, traversèrent le palier, entrèrent dans la chambre de Diane et s'approchèrent de la table de nuit du côté du lit où Ray dormait.

« Promets-moi de ne rien dire à personne.

— Je te le promets.

— Parce qu'il serait furax s'il apprenait que je te l'ai montré.

— Je t'ai dit, c'est juré.

— Alors dis : *Croix de bois, croix de fer...*

— *Croix de bois, croix de fer, si je mens je vais en enfer.* »

Tommy ouvrit le tiroir. Ils contemplèrent le revolver, qui luisait d'un éclat mat et mystérieux.

« Waouh ! dit Wally. Un Smith & Wesson.

— C'est un calibre.38. Comme celui du sergent Friday dans *Badge 714.* »

Wally tendit le bras. Tommy l'arrêta. Il ne fallait pas toucher.

« Pourquoi ? Qui le saura ?

— Il est chargé.

— Et alors ? Qu'est-ce que ça change ? Quelle mauviette ! »

Il prit l'arme et la tint avec précaution dans ses mains.

« Waouh ! Qu'est-ce qu'il est beau.

— Fais attention, hein ?

— Mais oui, mais oui. »

Il serra la main droite autour de la crosse et pointa l'arme sur Tommy.

« OK, mec, les mains en l'air !

— Wally ! Non ! Il est chargé, imbécile !

— C'est bon, c'est bon. Tu vas quand même pas pisser dans ton froc. De toute façon, le cran de sécurité est mis.

— Remets-le dans le tiroir. Vite ! »

Wally soupira, mais s'exécuta.

« Tiens, tiens ! Et ça, qu'est-ce que c'est ? »

Il sortit le sachet en plastique que Ray rangeait toujours là.

« Du tabac ou du thé, je ne sais pas.

— Du thé ? C'est du haschisch, andouille !

— Du quoi ?

— De la drogue. Ça se fume. Tu connais Scotty Lewis, le gars qui est en troisième ? Son grand frère en fume tout le temps. Ça fait les yeux tout rouges et tout bizarres. Putain, ton père, il pourrait aller en prison.

— C'est pas mon père. Allez, Wally, range ça, s'il te plaît !

— OK, pas d'affolement. »

Hollywood était le royaume des illusions. Et l'une de ces illusions, c'était l'amitié. Diane avait été avertie de cela peu après son arrivée l'année précédente par Edith Head, la légendaire costumière de la Paramount – une femme à l'allure incroyable, avec son casque de cheveux teints en noir et ses énormes lunettes rondes aux verres bleus qui présentaient l'avantage de lui montrer à quoi ressemblerait un costume filmé en noir et blanc. Âgée de soixante-quatre ans, récompensée de sept oscars, Edith avait habillé pratiquement toutes les vedettes féminines du siècle, depuis Marlene Dietrich et Mae West jusqu'à Sophia Loren et Grace Kelly. Pour une raison mystérieuse, elle s'était immédiatement prise d'affection pour Diane.

« Il n'y a pas une seule autre ville au monde où il est si facile de se faire des amis – et de les perdre », lui expliqua-t-elle.

Diane se tenait devant elle, vêtue d'une robe de bal en satin rouge, l'une des magnifiques créations Edith Head pour le film avec Gary Cooper que finalement elle ne porterait jamais.

« Souviens-toi qu'à Hollywood, tout est lié au business. Même l'amitié. Alors, mieux vaut ne pas confondre les deux. »

À l'époque, Diane n'avait pas tout à fait compris ce qu'elle entendait. Maintenant, oui. Depuis un an qu'elle vivait à L.A., elle avait rencontré beaucoup de femmes qu'elle appréciait et se plaisait à considérer comme des amies. Elles faisaient toutes d'une manière ou d'une autre partie du monde du cinéma, ne serait-ce que par l'intermédiaire de leur mari ou petit ami. Elles papotaient au téléphone, se retrouvaient pour prendre le café ou déjeuner, venaient en couple à des cocktails ou des dîners. Mais il n'y en avait pas une à qui Diane sentait qu'elle pourrait se confier ou parler en toute franchise de ses problèmes avec Ray. En octobre, lorsque ses vieilles copines Molly et Helen vinrent la voir, elle comprit à quel point leurs longues conversations jusqu'au cœur des nuits glaciales de Londres, blotties en robe de chambre autour du poêle, lui manquaient.

Venues en touristes passer une quinzaine de jours en Californie, Molly et Helen voulaient voir le plus de choses possible, si bien qu'elles ne pouvaient rester avec elle que deux ou trois jours. Diane leur fit visiter le coin en voiture, exactement comme Ray l'avait fait pour elle et Tommy l'année précédente. Ses amies la bombardèrent de questions sur son travail et les gens qu'elle rencontrait. Diane parvint magistralement à donner l'impression d'être heureuse et enthousiaste.

Le lendemain était un samedi. Tommy persuada les jeunes femmes qu'elles ne pouvaient tout de même pas rentrer en Angleterre sans avoir vu Disneyland. Lui-même y était déjà allé trois fois, mais ne s'en lassait pas. Ray ayant dit qu'il ne pouvait pas venir, ils se retrouvèrent tous les quatre à Anaheim et s'amusèrent tellement dans les attractions qu'au moment de rentrer, ils avaient mal aux joues à force d'avoir ri.

Pendant le dîner, Ray se montra charmant et plein d'attentions, régalant Helen et Molly d'anecdotes sur le cinéma drôles certes, mais surtout flatteuses pour son ego et éculées pour Diane, qui les avait entendues une bonne dizaine de fois. Il quitta la table avant les autres en expliquant qu'il devait aller voir quelqu'un en ville et qu'elles-mêmes avaient, il en était certain, des tas d'histoires de filles à se raconter. Lorsqu'il fut parti, Molly déclara que c'était la crème des hommes. Se renfonçant alors dans son siège, elle contempla la maison, la piscine et les petites lumières scintillant dans les arbres au-dessus de sa tête, puis soupira.

« Regarde-moi tout ça. Un vrai petit paradis ! Tu en as, de la chance, Diane.

— Je sais. »

Elle sourit et alluma une autre cigarette. Helen, plus perspicace que Molly, perçut une certaine mélancolie dans sa réponse brève.

« Mais ? dit-elle.

— Mais rien.

— Allons, Di. Je te connais. »

Et c'est ainsi que petit à petit, avec douceur, elles lui firent avouer ses problèmes.

Au début, Diane voulut leur faire croire que ses craintes se rapportaient à Hollywood, à la superficialité et au manque de sincérité de cet univers, qui n'était peut-être pas le meilleur endroit pour élever un enfant. Qui mieux qu'elles savaient à quel point elle était passionnée par son métier ? Pourtant, expliqua-t-elle, depuis qu'elle avait pris Tommy avec elle, c'était comme si son cœur n'y était plus.

Encouragée par les questions habiles d'Helen, elle commença à évoquer ses relations avec Ray, tout d'abord au passé, afin de faire croire que tout allait mieux. Ce qui, d'une certaine manière, était vrai. Le pire avait été ces semaines suivant leur retour d'Arizona, quand ils tournaient les scènes en studio. Ray s'était comporté comme un enfant gâté, et même pire parfois. Que Terry Redfield et Herb Kanter aient supporté ses caprices tenait du miracle. À la maison, il ne se contrôlait pas du tout. Tout n'avait été que colères d'ivrogne et portes claquées sur fond de crises de jalousie, Ray l'accusant tour à tour d'être frigide ou d'avoir une liaison. Diane épargna à ses amies – peut-être aussi à elle-même – le pire. Comme cette nuit où il avait lancé un verre sur elle et fracassé le miroir du salon, ou bien cette façon hargneuse et malsaine qu'il avait maintenant de lui faire l'amour les rares fois où, mue par la pitié ou la culpabilité, elle cédait. Mais ce qu'elle leur dévoila suffit à leur faire perdre leurs illusions. Elle leur raconta la cruauté dont il pouvait faire preuve, sa façon de disparaître pour ne revenir qu'au petit matin, saoul, défoncé, ou les deux.

« Il t'a déjà frappée ? demanda Helen.

— Dieu merci, non. »

Ce qui, techniquement, était vrai. Même s'il s'en fallait de peu.

« Il est juste un peu… un peu brutal parfois. »

Visiblement mal à l'aise avec le sujet, Molly s'empressa de minimiser les choses.

« Maman dit que la première année de mariage est toujours la plus difficile. Après avoir épousé papa, elle a passé un an à pleurer. À pleurer toutes les larmes de son corps tous les jours quand il partait travailler. Mais d'après elle, on s'y habitue.

— Quelle idée déprimante ! s'exclama Helen.

— Tu sais, c'était la même chose pour moi quand on m'a envoyée au pensionnat. J'ai pleuré toutes les nuits pendant plusieurs mois. Après, ça a été. Bizarrement, on finit par… par s'y habituer.

— Si on va par là, je suis sûre que pendant la guerre, tous ces pauvres gens qui se sont retrouvés en camp de concentration s'y sont habitués. Mais ça ne veut pas dire que c'était bien.

— Vraiment, Helen, tu déformes toujours mes paroles. Je veux simplement dire qu'être mariée, ce n'est pas toujours facile. Il faut *faire des efforts* pour que ça marche.

— Et je voudrais tellement que ça marche, dit Diane. Pour Tommy surtout. C'est en partie la raison pour laquelle j'ai épousé Ray. Pour donner à Tommy un père, une vraie famille. »

Sur ce plan-là également, les choses allaient mieux. Tommy et Ray se parlaient à nouveau, même si parfois, quand Ray se montrait hargneux avec elle ou était dans un de ses mauvais moments, Tommy lui adressait un regard haineux.

Pendant quelques instants, Diane laissa apparaître sa tristesse plus qu'elle ne l'aurait voulu. Molly et Helen se levèrent et, rapprochant leurs chaises de la sienne, l'enlacèrent.

« Ça va s'arranger, Di, tu verras, dit Molly. Quand le film sortira et que les gens verront à quel point vous êtes bons tous les deux, Ray s'apaisera, il se calmera, et ça ira bien. Si tu savais comme on est fières de toi, Helen et moi !

— Oui, très fières, confirma Helen. Mais surtout, ne le laisse jamais te frapper. S'il en vient aux coups, pars. C'est compris ?

— Oh, Helen, vraiment…

— Promets.

— C'est juré. »

Elle serra ses deux amies dans les bras.

« Vous allez me manquer.

— Toi aussi, tu vas nous manquer. »

La campagne mise sur pied par Herb Kanter et le département publicité de la Paramount pour *Les Délaissés* fut pratiquement aussi difficile que le tournage lui-même. La sortie était prévue pour fin février, avec des premières à Hollywood et New York City. D'ici là, Herb avait programmé interview sur interview pour s'assurer que le monde entier ferait la connaissance de la nouvelle et sensationnelle star du studio, Diane Reed.

Diane accompagna Molly et Helen au train et, dès le lendemain, entama un marathon quotidien d'interviews et de séances photos. Celles-ci se déroulaient généralement au studio ou dans une suite qu'Herb louait pour l'occasion au Beverly Hills Hotel. Pour les journalistes des publications les plus influentes, un repas était organisé au Brown Derby ou au Bistro. Le sujet abordé le plus souvent était celui des relations de Diane et de Ray, sur l'écran et dans la vie. Les questions finirent par devenir tristement familières.

Alors, vous vous êtes rencontrés comment, tous les deux ? Peut-on parler de coup de foudre entre vous deux ? Et ça vous a fait quoi, de tourner des scènes d'amour ensemble ?

Heureusement, Diane savait parfaitement jouer le jeu et répondait chaque fois comme si la question était nouvelle. Pour flatter la perspicacité des journalistes, elle leur adressait son sourire attendrissant et timide, ou fronçait les sourcils comme si elle cherchait sa réponse. Modeste, professionnelle, parfois un brin coquette si l'ambiance le permettait, elle aimait donner l'impression que leur habileté l'avait amenée à en dire plus qu'elle ne l'aurait voulu.

Les interviews qu'elle donnait en compagnie de Ray étaient beaucoup plus difficiles. Installés côte à côte sur le canapé, ils faisaient croire au monde entier que leur vie était idyllique et leur amour éternel. Parfois, au beau milieu d'une interview, Ray – feignant une tendresse et une douceur qui lui donnaient la nausée – lui prenait la main, passait le bras autour de son épaule ou bien se penchait vers elle pour l'embrasser sur la joue. Mais à peine le journaliste parti, il explosait.

« Ça alors ! Je suis invisible ou quoi ? Ce petit branleur, il ne m'a pas posé la moindre question ! *Dites-nous, Diane, qu'est-ce que le fait d'être une star a changé dans votre vie ? Vous voulez bien dire quelque chose pour vos fans en Angleterre ?* Qu'il aille se faire foutre ! »

Songeant à ce que Molly lui avait dit sur la nécessité de faire des efforts, Diane, après une profonde inspiration, l'embrassait et le consolait. Si les journalistes paraissaient parfois s'intéresser plus à elle qu'à lui, c'était parce qu'elle était nouvelle. Lui, c'était déjà une star. Les gens connaissaient Ray Montane. Le monde entier connaissait Ray Montane.

Le dernier samedi du mois d'octobre, Cal Matthieson appela pour dire au revoir. Il s'apprêtait à s'installer définitivement dans le Montana. Diane prit la voiture et emmena Tommy au ranch. Mais dès qu'elle vit l'endroit, elle regretta d'être venue. Les bulldozers avaient tout ravagé. Il ne restait plus que quelques arbres. Les ouvriers avaient déjà creusé les fondations de plusieurs centaines de maisons et transformé le flanc de la colline en damier poussiéreux où se croisaient rues et tranchées pour les égouts. La maison de Cal était encerclée par un océan de boue séchée. Son contenu avait été chargé dans le camion garé devant l'entrée.

Il n'y avait pas grand-chose à dire. Tommy resta silencieux. Son regard balaya l'ancien emplacement des corrals, où ce qu'il restait des barrières se consumait sur un bûcher. La fumée couvrait la colline comme la trace de quelque guerre inutile et perdue.

Cal tendit à Diane un bout de papier sur lequel il avait écrit son adresse dans le Montana et son numéro de téléphone. Il lui dit de l'appeler si jamais elle avait besoin de quelque chose et leur fit promettre, à elle et à Tommy, de venir le voir. Ils pouvaient rester, ajouta-t-il, le temps qu'ils voulaient.

« Tu sais, Tom, ce petit cheval que tu montais, il

me fait la tête. T'as intérêt à venir le monter un de ces jours parce que sinon, c'est lui qui va venir te chercher. »

Tommy sourit bravement, puis détourna le regard. Cal se tourna vers Diane.

« Et à la maison, ça va ?

— Ça va, répondit-elle d'un ton enjoué. Mieux. »

Elle voyait bien qu'il n'en croyait pas un mot.

« Il paraît que le film est vraiment chouette.

— C'est ce qu'on dit. On ne l'a pas encore vu. »

Ils restèrent silencieux un long moment. Elle aurait voulu se jeter dans ses bras, le tenir, lui dire ce qu'elle éprouvait pour lui, comment l'idée qu'il partait lui était insupportable. Mais bien sûr, c'était impossible. Tommy attendait en se mordant la lèvre.

« Bon, il vaut mieux qu'on y aille, dit-elle. Tu pars aujourd'hui ?

— Ouais. Plus que deux ou trois choses à ranger et je lève l'ancre.

— Eh bien, dit-elle, la gorge serrée, prends soin de toi.

— Toi aussi, prends soin de toi. »

24

Ils arrivèrent au tribunal dans l'ordre fixé par Brian McKnight. Les deux avocats militaires de Danny ouvraient la marche, vêtus de leurs uniformes et suivis par Danny et Kelly, enceinte de huit mois, qui se tenaient par le bras. Venaient ensuite McKnight et Kevin Nielsen, son assistant, tout beaux dans leurs costumes sombres, puis Dutch et Gina, qui se tenaient eux aussi par le bras. Tom fermait la marche.

Une foule de reporters et de journalistes les attendaient sous le soleil. Comme c'était le deuxième jour d'audience, Tom s'était imaginé qu'ils ne seraient pas aussi nombreux. À tort. La sécurité semblait également avoir été renforcée. Partout, même sur les toits, étaient postés des policiers du corps des marines armés de M16 qui communiquaient entre eux par radio. Tom se demanda ce qu'ils attendaient. Danny avait fait l'objet de nombreuses menaces de mort sur Internet, de mails qui lui promettaient un châtiment atroce, à lui mais aussi à Kelly, et même à leur bébé à naître. Quelle qu'en soit la raison, en cette matinée étouffante du mois de mai, Camp Pendleton était en état d'alerte maximum.

Les journalistes avaient repéré Danny et les siens. Tom perçut le frémissement de la foule impatiente, les micros qui se tendaient, les cameras hissées à bout de bras.

« OK, les gars, dit tranquillement Brian McKnight. N'oubliez pas que c'est moi qui parle. »

La veille, il leur avait expliqué dans les moindres détails comment réagir face aux médias. Ils ne devaient répondre à aucune question, qu'elle soit bienveillante ou provocatrice. Ils ne devaient paraître ni trop sûrs d'eux, ni inquiets, ni revêches. Ils devaient marcher d'un bon pas, sans se presser ni traîner, tenir la tête haute, avoir l'air calme, modeste, confiant.

« Nous voulons donner l'impression que nous sommes convaincus de l'innocence de ce jeune et brave soldat, mais qu'en même temps nous respectons le système législatif et démocratique qui le fait comparaître au tribunal. »

Ils s'étaient retrouvés ce matin dans la salle de conférences pour préparer ce qui, ils le savaient tous, serait une séance éprouvante. Le jour précédent avait été presque entièrement consacré aux formalités. Aujourd'hui, l'accusation devait présenter ses témoins clés. Jamais le visage de Danny n'avait été aussi pâle et défait. Il avait le regard fantomatique de quelqu'un qui ne dort plus. Pendant qu'il revoyait quelques derniers points avec McKnight et les autres avocats, Gina attira Tom dans un coin et lui fit remarquer en chuchotant le tic nerveux que Danny avait à la joue gauche.

« Tu crois qu'il s'en rend compte ?

— À mon avis, non. Mais ça va aller. Il va se calmer.

— Il est dans un état ! Tu as remarqué ses ongles ? »

Ils étaient rongés jusqu'au sang. Tom tenta de rassurer Gina en lui expliquant que n'importe quel juge qui se respectait savait qu'il s'agissait là de signes de nervosité qui ne disaient rien sur la culpabilité ou l'innocence de la personne. Gina ne parut pas convaincue.

McKnight avait demandé à ce que Danny soit autorisé à porter son alpha – l'uniforme d'apparat des marines, avec le pantalon vert foncé, la veste ceinturée et la cravate. Comme il fallait s'y attendre, la requête avait été rejetée. La raison ? L'alpha, leur expliqua-t-il, se portait avec les décorations militaires. Or, le gouvernement ne tenait pas du tout à laisser entendre que le type qui se retrouvait au banc des accusés était peut-être un héros. Si bien que Danny portait les mêmes vêtements que les autres militaires – la tenue de camouflage avec les motifs pixélisés.

Tom vit les épaules du jeune homme se raidir. Leur petite procession n'était plus loin du tribunal. De part et d'autre, les journalistes se penchaient par-dessus les barrières orange en hurlant leurs questions et en tendant leurs micros à Danny.

« Caporal Bedford ! Vous êtes confiant ? »

« Daniel ! S'il vous plaît ! Par ici ! »

« Kelly ! Comment vous vous portez ? Et le bébé, c'est pour quand ? »

« Garçon ou fille ? »

« Mesdames et messieurs, merci », dit McKnight tandis qu'ils fendaient la foule. « Merci de nous laisser entrer. Je me ferai un plaisir de répondre à vos questions après l'audience. Merci beaucoup. »

Ils se retrouvèrent enfin dans le bâtiment, plus frais. Deux policiers des marines fermèrent les portes. Le brouhaha devint un léger bourdonnement. Visiblement,

McKnight adorait cette partie du processus. En effet, il arborait ce qui chez lui correspondait à un sourire. Il était trop courtois pour le mentionner mais, de toute évidence, l'état de Kelly faisait fort bonne impression auprès des médias. Il passa le bras autour des épaules de la jeune femme.

« Alors, jeune dame, ça va ? »

Elle hocha bravement la tête.

« Allons, à moi vous pouvez le dire. Garçon ou fille ?

— Gagnez pour Danny et je vous le dirai. »

Deux autres policiers militaires contrôlaient les gens qui se présentaient à l'entrée du tribunal. Celui qui tenait le détecteur de métaux sourit quand le tour de Kelly arriva et la laissa entrer tout de suite. La salle semblait étrangement familière, avec ses murs crème, ses lambris et son plafond blanc et bas dans lequel était encastré l'éclairage. Les larges fauteuils rouges étaient suffisamment confortables pour inciter au sommeil. Les représentants du ministère public étaient déjà installés. Le procureur, le major Richards, salua McKnight d'un hochement de tête solennel.

Wendell T. Richards, héros de la guerre d'Irak bardé de décorations, mesurait deux mètres et avait un regard d'acier qui rappela à Tom les cow-boys des bandes dessinées de son enfance. D'après McKnight, on le surnommait Maximus parce que, dans l'arène judiciaire, il était le plus ardent défenseur des intérêts du gouvernement.

Tom suivit Kelly, Gina et Dutch jusqu'aux sièges réservés à la famille, derrière la table de la défense, et posa la main sur l'épaule de Danny en passant.

« Bonne chance, fiston.

— Merci, papa. »

Il n'y avait que quelques sièges pour les journalistes. La plupart des reporters regarderaient les débats sur le circuit télé interne dans un autre bâtiment. Sinon, étaient présents le conseiller du juge, un sténographe et, bizarrement, un dessinateur. Personne dans le banc des jurés. Le sort de Danny reposait entre les mains d'un seul homme, celui qui venait à présent s'installer sur l'estrade dans l'angle, à gauche. Le colonel Robert Scrase était un Texan aux manières exquises, au palmarès élogieux, aussi bien en tant que soldat que juge militaire. La veille, aucune des deux parties n'avait jugé bon d'exercer son droit à contester sa compétence dans cette affaire.

Hier, Richards avait déjà appelé deux témoins, membres de la section de Danny, qui avaient dépeint le contexte et les conditions dans lesquelles ils opéraient en Irak les semaines précédant les événements. Leur description avait donné à Tom une image frappante de la terreur routinière dans laquelle avait vécu son fils pendant de longs mois. En dehors de quelques points que McKnight voulut éclaircir, les deux témoignages ne furent pas contestés. À présent, c'était au tour du sergent Marty Delgado d'être appelé par le juge.

Après ce que Danny lui avait dit du personnage, Tom s'attendait à le voir apparaître dans un nuage de soufre avec deux cornes sur la tête. L'homme, corpulent, musclé, avait certes le crâne rasé, mais en s'installant à la barre des témoins, il prêta serment avec une politesse et une modestie qui le rendaient presque sympathique. Tout cela n'était bien sûr que de la mise en scène. Tom ne douta pas que les avocats de l'accusation faisaient preuve d'autant d'habileté que McKnight quand il s'agissait d'enseigner à leurs témoins à être crédibles. Delgado fixa son regard sur le major Richards, sans même un coup d'œil en direction de Danny.

Richards passa une bonne dizaine de minutes à retracer les états de service impressionnants de Delgado chez les marines, à décrire son travail et la nature précise de la mission qu'il devait accomplir avec sa section cette nuit-là. Puis, lentement, étape par étape, il le guida dans le récit des événements précédant la mort de tous ces civils : l'explosion de la bombe et ses ravages, la découverte par Danny et lui des fils qui les guidèrent jusqu'au détonateur.

« Qui a décidé que vous deviez être accompagné du major Bedford ?

— Moi, monsieur.

— C'est vous qui l'avez choisi ?

— Oui, monsieur.

— Vous aviez pour cela des raisons particulières ?

— Il était pas mal secoué après l'explosion, je suppose parce qu'il avait vu l'état dans lequel était son ami Peters.

— Quand vous dites "pas mal secoué", vous voulez dire quoi exactement ?

— Il avait l'air furieux. Un peu dérangé. Son comportement m'inquiétait.

— A-t-il dit quelque chose de particulier dont vous vous souviendriez ?

— Oui, monsieur. Il n'arrêtait pas de répéter qu'il allait les choper, ces salauds de *hadji*, qu'il allait les tuer, ces bâtards de *hadji*, des trucs de ce genre.

— *Hadji* ? Ce qui veut dire ?

— Irakiens, sauf que c'est une insulte.

— Je vois. J'imagine qu'après une explosion de ce genre, quand des camarades sont tués ou blessés, il est difficile de conserver son calme et son sang-froid.

— Oui, monsieur. Mais nous sommes formés pour cela. Pour garder notre sang-froid, quoi qu'il arrive. Pour être efficaces.

— Diriez-vous que le caporal Bedford s'est montré capable de garder son sang-froid cette nuit-là ?

— Non, monsieur.

— Vous semblait-il plus nerveux ou plus secoué que les autres hommes ?

— Oui, monsieur.

— Et c'est pour cela que vous lui avez ordonné de vous accompagner, pour que vous puissiez l'avoir à l'œil ?

— Oui, monsieur. Son comportement m'inquiétait.

— Aviez-vous déjà vu le caporal Bedford réagir d'une manière comparable à d'autres occasions ?

— Pas que je m'en souvienne, monsieur.

— Comment définiriez-vous sa conduite générale en tant que soldat ?

— Je dirais moyenne, monsieur.

— Moyenne.

— Oui, monsieur.

— Aviez-vous eu les derniers temps des raisons de vous plaindre de lui ?

— Oui, monsieur, à deux reprises, en fait.

— Vous pourriez nous raconter cela ? »

Et pendant près de vingt minutes, Delgado et Richards examinèrent dans les détails les deux incidents censés prouver l'incompétence de Danny. Ils seraient allés plus vite si McKnight n'avait pas passé son temps à se lever pour faire objection. Le premier incident avait eu lieu lors d'une opération de fouilles dans une zone où, d'après certains renseignements, des insurgés fabriquaient des bombes. Selon Delgado, Danny avait sécurisé deux maisons trop rapidement, mettant ainsi potentiellement en danger la vie des autres membres de la section. Le second incident concernait un rapport de routine qui n'avait pas été transmis à la base dans les délais requis. Delgado tenta de faire mousser la chose en l'agrémentant d'un commentaire un peu vague sur les blagues de mauvais goût auxquelles Danny et Ricky Peters se laissaient parfois aller. Sur ce point précis, le colonel Scrase accepta les objections de McKnight. Mais il rejeta la plupart des autres.

Richards revint à la nuit fatale. Il demanda à Delgado de décrire la chute de Danny dans le canal et la façon dont cela avait semblé décupler sa fureur, au point que lui-même avait dû lui dire plusieurs fois de se calmer et de se ressaisir. Delgado raconta comment ils avaient alors essuyé des coups de feu et vu l'homme en tenue de camouflage armé d'une kalachnikov. D'un ton calme, il laissa entendre qu'au moment où ils débouchèrent au pas de course dans la cour de la ferme, Danny était dominé par une espèce de folie vengeresse. C'était la raison pour laquelle, affirma Delgado, il lui avait ordonné de rester dans la cour avec Harker pour surveiller les civils irakiens, plutôt que lui faire fouiller le bâtiment avec les autres.

Au cours de l'opération de recherche, un insurgé fut tué. Il ne portait pas de veste de camouflage – d'ailleurs, on n'en avait trouvé aucune sur les lieux – mais il avait bel et bien une kalachnikov. Pour Delgado, il s'agissait de l'homme qui leur avait tiré dessus quelques minutes auparavant. Richards lui demanda ce qui s'était passé ensuite.

« Juste au moment où on avait fini de sécuriser le périmètre, j'ai entendu des cris provenant de la cour.

— Vous avez su qui criait ?

— Oui, monsieur. Je suis allé voir par l'une des fenêtres du deuxième étage. C'était le caporal Bedford.

— Et vous arriviez à comprendre ce qu'il criait ?

— Oui, monsieur. Il disait au groupe d'Irakiens de se taire. Les femmes étaient terrorisées, paniquées, elles pleuraient et tout et tout. Il leur disait d'arrêter.

— Vous vous souvenez de ses mots précis ? »

Delgado se tut un instant et jeta un coup d'œil au colonel Scrase, comme pour lui demander la permission.

« Il disait, *Salopes de hadji, fermez-la.* »

Tom vit Danny commencer à se lever, comme s'il s'apprêtait à démentir ces affirmations, mais McKnight posa la main sur son bras pour l'arrêter. Alors Danny se rassit en secouant la tête. Pour s'assurer que tout le monde avait bien entendu le témoignage, Richards répéta ce qu'avait dit Delgado. Puis il demanda au sergent ce que Harker faisait pendant ce temps-là. Delgado répondit qu'il l'avait entendu dire à deux reprises à Danny *Calme-toi.*

« Il a utilisé ces termes-là ?

— Oui, monsieur. Il a dit *Calme-toi, mec*. Puis *Putain, calme-toi*.

— Et alors, qu'est-ce que vous avez vu ?

— Le caporal Bedford semblait de plus en plus agité. À ce moment-là, il a crié à Harker d'utiliser son arme et a ouvert lui-même le feu.

— Vous pouvez nous répéter ses termes ?

— *Utilise ton arme, bordel !*
— Utilise ton arme, bordel ?
— Oui, monsieur.
— Et ensuite il a tiré ?
— Oui, monsieur.
— Sur le groupe de civils ? Sur les femmes, les bébés ?
— Oui, monsieur.
— Et Harker ?
— Lui aussi il a tiré, monsieur.
— Vous avez pu voir qui avait tiré en premier ?
— Oui, monsieur. C'était le caporal Bedford, j'en suis certain. »

Kelly, assise entre Tom et Gina, sentit sa gorge se nouer. Elle baissa la tête. Gina lui prit la main. Richards posa deux ou trois autres questions sur des points de détail, histoire de faire sentir à tous ceux qui étaient présents l'horreur des faits, pour bien enfoncer le clou. Puis il passa avec courtoisie le relais à la défense et se rassit.

McKnight commença avec douceur, au point que Tom se demanda au début pourquoi il se montrait aussi gentil. Ensuite, il entreprit avec habileté de saper la crédibilité de Delgado.

« Ce mot, *hadji*, celui que, d'après vous, le caporal Bedford a utilisé si souvent, il veut dire quoi ?
— Je crois l'avoir expliqué. C'est un terme insultant pour parler des Irakiens.
— En effet, je vous ai entendu nous le dire. Mais quelle est la traduction exacte du mot ?
— Je crois que ça désigne quelqu'un qui a fait le pèlerinage à La Mecque.
— Et c'est une insulte, ça ?

— Au sens littéral, peut-être pas, mais…

— Peut-être pas. Le caporal Bedford est-il le seul marine que vous ayez entendu utiliser ce terme ?

— Non, monsieur.

— Vous avez entendu d'autres marines l'utiliser ?

— Oui, monsieur.

— Est-ce un terme fréquemment utilisé par les soldats américains en Irak ? »

Richards se leva pour faire objection, mais McKnight prit les devants.

« Permettez-moi de reformuler ma question. Le terme *hadji* était-il souvent utilisé par les marines avec lesquels vous travailliez ?

— Non, monsieur, souvent n'est pas ce que je dirais.

— De temps en temps, alors ?

— Si on veut.

— Est-ce un terme que vous-même vous utilisez, sergent ?

— Non, monsieur.

— Jamais ?

— Jamais, monsieur. Pas que je me souvienne.

— Donc, vous ne vous souvenez pas avoir dit, la nuit en question, après l'explosion de la mine… » McKnight ajusta ses lunettes et lut le document qu'il tenait à la main : « *On va les choper, ces salauds de hadji, ils vont pas s'en tirer comme ça.* Vous ne vous souvenez pas avoir dit cela ?

— Non, monsieur, je ne me souviens pas. »

Pour la première fois, Delgado parut mal à l'aise. McKnight poursuivit le contre-interrogatoire en soulignant les points faibles du témoignage du sergent sur les événements et sur ce que, d'après lui, Danny avait dit. Il lui demanda s'il n'avait pas pu par hasard comprendre de travers ou mal interpréter certains termes. Son intention était clairement de dissiper l'impression que Danny, ainsi que l'avait suggéré Delgado, ne se contrôlait plus.

Par exemple, comment Delgado avait-il pu penser qu'il était dangereux de laisser un homme dans un tel état de nerfs fouiller une maison mais qu'on pouvait sans risque lui confier la garde du groupe de civils dans la cour ? Delgado avait-il vraiment vu ce qu'il affirmait avoir vu par la fenêtre ? Avait-il vu, au moment crucial juste avant que les marines ouvrent le feu, l'une des victimes, un unijambiste, se baisser pour ramasser sa béquille ?

Bien sûr, Delgado répondit non à la dernière question.

McKnight continua sur sa lancée. Avec tous ces bruits, ces femmes qui pleuraient et ces cris à l'intérieur de la maison et dans la cour, comment avait-il pu entendre aussi distinctement ce qu'avait dit Danny ? Et s'il s'était trompé ? Par exemple, il aurait pu ne pas comprendre ce que Danny avait hurlé à Harker avant d'ouvrir le feu. Et si, au lieu de dire *Utilise ton arme, bordel*, il avait voulu avertir Harker que l'unijambiste se baissait pour prendre quelque chose et avait alors crié *Il a une arme, bordel ?* Mais Delgado n'en démordit pas : il avait bel et bien entendu et vu ce qu'il rapportait dans son témoignage.

Il y eut un long silence.

« Avez-vous des raisons précises, sergent, de ne pas aimer le caporal Bedford ?

— De ne pas l'aimer ? Non, monsieur.

— Mais vous n'étiez pas amis.

— Non, pas vraiment.

— Pas vraiment. L'après-midi du 10 janvier, soit deux semaines avant la nuit dont nous parlons, vous souvenez-vous avoir surpris une conversation entre le caporal Bedford et Peters dans les toilettes à la base ? »

Delgado fronça les sourcils et eut un large sourire, comme s'il trouvait la question absurde.

« Qu'est-ce qui vous fait rire, sergent ?

— Rien. C'est-à-dire, c'est juste… Non, monsieur. Je ne me souviens pas.

— Une conversation au cours de laquelle le caporal Bedford a fait une plaisanterie un peu légère sur la taille de votre pénis ?

— Non, monsieur.

— Permettez-moi de vous rafraîchir la mémoire. C'était peu de temps après que vous aviez mentionné, en présence de ces deux hommes, le nombre impressionnant de pompes que vous pouviez faire.

— Je ne me souviens pas de cela.

— Et vous ne vous souvenez pas être tombé sur eux dans les toilettes et avoir surpris le caporal Bedford en train de dire que si vous vous vantiez de ce genre de choses, c'est parce que vous aviez un petit pénis ?

— Non, monsieur.

— Je crois que ses termes exacts étaient… » McKnight désigna le document qu'il tenait à la main « … qu'il ressemblait à *une mini-saucisse de cocktail* ».

Wendell Richards se leva pour faire objection. Scrase rejeta sa demande, tout en demandant à McKnight de passer au point suivant, puisque sur celui-ci il avait été assez clair. Il y eut quelques sourires dans la salle d'audience.

« Ce que je sous-entends, sergent Delgado, c'est que vous avez, en effet, entendu la remarque du caporal

Bedford et que c'est la raison pour laquelle vous avez, au cours des deux semaines qui suivirent, ce qui inclut la nuit de l'incident, entrepris de le critiquer systématiquement, lui et tout ce qu'il faisait. Vous confirmez ?

— Pas du tout, monsieur. Jamais je ne ferais ce genre de chose.

— Jamais.

— Jamais, monsieur. »

McKnight le fit revenir sur les deux fois où il avait pris Danny en défaut et parvint chaque fois à instaurer le doute (du moins, selon l'avis candide de Tom). Pour le premier des incidents en question, il ressortit que Danny avait sans doute fait tout ce qu'il pouvait raisonnablement faire pour sécuriser les bâtiments. Quant à ce jour où il avait rendu son rapport en retard, c'était, comme le sergent finit par le reconnaître de mauvais gré, quelque chose qui se produisait fréquemment. Quand il quitta la barre des témoins, Marty Delgado avait l'air beaucoup moins sûr de lui qu'à son arrivée deux heures auparavant.

La séance fut suspendue pour le déjeuner. Tout en mangeant leurs sandwiches, ils se regardèrent, sur la télévision dans la salle de conférences, en train d'arriver au tribunal en ignorant les questions qui fusaient. Arborant sur son visage le sérieux qui s'imposait, la journaliste relata la discussion qui venait d'avoir lieu sur la taille du sexe de Marty Delgado. Tom se dit qu'ils avaient dû bien rigoler dans la salle de presse.

Danny n'avait pas eu l'air aussi bien depuis des jours. Même le muscle de sa joue avait cessé de trembler. Tom observa son fils, assis à l'angle opposé de la pièce à côté de Kelly, les mains posées sur le ventre proéminent de la jeune femme. Un rayon de soleil oblique entrait par la fenêtre et tombait sur eux. L'image lui rappelait vaguement quelque chose, mais Tom ne put se rappeler quoi exactement. Il savait que généralement, mieux valait ne pas trop explorer ses souvenirs.

« Quelle fille sensas ! »

Se retournant, Tom vit McKnight debout près de lui. L'avocat mâchonnait un sandwich et regardait lui aussi le jeune couple. Tom sourit.

« C'est vrai. Et vous avez fait du bon boulot ce matin.

— Je me suis pas mal débrouillé. Avec le suivant, ça va être une autre paire de manches.

— Vous parlez de Harker ?

— Ouais. Vous avez déjà fait de l'escalade ?

— De l'escalade ? Un peu. Mais rien de bien haut.

— Quand on grimpe, il arrive qu'on ne trouve aucune prise, aucun endroit où s'accrocher. Alors on cherche la moindre fissure. Une toute petite où on pourra coincer ses doigts et ses orteils. Delgado avait des fissures. L'autre aussi, il en a. Le problème, c'est de les trouver. »

25

Côte à côte sur le tapis rouge déroulé sur le trottoir, ils souriaient aux flashes devant le théâtre où s'étalaient leurs noms en immenses lettres clignotantes. La foule massée derrière les cordes en velours rouge les acclamait tandis que les projecteurs virevoltaient dans le ciel.

Diane portait une robe en satin bleu sans manches, dessinée pour l'occasion par Edith Head. Ses épaules étaient négligemment drapées dans une étole en vison blanc et dix mille dollars de diamants gracieusement prêtés par Marcel, de Beverly Hills, scintillaient au creux de son déjà célèbre décolleté. Ray avait passé le bras autour de sa taille. Tout en faisant un dernier signe à la foule avant d'entrer majestueusement dans le foyer, façon d'entretenir l'illusion de son bonheur conjugal et de sa réussite professionnelle, il se rendit compte que c'était la première fois depuis un mois qu'il la touchait, autrement que dans un geste de colère ou par accident.

À présent, un petit merdeux de photographe voulait les prendre tous ensemble, avec Kanter et ce connard de Terry Redfield, qui étaient là avec leurs grosses poufiasses de femmes.

« Tu es superbe, Diane », dit Redfield en l'embrassant sur les deux joues comme un de ces pédés de coiffeurs français. Il eut du mal à garder son sourire en se tournant vers Ray. Il ne lui tendit même pas la main et se contenta de faire un signe de tête en marmonnant un « Bonjour » de pure forme. Ce qui pouvait se comprendre, étant donné ce qui s'était produit la dernière fois qu'ils s'étaient vus lors de la projection – le jour où Ray découvrit ce qu'ils avaient fait des scènes où il jouait. La marque sur la mâchoire du petit merdeux avait disparu, mais clairement pas le souvenir.

Ni l'un ni l'autre n'étaient stupides au point de faire une scène ce soir – la seule première à laquelle auraient droit *Les Délaissés*, puisque celle de New York avait été annulée. Ils se regroupèrent tous devant les palmiers et les posters et sourirent docilement aux photographes. Puis ils se dirigèrent vers leurs places. Pendant les quatre-vingt-dix-huit minutes qui suivraient, Ray allait devoir de nouveau se taper ce film de merde et faire semblant de le trouver formidable.

Tommy était déjà installé avec Leanne. Son visage un peu maussade s'éclaira quand il vit sa mère. Herb avait eu la bonne idée de demander à la jeune fille de venir s'occuper du gosse ce soir. Ray, qui ne l'avait pas vue depuis l'Arizona, espéra qu'ils pourraient s'isoler un peu pendant la fête qui suivait la première afin qu'elle puisse s'occuper de lui aussi. Il lui fit un rapide clin d'œil avant que les lumières ne s'éteignent, mais elle ne parut pas le voir.

Les articles publiés à l'issue des avant-premières avaient été désastreux. Seule Diane avait les faveurs des critiques, qui ne juraient que par elle. *Espérons que ce nouveau talent trouvera enfin un rôle à sa mesure... Quel bide ! Mais quelle star !* Par contre, ces salauds se montraient beaucoup moins généreux à l'égard de Ray. *Variety* lui suggérait de *s'en tenir à ce qu'il savait faire*, et ces petits malins du *Hollywood Reporter* titraient RED SE PREND LES PIEDS DANS SON LASSO.

Ray ne comprenait pas d'où ils tiraient cette impression désastreuse. En effet, quand on regardait le film (qui lui parut pire encore maintenant qu'il le voyait pour la deuxième fois), c'était à peine si on l'apercevait. Redfield et Kanter avaient pratiquement coupé toutes les séquences où il figurait. Tu parles d'une histoire d'amour ! On aurait dit que Diane était amoureuse de l'Homme invisible. Même les bourrins avaient plus de gros plans que lui.

À en juger les applaudissements pendant le générique de fin, le public aimait le film, à part ce petit con tout au fond qui avait hurlé de joie à la fin de la scène où le juge condamne Ray à mort. Tout ça, de toute façon, ça ne voulait rien dire. Herb Kanter avait bourré la salle de copains et de lèche-bottes.

La fête qui eut lieu après fut presque aussi ratée que le film. Tommy était tellement fatigué que Diane demanda à Leanne de rentrer avec lui dès la fin de la projection, anéantissant tout espoir qu'avait eu Ray de fêter en toute intimité ses retrouvailles avec la jeune fille. Il était évident, en regardant la salle choisie et la qualité de la nourriture et de la boisson, que Kanter et tous ces radins du studio tentaient de réduire leurs pertes. Un sourire figé aux lèvres, Ray erra comme un paria parmi la foule des invités. On aurait dit la dernière nuit sur le *Titanic*. Il s'approcha du bar et resta là un bon moment, à attendre qu'un serveur se tourne vers lui.

« S'il vous plaît ? »

Le jeune barman semblait décidé à l'ignorer.

« Dites, vous ne seriez pas un peu dur de la feuille ?

— Pas du tout, monsieur. Que puis-je pour vous ?

— Donnez-moi une bouteille de Jim Beam.

— Désolé, monsieur, mais je ne peux vous servir qu'un verre.

— Donnez-moi la bouteille.

— Monsieur…

— Non mais, vous savez qui je suis ?

— Pourquoi, vous avez oublié votre nom ? »

Ray attrapa le jeune homme par le col et le souleva, renversant les verres et inondant tout. Le barman, rouge écarlate, se mit à hurler comme un goret en s'excusant et en disant qu'il plaisantait, que c'était pour rire. Les gens autour d'eux s'étaient tus et les regardaient. Un type en smoking, l'organisateur de la fête ou un truc comme ça, accourut. Ray lâcha le barman, attrapa la bouteille qu'il convoitait et s'isola dans un coin pour regarder tous ces lèche-bottes qui papillonnaient autour de Diane.

Ce qui se passa plus tard ? Il n'en avait aucun souvenir.

Maintenant, Diane dormait dans la chambre de Tommy, mais cela ne l'empêcha pas d'entendre Ray rentrer au petit matin. Quand elle avait quitté la soirée un peu après minuit, il était toujours assis dans son coin avec deux ou trois types que Diane ne connaissait pas. Bien plus tard, elle l'avait entendu sortir de la voiture qui l'avait ramené, ouvrir à grand-peine la porte d'entrée, se cogner à la table du couloir, puis monter les escaliers en trébuchant. Il émergerait probablement vers midi avec sa gueule de bois habituelle.

Cette nuit trop courte avait eu raison de Tommy. Ce matin, il restait accroché à son lit comme une moule à son rocher. Comme il n'aurait pas le temps de s'installer pour prendre son petit-déjeuner, elle lui avait préparé un sandwich au bacon qu'il pourrait manger dans la voiture sur le chemin. Debout dans le couloir, elle attendait qu'il descende.

« Tommy ! On va être en retard.

— J'arrive. »

C'est alors que le téléphone sonna. Elle s'empressa de répondre avant que Dolores n'ait le temps de décrocher le combiné dans la cuisine. C'était Herb Kanter.

« Diane, merci mille fois pour tout ce que tu as fait hier soir. Tu as été formidable.

— C'est moi qui te remercie, Herb. C'était une bonne soirée. Ça t'a plu ?

— Oui, beaucoup. »

Dans l'intervalle qui suivit, Diane se rendit compte que Dolores écoutait dans la cuisine.

« Dolores ? J'ai pris la communication. Vous pouvez raccrocher ? »

Il y eut un silence, suivi d'un clic.

« Herb, tu es toujours là ?

— Oui, Diane. On a un petit problème.

— Vraiment ? Laisse-moi deviner… Des mauvaises critiques ?

— En fait, celles de ce matin ne sont pas mauvaises du tout. Non, c'est un problème d'ordre personnel. »

Ignorant totalement ce dont il pouvait s'agir, Diane

attendit qu'il poursuive. Tommy descendait enfin les escaliers.

« Un journal anglais, le *Daily Express*, publie aujourd'hui un article avec beaucoup de choses… personnelles au sujet de Ray et toi. Et de Tommy aussi, je le crains. Bien sûr, c'est un tissu de mensonges. J'ai déjà abordé le sujet avec Vern Drewe et il s'en occupe. Il s'est fait envoyer l'article de Londres. On t'en fait parvenir une copie dès que possible. »

Tommy était devant elle à présent. Il avait enfilé son sweater à l'envers et paraissait à moitié endormi.

« Va te brosser les cheveux.

— Oh…

— Fais ce qu'on te dit. Tout de suite ! »

Il remonta les escaliers d'un pas traînant.

« Et au galop ! On est en retard. Désolée, Herb, je dois y aller. Je te rappelle dans vingt minutes. Dis-moi juste en deux mots de quoi il s'agit.

— C'est à propos de, tu sais… toutes ces années où tu as fait croire que tu étais la sœur de Tommy. Et comment ça a affecté ta mère. L'article suggère que… que ça aurait pu jouer un rôle dans sa mort.

— Quoi ! Où est-ce qu'ils ont pêché ça ?

— L'article cite quelqu'un qui affirme avoir été une amie de la famille. Une certaine Vera Dutton. Visiblement, elle a certaines raisons de t'en vouloir.

— Incroyable !

— Bien sûr, il se peut que tout ça se calme. Mais on a déjà reçu un ou deux coups de fil de journalistes qui ont eu vent de la chose ici. Les types au studio commencent à… à s'inquiéter un peu. Il faut qu'on se réunisse avec Herb pour décider de comment on va réagir. »

Tommy était de nouveau descendu.

« OK, je te rappelle, Herb. »

Elle raccrocha. Bien réveillé à présent, Tommy avait l'air inquiet.

« Qu'est-ce qui se passe ?

— Rien. C'est juste que certaines des critiques ne sont pas très bonnes. Allez, on y va. Tu as ton cartable ? Tiens, voilà ton petit-déjeuner. »

Miguel avait avancé la Galaxie et ouvert le toit. Diane le salua d'une voix aussi gaie que possible.

« Alors, Tommy, comment c'était, cette première ? demanda-t-il. Chouette ?

— Ouais, vraiment super.

— C'est une vraie star, ta maman, maintenant, hein ?

— Eh oui. »

Diane pria pour qu'il n'y ait aucun journaliste devant le portail. Elle fut soulagée. Peut-être que tout ceci n'était rien. Pourtant, il y avait bien quelqu'un qui les attendait sous les arbres. Diane reconnut la jeune fille qui était venue quelques mois auparavant et avait été brutalement chassée par Dolores.

Elle freina, puis recula.

« Mais qu'est-ce que tu fais, maman ?

— C'est la même fille.

— Quelle fille ? Je vais être en retard à l'école.

— Ça ne sera pas long. »

La jeune fille recula en voyant arriver la voiture.

« Je peux faire quelque chose pour vous ? » lui demanda Diane.

L'inconnue ne répondit pas.

« Vous avez besoin d'aide ? D'argent peut-être ? »

Elle eut une sorte de sourire narquois et détourna le visage.

« Allez, Diane, s'il te plaît, on y va, chuchota Tommy.

— Une seconde. »

La jeune fille les scruta l'un après l'autre. Vu la saleté de son visage, il était difficile de savoir si son regard était apeuré ou méprisant, ou les deux à la fois. Diane s'adressa à elle d'une voix radoucie :

« Qui êtes-vous ?

— Comme si vous le saviez pas !

— Je vous assure, je l'ignore. Pourquoi ? Je devrais vous connaître ? »

La jeune fille détourna de nouveau le visage avec le même petit sourire narquois.

« Disons que généralement, les gens connaissent leurs beaux-enfants. »

Diane mit quelques secondes à comprendre.

« Mon Dieu ! » s'exclama-t-elle.

Tommy la regarda, inquiet.

« Qu'est-ce qui se passe, Diane ? »

Elle devait décider quoi faire. Vite. Un instant, elle fut sur le point d'ouvrir la portière et de dire à la pauvre gamine de monter. Mais quelque chose dans son visage l'en dissuada. Non. Mieux valait accompagner Tommy à l'école et ensuite revenir pour tenter d'y voir plus clair. Diane sentit son cœur cogner dans sa poitrine.

« Attendez-moi ici, dit-elle. S'il vous plaît, attendez-moi. Je dois emmener mon fils à l'école. Je ne serai pas longue. Ensuite, nous pourrons parler. Promettez-moi de ne pas partir. »

La jeune fille haussa les épaules, ce qui était certainement la seule réponse que Diane pouvait attendre d'elle. Ils repartirent. Au premier virage, Diane vit que l'inconnue était toujours là. Tommy ne cessait de lui poser des questions auxquelles elle ne pouvait donner de réponse. Elle finit par lui dire sèchement de se taire et de manger son sandwich.

Lorsqu'ils se garèrent devant l'école, Diane ne comprit pas tout de suite qu'il se passait quelque chose. À cette heure de la journée, la rue était toujours pleine de voitures qui venaient déposer les enfants devant les portes du collège où Carl Curtis les accueillait. Mais alors que Tommy allait descendre de la voiture, Diane vit un groupe d'hommes, une demi-douzaine au moins courir dans leur direction. Certains, équipés d'appareils photo, commençaient déjà à les mitrailler.

« Diane ! Bonjour ! On peut vous poser quelques questions ? »

« Tommy, dit-elle en redémarrant, remonte !

— Hein ? Pourquoi ?

— Fais ce que je te dis ! Et ferme la portière ! »

Elle redémarra si vite que les pneus crissèrent. Si les journalistes n'avaient pas été aussi agiles pour l'éviter, elle en aurait peut-être renversé quelques-uns.

« Qu'est-ce qui se passe ? demanda Tommy en gémissant.

— Tout va bien. C'est juste des journalistes.

— Et l'école ? Je suis déjà en retard.

— Tu n'iras pas.

— Pourquoi ?

— Tommy, montre-toi un peu coopératif, s'il te plaît. Je t'expliquerai plus tard. S'il te plaît. »

Quand ils arrivèrent à la maison, la jeune fille n'était plus là. Peut-être était-ce mieux ainsi. Ce fut uniquement en remontant l'allée que Diane sut ce qu'elle allait faire. Alors qu'ils se garaient devant la maison, elle dit à Tommy de monter directement dans sa chambre, d'aller chercher son sac dans la penderie et de faire ses bagages.

« Pourquoi ? On va où ?

— Je ne sais pas. On part, c'est tout. »

Miguel s'apprêtait à rentrer la voiture dans le garage. Diane lui dit de la laisser là où elle était, puisqu'ils allaient bientôt repartir. Quand elle rentra, Dolores lui tendit une lettre déposée par le facteur et un morceau de papier sur lequel étaient écrits les numéros des personnes qui avaient appelé en son absence. Sans même prendre la peine d'y jeter un coup d'œil, Diane suivit Tommy à l'étage.

« Comment se fait-il qu'il ne soit pas à l'école ? lui demanda Dolores.

— Occupez-vous de vos oignons. »

Elle poussa Tommy dans sa chambre et lui demanda de se dépêcher de préparer ses affaires. Il semblait paniqué, perdu.

« Tout va bien, mon cœur, je t'assure. Simplement, il faut que tu te dépêches. »

Ray était affalé sur le lit, tout nu, en train de se frotter les yeux pour essayer de dissiper les brumes alcoolisées de la veille.

« Qu'est-ce que c'est que ce bordel ? Le téléphone n'a pas arrêté de sonner. »

Diane ne lui répondit pas. Elle alla prendre ses valises dans le dressing, les jeta sur le lit, et commença à les remplir.

« Diane, et si tu me disais ce que tu fous, bon Dieu ?

— Tommy et moi, on part.

— Comment ?

— Tu n'entends pas ? Tu es encore saoul ou quoi ? On s'en va.

— Pourquoi ? Putain, c'est quoi, cette histoire ? »

Elle fourra dans les valises ce qui lui tombait sous la main, sans prendre la peine de plier ses vêtements. Tant pis pour les robes. Des pulls, des manteaux, quelques tee-shirts, elle n'aurait besoin de rien d'autre. Ray s'était levé et se tenait derrière elle. Du coin de l'œil, elle le vit tendre le bras dans sa direction. Elle se retourna avec un air tellement féroce qu'il recula en titubant et se laissa tomber sur le lit. Une vraie loque. Sa nudité la dégoûtait.

« Tu n'as pas intérêt à me toucher.

— Mais qu'est-ce qui te prend ?

— Demande à ta fille. À moins que tu en aies plusieurs.

— Oh non, Diane, qu'est-ce que… ? Et merde ! Elle s'est encore pointée ? Si tu savais, ça fait tellement longtemps que je voulais te le dire…

— Vraiment ?

— C'est une gosse un peu instable.

— Ce qui n'a rien d'étonnant, vu la manière dont tu demandes à Dolores de la chasser comme si elle était une mendiante. »

Pour les vêtements, ça suffisait. Elle prit quelques paires de chaussures, dont une pour la montagne, puis alla dans la salle de bains et remplit sa trousse de toilette. Elle savait qu'elle aurait dû faire les choses plus calmement, mais elle était tellement furieuse, pas simplement contre lui, mais aussi contre elle-même, contre sa propre stupidité. Quand elle revint dans la chambre, il enfilait son jean en sautant à cloche-pied de manière ridicule. Elle passa devant lui, ferma ses valises, les prit et se dirigea vers la porte.

« Tommy ?

— J'arrive !

— Diane, asseyons-nous pour parler de tout ça tranquillement. Il y a tant de choses que je voulais te dire.

— Je n'en doute pas. Tommy, tu es prêt ? »

Elle posa ses valises sur le palier pour attendre Tommy. Il arriva enfin en traînant un sac débordant de vêtements. Ray se tenait maintenant derrière elle. Il était toujours torse nu. Elle sentit l'odeur d'alcool qui imprégnait sa peau.

« Diane, je t'en prie.

— On va où ? demanda Tommy.

— Nulle part, fiston. Maman est un peu fâchée, mais on va arranger ça, ne t'en fais pas. Retourne dans ta chambre. »

Diane posa la main sur l'épaule de Tommy.

« C'est bon, Tommy, on y va.

— Diane ! »

Ray l'attrapa par le bras au moment où elle se baissait pour prendre ses valises.

« Lâche-moi ! »

Elle tenta en vain de se libérer. De son autre main, il la prit par l'épaule. Elle fit un geste pour se défendre. Il attrapa sa main et la gifla violemment. Diane hurla, imitée par Tommy, et griffa la joue de Ray. Il la poussa sans ménagement. Elle trébucha, tomba et se cogna la tête contre le mur. Tommy cria de nouveau tandis que Ray, les yeux rouges, visiblement choqué par ce qu'il avait fait, la regardait, l'air effondré.

Il lui avait fendu la lèvre. Elle sentit le sang couler et s'essuya du revers de la main. Puis elle se releva sans un mot, ramassa ses valises et fit signe à Tommy de descendre avec son sac. Ils passèrent devant Dolores qui, debout dans le couloir, devait se réjouir du spectacle. Une fois dehors, ils jetèrent leurs bagages à l'arrière de la Galaxie. Miguel arriva au pas de course en demandant si tout allait bien.

« Non, tout va mal », lui répondit Diane.

Elle ouvrit la portière et poussa Tommy à l'intérieur. Elle s'installa au volant, claqua la portière et mit le contact. Elle n'avait pas besoin de regarder derrière pour savoir que Ray était devant la porte, Dolores juste derrière lui, avec sans doute un petit sourire narquois. Au moment où ils passaient le portail, elle chercha du regard la jeune fille, qui n'était pas là. Alors elle appuya sur l'accélérateur. Ils furent rapidement hors de vue de la maison. Ils descendirent le canyon à toute vitesse, suivis par le soleil qui jouait à cache-cache derrière les arbres, en direction de la ville enveloppée dans la brume tout en bas.

Ils restèrent un bon moment sans parler. Ils se retrouvèrent sur la nouvelle route qui montait vers le nord et croisèrent des milliers de voitures qui allaient dans l'autre sens. Le ciel était de plus en plus limpide. Enfin, timidement et sans la regarder, Tommy lui demanda où ils allaient.

« Le Montana, ça te dit ? » répondit-elle.

26

McKnight ne s'était pas trompé à propos d'Eldon Harker. Le jeune soldat avait l'air aussi lisse et impénétrable qu'un bloc de marbre poli. Pas une fissure. D'après ce que Danny avait dit de lui, Tom s'était imaginé un gamin aux regards furtifs qui n'hésiterait pas à mentir pour se donner le beau rôle aux yeux du monde entier. En fait, Harker correspondait au genre d'homme que l'armée aurait pu utiliser pour ses campagnes de recrutement. Droit comme un i, beau gosse, il répondit aux questions d'un ton assuré, mais dénué du moindre soupçon d'impudence. Bref, un témoin parfait, de toute évidence bien préparé.

Richards lui posa les questions préliminaires habituelles, dans le but de donner de lui l'image du soldat exemplaire à tout point de vue. Puis il lui demanda d'évoquer les événements qui avaient précédé la tuerie.

« Y avait-il quelqu'un parmi la foule assemblée dans la cour qui vous paraissait d'une manière ou d'une autre suspect ou dangereux ?

— Non, monsieur. Ils étaient tous trop terrifiés.

— Aviez-vous repéré parmi eux celui qui n'avait qu'une jambe ?

— Oui, monsieur.

— Vous l'avez vu ?

— Oui, monsieur.

— À quel moment l'avez-vous repéré ?

— Dès le début.

— Et vous avez remarqué dès le début qu'il lui manquait une jambe ?

— Non. Pas tout de suite. Il paraissait avoir du mal à se tenir debout. J'ai remarqué alors que c'était parce qu'il n'avait qu'une jambe et que sa béquille était par terre à côté de lui.

— Vous avez vu clairement qu'il s'agissait d'une béquille et non d'une arme ?

— Oui, monsieur.

— Vous avez signalé le fait au caporal Bedford ?

— Oui, monsieur. J'ai voulu le lui dire, mais il criait tellement qu'il ne m'a pas entendu, je crois.

— Sur qui criait-il ?

— Sur les gens que nous surveillions. Sur les femmes qui hurlaient.

— Et qu'est-ce qu'il criait ?

— Il les insultait, je crois, il leur disait de fermer leur gueule.

— Quels sont précisément les termes qu'il a utilisés ?

— Il les appelait *chiennes de hadji*. Il leur disait de *fermer leur gueule.* »

À mesure que l'interrogatoire avançait, Tom sentit l'abattement l'envahir. Tout ce que Harker décrivait correspondait à la virgule près à ce qui avait été dit précédemment par Delgado. McKnight fit de son mieux, se dressant dès qu'il jugeait bon de faire objection, obtenant parfois gain de cause. Mais le témoignage du jeune soldat était inattaquable, accablant, chaque phrase une pelletée de terre sur le cercueil de Danny. Pire, ces pelletées contenaient des germes de doute que Tom, malgré ses efforts, ne parvenait pas à dissiper. Peut-être Danny avait-il en effet dit ces choses-là. Peut-être avait-il été aveuglé par la colère et l'esprit de vengeance.

Tom examina la nuque de son fils, rongé par un sentiment de doute qu'il se reprochait et qui pesait de plus en plus sur son cœur. Lorsque Richards eut fini, c'était comme si un nuage s'était matérialisé au-dessus du banc de la défense. Immobiles, Kelly et Gina fixaient le sol.

Lors du contre-interrogatoire, McKnight chercha la moindre aspérité à laquelle s'accrocher, sans grand succès. Il suggéra à Harker qu'il aurait pu mal entendre ce que Danny disait, qu'il y avait peut-être trop de bruit et d'agitation pour qu'il soit aussi affirmatif dans ses propos, qu'il était lui-même trop paniqué pour se souvenir des faits aussi clairement. Sans protester ni répondre à la provocation, Harker se contenta de répéter ce qu'il avait dit, calmement, inlassablement, sans l'ombre d'une hésitation.

Fut évoqué alors ce qui s'était passé après la tragédie. Les enquêteurs du NCIS n'avaient interrogé Harker que près de quarante-huit heures plus tard. McKnight lui demanda si, pendant cet intervalle ou après, il avait discuté avec le sergent Delgado. Harker répondit que non. En dehors de ce qu'il avait dit en présence de Danny juste après la tragédie dans la cour, le sergent et lui n'avaient pas communiqué.

« On m'avait interdit de le faire. C'était un ordre. J'ai obéi. »

McKnight se rapprocha de la table. Son assistant lui tendit un document. Il retourna à la barre d'un pas lent.

« Dans votre déclaration initiale, soldat Harker, vous étiez beaucoup moins précis sur ce que le caporal Bedford a dit ou crié avant que vous ouvriez tous les deux le feu. Pourquoi cela ?

— Je ne voulais pas le mettre dans le pétrin.

— Vous ne vouliez pas le mettre dans le pétrin.

— Exactement.

— Vous avez dit dans votre déclaration – je cite – *il y avait trop de bruit. Tout le monde criait.* C'est exact ?

— Tout le monde criait, mais lui, il criait plus fort et je l'ai bien entendu.

— Alors, dans votre première déclaration, vous mentiez.

— Non, je voulais protéger un copain de ma section.

— En cachant la vérité.

— En cachant une partie de la vérité, en effet.

— Ainsi, vous ne voulez pas qu'on croie ce que vous avez dit au début, mais par contre, vous voulez qu'on croie ce que vous avez dit plus tard, une fois abandonnées les accusations de meurtre dont vous faisiez l'objet. »

Richards bondit.

« Objection !

— Acceptée. »

McKnight reformula sa question, puis continua dans la même veine. Pourtant, même Tom voyait qu'il n'irait pas bien loin. Harker se présentait comme un homme honnête contraint de choisir entre protéger un collègue et dire toute la vérité. Il nia à maintes reprises, sans un battement de cils, avoir consulté le sergent Delgado ou s'être arrangé avec lui pour faire concorder leurs versions. Le ton chicanier, presque agressif, de l'interrogatoire finit par irriter le colonel Scrase, qui intervint à plusieurs reprises pour demander à McKnight où il voulait en venir et l'inciter à faire avancer les débats. Harker quitta la barre sans avoir été mis en danger, en laissant l'image d'un témoin courageux et crédible que même Tom avait du mal à ne pas croire.

Ce soir-là chez Marco, le petit restaurant italien qui se trouvait à cent mètres de leur motel, l'ambiance fut plutôt morose. Ils se retrouvèrent en famille tous les cinq, Dutch et Gina, Danny et Kelly, et Tom. Si personne n'évoqua l'audience, elle trônait en tête de table.

Ne ménageant pas ses efforts pour égayer l'atmosphère, Dutch raconta l'histoire d'un copain de golf qui était allé à Bangkok se faire faire un check-up médical à mille dollars.

« Ils font entrer ces petites caméras dans votre corps, dit-il. Une qui descend par la gorge et l'autre qui remonte par le… par le…, enfin, par la porte de service.

— Dutch, je t'en prie, dit Gina. On est à table.

— T'en fais pas. Je ne vais pas entrer dans les détails.

— J'espère bien. »

Kelly demanda ce qu'était la porte de service. Dutch chargea Tom de le lui expliquer. Puis il poursuivit :

« Bref, ils filment l'intérieur de votre corps et, ensuite, ils vous filent le DVD pour que vous puissiez le regarder chez vous. Alors Doug m'a fait voir. Un truc de dingue. Incroyable, je vous dis. Mieux qu'un film de science-fiction. Voyage au centre de ton bide…

— C'est bon, Dutch, on a compris.

— Mais le clou du spectacle, c'est quand l'une des caméras remonte un tunnel rose et tout visqueux et qu'au détour d'un virage, paf ! elle se retrouve face à l'autre caméra. »

Tout le monde éclata de rire, même Danny. Quand ils sortirent du restaurant, le ciel était d'un rose saumon lumineux quadrillé par les sillages des avions. L'air embaumait l'odeur du jasmin planté en bordure du trottoir. Dutch marchait devant avec Kelly qu'il tenait par la taille. Tom et Danny entouraient Gina, qui les prit tous les deux par le bras et les rapprocha d'elle. Ils avancèrent en silence. Tom songea à cette façon qu'avait la vie de faire en sorte que dans l'adversité, malgré tous leurs malheurs, un petit groupe comme le leur puisse trouver une sorte de paix. Peut-être existait-il comme un code inné et impératif poussant au pardon.

Ces pensées sentimentales se dispersèrent rapidement quand ils se retrouvèrent tous dans sa chambre une vingtaine de minutes plus tard pour regarder les informations télévisées. Le reportage n'était pas à proprement parler tendancieux. Simplement, il évoquait les événements de la journée avec exactitude. Le témoignage calme et convaincant d'Eldon Harker se suffisait à lui-même. Le journaliste qualifia le contre-interrogatoire de McKnight de singulièrement agressif. Tom prit conscience qu'en regardant en silence le reportage, ils pensaient tous les cinq la même chose : que cette audience avait renforcé la position de l'accusation.

Peut-être par souci d'équilibrer les choses, le reportage se terminait sur l'interview tournée la semaine précédente avec Troop – ou plutôt, comme l'appelait le correspondant local de la NBC, *Truscott Hooper, l'auteur de best-sellers, célèbre en particulier pour ses polars militaires*. Brian McKnight avait insisté pour qu'on fasse un peu de publicité à leur cause et ils étaient tous impatients de voir le résultat à l'écran. Karen O'Keefe avait réalisé une interview beaucoup plus longue avec Troop – et une autre avec Danny – pour son film, *Les Blessures invisibles*. Mais pour l'instant c'était ce bon vieux Troop qu'on voyait, trônant comme un général quatre étoiles derrière son bureau nickel, sous une lumière flatteuse – nul doute qu'il avait veillé à ce détail.

« Daniel Bedford est un brave petit gars, dit-il. Le meilleur. Le genre de petit gars dont ce pays a besoin, sur lequel ce pays compte. La guerre, c'est une sale affaire très confuse. Les planqués qui prétendent le contraire ne nous rendent pas service du tout. Se retourner contre nos héros dès que la situation se gâte, les traiter comme des criminels de droit commun, voilà ce dont nous devrions avoir honte.

— Qu'est-ce qu'il en sait ? souffla Danny. Ce type, je ne l'ai jamais vu.

— Il essaie de nous aider, chéri, c'est tout », dit Kelly.

Danny, Kelly et Gina dirent bonne nuit et allèrent se coucher. Dutch demanda à Tom s'il pouvait rester regarder les résultats des matches. Tom et lui se retrouvèrent ainsi tous les deux pour la première fois, ce qui leur fit tout drôle.

« Tu veux quelque chose à boire ? demanda Tom. Il y a du café ou du soda.

— Non, Tom, merci, répondit Dutch en riant. Écoute, si je suis resté, c'est simplement pour te dire merci. »

Tom prit un air étonné.

« Merci de quoi ?

— Merci d'avoir fait en sorte de faciliter les choses – même si ce ne sont pas les termes qui conviennent –, c'est facile pour personne. Ce que je veux dire, c'est que tu nous soutiens. Si tu savais à quel point c'est important pour Danny et Gina. Et pour moi aussi.

— Vous autres, vous en avez fait bien plus que moi.

— Non. Je sais à quel point ça a été dur pour toi pendant toutes ces années. Toi et moi, on vient comme qui dirait de planètes différentes. J'ai bien vu que ça ne te plaisait pas trop que Danny s'engage, et que ça vous a séparés. C'était sa décision à lui, mais je ne peux pas dire que je ne l'ai pas influencé d'une manière ou d'une autre. Maintenant, bien sûr, je me dis que ce qui s'est passé est en partie ma faute. »

Tom ne sut quoi répondre.

« Bref. Je voulais simplement te remercier et te dire que, quoi qu'il se soit passé entre vous, il n'a jamais cessé de t'aimer. »

Toms sourit et, d'un geste un peu maladroit, donna une petite tape sur le dos de Dutch.

« Merci, Dutch. »

Pendant quelques instants, ils restèrent silencieux dans la pièce résonnant du phrasé du commentateur sportif. Tom s'éclaircit la gorge.

« Alors, tu en penses quoi, de cette audience ? »

Dutch soupira en prenant un air fataliste.

« Après une journée comme celle-ci, je suis plutôt pessimiste. Mais demain, on a Ricky qui témoigne. Et ça, ça ne peut pas nous faire de mal. »

Le lendemain, en effet, McKnight présenterait les arguments de la défense. Ricky Peters, qui était paralysé des membres inférieurs, devait venir témoigner en fauteuil roulant. Il était leur témoin clé, celui sur lequel tous les espoirs reposaient.

Les deux hommes bavardèrent quelques minutes, puis Dutch annonça qu'il était temps qu'il aille se coucher. Ils se serrèrent la main et se dirent bonne nuit. Tom se déshabilla et se brossa les dents dans la minuscule salle de bains en écoutant d'une oreille distraite la télévision, tout en s'efforçant de ne pas penser à ce que Dutch faisait peut-être en ce moment même. Il se mettait au lit avec Gina. S'allongeait auprès d'elle. Dans la chaleur consolatrice de son corps. Cela faisait des années que Tom ne l'avait pas désirée de cette manière.

Le lendemain, McKnight fit défiler toute une série de témoins qui certifièrent tous que Danny était un type super, un soldat courageux. Avec son filet de voix et sa vulnérabilité d'oiseau à l'aile brisée, Ricky Peters raconta du fond de son fauteuil roulant les deux fois où son ami lui avait sauvé la vie. Il évoqua la manière dont Danny l'avait tenu dans ses bras et réconforté après l'explosion de la bombe, le changement d'attitude de Delgado envers eux deux après l'incident dans les toilettes. Son témoignage fut puissant, émouvant. Lorsque la séance fut suspendue pour le déjeuner, Tom se sentait plus optimiste qu'il ne l'avait été depuis des jours. En retournant dans la salle d'audience, il vint se placer à côté de McKnight.

« Il m'a semblé que tout ça était très convaincant, dit-il.

— Convaincant auprès de qui ?

— De tout le monde.

— Tom, comprenez bien ce qui se passe ici. Ricky a été aussi convaincant qu'on pouvait l'être. S'il y avait eu des jurés, il les aurait émus aux larmes. Mais il n'y a pas de jury. Il n'y a qu'un type. Scrase. C'est le seul qui compte. Ce genre de choses, il en a vu et entendu des centaines de fois. Je ne veux pas dire qu'il s'en fout, loin de là. Mais ce qu'il veut, ce sont des faits, pas de l'émotion. Ricky n'était pas dans la cour cette nuit-là. Il n'a pas vu ce qui s'est passé. Et pour Scrase, c'est tout ce qui compte.

— Vous pensez qu'il va se prononcer pour la cour martiale ?

— En l'état actuel des choses, et à moins d'un miracle, je dirais qu'il n'a pas le choix. »

27

Il leur fallut neuf jours pour atteindre le Montana, deux fois plus que ce que lui avait dit Diane. Ils traversèrent quatre États et parcoururent au total plus de mille sept cents kilomètres. Il leur arriva de s'arrêter dans des routiers ou des cafés, mais en général ils faisaient leurs courses dans des épiceries ou des stations-service et mangeaient sur le pouce dans la voiture. Ils passèrent des heures à papoter, à chanter tout leur répertoire, à reprendre l'un après l'autre les morceaux des comédies musicales qu'ils avaient apprises par cœur grâce aux disques que Diane rapportait de Londres – *My Fair Lady, Gigi, South Pacific* et *Oklahoma !* Et quand, leurs cordes vocales ayant crié grâce, ils allumaient la radio, ils tombaient sur des stations si étranges que leurs ondes semblaient tout droit venues de la planète Mars.

L'après-midi, Tommy explorait la carte et choisissait une ville où passer la nuit. Ils descendaient alors dans un motel ou une auberge un peu minable et, blottis tous les deux sous les couvertures, mangeaient des biscuits, du fromage et des pommes en regardant la télévision.

Ils passèrent à plusieurs reprises devant des cinémas où *Les Délaissés* étaient à l'affiche. Chaque fois, Tommy demandait d'aller revoir le film, mais Diane refusait en lui expliquant que l'idée même lui faisait horreur. Un soir où ils dînaient dans un restaurant à Ely, dans le Nevada, une jeune femme s'approcha timidement de leur table et, après bien des hésitations, demanda à Diane si elle était bien Diane Reed, l'actrice de cinéma. Elle répondit en riant que pour sûr, elle aimerait bien. D'ailleurs, on lui disait souvent qu'elle lui ressemblait.

Plus ils remontaient vers le nord, plus la température baissait. Lorsqu'ils entrèrent dans l'Utah, il se mit à neiger. En sortant de Salt Lake City, ils se retrouvèrent pris dans une tempête de neige et seraient certainement morts de froid si un vieux rancher édenté n'était pas venu les secourir avec son chasse-neige et ne leur avait pas offert l'hospitalité pour la nuit.

Jamais Tommy n'avait fait un voyage aussi excitant. Découvrant avec émerveillement les paysages déserts qui se déroulaient devant eux, les montagnes, les rivières et les forêts de pins couverts de givre, il avait l'impression d'être un pionnier intrépide ou un éclaireur guidant une caravane de chariots au dix-neuvième siècle. Une sorte de Flint McCullough – en Galaxie décapotable.

Dans l'Idaho, Diane, enveloppée par la neige tourbillonnant autour de ses jambes, téléphona à Cal depuis une cabine publique. Elle revint à la voiture avec un sourire radieux : elle avait eu l'impression, lui expliqua-t-elle, qu'il les attendait. Ils devaient le rappeler quand ils seraient à Choteau.

Ils découvrirent Choteau, charmante petite ville sur la ligne de chemin de fer, sa rue principale bordée d'arbres, ses fermiers au volant de leurs camionnettes qui portaient la main à leur chapeau pour vous saluer. Ce matin-là, trente centimètres de neige fraîche et scintillante recouvraient le sol. Le ciel, d'un bleu profond, s'étirait d'un bout à l'autre de l'horizon. Il leur sembla plus vaste qu'ailleurs. Ils appelèrent Cal depuis le bureau de poste, puis attendirent un quart d'heure au chaud. Cal arriva au volant d'une vieille camionnette d'un vert pétant. Ils sortirent du bâtiment. Sans qu'aucun d'entre eux ne dise un mot, Cal ouvrit les bras et les serra contre lui un bon moment. Diane se mit à pleurer et à rire en même temps. Puis, toute confuse, elle s'excusa.

John et Rose Matthieson étaient aussi gentils et attentionnés que Cal. Ils les accueillirent comme s'ils faisaient partie de la famille. Grand et sec, John marchait avec une canne. Avec ses vestes en tweed épais et ses chemises sans col, il rappelait à Tommy son grand-père. Rose, dont le nom blackfoot était Little Calf, faisait bien trente centimètres de moins que Tommy. Elle avait des yeux noirs très doux et une longue tresse de cheveux ébène qui lui descendait jusqu'à la taille. Elle parlait peu, mais souriait tout le temps.

Le terrain autour du ranch était plat et broussailleux. À l'opposé, les contreforts des montagnes Rocheuses, distantes de quelque cinquante kilomètres à l'ouest, formaient un spectacle époustouflant. Leur immense muraille se colorait de rose au lever du soleil et de violet au crépuscule. Tommy en vint à se dire qu'elles avaient été placées à cet endroit précis pour les protéger de tout ce qui était mauvais dans le monde.

Le ranch lui-même était petit et modeste. Six cents mètres plus loin, Cal s'était aménagé une petite maison en bois confortable au bord de la piste qui menait aux montagnes. Il insista pour qu'ils s'y installent. Il avait toujours son ancienne chambre dans le ranch et cela ne le dérangeait absolument pas.

« Il faudra simplement que vous fassiez attention aux grizzlis, ajouta-t-il.

— Tu plaisantes, dit Diane.

— J'avoue. Ils dorment tous en ce moment. Mais en avril, ils vont se réveiller et descendre ici. Inutile d'en faire une histoire. Simplement il faut être prudent.

— De toute façon, d'ici là, on sera partis.

— J'espère bien que non. Il y a beaucoup de boulot au ranch. Je comptais sur Tommy pour me filer un coup de main. »

Le premier jour, Tommy l'aida à charger du foin dans la camionnette. Puis ils allèrent voir les chevaux dans la prairie. Les bêtes accoururent vers eux en bondissant dans la neige. Chester, à présent tout hirsute, ne cessait de hennir et de se frotter contre l'épaule de Tommy. D'après Cal, cela voulait dire qu'il l'avait certainement reconnu.

Diane fit promettre à Tommy de ne pas souffler un mot de ce qui s'était passé avec Ray. Elle le dirait à Cal le moment venu. En attendant, ils devaient faire comme s'ils étaient venus sur l'impulsion du moment, comme s'il s'agissait en quelque sorte de vacances improvisées.

Avec la fonte des neiges, le monde se transforma. Les prairies se remplirent de petites fleurs sauvages et les chevaux, perdant leur bourre hivernale, revêtirent une robe luisante comme du satin sous le soleil du printemps. Diane inscrivit Tommy à l'école de Choteau, où il se fit des copains. Un jour, on montra aux enfants quoi faire en cas d'attaque nucléaire. Visiblement, il ne fallait surtout pas paniquer. Pour que tout le monde s'habitue à l'idée, l'école au grand complet dut faire des exercices de simulation. Il y avait un interphone dans chaque salle de classe. Dès que le principal appuyait sur le bouton d'alarme qui se trouvait dans son bureau, il fallait se réfugier sous la table, fermer les yeux et se protéger la tête avec les bras. Personne ne prenait vraiment la chose au sérieux.

L'après-midi et le week-end, Tommy et Diane aidaient la famille au ranch ou allaient se promener à cheval. Les Matthieson avaient environ cent têtes de bétail, des Herefords. Cal apprit à Tommy à les attraper au lasso afin d'en séparer certaines du troupeau. Fin avril, les voisins vinrent les aider à marquer les veaux au fer rouge puis, autour d'une grande table à tréteaux installée devant la grange, tout le monde partagea un succulent repas préparé par Diane et Rose.

Rose trouvait très drôle que Tommy connaisse quelques mots de la langue blackfoot. Elle avait un rire aigu et très communicatif. Le soir, ils mangeaient tous ensemble au ranch. Tommy l'aidait (généralement très maladroitement) à préparer le repas et la faisait parler de ses parents et de son enfance dans la réserve.

« Oh, tu ne vas pas trouver ça intéressant », disait-elle chaque fois. À quoi Tommy répondait que si, justement, et il la harcelait jusqu'à ce qu'elle lui raconte une anecdote. Un week-end en juillet, ils se rendirent tous sur la réserve à Browning pour assister à une cérémonie avec des danseurs qui portaient des coiffes à plumes et chantaient. Ils firent la connaissance du frère de Rose et de ses enfants. Tout le monde s'extasia sur le fait que Tommy parlait leur langue.

Quand et comment la chose commença, Tommy n'en serait jamais vraiment sûr. Soit il était trop jeune à l'époque pour relever les signes, soit, ce qui est plus probable, Diane et Cal s'étaient montrés très discrets. Toujours est-il qu'au cours de l'été, il comprit que ces deux-là étaient plus que de simples amis. Maintenant que les soirées devenaient plus chaudes, ils avaient pris l'habitude, quand Tommy était au lit, de s'installer sous la petite véranda pour regarder le soleil descendre derrière les montagnes. Tommy n'entendait pas ce qu'ils se disaient, mais leur conversation avait un ton qui ne trompait pas. Un jour, il glissa un œil et vit que Cal tenait Diane par les épaules et que sa mère avait posé la tête sur sa poitrine. Jamais elle n'avait semblé aussi heureuse.

C'était peut-être l'actrice en elle, mais Diane s'étonnait encore de la facilité avec laquelle, à peine entrée dans un nouveau monde, elle s'y sentait tout de suite chez elle. Pendant leur voyage vers le nord, rongée par le doute, elle avait failli faire demi-tour. Cal était-il vraiment sérieux quand il leur avait proposé de venir ? N'était-il pas un peu présomptueux et déplacé de sa part de débarquer ainsi chez lui ? Pourtant, dès qu'il vint vers eux à la poste ce premier jour cristallin, elle eut l'impression qu'elle rentrait chez elle.

Ce qui ne l'empêchait pas de se demander avec inquiétude ce que les gens pensaient de sa brusque disparition. Elle avait appelé Herb Kanter pour lui dire confidentiellement ce qui s'était produit et où ils étaient. Il s'était montré compréhensif, bienveillant, et lui avait fait promettre de donner de ses nouvelles.

Au fil des semaines, il la tenait au courant des potins hollywoodiens.

Herb avait publié un communiqué de presse indiquant que Diane était en convalescence après *une brusque maladie*. Pourtant, malgré ses efforts, personne ne fut dupe. Le bruit courait qu'elle avait eu une sorte de dépression nerveuse. D'après Herb, Ray était derrière tout cela. Selon plusieurs journaux, il avait fait part de ses *inquiétudes* au sujet du comportement de sa femme et expliqué que, dans les semaines précédant sa disparition, elle était devenue *de plus en plus instable*. Louella Parsons entretint la rumeur pendant pratiquement un mois, intitulant l'une de ses chroniques LA STAR QUI S'EST BRÛLÉ LES AILES. Sous sa plume, Diane devenait la *star éphémère*, la *star d'un film*. Elle la comparait à cette *folle* de Frances Farmer et à cette pauvre Peg Entwistle *(autre malheureuse petite Anglaise défaite par Hollywood)* qui s'était jetée du haut des lettres géantes.

Diane se rendit compte que tout cela lui était égal. Elle était heureuse de s'être éloignée de ce royaume de l'hypocrisie, de l'artifice et de la vénalité vulgaire qu'était Hollywood. Lorsque Herb la prévint que sa *carrière risquait d'être compromise*, elle éclata carrément de rire. Ce qui comptait, c'était la vie, la vraie, auprès de Tommy qui grandissait, s'épanouissait, devenait tout doré sous le ciel bleu infini du Montana. Auprès d'un homme avec lequel elle se sentait enfin en sécurité.

Chaque soir après le dîner, Tommy et Cal dressaient un jeune cheval – même si Cal n'aimait pas le terme *dresser*. D'après lui, plus que de dressage, il s'agissait de faire naître quelque chose, un partenariat avec le cheval, pour qu'il prenne confiance et fasse équipe avec vous. Le cheval en question était une pouliche couleur crème, aux allures élégantes et au port presque majestueux. Elle était encore trop grande pour Tommy, mais lui était destinée. Il la baptisa Nuage.

Ce soir-là, Diane aida Rose à débarrasser la table pendant que John regardait les nouvelles sur le vieux poste noir et blanc. Les images ressemblaient à ce que l'on voit sous la pluie à travers un pare-brise sans essuie-glaces. Les ondes devaient parcourir quatre-vingts kilomètres depuis Great Falls. À leur arrivée, elles étaient tellement faibles que tout ce qu'ils recevaient, c'était Channel Five sans son et Channel Three sans image. Mais cela suffisait pour leur donner une idée de la paranoïa dans laquelle était plongé le monde au-delà des montagnes. On aurait dit que les Russes allaient débarquer d'une minute à l'autre.

Diane dit bonne nuit et sortit. Elle resta un moment dans la cour en terre battue, face aux montagnes qui s'élevaient à l'ouest. Le soleil avait encore du chemin à parcourir avant d'aller se cacher derrière les sommets, mais le ciel se parait déjà comme tous les soirs de panaches roses, rouges et orange. Tout là-haut, le X de deux sillages d'avions entrecroisés dérivait vers l'ouest en se défaisant. La journée avait encore été chaude, sans un nuage ni un souffle de vent. L'air était imprégné de cette odeur que Diane avait fini par aimer, l'odeur fumée de la poussière et de l'armoise.

Elle descendit la route non goudronnée jusqu'aux corrals. Elle entendit la voix de Tommy qui appelait la pouliche et le rire de Cal. Ils étaient trop occupés pour remarquer sa présence. Appuyant les bras sur la barrière en bois blanchi, elle les observa. Un nuage de poussière dorée par le soleil les entourait d'un halo rouge. Ils avaient sellé la jeune jument. Cal la tenait par la bride et lui caressait l'encolure tandis que Tommy se préparait à la monter. Elle piaffa et fit quelques pas de côté.

« Tout doux, ma belle, dit Cal. Voilà, c'est bien. OK, Tom, vas-y, en douceur. »

Il aida Tommy à enfiler sa botte dans l'étrier et le hissa délicatement en selle sans cesser de parler à la pouliche. Elle secoua la tête, recula puis partit en crabe. Enfin, elle se calma et resta immobile. Cal la caressa en la rassurant.

« Dis-moi, Tom, tu es monté là-dessus comme si tu avais fait cela toute ta vie. Bravo. Tu la sens comment ?

— Super.

— Vous avez l'air d'être faits l'un pour l'autre. Et si tu partais faire un petit tour avec elle ?

— Pas de problème. Tiens, salut, Diane !

— Ça a l'air de coller, vous deux, dit-elle.

— C'est lui qui s'est coltiné le plus dur, commenta Cal. Ce mec, il va me chiper mon boulot si je ne le surveille pas. »

Il fit faire à Tommy deux ou trois tours de la carrière, puis lui demanda s'il avait envie de continuer tout seul. Tommy hocha la tête d'un air grave et déclara qu'il se sentait prêt. Il enfonça son chapeau sur sa tête, raccourcit les rênes, et quand ils arrivèrent près de là où se tenait Diane, Cal lâcha la bride et recula. Ils le regardèrent faire trois fois le tour de la carrière sur la petite jument qui, comme si elle avait fait ce genre de chose toute sa vie, soufflait tranquillement de l'air par les naseaux.

Le soleil se couchait à présent derrière les montagnes. Baignés par la lumière violette du crépuscule, ils ramenèrent la pouliche dans la prairie devant la petite maison, la dessellèrent et la lâchèrent. Ils la regardèrent rejoindre au galop les autres jeunes chevaux en secouant la tête d'un air nonchalant, comme pour leur raconter fièrement ce qu'elle avait fait.

De retour à la maison, Tommy prit un verre de lait, un biscuit, et alla se coucher. Cal s'installa sur son lit pour lui lire une histoire dans un vieux livre qu'il avait eu enfant, *Récits de la nation blackfoot*. Diane s'assit sur le vieux canapé qu'ils avaient installé sur la véranda. Elle n'entendait pas tout, mais devina que l'histoire parlait d'un chasseur très malin qui s'appelait Little Teeth et essayait en vain d'attraper un vieil et vénérable élan.

L'histoire finie, Cal la rejoignit. Elle alla dire bonne nuit à Tommy.

« Dis donc, tu avais l'air à ton affaire sur ce cheval.

— C'est vrai ?

— Tu sais à qui tu ressemblais ?

— Non.

— À Flint McCullough.

— C'est ça, oui.

— Je te jure. Tu étais son portrait tout craché. »

Elle lui caressa le front. À cause de l'ombre de son chapeau, il y avait au-dessus de ses sourcils une bande de peau blanche.

« Diane, demanda-t-il, l'air soucieux.

— Quoi, mon trésor ?

— On va rester combien de temps ici ?

— Je ne sais pas.

— On pourrait ne jamais partir ?

— On verra ça.

— À chaque fois que tu dis ça, ça veut dire non.

— Pas cette fois. Simplement, on en reparlera plus tard. »

Elle l'embrassa et alla s'installer sur le canapé à côté de Cal. Il passa le bras autour de son épaule et l'embrassa sur la joue. Elle posa la tête sur sa poitrine. Ils restèrent silencieux un long moment. Les silhouettes des montagnes se dessinaient contre un ciel qui bientôt serait blanc d'étoiles. Une chouette hulula quelque part près du ruisseau. Diane frissonna.

« Tu as froid ?

— Pas vraiment, juste un peu. » Elle se blottit contre lui. « Tu as entendu ce qu'il me demandait ?

— S'il pouvait rester ici pour toujours ?

— Mmm.

— Oui, et je serais curieux de savoir quelle est la réponse.

— La réponse ? Tu la connais. »

Elle l'embrassa. Ils rentrèrent et firent l'amour. Plus tard, allongée près de Cal endormi, elle écouta les hurlements des coyotes qui rôdaient dans le bosquet de saules de l'autre côté de la prairie. Elle songea à ce qu'elle avait entendu aux informations.

Le vieux John Matthieson craignait tellement l'imminence de la Troisième Guerre mondiale qu'il construisait son propre abri antinucléaire. Il avait creusé derrière les corrals un gros trou de quarante mètres carrés renforcé de murs en ciment. Le toit n'était pas encore fini, mais les provisions – vingt containers en acier galvanisé que Rose avait remplis de centaines de boîtes de thon, de corned beef et de pêches – avaient été rassemblées dans la grange. Dix autres containers serviraient pour l'eau. Cal avait aidé à constituer ces réserves, sans se priver toutefois de dire qu'à son avis l'entreprise était une perte de temps ridicule. Si jamais la bombe explosait, ils seraient tous morts sans même avoir le temps de s'en rendre compte.

L'une de leurs promenades préférées était ce que Cal appelait le cimetière des dinosaures. L'endroit se situait après la grande prairie, de l'autre côté du ruisseau. C'était une sorte de *badlands* où les fossiles, les os et les agates étaient si nombreux qu'il suffisait de descendre de cheval et de se baisser pour en trouver. D'après Cal, une grande catastrophe avait dû se produire pour qu'il y ait autant d'animaux morts au même endroit.

Un après-midi de début septembre, alors que les journées se rafraîchissaient et que les feuilles des peupliers bordant le ruisseau jaunissaient, ils y retournèrent. Diane découvrit ce qui, d'après l'une des encyclopédies de John, était un orteil complet de vélociraptor. Elle en fit cadeau à Tommy. Sur le chemin du retour, alors que Tommy était à quelques mètres devant eux, Diane et Cal se mirent à parler de Cuba et du bras de fer qui opposait Khrouchtchev et Kennedy, les deux K, comme les appelait John.

« De toute façon, dit Diane, on ne risque rien ici. Personne ne va s'amuser à bombarder le Montana.

— Suis-moi, répondit Cal, je vais te montrer quelque chose. »

Il appela Tommy. Prenant la direction du sud, ils mirent les chevaux au galop, montèrent une colline puis descendirent dans une prairie vallonnée que Diane n'avait jamais vue auparavant. Un soleil délavé se couchait dans une lumière irréelle et métallique, étirant les ombres fantomatiques des chevaux sur l'herbe blanchie. Diane se demandait où Cal les emmenait quand, au milieu de nulle part, ils tombèrent sur un endroit clôturé par un grillage surmonté de fils barbelés. Il y avait des pancartes en interdisant l'accès et, à l'intérieur du grillage, des dalles de ciment encastrées dans le sol avec des rails sur les côtés permettant de les faire coulisser. À chaque angle de l'enclos se trouvait quelque chose qui ressemblait à une caméra. Diane demanda à Cal où donc ils étaient.

« C'est un silo nucléaire. Il y en a plein tout le long des contreforts des montagnes. C'est tout récent. »

Ces silos abritaient, dit-il, des missiles géants qu'on appelait les Minutemen, les Miliciens, et qui pouvaient parcourir plus de sept mille kilomètres. Chacun était équipé d'une ogive nucléaire d'une mégatonne capable de détruire une ville entière. L'année précédente, une nuit, il avait remarqué des lumières de projecteurs et s'était rendu sur place. Un camion équipé d'une immense grue installait les missiles sous terre.

« Il y a des gens en bas pour les tirer ? demanda Tommy.

— Non. À ce qu'il paraît, le bouton rouge se trouve à Great Falls.

— Et Kennedy va venir le déclencher lui-même ? demanda Tommy.

— Je suppose qu'il utilisera une ligne de téléphone spéciale pour dire à quelqu'un de le faire. »

Il y eut une rafale de vent glacial.

« Peut-être que c'est ce qui est arrivé aux dinosaures. »

Cal éclata de rire et lui dit qu'il avait peut-être raison. Mais il n'y avait pas à s'inquiéter. Rien de tout cela n'arriverait. L'existence de tous ces silos était censée leur garantir la sécurité. On appelait ça Mutually Assured Destruction – MAD en abrégé. MAD, c'est-à-dire fou. Fou, il fallait l'être pour déclencher une guerre, sachant que vous alliez vous détruire, vous et toutes les créatures vivantes de la planète.

Une semaine plus tard, la neige arriva pendant la nuit. À l'aube, le ciel se dégagea, révélant un monde tout neuf. Après le départ de Tommy pour le collège, Cal et Diane prirent les chevaux et se dirigèrent vers les montagnes. Ils s'arrêtèrent au sommet de la colline, d'où ils entendirent le brame des élans. Tout là-haut, des centaines d'oies se dirigeaient vers le sud en formant des V dans le ciel cristallin.

« C'est le genre d'endroit où je pourrais tout à fait m'installer, dit Diane.

— Alors, pourquoi tu ne le fais pas ?

— Oh, Cal.

— Sérieusement. Bon sang, Tommy est installé, lui. Tu aurais du mal à le faire partir.

— Je sais. »

Ils restèrent silencieux quelques instants. Le souffle des chevaux formait des volutes de vapeur dans l'air glacial.

« Cal, j'ai quelque chose à te demander.

— C'est oui.

— Je suis sérieuse.

— Moi aussi.

— C'est juste que… si jamais quelque chose devait m'arriver, par exemple si j'avais un accident, tu serais prêt à t'occuper de Tommy ? Je ne voudrais surtout pas que Ray ait des droits sur lui.

— Bien sûr, je le ferai. »

Elle se pencha vers lui et l'embrassa.

La semaine suivante, un après-midi où Tommy était à l'école, ils se rendirent à Choteau par les routes enneigées et allèrent chez le notaire. Alfred Cobb, un vétéran de la Première Guerre mondiale un peu décrépit malgré son regard pétillant, avait tout préparé. Installés à son immense bureau en chêne devant un bon feu de cheminée, Diane et Cal signèrent les papiers. À la mort de Diane, Cal se déclarait prêt à adopter Tommy et à s'occuper de lui.

Fin octobre, deux jours après le bras de fer des deux K au sujet de Cuba, alors que le monde avait échappé de justesse à un conflit, un jeune homme arriva au ranch avec un télégramme pour Diane, envoyé par Julian Baverstock, son agent à Londres. TON PÈRE GRAVEMENT MALADE. SVP RENTRE IMMÉDIATEMENT.

28

Pour ce dernier repas – la Cène, comme Dutch l'appela plutôt maladroitement – ils allèrent chez Marco. Ils retrouvèrent leur table habituelle dans l'angle, avec sa nappe à carreaux rouges et blancs et ses lampes à huile vieillottes. Ils essayèrent tous de détendre l'atmosphère. L'audience devait prendre fin le lendemain, et tout espoir d'un verdict favorable à Danny s'était évanoui. Cet après-midi, Brian McKnight avait prévenu Tom, Dutch et Gina qu'ils devaient s'attendre au pire. D'après lui, étant donné les éléments dont il disposait, le colonel Scrase n'avait guère d'autre choix que de se prononcer en faveur de la cour martiale.

McKnight avait promis de les retrouver au restaurant, mais sa chaise était toujours vide. Au moment où ils demandaient l'addition, il arriva, un peu essoufflé. Ils comprirent immédiatement que quelque chose d'important s'était produit. Dutch lui versa un verre de chianti et ils se tournèrent tous vers lui pour l'écouter.

Un jeune marine du nom de Travis Wilson l'avait appelé au bureau. Il était soldat de première classe et avait quitté les marines six mois auparavant. Danny confirma, ajoutant qu'il le connaissait, mais pas très bien. McKnight expliqua que la veille, Wilson avait vu aux informations télévisées Harker prétendre que Delgado et lui ne s'étaient pas consultés.

« Il affirme que c'est faux. Il les a vus ensemble dans un bar à Coronado. Après que tous les autres étaient rentrés aux États-Unis.

— Il a entendu ce qu'ils disaient ? demanda Dutch.

— Il en a suffisamment entendu, j'espère. Il arrive demain d'Omaha. Kevin va le chercher à l'aéroport à dix heures. Si tout colle, nous le ferons témoigner. »

Le lendemain matin, le colonel Scrase venait tout juste de s'installer dans son confortable trône en velours rouge quand McKnight se leva brusquement pour lui demander la permission d'appeler un dernier témoin. Wendell Richards, qui s'apprêtait à livrer l'argument final du gouvernement, prit un air irrité et las. Le soldat Travis Wilson ne correspondait pas vraiment à l'idée qu'on pouvait se faire du parfait témoin. Il était petit, avait un long nez de fouine et un visage couvert d'acné. Lorsqu'il prêta serment, il semblait prêt à se pisser dessus tellement il tremblait de peur. Mais ce qu'il était venu dire allait faire l'effet d'une bombe.

McKnight le fit répondre aux premières questions sur son grade, ses états de service et ce qu'il savait de l'incident et de l'accusé.

« Travis, vous pouvez nous dire où vous étiez, le soir du 23 juillet de l'année dernière ?

— Dans un bar qui s'appelle Chez Dee, à Coronado.

— Qu'est-ce que que vous faisiez là-bas ?

— Je devais retrouver Cindy – ma copine. Enfin, ma copine à l'époque. On s'est séparés depuis. Bref, nous étions convenus de nous retrouver à sept heures trente, mais je suis arrivé vingt minutes à l'avance – je suis comme ça, toujours en avance – et j'étais assis à l'une des tables à attendre Cindy et…

— Y avait-il dans ce bar d'autres personnes que vous connaissiez ?

— Oui, monsieur. Le sergent Delgado et Eldon Harker. Je me suis aperçu qu'ils étaient à la table derrière moi.

— Vous les avez reconnus ?

— Oui, monsieur.

— C'étaient des amis à vous ?

— Non, monsieur. Je les connaissais, c'est tout. On était en Irak ensemble.

— Vous leur avez dit bonjour ?

— Non, monsieur. Enfin, j'allais le faire, mais… mais comme ils étaient en train de discuter, je me suis dit que non.

— Ils ne vous ont pas remarqué ?

— Non, monsieur, je ne crois pas. C'est un peu sombre chez Dee.

— Et vous entendiez bien ce qu'ils se disaient ?

— Oui, monsieur. Très bien.

— Alors, qu'est-ce qu'ils disaient ?

— J'ai entendu le sergent Delgado expliquer à Harker ce qu'il faudrait qu'il dise s'il voulait que les accusations de meurtre contre lui soient abandonnées. »

Wendell Richards bondit pour faire objection. Il passa d'ailleurs la demi-heure qui suivit à se lever et à se rasseoir comme s'il était monté sur ressorts. Peu à peu, McKnight tira patiemment de Travis Wilson tous les éléments dont il avait besoin. Wilson indiqua qu'il avait entendu Delgado faire répéter à Harker ce qu'il devrait dire pour se débarrasser de ces accusations de meurtre et charger Danny. Il entendit même les mots magiques – *Utilise ton arme, bordel.*

Lorsque McKnight eut terminé, il semblait avoir pris au moins dix centimètres.

Richards procéda au contre-interrogatoire. Il tenta de décrédibiliser le témoignage du jeune soldat en suggérant qu'il en voulait peut-être à l'un ou l'autre des hommes dont il avait surpris la conversation. Mais Tom sentit, à l'attitude de Richards, que le pauvre était conscient d'avoir reçu le coup de grâce. Quand il eut fini, McKnight se leva et demanda d'un ton solennel que le sergent Delgado et Eldon Harker soient rappelés à la barre afin d'entendre la lecture de leurs droits ainsi que le stipulait l'article 31.

Ils durent attendre presque un mois les résultats de l'enquête. Dans l'intervalle, au cours de la première semaine de juin, Kelly donna naissance à un robuste garçon de quatre kilos qui reçut à son baptême les prénoms de ses deux grands-pères, Thomas David.

Par une chaude matinée sans nuages, Tom monta dans sa voiture, traversa la ligne de partage des eaux et arriva à l'hôpital de Great Falls pour prendre son premier petit-enfant dans les bras. Depuis la fenêtre de la chambre de Kelly, on voyait les contreforts des Rocheuses encore tout poudrés de neige. Tom cala le bébé contre son épaule et lui montra les sommets et les cols en lui énumérant leurs noms : Sawtooth, Ear Mountain, Steamboat. Gina, Dutch et Danny étaient là eux aussi. Tous ceux présents dans la pièce inondée de soleil avaient les yeux humides. Gina proposa à Tom de venir chez eux manger un morceau. Il déclina l'invitation, prétextant quelque chose à faire à Missoula, et rentra chez lui. Peut-être un jour serait-il prêt pour ce genre d'intégration, mais pas pour l'instant.

Brian McKnight appela le soir même pour dire que le rapport d'enquête était arrivé. En deux cents pages denses, le colonel Robert Scrase passait au crible tous les éléments du dossier et en concluait que Danny avait agi en état de légitime défense. Il se prononçait en faveur de l'abandon de toutes les charges pesant contre lui. De nombreux coups de fil furent passés, tout le monde laissa échapper un soupir de soulagement. Pourtant, personne ne sembla disposé à fêter l'événement. Pour sept personnes innocentes mortes, une seule sauvée. Danny décida de quitter l'armée pour trouver un autre boulot.

Il appela Tom à la fin du mois de juin en lui demandant s'ils pouvaient se voir pour discuter de ses projets. Il envisageait de commencer des études à l'université et voulait l'avis de son père. Tom suggéra sans y penser une partie de pêche, ce qu'ils n'avaient pas fait depuis que Danny était enfant. Il alla chercher le matériel de camping dans le grenier. Tout paraissait en bon état. Mais cela faisait des années qu'il n'avait pas pêché, même seul, et lorsqu'il vérifia son équipement, il s'aperçut que ses lignes étaient hors d'usage et son stock de mouches pitoyable. Il alla donc en ville dépenser une petite fortune au Grizzly Bourru situé sur Front Street.

Deux jours plus tard, Danny le rejoignit à Missoula. Une heure plus tard, ils avaient atteint l'une des parties de la Blackfoot que Tom préférait. Ils laissèrent la voiture au bout de la piste, prirent leur matériel et traversèrent la forêt jusqu'à la rivière. Ils trouvèrent un bon emplacement à la lisière des arbres où planter la tente, puis rassemblèrent du bois pour pouvoir faire du feu plus tard. Dans la lumière déjà déclinante, des nuages de mouches tournoyaient au-dessus de l'eau. Ils préparèrent leurs cannes, enfilèrent leurs bottes et allèrent pêcher leur dîner.

Danny attrapa une belle truite brune de quelque trente centimètres de long. Le sourire du jeune homme fut à la mesure de la taille de sa prise. Tom en prit une plus grosse encore, mais la perdit. Il en perdit d'ailleurs deux autres avant d'en pêcher finalement une qui faisait cinq centimètres de moins que celle de Danny. Elle avait dû avoir pitié de lui.

Ils allumèrent le feu et firent griller les truites qu'ils mangèrent avec des tomates et la salade de pommes de terre et de ciboulette que Tom avait préparée en se souvenant que Danny l'adorait quand il était petit. La chair des poissons était rose et sucrée. Ils poussèrent des soupirs d'extase jusqu'à ne plus pouvoir avaler quoi que ce soit tellement ils riaient. Ensuite, Tom fit du café. Assis avec leurs tasses bien chaudes entre les mains, ils admirèrent la lumière se réfléchissant sur un coude de la rivière en passant de l'argent au bronze puis à l'ébène. Une chouette hululait sans répit dans les pins sur l'autre rive.

Danny lui expliqua ses projets. Il voulait préparer une licence en agro-industrie à l'université du Montana à Bozeman, sauf qu'il avait loupé les dates d'inscription pour cette rentrée-ci. Mais, de toute façon, il était tenté par l'idée de se constituer d'abord une expérience sur le terrain. L'un des amis de Dutch avait une entreprise de matériel agricole et se déclarait prêt à le prendre et à lui montrer le métier. Tom dit que c'était une super-bonne idée, vraiment géniale.

Ils restèrent muets un bon moment, avec pour seul bruit le murmure étouffé de l'eau et la chouette hululant sur l'autre rive. Tom alimenta le feu. Les étincelles montèrent en torsades. Danny contempla longuement les flammes. Son visage paraissait brusquement plus vieux dans la lumière vacillante et rougeâtre. Quand enfin il prit la parole, ce fut sans regarder Tom :

« Papa, j'ai quelque chose à te dire.

— Je t'écoute. »

Un long silence se fit. Le jeune homme inspira profondément.

« J'étais coupable.

— Qu'est-ce que tu veux dire ?

— Tu te souviens de ce qu'ils ont dit à l'audience, que je criais sur ces femmes, que je les avais appelées chiennes de *hadji* et… »

Danny pencha la tête en arrière et regarda les étoiles en respirant profondément, comme s'il cherchait la force de poursuivre.

« Ne t'en fais pas, fiston. Dis-moi.

— Ce n'est pas vrai que je croyais que ce type était armé. »

Il se tut à nouveau et déglutit. Tom attendit.

« La vérité, c'est que je m'en foutais. Je les… je les détestais, c'est tout. Je les haïssais, à cause de ce qui s'était passé. De ce qui était arrivé à Ricky, à nous tous. Alors, quand le type s'est penché, ça m'a suffi comme raison. Peut-être qu'il ramassait une arme, je n'en savais rien. J'étais, on va dire, complètement dingue. Je ne savais pas. Je m'en foutais. Tout ce que je savais, c'était que… que je voulais les tuer, ces salauds. Les abattre. Tous. »

À présent, son visage était inondé de larmes.

« Ensuite, c'était fini. Je les ai vus étendus par terre. J'ai vu ce que j'avais fait. Comme si je les voyais pour la première fois. Des femmes, des enfants. Des bébés, bordel… Et c'était moi qui avais fait ça. »

Contournant le feu, Tom vint poser le bras sur les épaules du jeune homme.

« C'était moi.

— Danny, écoute…

— C'était moi, papa ! Moi ! Je l'ai fait exprès. »

Il y avait certainement quelque chose à dire, mais Tom ignorait quoi. Il serra son fils dans les bras. Danny baissa la tête et sanglota tandis que Tom lui caressait les cheveux. Combien de temps restèrent-ils ainsi ? Impossible de le dire. Une demi-lune couleur ivoire se hissa au-dessus d'un épaulement de la montagne derrière la rivière. Le feu s'écroula, se réduisit en tas de cendres rougeoyantes.

« Moi aussi, je voudrais te dire quelque chose, murmura Tom.

— Quoi ?

— Quelque chose à propos de ta grand-mère et de ce qui lui est réellement arrivé. »

29

Dès que le télégramme arriva, Diane appela Londres. Julian Baverstock lui apprit que son père avait été transporté au Queen Elizabeth Hospital de Birmingham. Il avait un cancer de la gorge et des poumons trop avancé pour être traité. Les médecins lui donnaient au plus deux semaines à vivre.

Après avoir passé quelques coups de fil, Cal conclut que le moyen le plus rapide était de prendre le train jusqu'à San Francisco, puis l'avion pour Londres. C'est seulement en faisant leurs bagages que Diane pensa aux passeports. Ils étaient enfermés dans le coffre-fort de Ray à L.A. Elle pesta contre sa propre bêtise, mais ne se laissa pas gagner par la panique. C'était simple : ils iraient en train jusqu'à L.A., récupéreraient les passeports chez Ray, puis prendraient leur avion pour Londres comme prévu.

Des années plus tard, Cal reviendrait sur ses tentatives pour convaincre Diane de le laisser venir avec eux. Il s'en voudrait toujours de ne pas avoir insisté. Mais Diane avait calmement et fermement refusé. Elle n'appellerait pas Ray – il risquerait de vouloir lui jouer un sale tour. Non, mieux valait y aller sans prévenir.

Si Ray était là, elle saurait se débrouiller. S'il était sorti (et elle ferait en sorte de choisir le bon moment), elle avait la clé de la maison et connaissait le code du coffre-fort. Elle entrerait, prendrait les passeports et filerait.

Les adieux avec Cal à la gare de Choteau furent difficiles. Il leur fit promettre de revenir dès que possible et agita son chapeau dans leur direction au moment où le train s'éloignait. Ils collèrent leurs visages contre la fenêtre et lui firent des signes jusqu'à ce qu'il ne soit plus qu'un point noir sur fond de neige.

Cette fois-ci, avec le train, le voyage fut plus court qu'en voiture, mais tout aussi épique aux yeux de Tommy. Ils mangèrent, dormirent, lurent leurs bouquins, contemplèrent le paysage qui se faisait de plus en plus sec et désolé. Finis, les jeux et les chansons qui avaient ponctué leur route vers le nord huit mois auparavant. Et ce n'était pas uniquement parce qu'ils pensaient à M. Bedford. Une autre sorte de tristesse semblait s'être emparée d'eux, la tristesse de s'être séparés de Cal.

« Vous allez vous marier, Cal et toi ?

— Oh, vraiment, Tommy, je ne sais pas. Il ne m'a pas demandé de l'épouser. Et, de toute façon, je suis toujours mariée avec Ray.

— Mais tu vas divorcer, non ? »

Elle lui sourit et lui caressa les cheveux.

« Oui, je vais divorcer. Ça te plairait qu'on se marie, Cal et moi ?

— Si ça me plairait ? Bien sûr !

— Alors, un jour, peut-être…

— Et comme ça, on pourrait rester dans le Montana toute notre vie ?

— Je ne vois pas ce qui nous en empêcherait. »

Tommy était endormi lorsque le train arriva à Union Station. Quand Diane le réveilla, il ne la reconnut pas. Elle s'était mis un foulard et des lunettes de soleil pour garder l'anonymat. Un porteur chargea leurs bagages sur son chariot et ils le suivirent jusqu'à la sortie où ils trouvèrent un taxi. C'était la fin de l'après-midi. Les yeux encore tout embués de sommeil, Tommy regarda les rues proprettes, les avenues bordées de palmiers, les maisons élégantes avec leurs pelouses impeccables, les systèmes d'arrosage automatique qui faisaient des arcs-en-ciel dans les derniers rayons de soleil. Il se demanda comment il avait pu se laisser impressionner par cet endroit, alors qu'il n'y avait rien, vraiment rien, de vrai. Tout n'était qu'apparence, entièrement artificiel et étranger à son monde.

Le portail devant chez Ray était ouvert. En s'approchant de la maison et des chevaux de bronze qui se cabraient, ils ne virent ni voiture ni signe de vie aux alentours. Diane demanda au chauffeur du taxi d'attendre et ordonna à Tommy de rester dans le véhicule. Prenant les clés dans son sac, elle ajouta qu'elle n'en avait pas pour longtemps. Tommy la regarda monter en courant les escaliers qui menaient à la porte. Elle resta là un moment, l'oreille aux aguets, puis mit la clé dans la serrure et entra discrètement.

À peine deux ou trois minutes plus tard, Tommy entendit une voiture qui remontait l'allée. Il tourna la tête. Son cœur bondit dans sa poitrine. C'était Ray avec la Cadillac. Intrigué, il regardait le taxi en se demandant clairement ce qu'il faisait là. Il se gara juste derrière. Tommy se retourna vivement et s'enfonça dans la banquette. Il vit dans le rétroviseur que le chauffeur du taxi observait Ray. Ray sortit de sa voiture, s'approcha lentement de la portière arrière du taxi et se pencha vers la vitre. Vêtu entièrement de noir, il portait des lunettes de soleil malgré la lumière déclinante. Il dut les enlever pour reconnaître le passager. Alors, son visage se fendit d'un large sourire.

« Ça alors ! Mais c'est mon ami Tommy ! dit-il en ouvrant la portière.

— Salut, Ray.

— Tommy ! Mon garçon ! Comment ça va ?

— Bien.

— Qu'est-ce qui se passe ? Où est ta mère ? »

Tommy marqua un temps d'hésitation.

« Elle est entrée ? Ben alors, qu'est-ce que tu fais dehors ? Allez, viens, mon vieux. On va la retrouver. Eh bien, c'est super de te voir !

— Elle m'a dit d'attendre ici.

— C'est bon, viens. »

Il se pencha vers lui. Tommy se rendit compte qu'il n'avait pas le choix. Il sortit du taxi. Ray le serra fort dans ses bras.

« Vraiment, Tommy, c'est bon de te voir. Tu m'as manqué, je te jure. »

Tommy esquissa un sourire forcé. Ray sortit son portefeuille de la poche arrière de son jean, paya le chauffeur et lui dit qu'il pouvait s'en aller.

« Mais Diane a dit…

— C'est bon, fiston. T'inquiète. Allons, en avant. »

Il passa le bras autour des épaules de Tommy et ils se dirigèrent vers la maison.

« Dis donc, c'est que tu as grandi ! Regarde-moi ça ! »

Au moment où ils atteignaient la porte, Dolores sortit en courant.

« Elle est là ! Elle avait la clé.

— Je sais, je sais. Pas de problème. C'est super. Regarde, Tommy aussi est là. Ils sont revenus. »

Elle regarda Tommy, le regard soudain froid.

« Bonjour, Tommy.

— Bonjour.

— Elle est où ? demanda Ray.

— En haut. En train d'essayer d'ouvrir le coffre. Je lui ai dit de ne pas…

— C'est bon, Dolores. Tout va bien. N'est-ce pas, Tommy ? »

Il donna une bonne tape dans le dos du garçon.

« Dis-moi, Tommy, et si tu allais avec Dolores ? Elle va te préparer un de ces milk-shakes au chocolat comme tu les aimes. Qu'est-ce que tu en dis ?

— Je préfère attendre ici.

— Non, suis Dolores. Fais ce qu'on te dit. »

Tommy s'en voudrait toujours de s'être montré si faible à ce moment-là. S'il avait résisté, s'il était resté dans le hall ou avait suivi Ray au premier au lieu de se laisser docilement entraîner dans la cuisine par Dolores, peut-être que la suite des événements aurait été différente. L'une des choses qu'il apprendrait plus tard, c'était que dans la vie, le timing était essentiel. Quelques secondes pouvaient faire la différence, vous faire passer du bonheur au malheur, de la vie à la mort et à la damnation éternelle.

Ils allèrent dans la cuisine. Dolores prit la glace et le lait dans le réfrigérateur et lui prépara un milk-shake tout en lui posant des questions sur les endroits où il avait été et ce qu'il avait fait depuis tout ce temps.

Tommy, la tête ailleurs, lui répondit sans s'étendre, lui indiquant simplement qu'ils étaient allés dans le Montana. Debout près de la table, il essayait d'entendre ce qui se passait en haut. Dolores lui proposa de s'asseoir, puis répéta l'ordre sur un ton plus ferme. Il obtempéra.

Impossible de dire combien de temps passa avant qu'il n'entende Diane crier. Cinq minutes, peut-être moins. Toujours est-il qu'il se leva immédiatement en faisant tomber sa chaise et sortit de la cuisine en courant. Dolores l'appela, mais il était déjà dans le hall et se dirigeait vers les escaliers. Les cris de Diane provenaient de la chambre de Ray au premier.

« Ouvre le coffre. Allez, ouvre-le !

— Diane, bon sang, calme-toi. On va parler.

— Tout ce que je veux, c'est nos passeports !

— Je sais, mais je te l'ai dit, ils n'y sont plus.

— Je ne te crois pas.

— C'est comme tu veux, ma chérie.

— Je veux voir moi-même.

— Hors de question.

— Tu vas l'ouvrir, ce putain de coffre ? »

Tommy s'arrêta devant la porte de la chambre et resta là un instant, tendant l'oreille et glissant un œil à l'intérieur. Diane et Ray étaient à l'autre bout de la pièce, face à face devant le placard où se trouvait le coffre. Il avança prudemment. Ray lui tournait le dos. Il dut remarquer le regard furtif que Diane jetait vers la porte, car il se retourna. Il sourit en voyant Tommy.

« Descends, fiston. Tout va bien. Ta maman et moi, on a juste deux ou trois choses à se dire. Allez, descends. Fais ce qu'on te dit. »

Tommy hésita. Hors de question qu'il obéisse à une autre personne qu'à Diane.

« C'est bon, Tommy, dit-elle avec un signe de la tête. Attends-moi dans le hall. Je descends dans une minute. »

À regrets, Tommy fit demi-tour. Ils avaient repris leur discussion, mais à voix basse. Sans comprendre leur conversation, il en perçut tout de même le ton venimeux et pressant. Debout au pied des marches, Dolores lui dit de descendre, puis repartit vers la cuisine.

Il était à la moitié des escaliers lorsque Diane se remit à crier. Il fit demi-tour, se précipita vers la chambre. En entrant, il vit Ray pousser Diane contre le mur, s'avancer vers elle et la frapper deux fois au visage, d'un aller-retour vigoureux. Tommy hurla pour qu'il s'arrête. Ray l'ignora. Diane se jeta sur lui en criant avec l'intention de le frapper. Il fut plus rapide qu'elle. Elle parvint néanmoins à lui griffer le visage, puis à attraper une poignée de cheveux qu'elle arracha. Dans un cri de douleur, il la saisit par le poignet et, d'un grand geste circulaire du bras, la balança contre le mur. Tommy entendit les poumons de sa mère se vider avec un bruit brusque et alarmant. Elle l'aperçut et voulut lui dire quelque chose, mais le souffle lui manqua. Ray lui donna un coup de poing dans le ventre. Pliée en deux, elle s'effondra.

« Je t'ai dit de descendre, compris ? siffla Ray sans regarder Tommy. Fiche le camp ! »

L'ordre était exprimé sur un ton si féroce que Tommy fut sur le point d'obéir. Il commençait même à sortir de la pièce quand brusquement il s'arrêta. Il n'y avait qu'une chose à faire. Pour lui, c'était clair.

Il se retourna de nouveau et se dirigea vers la table de nuit de Ray.

Le croyant parti, Ray avait saisi Diane par les revers de la veste et la remettait debout. Tommy ouvrit le tiroir en faisant le moins de bruit possible. Merde, il n'y était plus. Ray l'avait sans doute mis ailleurs. Diane pleurait et suppliait à présent. Mais Tommy n'entendait pas ce qu'elle disait parce que sa tête était envahie par le flux et les pulsations de son propre sang. Il ouvrit le tiroir un peu plus grand. Là, tout au fond, luisait le métal mat du canon.

En sortant le revolver, il sentit le contact froid de l'acier sur sa main. Il devait agir rapidement, silencieusement. Ce n'était pas facile – ses mains tremblaient. Il parvint malgré tout à ouvrir discrètement le cran de sûreté. Puis, des deux mains, il empoigna la crosse, leva l'arme jusqu'au niveau de ses yeux et la pointa vers le dos de Ray.

Diane fut la première à le voir. Ray était en train de l'étrangler d'une main en la plaquant contre le mur. Les yeux écarquillés par la terreur, elle cessa de se débattre et se figea. Alors, sans la lâcher, Ray se retourna lentement.

« Écarte-toi. Lâche-la, dit Tommy.

— Bon sang, Tommy, tu te crois où ? Pose cette arme !

— J'ai dit "Lâche-la". »

Ray sourit en secouant la tête, comme pour dire que jamais il n'avait rien vu d'aussi ridicule. Il lâcha tout de même Diane qui s'avachit et se recroquevilla contre le mur en haletant et en toussant, la main à la gorge.

« Tommy », dit-elle quand elle put enfin parler : « Sois gentil, pose-la. »

Décidé à n'en rien faire, Tommy demanda à Diane de s'écarter. Mais elle semblait encore trop faible pour cela.

« Tu as entendu ce qu'a dit ta mère. Pose cette arme. Allez, sois gentil.

— Éloigne-toi d'elle.

— Ça suffit, Tommy. C'est fini. Tu vas blesser quelqu'un. Donne-moi le revolver. »

Ray fit un pas dans sa direction. Tommy lui cria de ne pas bouger. À présent, seul le lit les séparait.

« Ouvre le coffre-fort », ordonna Tommy.

Ray éclata de rire.

« Dis-moi, tu as vu trop de westerns, mon garçon. Alors, aujourd'hui tu joues à quoi ? À Billy the Kid ?

— Tommy, s'il te plaît, pose cette arme.

— Non, il a intérêt à l'ouvrir, ce coffre. Allez ! »

Il arma. Il savait pour l'avoir vu dans ses feuilletons qu'en général cela permettait d'attirer l'attention. Il ne se trompait pas. Ray leva les bras en l'air.

« OK, c'est bon. »

Il se retourna et Tommy crut quelques instants qu'il avait réellement l'intention d'ouvrir le coffre. Mais au moment où il s'approchait du placard, il se jeta sur le côté et attrapa Diane. Tommy sut alors ce qui allait se passer. Il l'avait vu des centaines de fois à la télévision et au cinéma. Ray allait utiliser sa mère comme bouclier. Ou peut-être lui faire encore plus mal. Quoi qu'il en soit, Tommy comprit en une fraction de seconde qu'il n'avait pas le choix. Pressant la gâchette, il tira.

Assister à la mort de quelqu'un n'avait rien à voir avec ce qu'on voyait à la télé. La balle pénétra la tête de Ray juste en dessous de l'œil droit. Il s'effondra contre le mur et s'écroula lentement jusqu'au sol. Son visage n'exprimait pas la souffrance, ni même la douleur, simplement une sorte de surprise amusée, comme s'il s'étonnait de constater que cela pouvait réellement se passer, dans la vraie vie, qu'on n'était pas dans un épisode de *Sliprock* et que personne ne crierait : « Coupez ! »

Le temps parut brusquement suspendu. Au début, il n'y eut pas de sang, simplement un trou noir carbonisé. La pièce fut envahie par l'odeur de fumée. Malgré le coup de feu qui résonnait dans ses oreilles, Tommy entendit le râle et les gargouillis sortant de la bouche de Ray. Diane, tétanisée, regardait la vie abandonner son corps.

« Tommy, murmura-t-elle. Tu te rends compte de ce que tu as fait ?

— Il allait te… »

Ils entendirent Dolores crier « Ray ! » et demander ce qui s'était passé. Sa voix exprimait la terreur. Elle sortit appeler Miguel.

Tommy tenait toujours l'arme. Il n'arrivait pas à détacher ses yeux de Ray. Il y avait du sang à présent. Beaucoup. Il coulait sur son visage, son cou, faisait des traces luisantes sur sa chemise. Puis ses mains tressaillirent, ses doigts écartés exécutèrent une petite danse sur le sol, et dans un dernier râle il s'immobilisa.

« Vite, Tommy, donne-moi l'arme ! Allez ! »

Elle lui arracha le revolver des mains. Il lui dit d'un ton sec de faire attention parce que le cran de sûreté n'avait pas été remis. Il lui montra comment faire. Elle prit un bout de rideau et se mit à frotter l'arme.

« Qu'est-ce que tu fais ?

— Écoute-moi bien, Tommy. »

C'est alors qu'ils entendirent un cri. En se retournant, ils découvrirent Dolores et Miguel devant la porte. Dolores se tenait le visage entre les mains. Ses yeux allèrent du pistolet que tenait Diane au corps de Ray, effondré et tout ensanglanté à l'autre bout de la pièce. Elle murmura quelque chose, se retourna et partit en courant, tandis que Miguel reculait lentement vers les escaliers.

30

Le feu était près de s'éteindre à présent. Tom contempla les braises. Il savait que Danny le regardait, attendant qu'il poursuive son récit, mais ces vérités et les images qu'elles faisaient surgir étaient restées enterrées près d'un demi-siècle. Les ramener à la surface ne s'était pas fait sans peine.

« Papa ? Ça va ? »

Tom fit signe que oui, croisa le regard de son fils, puis se détourna rapidement et leva les yeux vers le ciel. La lune, après avoir décrit un cercle au-dessus de leurs têtes, venait se réfléchir dans la rivière un peu plus en amont, à un endroit où l'eau coulait, lisse, entre les berges escarpées.

« J'ai froid. Pas toi ? »

Danny fit non de la tête

Tom se leva, les genoux tout raides. Il se dirigea en boitant vers la tente, sortit un pull de son sac, l'enfila. Pendant ce temps, Danny alimenta le feu avec ce qu'il restait des branches qu'ils avaient ramassées. Ils s'assirent à nouveau et burent quelques gorgées d'eau à la gourde de Tom.

« Tu n'es pas obligé de continuer, papa. Je vois bien que c'est difficile de…

— Si, j'en ai envie. Putain, répondit Tom en riant, tu ne vas pas m'arrêter maintenant, pile au moment où ça devient intéressant. »

Tom avait mis des années, et dépensé plusieurs milliers de dollars en honoraires de psy, pour comprendre que sa vie n'était pas une série d'occasions manquées, de *Si seulement* – si seulement il avait fait ceci et pas cela, si seulement il avait conservé son sang-froid et gardé le silence à certains moments clés ; si seulement il avait su considérer les choses du point de vue de l'autre au lieu d'être persuadé d'avoir raison ; si seulement il s'était montré plus gentil, plus attentionné à l'égard de Gina ; si seulement il ne s'était pas laissé dominer par la colère et le dégoût de lui-même quand elle et Danny étaient partis. Il avait fini par voir que cette façon d'envisager les choses ne pouvait vous aider que si elle vous empêchait de commettre les mêmes erreurs – et en ce qui le concernait, cela n'avait pas été le cas. Il s'était retrouvé la tête et le cœur grignotés par des regrets interminables, comme envahis par des plantes grimpantes qui les avaient recouverts jusqu'à ce que plus rien d'autre ne puisse y pousser.

Pourtant, il avait du mal à évoquer ce qui était arrivé à Diane sans se retrouver pratiquement à chaque moment clé de sa vie devant ce constat : *Si seulement*...

À la fin des années quatre-vingt-dix, juste avant de mourir, Herb Kanter avait accordé à un magazine de cinéma un long entretien sur sa vie et sa carrière. La journaliste lui posa des questions sur Diane Reed, signe qu'elle avait fait des recherches avant de venir le voir, puisque ce nom ne disait plus grand-chose à personne, même à ceux qui se considéraient comme cinéphiles. Herb avait peu à dire à ce sujet, à part que Diane était extrêmement talentueuse et que son histoire était tragique. Il ajouta que si seulement Gerry Giesler avait encore été de ce monde, l'affaire n'aurait même pas été portée devant un tribunal.

Giesler, c'était cet avocat légendaire que les grands noms de Hollywood appelaient autrefois à la rescousse quand ils étaient dans la panade. Il avait défendu avec succès toute une pléiade de stars, parmi lesquelles Errol Flynn, Robert Mitchum et Charlie Chaplin. L'un de ses derniers triomphes avait eu lieu en 1958, l'année où la fille de Lana Turner planta un couteau de cuisine dans la poitrine de Johnny Stompanato, l'amant quelque peu mafioso de sa mère. Giesler, arrivé sur les lieux du crime avant la police, s'assura que les témoignages de la mère et de la fille concordaient. L'affaire donna lieu à une simple enquête préliminaire, au cours de laquelle Lana Turner livra sa meilleure performance d'actrice. Le verdict : homicide en état de légitime défense. Herb Kanter était visiblement convaincu que Giesler aurait pu obtenir la même chose pour Diane. Hélas pour tous ceux concernés, à ce moment-là tout ce qu'il restait de Giesler, c'était une plaque au cimetière de Forest Lawn.

Le plus grand des regrets de Tom était, de loin, celui qu'il était le seul à savoir : *Si seulement* il avait désobéi à sa mère et dit la vérité. Hélas, Diane avait décidé de ce qu'il convenait de faire et n'avait jamais voulu en démordre. Pendant les quinze minutes qui précédèrent l'arrivée de la police, elle lui répéta plusieurs fois ce qu'il devait dire et lui fit promettre – croix de bois, croix de fer – de s'y tenir. Sans vraiment comprendre à ce stade ce qu'elle avait en tête, il la regarda nettoyer le revolver, le prendre dans sa main droite, et même, appuyer délicatement sur la gâchette avant de le poser sur le lit. Ensuite, elle s'approcha de la table de nuit, essuya la poignée du tiroir et y pressa les doigts.

« Qu'est-ce que tu fais ?

— Récapitulons : tu m'as entendue crier alors que tu étais dans la cuisine avec Dolores. D'accord ? Tu es monté et tu nous as entendus nous disputer. Tu es resté près de la porte et tu l'as vu me frapper. OK ? Regarde-moi, Tommy. C'est très important. »

Il ne pouvait empêcher ses yeux d'être attirés par le corps de Ray. Alors elle l'attrapa par les épaules et le força à la regarder.

« J'ai réussi à me dégager et me suis réfugiée de l'autre côté du lit. Compris ? Là, j'ai pris le revolver dans le tiroir – c'est moi qui l'ai pris. OK ? Pas toi. Ensuite, j'ai visé Ray et lui ai dit de s'écarter, exactement comme tu l'as fait, sauf que c'est moi qui l'ai dit, pas toi. C'est clair ? Toi, tu étais près de la porte et tu me regardais. Tu comprends ? Tu m'écoutes, Tommy ?

— Mais oui.

— Ensuite, je lui ai dit d'ouvrir le coffre et de sortir les passeports, mais il s'est jeté sur moi et c'est là que j'ai tiré.

— Mais Diane, ce n'est pas…

— Je m'en fous ! Je te dis ce qui s'est passé. C'est moi qui ai tiré. Pas toi. Si on raconte tous les deux que ça s'est passé comme ça, tout ira bien. Maintenant, va te laver les mains. »

Et ce fut cette histoire qu'ils racontèrent aux policiers qui les interrogèrent, l'histoire qu'ils répétèrent plus tard, bien après que Tom avait compris que Diane se trompait et que tout irait mal.

Il sut dès le début que Diane mentait dans le seul but de le protéger. Plus tard, il se demanda s'il fallait y voir une relation avec cet autre grand mensonge, celui sur l'identité de ses parents, celui qui était censé les protéger de la honte. Peut-être Diane pensait-elle que celui-là avait bien marché. Du moins, qu'il avait rempli sa fonction et qu'ensuite la vérité avait pu être dévoilée. Sans doute s'était-elle convaincue que ce nouveau mensonge les sauverait.

Après la naissance de Danny (longtemps avant que la question perde son caractère purement hypothétique), Tom s'était souvent demandé s'il ferait la même chose, s'il effacerait les empreintes de son fils et mentirait sous serment pour endosser la responsabilité du crime. Il n'en savait rien. Comment le savoir avant d'être véritablement confronté à ce genre de situation ?

Étant donné sa tendance à culpabiliser, il s'était également demandé s'il n'avait pas dans une certaine mesure desservi Diane. Il savait qu'il aurait dû écouter plus attentivement ce qu'elle lui ordonnait de dire aux policiers. En effet, des écarts apparurent entre les déclarations qu'ils firent chacun de leur côté. En particulier à propos de ce que Ray avait dit ou fait avant que Diane ne tire la balle qui allait le tuer.

Les policiers qui l'interrogèrent se montrèrent certes bienveillants et sympathiques, mais ne se privèrent pas de lui poser des questions insidieuses. Ils le firent parler de l'endroit où Diane et lui avaient vécu avant les événements. Il leur raconta certainement plus qu'il n'aurait dû. Il dit à quel point Cal avait été gentil avec eux, et alla jusqu'à mentionner le fait que Diane lui avait parlé dans le train de la possibilité que Cal et elle se marient une fois qu'elle serait divorcée. Il ne le remarqua pas à l'époque, mais leurs oreilles s'étaient certainement dressées.

Ils semblaient particulièrement désireux de savoir si Diane lui avait d'une manière ou d'une autre suggéré ce qu'il devrait leur dire. Il lui fallut un certain temps pour comprendre que ce n'était pas parce qu'ils le soupçonnaient, lui, d'avoir tué Ray, mais plutôt parce que, de son côté, elle voulait leur faire croire qu'il s'agissait véritablement d'un cas de légitime défense. Et plus il essayait de l'aider, plus ses mensonges devenaient confus. Il finit par tenter de leur dire la vérité. Hélas, ils en étaient arrivés au stade où ils ne voulaient plus le croire.

« Ce sont ses empreintes à elle sur l'arme, pas les tiennes, Tommy.

— Je sais. C'est parce qu'elle voulait faire croire que c'était elle. Elle a effacé mes empreintes – sur l'arme et sur la poignée du tiroir. C'est moi qui ai tiré. Je vous jure.

— C'est courageux de ta part, mon garçon, de vouloir protéger ta maman de cette façon. Mais ça ne colle pas.

— Pourtant, c'est la vérité ! »

Diane fut placée en détention provisoire. Ce qui voulait dire que, tant que Cal ne serait pas là, Tom serait également placé en détention provisoire. Considéré comme témoin clé, il fut confié à la maison de redressement du comté, endroit qui lui laissa peu de souvenirs, mis à part le fait que c'était loin d'être aussi difficile que son pensionnat en Angleterre. Certes, il y avait quelques petits caïds, et un ou deux gamins vraiment vicieux, mais au moins aucun psychopathe du calibre de Brent la Fouine parmi les adultes.

Cal loua un appartement à West Hollywood. Tom

se souvenait encore de la petite foule de photographes et de journalistes postés au pied des arbres dans leur rue qu'ils apercevaient en soulevant un coin du store et qui dégainaient stylos et appareils photo dès qu'ils voyaient quelqu'un sortir de leur immeuble. Heureusement, leur intérêt ne dura que quelques semaines. Tommy reprit les cours à Carl Curtis et, à l'automne, au lycée du quartier.

Diane fut inculpée de meurtre en bonne et due forme. Selon les coupures de presse que Tom ressortit des années plus tard, l'accusation fit tout, lors d'un examen de demande en liberté conditionnelle, pour faire croire qu'elle avait tué de sang-froid, insinuant même que la mort de Ray, loin d'être une affaire strictement conjugale, n'était que le point de départ d'une espèce de purge à grande échelle visant les cow-boys hollywoodiens. Guère convaincu, le juge déclara que John Wayne et consorts pouvaient dormir sur leurs deux oreilles. Toujours est-il que la liberté conditionnelle fut refusée. Arthur Bedford mourut une semaine plus tard sans rien savoir de la tragédie dans laquelle sa fille et son petit-fils étaient embarqués.

L'affaire fut jugée un an plus tard.

En lisant les coupures de presse, Tom s'étonna de la façon dont l'affaire et ses acteurs principaux avaient été modifiés afin de se conformer au modèle hollywoodien. Bien que les côtés sombres de la personnalité de Ray n'aient été un secret pour personne, son décès exigeait qu'on garde de lui exclusivement l'image du valeureux héros de western, de l'une des vedettes télé préférées du pays – Red McGraw, le redresseur de torts, qui *se dressait seul contre l'injustice*, avec un détail en plus : des petites ailes et une auréole autour de son chapeau.

À l'opposé, Diane ne pouvait être qu'une tentatrice malfaisante. Ambitieuse et dénuée de tout scrupule, c'était la catin anglaise éhontée qui avait brisé un mariage heureux et menti sur son passé sordide et immoral. Et Ray, qui avait si généreusement adopté son fils illégitime, s'était retrouvé cocufié par sa propre doublure, un métis indien de surcroît. Des sources anonymes racontaient comment la liaison torride – aucun autre adjectif n'aurait suffi à la décrire, bien sûr – avait débuté dans l'Arizona, sur le tournage des *Délaissés*, et (c'était là le plus odieux de l'histoire, tout, à Hollywood, se résumant à l'argent) comment le scandale avait affecté les résultats du film au box-office.

Tous les mercredis après l'école, Cal sortait du parking souterrain la berline Buick bleue qu'il avait louée et allait avec Tommy voir Diane à la prison. Ils avaient droit à quarante minutes de parloir avec elle et devaient lui parler à travers une vitre. La seule fois où ils eurent le droit de la toucher fut quand, par dispense spéciale d'un juge compatissant, Diane et Cal se marièrent dans la petite chapelle de la prison. Herb Kanter vint jouer le rôle du père de la mariée. Les seules autres personnes présentes étaient le chapelain, qui avait l'air d'un gamin de seize ans, et l'organiste, un vieux monsieur tout ridé avec de grosses lunettes. Diane portait une robe bleu pâle et tenait un bouquet de lis couleur crème. Elle sourit courageusement pendant que les autres retenaient leurs larmes.

Le procès débuta la troisième semaine de novembre devant un jury de neuf hommes et trois femmes. Tom ne fut pas autorisé à y assister ni même à témoigner. Les deux parties convinrent que cela serait trop traumatisant pour lui et que les déclarations faites sous serment devant les policiers suffiraient. S'il y avait d'autres raisons, il ne les sut jamais. Mais peut-être l'avocat de Diane considérait-il qu'il y avait déjà suffisamment d'incohérences dans le dossier et que sa venue ne ferait qu'aggraver la situation.

Cela dit, elle n'aurait guère pu être pire. Le témoin clé pour l'accusation fut, bien sûr, Dolores. Le deuxième jour du procès, d'après les comptes rendus parus dans la presse, elle raconta d'une voix courageuse et émue comment Diane avait toujours fait preuve de grossièreté et de cruauté à son égard ; comment elle l'avait souvent entendue crier sur Ray, l'insulter, et même lancer des objets sur lui ; comment un jour, dans un accès de colère, elle avait cassé le miroir du salon ; comment Ray n'avait pas ménagé sa peine pour la calmer, se montrant toujours affectueux et doux avec Diane, et surtout avec le petit Tommy. Le jour du meurtre, ajouta-t-elle, l'accusée avait débarqué à la maison, lui avait crié dessus et l'avait menacée ; et quand Ray était arrivé, elle avait entendu Diane l'insulter de façon ordurière. Ensuite, elle avait entendu un coup de feu, s'était précipitée à l'étage et avait vu Diane une arme à la main, qui regardait tranquillement le cadavre de Ray ; et quand Diane les avait vus, elle et Miguel, devant la porte, elle s'était tournée vers eux, l'arme à la main, si bien que, craignant pour leur vie, ils s'étaient enfuis et avaient appelé la police.

Plus tard, les journaux et la télévision cessèrent pour ainsi dire de couvrir le procès, éclipsé par un assassinat d'une portée bien plus grande, celui, perpétré à Dallas, du trente-cinquième président des États-Unis. À compter de ce jour, le sort d'une jeune actrice britannique encourant la peine de mort perdit tout intérêt pour qui n'était pas de ses proches. Devenu adulte, Tom s'était souvent dit qu'il ferait des recherches sur le nombre de personnes accusées de meurtre qui avaient été déclarées coupables par les tribunaux à cette époque. Sa théorie, c'était qu'un pays ayant subi un tel traumatisme avait de grandes chances de vouloir se venger sur tous les gens soupçonnés de meurtre.

Pourtant, l'issue du procès était probablement due à des raisons beaucoup plus ordinaires. Des années plus tard, après la mort de John et de Rose, Cal, qui s'était installé dans le Nevada, raconta à Tom qu'à la barre, Diane répondait de manière vague, comme si elle était ailleurs. L'avocat de l'accusation n'eut aucune difficulté à souligner le décalage entre ses déclarations et celles de Tom. C'était comme si la théorie de la légitime défense s'écroulait en plein tribunal. La semaine suivante, lorsque les membres du jury livrèrent leur verdict, ils semblaient presque lassés. Quatre heures leur suffirent pour arriver à la même conclusion unanime que les quelques personnes encore intéressées par l'affaire. L'accusée était coupable de meurtre avec préméditation. Diane fut menottée et emmenée en prison.

Pratiquement un an s'écoula avant que l'appel soit examiné. Pendant ces longs mois, pas une nuit ne passa sans que Tom ne fasse un cauchemar sur ce qui allait arriver. Bizarrement, c'était généralement lui la victime. Il se retrouvait dans la chambre à gaz, attaché à une chaise tandis que des volutes de fumée remontaient le long de ses chevilles, de ses genoux, de sa poitrine. Il se réveillait alors en hurlant et Cal le prenait dans les bras et s'allongeait à côté de lui jusqu'à ce qu'il se rendorme.

Tous les mercredis après-midi, ils allaient ensemble

à la prison. Tommy redoutait ces visites. Diane se montrait toujours si courageuse, si drôle, si optimiste, comme si tout cela n'était qu'une erreur qu'on ne tarderait pas à corriger. Un jour, alors qu'il était assis avec Cal dans la salle d'attente, un oiseau au plumage brun entra par l'une des fenêtres à barreaux. Il y avait quatre ventilateurs suspendus au plafond. Tommy et les autres regardèrent l'oiseau s'approcher dangereusement des pales. Puis l'un des gardes alla chercher un filet et tenta de l'attraper. Mais il ne parvint qu'à pousser vers l'un des ventilateurs le malheureux volatile, qui s'écrasa au sol, les plumes à moitié arrachées.

L'appel fut rejeté et la date de l'exécution de Diane fixée. Tom se souvenait de cette dernière visite dans les moindres détails. Le bruit métallique des portes, les voix se réverbérant dans les couloirs, la grosse gardienne qui l'avait emmené, Diane debout, souriante, dans la cellule emplie de soleil. Et tout ce qu'il avait ressenti, c'était une colère rageuse contre la vie, contre le sort.

À la fin de la visite, il dut rester dans la salle d'attente pendant que Cal allait dire adieu à Diane. Quand il revint, Tom se leva. Cal passa le bras autour de ses épaules. Ils sortirent du bâtiment et se dirigèrent vers le parking dans la tiédeur de la soirée. Un immense drapeau américain flottait au-dessus de la prison, ondulant dans les derniers rayons de soleil. Tom ne le quitta pas des yeux jusqu'à la voiture, et même après, sur la route, il ne put détacher ses yeux de lui, comme s'il avait le pouvoir d'empêcher ce qui allait se produire.

Deux jours plus tard, Diane fut exécutée dans la chambre à gaz.

31

Danny ne lui posa aucune question cette nuit-là. Ils restèrent longtemps assis en silence, jusqu'à ce qu'une petite bourrasque ranime les braises du feu. Tom vit à son regard que son fils était sous le choc, ému par l'histoire de sa grand-mère. Quant à savoir si cela allait alléger le fardeau de sa propre culpabilité après les morts qu'il avait causées, Tom en était incapable. La réponse était probablement non. Seul le passage du temps le pouvait.

Le lendemain, sur le chemin du retour, Danny demanda si Gina savait ce qui était arrivé à Diane. Tom lui répondit qu'il lui avait simplement dit que sa « sœur » avait été tuée dans un accident de voiture quand il avait treize ans. Il ajouta qu'il lui dirait la vérité si Danny jugeait que c'était une bonne idée. Le jeune homme dit que oui. Puis il posa d'autres questions sur Cal, qui était mort subitement d'une crise cardiaque l'année de sa propre naissance. Gina et lui ne s'étaient jamais rencontrés. Questionné par Danny, Tom lui parla de son adolescence à Choteau, de ces années heureuses qui lui avaient probablement permis d'échapper à la maison de redressement ou à l'asile de fous. Même dit ainsi, sur le ton de la plaisanterie, c'était vrai.

« Et les parents de Cal ?

— John est mort au début des années soixante-dix, deux ans après que j'ai commencé l'université. Rose lui a survécu cinq ans. Après la mort de son mari, elle a décliné. Je pense qu'elle avait ce qu'on appellerait aujourd'hui la maladie d'Alzheimer. À la fin, Cal a été obligé de la placer en maison spécialisée.

— Il a dû te manquer. Cal, je veux dire.

— Et comment ! C'était un type super. Pour moi, c'était un père. Aujourd'hui encore il me manque. »

Les confidences de Tom eurent peut-être un impact sur Danny. En tout cas, elles suscitèrent visiblement chez lui un intérêt pour l'histoire de sa famille. Il se lança à la recherche des films dans lesquels Diane avait tourné. Les deux qu'elle avait faits en Angleterre n'étaient jamais sortis en vidéo. Mais un an plus tard, sur un site Internet, Danny finit par tomber sur *Les Délaissés*. Il téléphona à Tom pour lui apprendre la nouvelle et lui demander timidement s'il voulait le regarder. Tom hésita longtemps, puis finit par dire que si Danny le lui envoyait, il y jetterait peut-être un coup d'œil.

« Le film ne casse pas trois pattes à un canard, mais elle, elle est sensationnelle. Qu'est-ce qu'elle est belle ! Et lui ! Quel abruti ! J'ai aussi déniché quelques vieux épisodes de *Sliprock* et… Désolé, papa. Je n'aurais sans doute pas dû dire ça. »

Le DVD resta sur le bureau de Tom presque un mois avant qu'il ne trouve le courage de le regarder. La copie était mauvaise, l'image floue et rayée. Quelqu'un avait dû voler une vieille bobine toute poussiéreuse dans les coffres du studio. Il n'empêche, Danny avait raison. Diane était d'une beauté à couper le souffle. Une fois dépassé le choc de la voir et d'entendre sa voix, il fut captivé. Il s'était imaginé que le fait de revoir l'homme qu'il avait tué ranimerait des émotions négatives, mais ce ne fut pas le cas. Peut-être parce qu'il avait soulevé le couvercle et parlé du passé à Danny. Ou peut-être simplement parce que le film était mauvais. Et même, pire que ça. Il était vraiment et superbement raté. Le jeu de Ray était hilarant, presque aussi hilarant que les efforts de Redfield pour le faire sortir de l'image.

Il raconta l'histoire de Diane à Gina. Elle fut profondément émue. Pas tant par l'histoire elle-même que par le fait que Tom n'avait jamais trouvé la force de lui confier tout cela. En pleurs, elle le serra contre elle en répétant : « Si seulement j'avais su. » Si seulement. Tom ne lui demanda pas de finir sa phrase. Si elle avait su la vérité, cela aurait-il changé quoi que ce soit entre eux ? Il en doutait. À moins que le fait de la révéler ne l'ait aidé lui-même à changer. Il se rendait à présent compte à quel point ce secret avait été corrosif pour lui. Plus que cela. Un secret de ce genre, c'était une sorte de tumeur maligne, qui se nourrissait de votre honte et de votre culpabilité, générant une peur qui vous rongeait les entrailles. À présent, pour la première fois de sa vie, Tom sentait une sorte de paix l'envelopper peu à peu.

Danny éprouvait visiblement la même chose, sans que Tom en soit certain puisqu'ils n'en parlèrent pas les mois qui suivirent leurs confessions respectives. Danny s'installa avec Kelly et le petit Thomas à Bozeman pour commencer ses études à l'université du Montana. Quelques mois plus tard, Kelly donna naissance à des jumelles, Rebecca et Diane. Une fois par mois, Tom prenait la voiture pour aller les voir, ou bien la petite famille venait passer le week-end à Missoula.

Il acheta à Danny une nouvelle canne à pêche. Par une belle soirée chaude du mois de juin, ils allèrent pêcher dans la Yellowstone. Le ciel devenait rose et orange. Les mouches volaient en nuages gris au-dessus de l'eau. La rivière grouillait de truites qui remontaient à la surface, mais aucun d'eux n'eut de chance. Ils finirent par ranger leurs cannes pour s'asseoir sur la berge et regarder le reflet du ciel dans l'eau.

« Tu te souviens de cette excursion en canoë, le jour où le bateau s'est renversé ? demanda Danny.

— Comme si je pouvais oublier !

— Tu sais, même des années plus tard, je me sentais coupable, comme si c'était ma faute.

— Ta faute ?

— Ben oui. Si je m'étais mieux débrouillé pour ramer, si j'avais été plus vif, plus… bref, on ne se serait pas retrouvés sous l'eau.

— Arrête. Tu n'avais même pas cinq ans !

— Je sais, mais je suis resté là comme un idiot, sans rien faire.

— Putain, je m'en souviens comme si c'était hier.

— Moi aussi.

— Le truc qui m'a tué, encore aujourd'hui, c'est quand tu es remonté à la surface et que la première chose que tu m'as dite, c'est : "Ça va, papa ?"

— Tu avais l'air tellement inquiet.

— J'étais persuadé de t'avoir perdu. »

Ils restèrent silencieux un moment. La lumière était mauve et le ciel s'assombrissait. Le versant est des sommets montagneux était illuminé par les derniers rayons du soleil.

« À partir de là, ça a été plus ou moins fini entre maman et toi, non ?

— Oui. Elle m'a supporté quelques années encore. Elle est restée bien plus longtemps que ce que je méritais. Une femme extraordinaire, ta mère. Je considère que j'ai de la chance d'avoir vécu toutes ces années avec elle.

— L'autre jour, elle a dit que c'était vraiment chouette de te voir enfin heureux.

— Elle a dit ça ? Eh ben, c'est vrai. Je suis heureux. »

Il sourit et prit son fils dans ses bras.

« Je serais encore plus heureux si on avait attrapé l'une de ces foutues truites. »

Le sujet le gênait un peu. Pour lui, son bonheur, c'était comme des chaussures neuves encore un peu trop raides, qui lui iraient bien une fois qu'elles se seraient faites à son pied. Mais il ne voulait même pas y penser. Au cas où son bonheur, effarouché, ne s'envole.

Depuis près d'un an, il passait de plus en plus de temps avec Lois, la mère de Karen O'Keefe. Devinant à juste titre que rien n'arriverait si elle attendait qu'il prenne l'initiative, elle avait fait le premier pas. C'était lors d'un festival de cinéma. L'un de ses amis, qui faisait partie des organisateurs, lui avait donné des places gratuites. Tom et elle allèrent voir *Pierrot le Fou*, un film qu'ils avaient tous les deux adoré quand ils étaient étudiants. Cette fois-ci, ils le trouvèrent si mauvais qu'ils quittèrent la salle au bout d'une heure et passèrent tout le dîner à s'esclaffer.

« Mon Dieu, et dire qu'on a aimé ce truc ! s'exclama Tom. C'est nous qui avons changé ou c'est le monde ?

— Je suppose que quand on est jeune, on aime toutes sortes de choses. Il n'y a qu'à regarder les vieilles photos. Quand je vois ce qu'on portait à l'époque ! Aujourd'hui, on se ferait tuer plutôt que d'enfiler ces nippes. Je me souviens, j'avais une robe pop-art noire et blanche, dos nu avec une fermeture éclair sur le devant.

— J'aurais aimé te voir là-dedans. »

Elle éclata de rire. « Et moi, tu sais comment j'étais ? dit Tom.

— Allez, vas-y, avoue.

— Je portais une combinaison moulante psychédélique avec des pattes d'éléphant.

— Tu plaisantes.

— Et une coupe à l'afro.

— Je ne te crois pas.

— Et tu as bien raison. Mais tout de même, j'étais plutôt à l'avant-garde.

— Je n'en doute pas. »

Un samedi après-midi, peu après la naissance des jumelles, Tom rencontra Karen par hasard à Missoula. Il savait par sa mère qu'elle avait beaucoup voyagé pour la promotion de son film, *Les Blessures invisibles*. Elle avait remporté des prix à différents festivals en Europe. Le film ne remportait pas beaucoup de succès auprès du public américain. Tom et elle n'étaient pas allés bien loin dans leur projet sur la Mission de la Sainte Famille. Dans leur relation non plus, d'ailleurs.

Elle attendait devant la librairie Fact & Fiction, une glace à la main. En voyant Tom, elle se jeta dans ses bras, l'air toute contente. Ils papotèrent quelques minutes. C'est alors que sortit de la librairie Troop en personne. D'un geste possessif, il passa le bras autour de la taille de la jeune femme et l'embrassa. Tom les regarda, éberlué.

« J'ai entendu dire que maman et toi, vous vous voyez beaucoup en ce moment, dit Karen.

— Je confirme.

— Allons, ne sois pas timide. Elle dit qu'elle va peut-être même s'installer chez toi.

— C'est-à-dire… On a pensé qu'on pouvait peut-être voir ce que ça donnait, dit Tom en se sentant rougir. Par contre, vous deux… J'étais loin de l'imaginer.

— Oh, tu sais, répondit Troop avec un large sourire, on est bons amis, c'est tout.

— C'est purement professionnel, ajouta Karen en se lovant contre lui.

— N'en dites pas plus. Vous préparez un film ensemble, c'est ça ?

— Comment tu savais ?

— J'ai deviné, c'est tout. Mais que Lois ne m'en parle pas, je n'en reviens pas ! »

Karen posa le doigt sur sa bouche.

« Elle ne sait pas.

— Je serai muet comme une tombe », promit Tom en regardant sa montre. « Du moins, pendant vingt minutes environ. »

Quelques semaines plus tard, Lois s'était plus ou moins installée chez lui. Ce ne fut pas une décision de leur part. Ils n'en discutèrent même pas, mais comprirent peu à peu que la vie commune leur convenait et que c'était ce qu'ils voulaient. Ils riaient beaucoup ensemble, et une fois que Tom se fut habitué à la présence constante de quelqu'un, tout alla pour le mieux. Il avait l'impression, pour la première fois, d'être dans une relation adulte.

Le 4 juillet de la même année, juste après l'obtention par Danny de son diplôme, ils organisèrent un déjeuner pour leur nouvelle famille recomposée. Dutch et Gina firent le chemin depuis Great Falls, Karen et Troop vinrent en avion de L.A., et Danny et Kelly arrivèrent en voiture avec les trois petits-enfants. Tom et Danny s'occupèrent du barbecue pendant que Gina et Lois se découvraient toutes sortes d'affinités en préparant la salade.

Il faisait beau et chaud. La pelouse, tout juste tondue par Tom, dégageait une odeur douce et estivale. Après le repas, ils s'installèrent à l'ombre des peupliers pour papoter. Dutch jouait avec le petit Thomas et les jumelles près du ruisseau. Tom les observait depuis la terrasse en attendant que le café soit prêt. Thomas portait une chemise à carreaux et un chapeau de cowboy. Il tenait à la main un petit bâton censé être un pistolet et faisait *pan ! pan ! pan !*

« Il est fou de westerns, dit Danny, qui s'était approché sans que Tom le remarque. Et moi, j'étais pareil ?

— Non. Toi, à son âge, tu étais en plein dans *La Guerre des étoiles*. Je suppose que le gène du western, ça lui vient de moi.

— C'est depuis que je lui ai montré *Sliprock*.

— *Au cœur du Far-West, il n'y a pas de loi. Toute une population vit dans la terreur de quelques bandits.*

— *Mais un homme se dresse, seul, contre l'injustice.*

— *Son nom : Red McGraw*, conclurent-ils en chœur.

— Mon Dieu ! fit Tom. Je n'avais pas entendu ça

depuis au moins cinquante ans. Au fait, ça me rappelle… J'ai quelque chose à te montrer. »

Danny le suivit dans la maison jusqu'au bureau où il entassait les vieilles boîtes recouvertes de poussière que Lois l'avait obligé à descendre du grenier. Elle voulait transformer l'espace en chambre pour les jumelles.

« Je regardais tout ce fouillis l'autre jour. Et comme tu t'intéresses à l'histoire de la famille, je n'ai pas voulu jeter quoi que ce soit sans te demander. Peut-être que Thomas aimerait certaines de ces vieilleries. Regarde… »

Il ouvrit l'une des boîtes et en sortit un grand sac en papier kraft qu'il vida sur son bureau.

« C'est ma vieille tenue de cow-boy. »

Danny déplia la veste en daim.

« Waouh, super !

— C'est la copie fidèle de celle de Red McGraw. Ray l'avait fait faire spécialement pour moi. Elle est encore un peu trop grande pour Thomas.

— Oui, mais… Je peux te dire qu'il adorerait. Regarde le chapeau ! Génial ! Qu'est-ce qu'il y a d'autre ?

— Ça », dit Tom.

L'objet était dans un petit sac en toile. Tom se souvenait encore de l'odeur de cuir. La ceinture était enroulée. Il la sortit du sac et la déplia. Il ne manquait rien, ni les fausses balles, ni le lacet à mettre autour de la cuisse. Le revolver était dans son étui. Tom donna le tout à son fils.

« On dirait un vrai.

— Eh oui. »

Ils regardèrent l'arme un bon moment.

« Qu'est-ce que tu en penses ? demanda enfin Danny.

— S'il faut la donner à Thomas ? Je ne sais pas.

— Moi non plus. Il aimerait l'avoir.

— C'est sûr.

— Ça ne plairait certainement pas trop à Kelly qu'il ait ça.

— C'est sûr.

— On va y réfléchir. »

Ils rangèrent l'arme sans un mot de plus, allèrent dans la cuisine et s'occupèrent du café. Au moment où ils l'apportèrent aux autres sur la pelouse, tout le monde s'affairait autour de Thomas. Il était tombé et s'était égratigné la main. Agenouillée devant lui, Kelly essuyait le sang avec un mouchoir en s'efforçant de calmer le petit garçon. Il retenait bravement ses larmes.

« Qu'est-ce qui s'est passé ? demanda Danny.

— Il est tombé, dit Kelly. Ce n'est rien. »

Danny posa la main sur l'épaule de Thomas.

« C'est bien, fiston. Tu es courageux. »

Légèrement à l'écart, Tom observait la scène.

« *Semper fortis* », dit-il à voix basse, persuadé que personne ne l'avait entendu.

Lois se retourna et lui demanda ce qu'il avait dit.

« Rien, répondit-il en souriant.

— Tu es parti où ?

— Nulle part. Je suis ici, avec vous. »

Elle le regarda longuement, puis se pencha vers lui et l'embrassa tendrement sur la joue. Alors, Tom passa le bras autour de sa taille. Ils firent demi-tour et traversèrent la pelouse ensoleillée vers la maison.

Remerciements

Je voudrais remercier pour leur affection, leur soutien et leur aide dans mes recherches les personnes suivantes : Bob et Kelly Peebles, Jo Swerling Jr., Stephen Cannell, Clyde Ware, Brett Halsey, Judy Hilsinger, Andy Miller, David William, Fred Davis, Noreen Bolam, Sara Walsh, Chris Cobb, Paul Welsh, Bryan Ritz, Geoffrey Sanford, Sylvie Rabineau, Nathan Rostron, Betsy Uhrig, Linda Shaughnessy, Caradoc King, Judy Clain et Ursula Mackenzie.

Je dois aussi beaucoup à la lecture de trois livres exceptionnels qui m'ont beaucoup éclairé sur la guerre en Irak : *My War : Killing Time in Irak*, de Colby Buzzell (G.P. Putnam's Sons, 2005), *Just Another Soldier : A Year on the Ground in Iraq*, de Jason Christopher Hartley (HarperCollins 2005), et *Warlord : No Better Friend, No Worse Enemy*, de Ilario Pantano (Threshold Editions, 2006). Pour finir, tous mes remerciements à Adolf Hungry Wolf pour sa série d'ouvrages remarquablement documentés sur la culture et l'histoire des Blackfoot.

Composé par Nord Compo
à Villeneuve-d'Ascq (Nord)

Imprimé en Espagne
par Black Print CPI Iberica
à Barcelone
en mai 2013

POCKET – 12, avenue d'Italie – 75627 Paris cedex 13

Dépôt légal : juin 2013
S22949/01